Knaur.

Von der Autorin ist im Knaur Taschenbuch Verlag bereits erschienen:
Das weiße Amulett

Über die Autorin:
Kathinka Wantula wurde 1967 in Schleswig geboren. Sie studierte in Kiel Germanistik und Anglistik. Schon früh schwirrten Geschichten in ihrem Kopf herum, die den Wunsch zu schreiben in ihr weckten. Kathinka Wantula hat ein historisches Sachbuch veröffentlicht. *Der zerbrochene Kelch* ist nach *Das weiße Amulett* ihr zweiter Roman.

Kathinka Wantula

Der zerbrochene Kelch

Roman

Knaur Taschenbuch Verlag

Besuchen Sie uns im Internet:
www.knaur.de

Originalausgabe

Ein Unternehmen der Droemerschen Verlagsanstalt
Th. Knaur Nachf. GmbH & Co. KG, München

Redaktion: Dr. Gisela Menza
Umschlaggestaltung: ZERO Werbeagentur
Umschlagabbildung: FinePic, München
Satz: Adobe InDesign im Verlag
Druck und Bindung: Clausen & Bosse, Leck
Printed in Germany
ISBN 978-3-426-63405-9

2 4 5 3 1

Für meine Eltern
Karl und Ingeburg Wantula
und meinen Bruder Jürgen
in Liebe und Dankbarkeit

»Der Herr, dem das Orakel von Delphi gehört,
erklärt nicht,
verbirgt nicht,
sondern deutet an.«
Aus: Heraklit, Fragmente, Nr. 93

Prolog

Delphi, 493 vor Christus

Die Pythia und Nephta standen neben dem Opferaltar der Chioter und sahen dem Zug nach, der an den anderen Pilgern vorbei über die Heilige Straße von Delphi nach Athen zurückkehrte.

»Archon Agapios hat mit Dike die richtige Frau an seiner Seite und wird mit ihr doch die falsche Frau heiraten. Apollon wird seinen begangenen Frevel nicht dulden. Seine großzügigen Weihgeschenke waren vergebens. Athen wird durch Verrat fallen.«

Nephta sah die Erste Priesterin des Apollon Phoibos bestürzt an.

»Ihr wisst es? Aber warum habt Ihr es ihm nicht gesagt? Warum habt Ihr ihn nicht gewarnt?»

Die Pythia blickte ernst auf Neptha hinab. »Ich habe es dem Prophétes gesagt, und er hat es ihm gesagt. Aber Agapios hat keine guten Deuter um sich herum. Ich habe ihn gewarnt, aber er wird meine Worte nicht verstehen. Doch es obliegt mir nicht, ihm die Verantwortung über sein Schicksal abzunehmen. Die Menschen müssen selbst entscheiden, welchen Weg sie gehen.«

Die beiden Frauen stiegen die steinerne Rampe zum Apollon-Tempel hinauf, während Nephta verständnislos den Kopf schüttelte und über die Konsequenzen nachdachte. »Agapios' Schicksal wird auch unser Schicksal sein. Die Perser haben den Hellespont überschritten und sind in Thrakien eingefallen. Wenn sie weiterziehen und Athen erobern, werden sie Delphi plündern.«

»Ja, so sei es.«

»Aber wie kann Apollon das wollen?«

Die Pythia drehte sich zu ihrer jungen Stellvertreterin um.

»Höre ich Zweifel in deiner Stimme? Wir sind nur Menschen, doch die Götter sind allwissend, und es steht uns nicht zu, ihren Rat und ihr Wirken in Frage zu stellen. Mein Orakelspruch wird wahr werden. Nicht jetzt und nicht im nächsten Jahr. Aber eine Frau wird kommen und Athen retten … eines Tages.«

1
Hamburg

Ihre Seele suchte eine neue Herausforderung, das wusste er. Deswegen hatte er Karen vor einigen Tagen in New York angerufen, und deswegen war sie jetzt hier.

Julius Reinhold stand an einem der großen Fenster seines Büros mit wunderschönem Blick auf die Außenalster und überlegte, ob er Karen diesen Auftrag wirklich geben sollte. Als Besitzer eines alten, renommierten Verlagshauses, das sich auf Monographien und historische Fachbücher spezialisiert hatte, war er schon oft ihr Auftraggeber gewesen. Aber er war auch ihr Patenonkel und hatte große Bedenken, sie diesmal wieder loszuschicken. Bei den Recherchen zu ihrem letzten Buch wäre sie beinahe in Paris getötet worden, und der neue Auftrag würde wahrscheinlich noch gefährlicher werden.

Julius wusste das, aber hatte er eine andere Wahl?

Sein Freund Étienne Artois, der Rektor der Sorbonne, hatte ihn gestern angerufen und gefragt, ob er schon davon gehört habe, dass in Delphi ein altes Brunnenbecken wiederentdeckt worden sei. Reinhold hatte bejaht.

Sie wussten beide, was das bedeutete.

»Vielleicht sollten wir uns diesmal selbst darum kümmern, Julius«, hatte Artois nervös gemurmelt, aber Reinhold war anderer Meinung gewesen.

»Du weißt, dass das nicht geht, Étienne. Du kennst die Prophezeiung.«

»Naturellement. Aber glaubst du, dass Karen es schaffen wird?«

»Sie muss«, antwortete Julius hart. »Sonst werden wieder Tausende von Menschen sterben. So wie damals.«

Das Telefonat hatte dunkle Befürchtungen in ihm geweckt. Es fiel ihm schwer, seinem Patenkind danach unbefangen in die Augen zu sehen, aber er riss sich zusammen und ließ sich nichts anmerken, als sie einige Tage später in das holzvertäfelte Büro trat und ihn mit einem freudigen Lächeln umarmte.

Karen war ein wenig irritiert, da er sie einige Sekunden länger als nötig festhielt, und wunderte sich, dass seine Umarmung diesmal so herzlich ausfiel. Was führte er nur wieder im Schilde? An welchen Ort der Welt würde er sie diesmal schicken? Und dabei drückte er sie an sich, als ob er sie überhaupt nicht mehr aus dem Haus lassen wollte. »Karen, meine Liebe. Wie geht es dir?« Er deutete auf einen mit schwarzem Leder bezogenen Sessel vor seinem Schreibtisch und nahm ihr gegenüber auf seinem großen Lehndrehstuhl Platz.

»Es geht mir gut. Danke, Julius.«

»Wo hast du Michael gelassen? Ist dein Freund nicht mitgekommen, oder wartet er draußen vor der Tür?« Julius warf einen heimlichen Blick auf den weißgoldenen Ring mit den drei Brillanten an ihrer rechten Hand und grinste.

Karens Augen folgten seinem Blick, während ihre Fingerspitzen eine halbe Oktave auf der Mahagonitischplatte spielten.

»Nein, das ging nicht«, erwiderte sie mit einem leicht melancholischen Unterton in der Stimme. »Er hat leider keinen Urlaub bekommen, sonst wäre er jetzt hier.«

Julius nickte, während er wieder mal darüber nachdachte, warum ein Mann wie Michael Mansfield, dem ein teures Apartment in der Upper West Side in New York gehörte und der eines Tages den kleinen Nachrichtensender seines Vaters erben würde, als Police Detective arbeitete. Er kannte zwar Mansfields Gründe und respektierte, dass dieser nicht in der Firma seines Vaters arbeiten wollte, sondern stattdessen lieber auf Gangsterjagd ging, aber verstehen würde er das niemals.

»Er hat mich übrigens gewarnt, einen Auftrag von dir anzunehmen«, riss Karen ihn aus seinen Gedanken.

»Das glaube ich gern. Und warum bist du dann hier anstatt bei ihm in New York?«

Ihre Stimme wurde ein wenig herausfordernder. »Weil ich schon seit einem halben Jahr dort bin, und weil ich endlich wieder schreiben will. Es ist jetzt schon zwei Monate her, dass ich mit dem Buch über …« Sie stockte, als sie den Namen aussprechen musste. Manchmal fiel es ihr immer noch schwer, mit ihrem Wissen zu leben. Die Ereignisse in Paris hatten sie doch sehr verändert. »… über Prof. Bernhardt fertig geworden bin. Ich muss schreiben. Das gehört zu meinem Leben. Das weißt du, und das weiß auch Michael.«

Julius vermutete, dass es zwischen Karen und Michael darüber schon mehrere Gespräche gegeben hatte. »Er ist nicht glücklich, dass du ein, zwei Wochen nicht bei ihm bist, nicht wahr?«

»Ja, das ist er nicht. Aber ich bin auch nicht glücklich über seinen Job als Police Detective, und da ich seine Arbeit respektiere, erwarte ich auch von ihm, dass er mich bei meinem Schreiben unterstützt.« Karen rang die Hände. »Er meint, man könne ein Buch auch in New York schreiben.«

»Da hat er sicher Recht, aber man kann nicht alles in New York recherchieren. Man muss auch mal vor Ort Dinge überprüfen. Und darum geht es ja hauptsächlich bei deinen Aufträgen.«

»Ich weiß. Kay hat mich übrigens auch vor deinen Aufträgen gewarnt.«

Julius nickte bedächtig. »Ja, ja. Dein Bruder sagt mir auch gern, dass ich dich doch lieber nur einfache Zeitschriftenartikel übersetzen lassen solle, anstatt dich in die Welt hinauszuschicken. Merkwürdig, alle tun immer so, als würde ich Unmögliches von dir verlangen. Dabei entscheidest du doch selbst, ob du den Auftrag annimmst oder nicht. Und ich sage es dir jedes Mal – wenn du nicht willst, dann mach es nicht.« Er sah sie eindringlich an. »Aber glaube mir eins, ich gebe dir nicht jeden x-beliebigen Auftrag. Die Bücher und die Recherchen sind wichtig – für dich, für mich, für viele Leute.« In Wirklichkeit ahnst du gar nicht, wie wichtig sie sind, dachte er, lehnte sich zurück und verschränkte die Arme hinter dem Kopf. »Bist du bereit für ein neues Buch?«

Die Frage war wie ein Zauberspruch für Karen. »Deswegen bin ich hier.«

»Gut.« Julius griff bedächtig nach seinem ägyptischen Skarabäus, der auf dem Schreibtisch immer neben dem

Familienfoto stand, und streichelte ihn. Die Berührung des alten Alabasters beruhigte ihn meistens. Diesmal nicht. »Ich möchte, dass du nach Griechenland reist.«

Karen war leicht überrascht. »Griechenland? Ja, gern. Und wohin genau?«

»Nach Attika und Phokis. Ich will, dass du eine Monographie über das Orakel von Delphi schreibst.«

»Delphi. Das Apollon-Orakel? Wie schön, das gefällt mir.« Doch dann fragte sie argwöhnisch: »Wieso Griechenland? Wie kommst du ausgerechnet auf dieses Thema?«

Julius streichelte wieder seinen Skarabäus. »Delphi hat dich doch schon immer fasziniert, oder nicht? Hast du nicht als Kind die Pythia auf dem Dreifuß-Hocker gespielt und anderen ihre Zensuren in der nächsten Klassenarbeit vorhergesagt?«

Karen musste lachen, als sie sich an ihre Kinderspiele erinnerte. »Nein, ich war immer eine Zigeunerin, die anderen die Zukunft vorhersagte, aber die Pythia bin ich nie gewesen, Julius. Das musst du verwechseln.«

Er lächelte milde und betrachtete mit Genugtuung den goldenen ägyptischen Maat-Anhänger an ihrem Hals. Behutsam stellte Julius den Skarabäus neben das eingerahmte Familienfoto zurück und öffnete eine Schublade seines Tisches, um eine dünne Aktenmappe und ein Taschenbuch herauszunehmen.

»Wenn es dich also wirklich interessiert, hätte ich hier einige Unterlagen für dich.« Er reichte sie Karen, die sie entgegennahm und sofort den Titel des Buches las:

Delphis Weihgaben. Geschenke an Apollon. Der Autor war

ein Simon Delvaux. Und eine Mappe mit neueren Zeitungsartikeln über die aktuellen Ausgrabungen in Delphi sowie eine Liste mit wichtigen Adressen und Telefonnummern aus Delphi und Athen. »Nimm diesen Brief bitte auch mit. Étienne möchte, dass du ihn bei Prof. Laskaridis in der Athener Universität vorbeibringst. Er wird dir auch Zugang zu bestimmten Bereichen der Nationalbibliothek verschaffen können, wenn du das brauchst.«

Er gab ihr einen länglichen Briefumschlag aus edlem Papier mit dem Emblem der Sorbonne, den Karen für einen kurzen Moment in Händen hielt und gedankenverloren betrachtete.

»Wie geht es Monsieur Artois?«

»Es geht ihm gut. Er lässt dich schön grüßen und wünscht dir alles Gute.«

»Vielen Dank. Ihr habt also über mich geredet?«

Julius biss sich auf die Zunge. »Seit er dich kennengelernt hat, hat er dich ins Herz geschlossen, meine Liebe. Er fragt immer nach dir, wenn wir miteinander reden.«

»Das ist lieb von ihm. Bitte grüß ihn zurück.« Sie steckte den Brief und die Mappe in ihre große Arbeitstasche. »Wann geht's los?«

Julius sah auf einen Kalender rechts neben sich an der Wand. »Übermorgen, wenn du willst.«

»Das wird gehen. So wie immer?«

»So wie immer.« Er würde den Flug und die Unterkunft buchen.

»Na, dann man los«, murmelte sie, griff nach ihrer Tasche und stand auf. Sie winkte ihm noch zu und ging dann zur Tür.

Julius sah ihr mit einem langen, nachdenklichen Blick nach, als sie das Zimmer verließ, und griff dann nach einer Fernbedienung, mit der er einen kleinen Fernseher anschaltete. Er zappte zwischen mehreren Nachrichtensendern hin und her, aber überall waren dieselben Bilder zu sehen, weiße mediterrane Häuser mit tiefen Rissen in den Wänden und verunsicherte Menschen, die Interviews gaben. Ein Erdbeben der Stärke 5,4 auf der Richterskala hatte das südliche Zentralgriechenland erschüttert und einige Häuser zum Einsturz gebracht, aber es waren keine Menschen zu Tode gekommen.

Noch nicht.

Julius stützte sein Kinn in die Hand und betrachtete gedankenverloren die wechselnden Bilder im Fernseher.

»Es hat wieder angefangen. Die alten Feinde sind erwacht. Also streng dich an, meine Kleine. Es wird nicht einfach werden, aber du wirst jemanden kennenlernen, dem du vertrauen kannst. Und es wird einen geben, der dich verraten wird. Wähle gut, meine Kleine. Wähle richtig …«

2

Athen

Es war ein Mittwochnachmittag, als ein Mann in anthrazitfarbenem Business-Anzug und handgefertigten John-Lobb-Schuhen auf dem Athener Flughafen Eleftherios Venizelos ankam und gelangweilt in der *Times* las, während er in einer langen Menschenschlange vor der Zollabfertigung stand und warten musste.

In dem Hartschalenkoffer neben ihm würden die Zollbeamten nur die besten Hemden und Hosen aus der Londoner St. James Street finden und einige Unterlagen, darunter drei Zeitschriften über archaische Keramik und einen schmalen Museumsführer über Delphi, was sie nicht aus der Fassung bringen würde.

Myles Fenton kannte eben bessere Wege, um Kunstwerke und Artefakte aus Griechenland herauszuschmuggeln, und er hatte seine Leute dafür. Es war wirklich kinderleicht. Die Landwege waren zwar langwierig, aber dafür am billigsten. Eine kleine Geldsumme und ein paar Scheine, und schon durfte man passieren, egal, was man im Gepäck hatte.

Aber auch der Seeweg war einfach, denn die Stichproben der Zollbeamten waren bei großen Containerschiffen meistens vergeblich. Außerdem suchten sie hauptsächlich nach Drogen, sodass die Spürhunde sich nicht für die doppelte Rückseite eines Containers interessierten, hinter der nur Stroh und eine Marmorstatue lagen.

Schon oft hatte er das gewünschte Objekt für seinen Auftraggeber und Ziehvater gefunden und es nach England gebracht. Er war darin sehr gut und zuverlässig, fand er. Auch diesmal würde es wieder relativ einfach werden, denn seine Kontaktperson in Delphi konnte ihm die seltene Kleophrades-Kylix jederzeit besorgen. Allerdings war sie in mehrere Teile zersprungen und musste erst noch wieder zusammengesetzt werden, denn Lord Durnham verlangte nach einem vollständigen Stück.

»Es darf keine einzige Scherbe daran fehlen«, hatte der alte Lord mit seiner leisen, drohenden Stimme gesagt, »sonst ist die Kylix für mich und meine Zwecke nutzlos.«

Fenton atmete unbewusst einmal tief durch, während er in der Zeitung weiterlas, doch seine Gedanken waren nicht bei dem Artikel, den er gerade vor Augen hatte, sondern immer noch bei seinem undurchschaubaren Auftraggeber, der auf einem alten Landsitz in East Anglia lebte. Er war ein alter Mann mit länglichem, vertrocknetem Gesicht und tiefen Falten, der einen zerbrechlichen Eindruck machte, aber dessen Wille ihm manchmal geradezu übernatürliche Kräfte zu geben schien. Ein Greis, von dem man meinte, ihn mit einem Finger umstoßen zu können, und trotzdem bekam Fenton immer eine Gänsehaut, wenn er vor ihm stand und ihm Bericht erstatten musste.

Lord Durnham strahlte etwas Unheimliches aus, als wäre er unbesiegbar und als ob selbst der Tod ihm nichts anhaben könnte. Wie alt mochte er sein? Durnham war schwer zu schätzen. Vielleicht Anfang achtzig, aber Fenton wusste, dass sein Mentor in Wirklichkeit viel älter war.

Fenton selbst war vor dreiunddreißig Jahren im Nachbarort geboren worden, und merkwürdigerweise hatte er das Gefühl, dass der Lord seitdem nicht gealtert war. Er sah immer noch so aus wie zu Fentons Kindertagen. Es war wirklich unheimlich. Und auch die Bewohner des nahen Dorfes trauten sich nie über das Geheimnis des ungewöhnlichen Alten zu reden. Der Mann war tabu. Jeder fürchtete seine geheimnisvolle Macht.

Außer ihm, Myles Fenton.

Lord Durnham hatte ihn geradezu adoptiert und ihn zu seiner rechten Hand gemacht. Er wusste, dass der Alte ihm wie einem eigenen Sohn vertraute, und darauf war er unglaublich stolz. Er selbst hatte keine Eltern, sondern war im Dorf bei Pflegeeltern aufgewachsen, bis sich der alte Lord seiner angenommen und für seine Ausbildung gesorgt hatte. Er hatte Durnham alles zu verdanken – sein Entkommen aus der grauen Provinz und seinen Einstieg in die große Finanzwelt durch ihn als Protegé.

Myles Fenton – wie oft hatte er sich über seinen bürgerlichen Namen geärgert, wenn er zu Gartenpartys und Pferderennen eingeladen worden war, bei denen junge Lords mit ihren angelsächsischen Adelstiteln und kleinen, aber unübersehbaren Siegelringen herumscharwenzelten, während er von ihnen wie ein Diener nur »Fenton« gerufen wurde. Doch meistens änderte sich dieser herablassende Ton, sobald man seine Visitenkarte mit der Adresse von Durnham Hall gesehen hatte, denn Lord Durnham war vielen bekannt.

Um den alten zurückhaltenden Lord aus East Anglia gab es viele Geschichten und Gerüchte, in denen er teilweise als harmlos, aber auch als skrupellos dargestellt wurde. Vor allem, wenn es um seine Ländereien ging, verstand Lord Durnham keinen Spaß und scheute vor Bestechung und Schlimmerem nicht zurück. Und dennoch sprachen die adligen Landbesitzer um Durnham Hall herum immer mit sehr viel Respekt über den alten Mann und gaben ihren Söhnen den Rat, Durnham und Fenton nie zu verärgern, denn man wisse nicht, was sonst geschehe.

Fenton hätte niemals geglaubt, dass Lord Durnham so viel Macht über bestimmte Menschen in der Londoner Bankenbranche haben könnte, doch als er nach dem Studium einen Job suchte, öffneten sich ihm auf einmal ungeahnte Kanäle und die besten Türen in der Londoner City. Er hatte sich die Topjobs aussuchen können – und er wusste, wem er das zu verdanken hatte. Seitdem war er bereit, für seinen Mäzen alles zu tun. Absolut alles.

Der alte Lord brauchte ihn. Das wusste er. Und er wollte sich dessen Gunst so lange wie möglich erhalten.

Durnham schien bei manchen seiner Besuche kaum bei Besinnung zu sein, doch dann war er wieder völlig klar bei Verstand, und seine dunklen Augen schienen einem jüngeren und tatkräftigeren Mann zu gehören, der noch viel zu erledigen hatte. Sehr viel.

Und dazu brauchte er ihn, Fenton, seinen jungen Geist und seinen jungen Körper.

Diesmal hatte Durnham ihn nach Athen geschickt. Gelangweilt drehte er die Zeitung um und wartete geduldig, dass er in der Menschenschlange allmählich vorwärts kam.

Wenn er jedoch die Frau mit den schulterlangen braunen Locken einige Meter vor sich bemerkt hätte, die gerade mit einem widersprüchlichen Lächeln ein großes Poster an der Wand betrachtete, wäre er sicherlich äußerst beunruhigt gewesen …

3

Karen stand wie viele Fluggäste am Abfertigungsschalter der griechischen Zollbehörde und betrachtete neben sich ein großes Plakat mit der Freiheitsstatue an der Wand und der Aufschrift »Visit New York!«, worüber sie nur schmunzeln konnte.

Ja, auf der Freiheitsstatue war sie auch gewesen, genauso wie im Madison Square Garden und im Central Park. Nur vor dem Empire State Building war sie bisher noch zurückgeschreckt, da sie sich mit ihrer Höhenangst nicht hinauftraute. Auch wenn Michael dabei war, wurde ihr allein schon bei dem Gedanken übel, dass eine Fahrstuhlanzeige den zweihundertsten Stock anzeigen könnte. Michaels Apartment lag im fünfundfünfzigsten Stock eines Gebäudes in der Upper West Side, dessen Fahrstuhl für sie in den ersten Tagen in New York schon eine Herausforderung gewesen war, aber Michael drückte immer fest ihre Hand und lenkte sie geschickt mit einem Gespräch von der Etagenanzeige ab. Immerhin entschädigte sie dann jedes Mal ein phänomenaler Blick auf den Central Park mit seinen Bäumen und Seen und den Freilichttheatern, wenn sie auf der schmalen Apartment-Terrasse stand.

Besonders The Lake und das Jaqueline Kennedy Onassis Reservoir hatten es ihr angetan, wenn sie mit Michael im Park spazieren ging. Es erinnerte sie ein wenig an

Hamburg und ihre Spaziergänge an der Alster. Sie spürte dann immer wieder, wie sehr sie Hamburg vermisste, auch wenn es in New York so viele Attraktionen gab, die sie immer noch nicht alle besucht hatte, zum Beispiel das Metropolitan Museum of Art, das schräg gegenüber an der Ostseite des Parks lag, oder das Guggenheim-Museum gleich daneben.

Stattdessen hatte Michael ihr Cleopatra's Needle im Park gezeigt, einen zwanzig Meter hohen Obelisken. Das hätte er jedoch besser nicht tun sollen, denn bei Karen wurde bei dem Anblick des dreitausend Jahre alten ägyptischen Granits eine alte Wunder aufgerissen.

»Er gehört nicht hierher«, hatte sie traurig gesagt und sanft über den glatten Stein gestrichen, während sie die tiefen Hieroglyphenkolonnaden hinaufschaute.

»Das stimmt«, hatte Mansfield erwidert. »Aber er verbindet New York mit London und Rom und Luxor, in denen auch Obelisken von Thutmosis III. stehen. Oder denk an den Obelisken von Ramses II. auf dem Place de la Concorde in Paris. Ich sehe in ihnen eher Antennen, die die Verbindung zwischen der Antike und der Alten und der Neuen Welt erhalten.«

»Ich weiß, du siehst das anders, aber wir können es ja sowieso nicht ändern. Die Obelisken zeigen den Weg, doch kaum einer erkennt ihn«, hatte Karen nur leise gesagt und war mit Mansfield weiter zum West Drive gegangen.

Um ihre Stimmung wieder zu heben, hatte er sie dann in die Pierpont Morgan Library entführt, wo ihr der Atem stockte, als sie die vielen wertvollen Bücher aus dem 15. bis

19. Jahrhundert in drei Etagen aus Edelholzregalen erblickte. All ihre Melancholie fiel sofort von ihr ab, während Mansfield sich königlich darüber amüsierte, wenn Karens Augen in einer alten Bibliothek strahlender leuchteten als vor den Tiffany-, Bergdorf-Goodmann- oder Harry-Winston-Auslagen in der Fifth Avenue.

Er wusste, wie er sie glücklich machen und sie von ihrem Heimweh ablenken konnte, und freute sich jedes Mal, wenn er wieder ein fröhliches Lächeln auf ihr Gesicht gezaubert hatte, das aus der Tiefe ihrer Seele zu ihm aufleuchtete und das auch er wie ein Lebenselixier genoss und nach dem er jeden Tag verlangte.

Doch Karen brauchte noch mehr als ihn und den Anblick alter Bücher, um glücklich zu sein, und dass wusste er.

Sie hatte im letzten halben Jahr ihre Auftragsarbeit über Prof. Bernhardt beendet und das fertige Manuskript zu Julius nach Hamburg geschickt und ihm gleichzeitig mitgeteilt, dass sie an einem neuen Buch interessiert sei. Das Leben in New York war zwar aufregend und neu für sie, aber sie fühlte sich auch etwas eingeschlossen in dieser großen Stadt. Manchmal vermisste sie ihre kleine Wohnung in Hamburg und überhaupt Norddeutschland, wo der Wind so herrlich frisch wehte.

In New York war der Winter so eisig gewesen, wie sie es schon lange nicht mehr erlebt hatte. In Hamburg war es jedenfalls nicht so kalt. Sie sehnte sich nach ein bisschen grauem Nebel und nach einer Sonne, die an der Alster langsam durch die Nebelschwaden drang. Gut, in New York gab es diesen Nebel auch, aber es war einfach nicht dasselbe. Diese Stadt war so groß, es erdrückte sie, während Hamburg ihr Raum und Freiheit gab.

Michael war Karens betrübte Stimmung nicht entgangen, und er wusste auch, woran es lag. Trotzdem war er nicht glücklich, als Julius Karen eines Tages anrief und ihr einen neuen Auftrag in Aussicht stellte. Michael und sie diskutierten lange über das Thema, und auf einmal wurde Karen bewusst, dass es Michael nicht um das Schreiben ging, sondern dass er Angst hatte, sie gehen zu lassen.

Griechenland. Zwei Wochen. Vierzehn Tage ohne Karen.

»Ob ich das aushalte?«, hatte er gesagt und dabei ein gespielt herzzerreißendes Gesicht gemacht.

»Du bist doch schon ein so großer, starker Junge, Darling. Du schaffst das schon«, hatte Karen ihm geantwortet und ihm liebevoll auf die Wange geküsst, weil sie wusste, dass sie wieder mal gewonnen hatte.

Michael Mansfield hatte zwar ein schlechtes Gefühl dabei, sie gehen zu lassen, aber andererseits war ihm bewusst, dass er sie in New York auch nicht einsperren konnte. Sie hatte sogar den Privatjet seines Vaters abgelehnt, weil sie durch den Linienflug nach Frankfurt mal wieder wissen wollte, wie es ist, ein normaler Mensch zu sein.

Mansfield hatte bei ihrer Bemerkung nur sarkastisch gelacht, weil sein Leben aus seiner Sicht völlig normal war. Natürlich wusste er, dass es einige anders sahen, aber das war ihm egal. Er hatte mit Thomas Davidson und den anderen Kollegen immer gute Freunde um sich herum, die ihn jeden Tag auf den Boden der Tatsachen zurückholten, falls er mal abhob. Nein, wirklich, er fühlte sich so normal wie jeder andere Mensch und konnte Karens Bedürfnis nach der Economyclass nur teilweise nachvollziehen.

Auf jeden Fall hatte er Karen schweren Herzens gehen lassen und sie selbst zum Kennedy-Flughafen gebracht. Zum Abschied beugte er sich zuerst zu ihrer goldenen Maat-Kette hinunter und küsste die kleine ägyptische Göttin, ehe er Karen in die Augen sah und seinen Mund fest auf ihre vollen Lippen presste. Er hätte niemals gedacht, dass ihm der Abschied so schwer fallen würde, aber vermutlich ahnte er in seinem Innersten schon etwas von dem, was in nächster Zeit passieren würde, und hatte deswegen ein ungutes Gefühl.

Auch Karen war aufgefallen, dass sein letzter Kuss und seine Umarmung intensiver waren als sonst, aber im Gegensatz zu ihm zweifelte sie nicht daran, dass sie sich bald wiedersehen würden. Der Aufenthalt in Griechenland war eine Recherche-Reise. Was sollte dort schon groß passieren? Er würde wie ein kurzer Urlaub verlaufen, und danach würde sie zu Michael nach New York zurückkehren. Wer oder was sollte sie daran hindern?

Plötzlich hörte sie jemanden ihren Namen rufen, und ein gut aussehender blonder junger Mann mit Stetson-Strohhut kam in der Athener Flughafenhalle auf sie zugeeilt.

»Madame Alexander? Sie müssen es sein. Sie sehen ja noch besser aus als auf dem Foto, das mir Prof. Hillairet gezeigt hat. A votre demande, Madame«, sagte er in fließendem Französisch und machte einen fast nicht erkennbaren Diener vor Karen. »Ich bin Simon Delvaux und arbeite zurzeit mit Prof. Hillairet in Delphi zusammen.

Ich soll Sie hier abholen.« Er hielt ihr die Hand hin und schenkte ihr ein fröhliches Lächeln, als er ihre Überraschung bemerkte. »Sie haben anscheinend nicht damit gerechnet, abgeholt zu werden?

»Um ehrlich zu sein, nein. Man hat mir nichts davon gesagt«, erwiderte Karen überrumpelt und warf dem jungen Mann einen skeptischen Blick zu. Sein Name kam ihr irgendwie bekannt vor, aber im Augenblick konnte sie ihn nicht zuordnen. War sie ihm früher schon mal begegnet, oder hatte sie seinen Namen irgendwo schon mal gehört? Hatte Julius ihn vielleicht erwähnt? Sie wusste es nicht mehr.

»Wie unhöflich von uns. Darf ich Ihnen den Trolley abnehmen?«, fragte Delvaux und griff hilfsbereit nach dem Reisekoffer, doch er musste einige Sekunden warten, denn Karen zögerte noch kurz, bevor sie schließlich den Koffergriff losließ und Delvaux sie mit einer weiten Armbewegung zum Ausgang dirigieren konnte.

Karen war sich nicht sicher, ob sie diesem fremden Mann einfach so folgen sollte, aber woher wusste er sonst ihren Namen, wenn nicht durch die Korrespondenz zwischen Étienne Artois und Prof. Hillairet, dem Chefarchäologen der aktuellen Ausgrabungen in Delphi? Außer ihnen wusste doch niemand, dass sie heute Nachmittag in Athen eintreffen würde, oder? Nach einigen skeptischen Sekunden entschied sie sich, ihm zu vertrauen.

»Es ist sehr nett von Ihnen, extra wegen mir nach Athen zu kommen, um mich abzuholen. Ich dachte wirklich, ich müsste ein Taxi oder einen Bus nehmen.«

Delvaux unterließ es, sie darüber aufzuklären, dass sie

nicht sein einziger Grund gewesen war, weswegen er nach Athen gefahren war, und schenkte ihr stattdessen sein schönstes Lächeln.

»Ich bitte Sie, das war doch selbstverständlich. So oft bekommen wir in Delphi auch nicht Besuch. Und wenn doch, dann keinen so hübschen …«

Er betrachtete sie von der Seite und genoss ihr schelmisches Grinsen, das sie hinter ihren Locken zu verbergen suchte. Dann räusperte sie sich, rückte ihren Rucksack zurecht und versuchte das Gespräch wieder auf ein anderes Thema zu bringen. »Woher wussten Sie eigentlich, dass Sie Französisch mit mir sprechen können, Monsieur Delvaux?«

Er zuckte unbekümmert mit den Schultern. »Das hat mir der Professor gesagt. Sehen Sie, bei der Ausgrabung wird hauptsächlich Französisch und Griechisch gesprochen plus einige Sätze in Englisch. Aber hauptsächlich eben Französisch, da die Ausgrabung von der École Française durchgeführt wird.«

»Und woher kommen Sie, wenn ich fragen darf?«

»Das dürfen Sie. Aus Belgien. Ich kann sogar ein bisschen Deutsch, aber darauf sollten wir es lieber nicht ankommen lassen«, erwiderte er mit einem breiten Grinsen, während Karen ein neuer Gedanke kam.

»Aber haben Sie denn keine Griechen aus dem Dorf bei Ihrer Ausgrabung?«

»Doch, aber nur solche, die Französisch oder Englisch sprechen. Glücklicherweise gibt es eine Handvoll Männer, die jahrelang Gastarbeiter in Südfrankreich waren. Die Verständigung klappt eigentlich ganz gut.«

Sie verließen den Eingangsbereich des Flughafens und gingen langsam zu einem der großen Parkplätze, auf dem Delvaux seinen Wagen abgestellt hatte.

»Arbeiten Sie eigentlich schon lange mit Prof. Hillairet zusammen?«, fragte Karen, während sie die Sonnenstrahlen und den leichten Wind genoss, der ihr um die Nase wehte.

»Nein, es ist das erste Mal. Aber er ist ein guter Archäologe, absolut zuverlässig. Er hat auch schon Ausgrabungen auf Kreta und in Mykene geleitet. Ein Vollprofi. Ich bin froh, unter ihm arbeiten zu können. Möchten Sie vielleicht noch etwas essen, bevor wir nach Delphi fahren?« Er deutete auf das Flughafenrestaurant, an dem sie gerade vorbeigingen. »Es wird eine lange Tour durch die Berge, zirka anderthalb Stunden.«

Doch Karen schüttelte den Kopf. Sie hatte nicht die geringste Lust, sich jetzt in ein überfülltes und überteuertes Restaurant mit vielen lärmenden Leuten zu setzen.

»Nein, danke«, erwiderte sie deswegen. »Ich möchte so schnell wie möglich aus Athen verschwinden.«

Delvaux nickte. »Das ist verständlich. Kein Problem. Mein Wagen steht dort drüben.«

Er deutete auf einen verrosteten sandfarbenen Opel Accord, an dessen linkem Kotflügel eine breite Beule und Kratzer zu sehen waren und dessen Reifen kaum noch Profil hatten.

Karen traute ihren Augen nicht. Dieser Wagen hätte in Deutschland schon vor sechs Jahren keine TÜV-Zulassung mehr bekommen. »Mit … mit diesem Wagen fahren Sie durch die Berge?«

Delvaux schmunzelte, als er die verbogene Kofferraumhaube aufmachte und Karens Trolley verstaute. »Vertrauen Sie mir, ich bin ein guter Fahrer«, erklärte er in einem beruhigenden Ton und öffnete für Karen die Beifahrertür. »Ein Taxi oder ein Bus wäre auch nicht viel sicherer, glauben Sie mir.«

Sie stiegen in den Wagen, und tatsächlich kam Karen trotz des guerillaähnlichen Verkehrschaos in Athen und später auf der schmalen Straße entlang den Bergfelsen mit ihren Ängsten und Bedenken gut zurecht. Wahrscheinlich lag es auch an dem intensiven Gespräch mit Delvaux, der ihre Aufmerksamkeit mit sehr viel Umsicht von den gefährlichen Serpentinen auf seine Person und die Ausgrabung in Delphi lenkte.

»Warum sind Sie Archäologe geworden?«, fragte sie, während Delvaux' auffälliger Silberring mit Mäandermuster an seinem rechten Zeigefinger sie irritierte und ab und zu blendete. Was hatte ein Ring am Zeigefinger noch mal charakterlich für eine Bedeutung? Sie hatte zu Hause mehrere Bücher über Chiromantie und Psychologie, die die charakterliche Bedeutung eines Rings am Zeigefinger beschrieben, doch im Augenblick fiel sie ihr nicht ein. Sie wusste nur noch, dass es etwas im Wesen des Ringträgers betonte. Aber was?

»Ich mag eben gern zuschauen, wenn andere im Staub herumkriechen. Nein, im Ernst, es ist meistens ein schrecklich langweiliger Job. Zwar können ein einziger Moment und ein einziger Fund das ganze Leben verändern, aber darauf warten die meisten Archäologen vergebens. Trotzdem haben wir mit unserem Brunnenbecken vielleicht ein bisschen Glück gehabt«, erklärte Delvaux beiläufig mit gewollter Untertreibung, was Karen sofort merkte und sie hellhörig werden ließ.

»Wie meinen Sie das?«

»Verrate ich noch nicht.«

Karen musste über Delvaux' Art schmunzeln. Er war vermutlich drei, vier Jahre jünger als sie, vielleicht sechsundzwanzig oder siebenundzwanzig, sah gut aus, aber er wusste auch, wie er sich interessant machen konnte.

»Und bitte nennen Sie mich Simon. ›Monsieur Delvaux‹ ist so umständlich. In Delphi nennen mich alle nur Simon.« Er beschleunigte den Wagen und überholte einen Viehtransporter. »Übrigens würde es diese Ausgrabung ohne mich wahrscheinlich gar nicht geben.«

Karen ließ möglichst unauffällig den Türgriff los, der während des Überholmanövers einige Fingernagelabdrücke mehr in seinem Kunststoff bekommen hatte, und wischte sich die feuchten Hände an der Hose ab.

»Wieso das?«

Delvaux kannte Karens Probleme mit der Höhenangst in den Bergen nicht und bemerkte auch nicht die Nervosität, mit der sie einige Male die Augen schloss, wenn wieder eine Serpentine ohne Leitplanke kam. Stattdessen genoss er ihre Neugier und ihre Aufmerksamkeit.

»Die Ausgrabung wird nur deswegen gemacht, weil ich die Unterlagen meines Ururgroßvaters gefunden habe, der 1892 bei den ersten Ausgrabungen in Delphi dabei war und von diesem verschütteten Brunnenbecken berichtete. Natürlich musste diesmal auch die griechische Behörde ihre Erlaubnis geben, und schon ließ die École

Française de Archéologique es sich nicht nehmen – im besten Einvernehmen mit den Griechen, versteht sich –, erneut in Delphi zu buddeln. Freundlicherweise gaben sie mir die Ehre, daran teilzunehmen, nachdem ich mich damit einverstanden erklären musste, meine Unterlagen den Wissenschaftlern zur Verfügung zu stellen.«

Karens Augen wurden groß.

»Wie bitte? Das hört sich aber irgendwie nach Erpressung an.«

»Nein, war es nicht. Es war eher ein gegenseitiges Einverständnis. Immerhin muss ich für die Ausgrabung kein eigenes Geld investieren, sondern werde für meine Arbeit noch bezahlt.«

»Und der Ruhm? Wer erntet den?«

Delvaux nickte. »Das ist eine gute Frage. Ich glaube, das wird sich erst noch zeigen.«

Nachdem sie eine Stunde gefahren waren, steuerte Delvaux auf eine kleine, karge Weggabelung zu.

»Hier sehen Sie die weltberühmte Kreuzung, an der König Ödipus der Legende nach seinen eigenen Vater erschlug. Wir biegen jetzt nach links auf den uralten Pilgerweg nach Delphi ab.«

Karen lief eine Gänsehaut über die Arme, als sie über die Kreuzung fuhren. Es war schon viele Jahre her, dass sie die Tragödie gelesen hatte, aber es war trotzdem ein merkwürdiges Gefühl, nun an der Stelle zu sein, an der Sophokles vor über zweitausend Jahren den schicksalhaften Vatermord spielen ließ.

»Es ist schon merkwürdig, nicht wahr?«, fragte Delvaux, ohne wirklich erstaunt zu sein. »Wenn ich an das

Orakel von Delphi und an Ödipus denke, was nützen einem dann die Wahrsager? Wozu soll man sie befragen, wenn angeblich alles schon schicksalhaft festgelegt ist?«

Er redete sich jetzt leicht in Rage und schlug missmutig mit der rechten Hand aufs Lenkrad. »Wozu das alles? Ödipus' Eltern setzten ihren Sohn in der Wildnis aus, nachdem die Pythia aus Delphi ihnen gesagt hatte, dass er seinen Vater töten und seine Mutter heiraten würde. Aber der Junge wurde gerettet, und viele Jahre später wurde die Weissagung wahr und die gesamte Familie vernichtet. Was nützt es einem also, wenn man das Schicksal kennt, es aber nicht beeinflussen kann?«

Karen überraschte Delvaux' Denkweise nicht, doch aufgrund ihrer eigenen Erfahrung verstand sie Menschen, die zu Wahrsagern gingen, sehr gut. »Ich denke, dass die Menschen nun mal neugierig auf die Zukunft und auf ihr Schicksal sind, auch wenn es ihnen manchmal nichts Gutes verheißt. Sie wollen wissen, was geschieht, und vorbereitet sein. Sie meinen dann besser mit den Schicksalsschlägen umgehen zu können.«

Delvaux schnaufte verächtlich. »Das hat Ödipus und seinen Eltern wenig gebracht. Sie konnten das Schicksal nicht verhindern und landeten alle im Unglück. Nein, so etwas will ich nicht wissen. Dann könnte ich mir ja gleich einen Strick nehmen.«

»Aber vielleicht meint das Schicksal es doch gut mit Ihnen, Simon, und schenkt Ihnen Glück und Erfolg?«

»Ja, möglich«, brummte Delvaux und begann etwas in der Seitenablage der Tür zu suchen, schien es aber nicht zu finden.

»Und wenn man das vorher schon wüsste, könnte man sich schon länger darüber freuen«, spann Karen den Gedanken weiter.

»Aber dann würde man vielleicht die Hände in den Schoß legen und sagen: Warum soll ich mich überhaupt noch anstrengen? Es ist ja doch mein Schicksal, dass ich Erfolg haben werde«, meinte Delvaux.

Karen achtete gar nicht mehr auf die gefährliche Umgebung der attischen Berge, während sie Delvaux energisch antwortete: »Nein, man muss sich bewegen, Wege gehen und Entscheidungen treffen, jeden Tag. Ohne das geht es nicht.«

Delvaux bog um eine scharfe Linkskurve, sodass sich der Bergabhang tief neben seiner Fahrertür öffnete.

»Glauben Sie, dass es Ihr Schicksal war, dass Sie jetzt hier in Delphi sind?«, fragte er.

»Ich weiß es nicht. Aber es war auf jeden Fall meine eigene Entscheidung, hierher zu kommen, und bis jetzt habe ich sie noch nicht bereut. Wenn wir allerdings noch länger diese Serpentinen fahren, weiß ich nicht, was geschehen wird.«

Delvaux bemerkte erst jetzt ihr bleiches Gesicht und die verkrampften Hände auf ihrem Schoß. »Sie haben Probleme mit der Höhe? Warum haben Sie mir das nicht gleich gesagt?«

»Na ja, das hätte doch nicht viel geändert, oder? Es gibt ja nun nicht gerade viele Alternativen, um nach Delphi zu kommen. Und im Bus oder Taxi wäre es mir genauso ergangen. Sie brauchen sich keine Sorgen zu machen, es wird auch schon wieder besser. Allmählich gewöhne ich mich an die Aussicht. Und die Berge – einerseits faszinieren sie mich, und andererseits habe ich Angst vor ihnen.«

Sie warf einen skeptischen Blick auf die graue Wand neben sich, die keinen halben Meter von ihr entfernt war.

»Halten Sie durch, die Straße wird gleich wieder ein bisschen breiter. Sehen Sie dort oben die grauen Häuser und den alten Glockenturm? Das ist Arachova, berühmt für langhaarige Wollteppiche mit groben Mustern. Schrecklich hässlich meiner Meinung nach, aber dafür ist ihr Rotwein nicht schlecht. Damit sehen die Teppiche schon gleich wieder viel besser aus.«

Karen war leicht irritiert über Delvaux' freche Offenheit, als sie den kleinen Ort sah, der wie ein weißes Schwalbennest am Rand des Parnass-Gebirges hing.

»Lästern Sie gern?«

»Nein, aber ich sage gern meine Meinung. Stört Sie das?«

»Nein, aber andere vielleicht?«

Delvaux zuckte mit den Schultern. »Möglich. Damit muss ich leben. Es ist übrigens nicht mehr weit bis Delphi. Nur noch wenige Kilometer. Sehen Sie den weißen Gipfel dort oben? Der Parnass. Der heilige Berg der alten Götter, lange bevor es Zeus und die anderen olympischen Götter gab. Heute ist es ein wichtiges Skigebiet, aber davon kriegt Delphi zum Glück nicht viel mit. Arachova lebt fast nur von den Wintertouristen, während die Delpher an den sommerlichen Busreisenden verdienen.«

Der Wagen nahm noch einige scharfe Rechtskurven, in denen Karen instinktiv ihre Hand nach dem Türgriff ausstreckte und sich daran festkrallte, aber Delvaux schaffte es immer wieder, sie in ein Gespräch zu verwickeln und sie so von ihrer Angst abzulenken.

Es ging entlang von Mandelbäumen, die bald von Weinstöcken abgelöst wurden, immer weiter nach Westen, bis sie um einen mächtigen Felsvorsprung herumfuhren und Karen den Atem anhielt, als sich vor ihnen das Halbrund mit den Ruinen des heiligen Apollon-Bezirks wie eine Theaterbühne öffnete.

Der Blick wurde frei auf einige weiße Säulen des alten Tempels zwischen vereinzelten schlanken Zypressen und den dahinter leuchtenden Marmorstufen des Amphitheaters. Rechts davon erhoben sich die grauen Felsen der Phädriaden, der Zwillingsfelsen, die seit Jahrtausenden durch das heilige Wasser der Kastalia-Quelle geteilt wurden, das sanft in den Bach des Pleistos-Tals floss.

Karen schaute auf das silbergrüne Meer der Olivenbäume hinunter, die man auf dem fruchtbaren Boden der Talebene gepflanzt hatte.

Delvaux folgte ihrem Blick und wunderte sich, dass Karen diese Aussicht trotz ihrer Höhenangst anscheinend gut ertragen konnte.

»Dort unten haben während der Pythischen Spiele die Wagenrennen stattgefunden. Das kann man sich heute gar nicht mehr vorstellen, oder? Doch das Tal war damals sandig und ohne Olivenbäume. Die landwirtschaftliche Nutzung kam erst später zur römischen Zeit. Die dunklen Oliven schmecken übrigens ganz ausgezeichnet. Und der delphische Joghurt ist in ganz Griechenland berühmt. Aber was erzähle ich Ihnen, das werden Sie alles selbst noch herausfinden. Wie lange werden Sie bei uns bleiben?«

»Ich weiß es nicht genau. Mindestens eine Woche, denke ich. Vielleicht auch länger, je nachdem, wie lange ich brauche, um genug Material für mein Buch zu bekommen.«

Sie fuhren langsam hinter einem Reisebus her, da Delvaux wusste, dass der Bus gleich neben dem Museum parken würde und er wegen des anhaltenden Gegenverkehrs sowieso nicht mehr überholen konnte. »Sie schreiben ein Sachbuch über Delphi und seine Geschichte?«

»Nur eine kleine Monographie«, wiegelte sie ab. »Nichts Großes.«

»Nichts, was der *Encyclopedia Britannica* Konkurrenz machen könnte?«

Karen schmunzelte amüsiert. »Nein, ich denke nicht. Trotzdem hoffe ich auf Ihre Hilfe bei meiner Arbeit.«

»Aber sicher. Wenn ich nicht gerade im Dreck nach irgendwelchen Scherben grabe, stehe ich gern zu Ihrer Verfügung.«

Sie waren unterhalb der Ruinen entlanggefahren, und Delvaux bog nun rechts in eine kleine Nebenstraße ein, die nach wenigen Metern in einen Sandweg mündete und zu vier alten Holzhütten führte.

»Na, bereuen Sie es schon, im Camp zu wohnen anstatt in einem der komfortablen Hotels im Dorf?« Delvaux nickte in die Richtung der Hütten, doch Karen schüttelte den Kopf.

»Nein, ich denke, nicht. Wenn es sein müsste, könnte ich auch in einem Schlafsack unter freiem Himmel übernachten.«

Delvaux schnalzte mit der Zunge. »Nein, das sollten

Sie in dieser Gegend lieber nicht tun. Ab und zu kriechen hier noch einige Schlangen herum. Wir haben bei der Ausgrabung auch schon drei gesehen, und eine hat Nikos sogar gebissen, aber sie war zum Glück nicht giftig. Trotzdem sollten Sie immer vorsichtig sein, wenn Sie hier spazieren gehen oder irgendwelche Höhlen inspizieren.«

»Nikos? Wer ist Nikos?«

»Nikos Eliadis, ein Grieche, der zusammen mit uns im Camp wohnt. In der Hütte direkt neben Ihnen.«

Karen nahm ihren Rucksack, der die ganze Zeit bei ihren Füßen gelegen hatte, auf den Schoß. »Die Kinder des Python schlagen also immer noch zurück?«

»Ja. Sieht ganz so aus, als ob Apollon damals nur einen erwischt hätte.« Delvaux freute sich, dass Karen die Legende von Apollons Eroberung Delphis kannte, in der er die Pythonschlange, die das alte Orakel der Erdmutter Gaia bewachte, mit seinen unfehlbaren Pfeilen durchbohrte und durch seinen Sieg diese Orakelstätte eroberte.

Karen hätte mit Delvaux gern noch länger über die Legende geredet, doch er hielt den Wagen bereits vor einer der Hütten an und zog die Handbremse.

»Wir sind da. Diese hier links ist Ihre Hütte. Das dort drüben mit der Terrasse ist die von Prof. Hillairet, und die daneben ist meine. Die zwischen ihrer und meiner bewohnt Nikos. Ah, sehen Sie? Da kommt er gerade den Weg vom Museum herauf.«

Karen sah einen schlaksigen Griechen ungefähr in Delvaux' Alter, der in blauer Jeans, weiß-blau kariertem Hemd und mit kurzen schwarzen Haaren einen schmalen Weg ins Camp heraufkam. Sie bemerkte, dass er bei jedem Schritt sein rechtes Bein nachzog.

Sie hob eine Augenbraue. »Hat er sich verletzt? Er humpelt.«

»Nein, er hat einen Klumpfuß, aber sprechen Sie ihn bloß nicht darauf an. Das kann er überhaupt nicht ab. Wenn Sie etwas brauchen, können Sie mich und Nikos jederzeit fragen. Wir helfen Ihnen gern, und auch der Professor ist umgänglich. Allerdings ist er schon ein bisschen älter und gemütlich, sodass er nicht mehr ganz so flexibel ist, wenn Sie verstehen, was ich meine …«

Karen winkte ab. »Es wird schon gehen. Ich bin nicht anspruchsvoll. Danke.«

Delvaux grinste. »Das sagen Sie jetzt so, aber wenn der Heißwasserboiler zum hundertsten Mal wieder streikt, werden Sie sich ganz sicher woandershin wünschen. Delphi, der Ort der heiligen, aber kalten Quellen.«

Er nahm den Trolley aus dem Kofferraum und stellte ihn Karen vor die Tür, während sie mit ihrem Rucksack und der Laptoptasche zu kämpfen hatte.

»Vielen Dank nochmals. Es war wirklich sehr nett von Ihnen, dass Sie mich abgeholt haben.«

Delvaux griff sich an die Hutkrempe. »Nichts zu danken. Und wie gesagt, wenn Sie etwas brauchen, dürfen Sie gern bei mir vorbeischauen.«

Karen nickte und winkte ihm kurz nach, während er in den Opel stieg und die wenigen Meter bis zu seiner Hütte fuhr. Endlich war sie in Delphi angekommen.

4

Über dem Archäologen-Camp stand eine Frau mit kurzen schwarzen Haaren am Fenster ihres kleinen Hauses und schaute hinunter auf die Tempelruine und dann entlang den verwitterten Berghängen der Phädriaden.

Ihre Tochter, eine junge Frau mit blonden, zu einem Pferdschwanz zusammengebundenen Haaren, trat zu ihr ins Zimmer und stellte sich neben sie. Theophora betrachtete ihre Tochter mit einem verwunderten Blick, als sie eine kleine weiße Blume in ihrem Haar bemerkte.

»Woher hast du den Jasmin?«

Selena streichelte die zarte Blüte. »Von dem Jasminstrauch oben neben der Kastalia-Höhle.«

»Aber der ist doch schon seit Jahrhunderten verdorrt?«

»Ja, ich kann mich auch nicht daran erinnern, dass er jemals geblüht hat, aber in diesem Jahr ist er voller Blüten. Nikos hat mir heute Morgen dieses Wunder gezeigt und mir diese Blume geschenkt.«

Sie strich noch mal sanft über die Blüte, doch für ihre Mutter war der blühende Jasmin kein gutes Zeichen. Sie blickte hinunter aufs Camp und sah, wie ein Wagen an einer Hütte anhielt und eine Frau und Simon Delvaux ausstiegen, während Nikos vom Museum heraufkam.

»Die alten Seelen sind wieder da, mein Kind«, orakelte Theophora. »Der alte Kampf beginnt von neuem.«

Selena bemerkte das traurige Gesicht ihrer Mutter und

griff nach ihrer Hand. »Ein Kampf? Wer ist es? Können wir helfen?«

Doch Theophora schüttelte den Kopf. »Nein. Wir dürfen uns nicht einmischen. Sie müssen es alleine schaffen.«

Selena folgte dem Blick ihrer Mutter hinunter zum Camp der Archäologen. »Und was ist, wenn sie versagen?«

»Dann werden Athen und Delphi untergehen. So wie damals.«

5

Karen hatte keinen Schlüssel bekommen, aber als sie mit ihrem Trolley, dem Rucksack und der Laptoptasche in die Hütte gegangen war, galt ihr erster Blick dem Türschloss, in dem sie erleichtert einen Schlüssel stecken sah. Sie stellte ihr Gepäck neben sich auf den Boden und betrachtete das Wohnzimmer. Es war ein rechteckiger Raum, der an den Seiten und der Front je ein Fenster mit groben Leinenvorhängen hatte. Gardinen oder Jalousien fehlten, aber das störte Karen im Augenblick nicht. Sie trat in den schmalen Flur, von dem rechts das Schlafzimmer mit einem klapprigen Metalldoppelbett abging und links eine kleine Küche mit Gasherd und einem Backofen, der älter war als sie selbst. Die Tür hinter der Küche ging zum Badezimmer. Hier fand Karen tatsächlich einen altmodischen Heißwasserboiler, eine schmale Duschkabine und ein Waschbecken, das schon mal abgebrochen und wieder neu anmontiert worden war.

Karen musste lachen, als sie ihr neues Reich mit Michaels luxuriösem Apartment verglich, dessen Wandschränke sich federleicht durch einen verdeckten Druckknopf öffnen ließen und deren Türen millimetergenau mit dem Boden abschlossen. Es schien noch gar nicht lange her zu sein, als er ihr sein Apartment zum ersten Mal gezeigt hatte. Es war vor einem halben Jahr gewesen, und doch kam es ihr vor, als wäre es erst einige Tage her. Sie war angenehm überrascht gewesen, dass die Wohnung nicht so luxuriös wirkte, wie sie wahrscheinlich teuer gewesen war. Michael war in dem Apartment seiner Eltern in der Upper East Side aufgewachsen, in dem sein Vater mehr Wert auf repräsentative Räume im »plüschig pseudoaristokratischen« Stil legte, wie Michael den Geschmack seines Vaters bezeichnete. Er selbst aber wollte es einfach nur gemütlich haben.

Als er sich sein eigenes Apartment in der Upper West Side kaufte, hatte sein Vater ihm einen Innendesigner aufgedrängt, den Michael jedoch nach drei Tagen wieder entließ, da er seinem Wohnzimmer einen asiatischen Stil mit japanischen Dekostoffmöbeln zu geben beabsichtigte und dann als Kontrast im Esszimmer schwere englische Damastvorhänge und viktorianische Möbel hinstellen und das große Badezimmer zartrosafarben tünchen wollte.

Michael hingegen wünschte bequeme, einfarbige und geradlinige Polstermöbel, die er schließlich bei der Lektüre einiger Design-Zeitschriften fand, selbst kaufte und seine Räume ohne fremdartige Exotik einrichtete. Er wählte moderne, meistens weiße oder silbergraue Polstermöbel europäischer Designer aus Italien, Frankreich, Deutschland und der Slowakei, deren Namen er sich nicht merkte oder Karen nicht sagen wollte. Die Namen waren ihm sowieso egal.

Thomas Davidson aber, Michaels Arbeitskollege, der oft bei ihm vorbeischaute, saß gern auf einem edlen Sofa von Juan Lao und nannte Karen unaufgefordert die Namen der Designer des Bücherregals und des Sideboards rechts an der Wand zur Küche und erzählte, dass der Marmor in Michaels Bad extra nicht aus dem weltberühmten Carrara-Marmorbruch aus Italien stamme, sondern aus Griechenland. Immer wieder ließ er in seinen Gesprächen dieses und jenes Detail einfließen und beobachtete jedes Mal Karens Mimik, doch sie zeigte nur selten echtes Interesse daran. Sie legte mehr Wert auf die edlen Hölzer, Stoffe und Steinmaterialien, die tatsächlich ein smaragdgrünes Leuchten in ihre Augen zaubern konnten. Zum Beispiel das Satinahornholz von Michaels Bett oder der alte Wurzelholzsekretär in der Ecke neben dem offenen Kamin, an dem sie sich nicht satt sehen konnte. Anfangs war sie fast jeden Tag an dem alten Stück aus dem Empire vorbeigegangen und hatte liebevoll über das glatt polierte Holz gestrichen. Sie hatte gebettelt, die acht seitlichen Schatullenschubladen und die längliche Schublade öffnen zu dürfen, und Michael hatte es ihr mit einem nachsichtigen Lächeln erlaubt.

Wie ein Kind war sie auf Entdeckungssuche gegangen und hatte vorsichtig die einzelnen Fächer geöffnet, aber Michael hatte dort nur seine goldenen Schreibutensilien aufbewahrt, die sein Vater ihm nach bestandenem Highschool-Abschluss in der Hoffnung geschenkt hatte, dass er nun auf die Universität gehen und danach bei ihm in die Firma einsteigen und sein Juniorpartner werden würde.

Doch Michael hatte die Füllfederhalter und Kugelschreiber in den alten Sekretär gelegt und war seinem Berufswunsch gefolgt und Police Detective geworden. Er wollte Verbrecher jagen. Das war ein uralter Wunsch von ihm gewesen, und erst vor einem halben Jahr in Paris hatte er feststellen müssen, wie alt dieser Wunsch wirklich gewesen war.

In einer anderen Schublade fand Karen mehrere Fotos, die Michael mit seinen Arbeitskollegen auf irgendeinem Angelausflug zeigten. Auf anderen Bildern waren Michael, Tom und eine schlanke Frau mit langen schwarzen Haaren zu sehen, die sich an Michael schmiegte und fröhlich in die Kamera lachte. Karen wusste natürlich, dass Michael vor ihr Freundinnen gehabt hatte, so wie sie ihm auch von einigen ihrer Beziehungen erzählt hatte, aber trotzdem war sie neugierig und hatte Michael nach der jungen Frau ausgefragt. Er schien auf die Fotos empfindlich zu reagieren, und als er sagte, dass es sich um Alicia, Toms Schwester, handle, konnte Karen verstehen, warum.

»Sie ist immer noch in New York, und du siehst sie öfter, nicht wahr?«, hatte sie gefragt, und Michael hatte genickt.

»Sie ist manchmal bei Tom, wenn ich bei ihm vorbeischaue. Aber es ist zwischen uns vorbei, Darling. Also keine Angst und bitte keine Eifersüchteleien, denn du wirst sie auch öfter zu Gesicht bekommen, spätestens an Toms Geburtstag.«

Er hatte sie daraufhin liebevoll geküsst, als könnte er damit alle Bedenken verscheuchen, doch in Karens Hinterkopf hatten trotzdem einige Alarmglocken geläutet. Allerdings nur, bis sie Alicia kennenlernte und sie sich ungewöhnlich schnell gut mit ihr verstand. Sie hatten sogar einige Dinge in New York zusammen unternommen, doch stets ohne Michael, der bei diesen Gelegenheiten plötzlich immer wichtige Büroarbeit zu erledigen oder einen Außeneinsatz hatte.

Alicia hatte es fast geschafft, dass Karen ihre Freundin wurde, aber es blieb doch immer ein gemeinsamer Punkt, der sie gleichzeitig trennte – Michael.

Alicia beteuerte zwar, dass sie sich vor zwei Jahren getrennt hätten, aber Karen merkte an ihrem unsicheren Blick, dass in ihrem Inneren immer noch ein alter Schmerz brannte.

»Entschuldige, wenn ich das frage, aber warum habt ihr euch eigentlich getrennt? Hatte sich einer von euch neu verliebt?«

Alicia hatte den Blick gesenkt. »Nein. Ich habe es beendet, ich konnte nicht mehr.«

»Was ist passiert?«

»Es lag nicht an einer anderen Frau, wenn du das meinst. Es lag an seinem Job. Es war nach einem Einsatz. Michael und Tom waren beide angeschossen worden und lagen im selben Krankenhaus. Als ich sie besuchte, wurde mir klar, dass es so nicht weitergehen konnte. Es war schon schlimm genug, Angst um den Bruder zu haben, aber wenn der Ehemann auch noch diesen gefährlichen Beruf gewählt hatte … nein. Das ging nicht. Das konnte ich nicht ertragen. Ich redete mit Michael über das Problem, aber du weißt, wie wichtig ihm sein Job ist. Er konnte ihn nicht aufgeben.«

»Also hat er dich gehen lassen?«

Alicia hatte genickt. »An seinem Beruf sind schon viele Beziehungen gescheitert. Ich hoffe, du hast mehr Glück mit ihm.«

Daraufhin hatte Karen schnell einen halben Becher Latte Macchiato getrunken, um den riesigen Kloß in ihrem Hals hinunterzuspülen. Danach ging es ihr ein bisschen besser, und sie redeten über weniger verfängliche Themen.

Natürlich kannte sie auch diese Angst um Michael und konnte Alicias Bedenken gut nachempfinden. Auch sie war jedes Mal tausend Tode gestorben, wenn er morgens zu seiner Arbeit fuhr. Aber irgendwann hatte sie gemerkt, dass er auch jeden Abend wieder zurückkam und ihm nichts geschehen war. Bis auf zweimal. Einmal war er verprügelt worden und mit einem blauen Auge und aufgesprungenen Lippen nach Hause gekommen. Und das andere Mal hatte man ihm den linken Arm gebrochen und er musste zwei Wochen daheim bleiben. Zwei Wochen, in denen sie ihn verwöhnen konnte und dankbar war, dass er nicht zur Arbeit musste, doch Michael wurden diese Tage des Nichtstuns manchmal zu lang. Dann setzte er sich an seinen Computer und rief von zu Hause aus seine beruflichen E-Mails ab und führte Telefonate mit Tom.

So merkte Karen, noch lange bevor sie mit Alicia darüber redete, dass Michaels Job sein Leben dominierte, und sie war froh, dass er im Gegenzug Verständnis für ihr Schreiben zeigte und sie ohne große Probleme nach Griechenland reisen ließ.

Gedankenverloren ging sie ins Schlafzimmer und legte den Trolley aufs Bett. Als Erstes packte sie ein Foto von Michael aus, das sie auf einen Nachttisch stellte, und danach räumte sie die restlichen Sachen in den alten Kiefernwandschrank neben der Tür. Für eine Kommode hatte der Platz in dem kleinen Raum anscheinend nicht mehr ausgereicht, aber sie bekam all ihre Kleidung in dem Wandschrank unter.

War es schon merkwürdig gewesen, vor ein paar Tagen in ihre frühere Wohnung in Hamburg zurückzukehren, so war diese Camp-Hütte das reinste Pfadfinderabenteuer. Aber es machte ihr Spaß, mal wieder aus den alten Gewohnheiten auszubrechen und sich neuen Herausforderungen zu stellen. Sie wusste, dass Julius' Aufträge immer etwas ungewöhnlich waren, und freute sich über die Abwechslung, die sie brachten.

New York war eine interessante Stadt, und Karen hatte die Neujahrsfeier Ende Januar in Chinatown und die St.-Patrick's-Day-Parade im März zum ersten Mal live sehr genossen. Auch die vielen Museen und die Abendessen mit Michael im Caffe Reggio in Greenwich Village oder im Café des Artistes in der Upper West Side mit seinen romantischen Nymphenfresken an den Wänden hatten ihr das letzte halbe Jahr herrlich versüßt. Aber gleichzeitig hatten die gemalten Nymphen ihr wieder bewusst gemacht, dass das Fresko nicht sehr alt und nur eine Dekoration eines Cafés war. Sie konnten ihre Sehnsucht nach echten Fresken und Statuen in Rom, Griechenland oder Ägypten nicht ersetzen. Sie brauchte ab und zu die alten Kontinente und deren jahrtausendealte Geschichte. Dieses Faible zog sie immer wieder zu Julius und nach Hamburg zurück. Sie konnte nicht anders. Und Michael hatte das verstanden.

Karen schloss den Wandschrank und legte den leeren Trolley unters Bett. Dann ging sie in die Küche und inspizierte den Kühlschrank und die Schränke. Besteck, Gläser und Geschirr waren reichlich vorhanden, aber im Kühlschrank standen nur noch einige Mineralwasserflaschen.

Delvaux hatte auf der Fahrt schon zugegeben, dass sie vergessen hatten, den Kühlschrank wieder aufzufüllen, und gesagt, dass sie selbst ins Dorf fahren und einkaufen müsse. Aber das war Karen nur recht. Dann konnte sie wenigstens das kaufen, was ihr gefiel und worauf sie Appetit hatte.

Sie ging zurück ins Wohnzimmer und stellte den Laptop neben den Schreibtisch. Zum Glück verfügte diese Hütte über Telefon- und Internetanschluss, sodass sie problemlos arbeiten und E-Mails verschicken konnte.

Karen öffnete das Fenster vor dem Schreibtisch und genoss den Blick auf die Ruinen und die steilen Berghänge, die das Pleistos-Tal umgaben und denen dieser Ort seinen alten Namen verdankte – das felsige Pytho.

So hatte Homer ihn genannt, doch nach Apollons Sieg über die Pythonschlange wurde er zum Orakel von Delphi. Ein Ort, der fast zweitausend Jahre lang verschollen war und dessen Geist nur in alten Büchern weiterschlummerte, um jetzt wieder ans Tageslicht zu gelangen. Denn jetzt war die Zeit gekommen.

6

Eigentlich wollte Karen, nachdem sie den Koffer ausgepackt hatte, ins Dorf, doch der Blick auf die Ruinen war so verlockend, dass sie sich entschied, erst einen kurzen Spaziergang zur Tempelruine zu machen.

Zwischen dem Camp und dem alten Heiligtum gab es einen schmalen Sandweg, der Karen durch einzeln stehende Kiefern und Zypressen hindurch zum Heiligen Bezirk und zu den Säulen des Tempeleingangs führte. Sie ging die steinerne Rampe zum Tempel hinauf und berührte sanft eine der großen Eingangssäulen mit ihrer Hand.

Angekommen.

Delphi hatte sie schon immer fasziniert, und jetzt war sie tatsächlich hier. Vor ihr lagen die steinernen Reste des großen Apollon-Tempels, und links führte die Heilige Straße hinab zur neuen Nationalstraße, auf der sie von Athen angereist war wie die Pilger vor zweitausend Jahren. Langsam schlenderte Karen über die rauen Steinplatten und setzte sich an der Südwestecke des Tempels auf den grauen Kalkstein.

Gedankenverloren strich sie mit der Hand über das Fundament, auf dem ebenfalls eine große Säule gestanden hatte. Sie spürte diese Säule geradezu und hätte sich am liebsten gegen sie gelehnt, aber von dem alten Stein war nichts mehr vorhanden. Vielleicht ruhten von ihr noch einige Trommelstücke zwischen den anderen Trümmern, die unterhalb des Tempels auf einem Terrassenvorsprung verstreut lagen.

Plötzlich hörte sie hinter sich ein Geräusch und wandte sich um. Sie sah, wie Nikos Eliadis ihr entgegenhumpelte und die Mauerreste des Tempels erklomm, um zu ihr zu gelangen.

»Genießen Sie die schöne Aussicht, Madame Alexander? Dieser Blick über den Heiligen Bezirk ins Tal und auf die Berge gegenüber ist fantastisch, nicht wahr?«

Karen stand auf und legte gegen das grelle Sonnenlicht die Hand vor die Augen. Eliadis war wie Delvaux sechs- oder siebenundzwanzig Jahre alt und hatte ein breites, kurzes Gesicht mit lebendigen dunklen Augen, denen nichts zu entgehen schien. Er war nur wenige Zentimeter größer als sie und hatte schmächtige Schultern, während sein fester Händedruck sie gleich überraschen sollte. »Ja, es ist herrlich hier. Aber bitte sagen Sie Karen zu mir. Simon tut es auch.«

»Simon …« Eliadis' Gesicht verfinsterte sich um eine Nuance, als er ihr die Hand reichte. »Er hätte mich heute nach Athen mitnehmen sollen, dieser Schuft. Stattdessen fährt er ohne mich los.« Sie schüttelten einander die Hände. »Dann wird Simon Ihnen bestimmt auch schon gesagt haben, dass ich Nikos heiße. Nikos Eliadis.«

»Ja, ich freue mich, Sie kennenzulernen.« Sie strich sich eine widerspenstige Haarsträhne aus dem Gesicht, während Nikos fasziniert ihre goldene Maat-Kette betrachtete.

»Kommen Sie aus Ägypten?«

»Aus Ägypten?« Karen war für einen Augenblick perplex, doch dann verstand sie, warum er das fragte. »Ach, Sie meinen wegen der Kette. Ich war mal in Ägypten, ja, das stimmt. Aber geboren bin ich in Deutschland.«

Er schien sich über ihre Antwort zu freuen und deutete auf einige Säulen am Fuße des Phlemboukos-Phädriaden-Felsens.

»Möchten Sie heute noch das Athena-Heiligtum besuchen? Oder das Museum? Ich könnte Sie führen.«

Karen schüttelte den Kopf. »Nein, heute nicht mehr. Der Flug nach Athen und die Fahrt durch die Berge waren doch ein bisschen anstrengend für mich. Davon muss ich mich erst mal erholen. Morgen früh will Simon mir dann in Ruhe die Ruinen zeigen.«

Eliadis zog die Stirn in Falten. »Aber er muss doch morgen arbeiten.«

»Zu mir sagte er, dass er den Vormittag frei habe.«

Eliadis gab sich geschlagen. »Dann zeige ich Ihnen dafür morgen Nachmittag das Museum. Einverstanden?«

Er wartete ihre Antwort nicht ab, sondern wandte schnell den Kopf zum Sandweg, der zum Stadion und zu den Felsen hinaufführte, weil dort etwas seine Aufmerksamkeit erregte. Es waren drei Jugendliche, die mit ihren Fahrrädern den steilen Weg zum alten Stadion hinauffuhren. Sie mussten kräftig in die Pedale treten, aber sie waren diese Berghänge gewohnt. Ein etwa zwölfjähriger Junge mit tief hängender Jeanshose und einem roten T-Shirt und Nike-Turnschuhen fuhr den anderen rasant davon, ehe ein Ruf von der Tempelruine ihn langsamer werden ließ.

Eliadis' Gesicht verfinsterte sich, als er den Jungen etwas energisch hinterherrief, doch ihr Anführer zuckte mit den

Schultern und gab ihm eine kurze Antwort, ehe die drei weiter hinauffuhren.

Karen sah, wie Nikos sich auf die Unterlippe biss. »Sie kennen den Jungen?«

»Yannis ist mein kleiner Bruder, das Nesthäkchen unserer Familie. Ein frecher Rotzlöffel mit zu viel Selbstbewusstsein, dem die schmalen Bergwege keine Angst machen. Eines Tages wird ihm das noch zum Verhängnis werden, wenn er nicht aufpasst.«

Sie hörte Wut und Besorgnis in Eliadis' Worten mitschwingen und versuchte ihn von den Jungen abzulenken, die für einen kurzen Moment auf dem Weg hinter dem Amphitheater verschwanden.

»Apropos, gibt es hier irgendwo Fahrräder, von denen ich mir eins ausleihen könnte? Ich will damit nicht die Berge hinauf, sondern nur ins Dorf und mir ein paar Dinge zum Abendbrot kaufen.«

Eliadis drehte sich wieder zu ihr um. »Der Kühlschrank ist beinahe leer, nicht wahr? Bitte entschuldigen Sie, aber wir haben vergessen, ihn wieder aufzufüllen. Es hat lange keiner mehr in der Hütte gewohnt. Die Ausgrabungshelfer leben sonst alle im Dorf.«

»Nur Sie nicht?«

»Nein. Ich lebe gern hier in der Hütte neben dem Museum.« Er zeigte auf einen kleinen Schuppen.

»Dort stehen drei Camp-Fahrräder, die jeder benutzen darf, aber sie sind schon ziemlich alt und klapprig. Die Reifen verlieren Luft und müssen leider jedes Mal neu aufgepumpt werden. Ich hätte sie schon längst reparieren sollen, aber ich bin bis jetzt noch nicht dazu gekommen.«

»Ist ja nicht so schlimm, wenn die Räder alle eine Luftpumpe haben.«

Eliadis verzog das Gesicht. »Na ja, ich glaube, es gibt nur noch zwei Luftpumpen, aber falls Sie keine finden, sagen Sie Bescheid. Irgendwo werde ich schon eine auftreiben.«

»Vielen Dank.«

Er nickte ihr zu. »Wir sehen uns also morgen Nachmittag? Sagen wir um vierzehn Uhr vorm Museum?«

»Ich freu mich schon drauf, Nikos.«

»Ich mich auch.« Er salutierte kurz mit zwei Fingern und humpelte dann den schmalen Pfad ins Camp zurück, während Karen sich noch mal für eine Viertelstunde auf die Tempelmauer setzte und den Ausblick aufs Tal genoss.

Später ging sie dann zu dem Schuppen und suchte sich ein grünmetallicfarbenes Grecos-Fahrrad aus, dessen Vorderreifen neu aufgepumpt werden musste. Aber zum Glück waren tatsächlich zwei Luftpumpen da, sodass sie sich nach fünf Minuten Arbeit auf den Weg ins Dorf machen konnte.

Der Sandweg mit vielen spitzen Steinen war eine echte Herausforderung für die Reifen und entschuldigte vielleicht, warum sie andauernd Löcher hatten, doch nach hundert Metern hatte Karen eine schmale Teerstraße erreicht, die sie zur Nationalstraße und ins Dorf führte.

Obwohl Delphi hauptsächlich von Touristen lebte, hatte man es geschafft, große Hotelbauten aus Beton zu vermeiden. Stattdessen fuhr Karen an hübschen weiß gekalkten dreistöckigen Häusern mit kleinen Balkonen und flachen roten Ziegeldächern vorbei, die die Hauptstraße säumten und den Touristen einen schönen Blick über die Ebene des Pleistos-Tales bis hin zum saphirblauen Wasser der Bucht von Itea boten. Neben den Häusern waren schmale Ziergärten angelegt, die meistens nur einem einzigen Baum oder einigen Lorbeerbüschen Platz ließen. Überhaupt schmiegte sich der Ort sanft an die Felswand. Die Häuser schienen die Berge um Frieden und Schutz zu bitten, und die Felsen schienen ihnen diese Bitte wohlwollend zu gewähren.

Karen blieb an einigen Verkaufsständen stehen und nahm frische Oliven und Gurken mit, und kurz darauf fand sie einen Supermarkt, in dem sie die restlichen Lebensmittel einkaufen konnte. Eine halbe Stunde später verstaute sie gerade eine kleine Kunststofftüte am Fahrradlenker und eine andere mit Kopfsalat und einigen Glaskonserven auf dem Gepäckträger, als eine leise ansteigende Melodie von ihrem Handy ertönte. Ohne aufs Display zu gucken, klemmte sie sich das Handy unters Ohr und versuchte weiter, die sperrige Einkaufstüte sicher auf dem Blech zu befestigen.

»Karen Alexander.«

»Hi, hier ist Kay. Na, was machst du gerade? Shoppen in der Fifth Avenue?«

Es war ihr Bruder, der mit seiner Familie in Berlin wohnte und ab und zu bei ihr anrief. Sie hatten sich seit Weihnachten nicht mehr gesehen.

»Ich war zwar Shoppen, aber nicht in der Fifth Avenue. Die Dorfstraße von Delphi hat nicht so viele Hochhäuser, weißt du.«

Kay war für einen kurzen Augenblick sprachlos. »Delphi? Meinst du etwa *das* Delphi in Griechenland?«

»Ja, wieso? Gibt es noch mehr?«

»Als Ort vielleicht nicht, aber ich habe mit Delphi öfter zu tun, wenn es um unsere Computertechnik geht. Delphi ist eines unserer Computerprogramme.«

Karen seufzte. »Ja, ich weiß. Es hat mich ziemlich genervt, im Internet immer nur irgendwelche Computerseiten angezeigt zu bekommen, obwohl ich nach dem antiken Delphi suchte. Was für ein gemeiner Missbrauch des Namens.«

»Na ja, wer weiß heute noch etwas über das alte Delphi?«, entgegnete Kay lästernd.

»Das ist ja das Schlimme. Eure Leute arbeiten täglich mit einem modernen Programm und wundern sich vielleicht nur darüber, warum Delphi nach der neuen Rechtschreibung immer noch mit ph geschrieben wird anstatt mit einem f.«

Kay versuchte sich seine Kollegen an der Humboldt-Universität in Berlin vorzustellen, wenn man sie nach Delphi befragen würde. »Na, nun mecker mal nicht so rum. Bei den meisten meiner Kollegen kann ich sagen, dass sie eine sehr gute Allgemeinbildung haben und den Namen Delphi schon richtig zuordnen könnten. Für meine Studenten würde ich allerdings keine Hand ins Feuer legen. Die würden wohl doch eher das Computerprogramm nennen, wenn man sie in einer Quiz-Show danach fragen würde.«

»Siehst du.«

»Und du willst das jetzt ändern? Sollst du für Julius ein

Buch über Delphi schreiben, oder ist Michael bei dir und ihr macht in Griechenland einfach nur Kultur-Urlaub?«

»Nein, Michael ist in New York geblieben. Sein Vorgesetzter wollte ihm keinen Urlaub geben. Und ja, ich soll ein Buch über Delphi schreiben. Aber ich werde nicht lange hierbleiben. Vielleicht eine Woche. Auf jeden Fall nicht länger als zwei.«

Karen hörte ein kurzes Lachen durchs Telefon.

»Zwei Wochen ohne Michael? Na, wenn ihr beide das man durchhaltet. Als du mal für eine Woche in Deutschland warst, ist er doch auch schon nach drei Tagen mit dem Jet nach Hamburg hinterhergeflogen, um bei dir zu sein.«

»Da lag ja auch ein Wochenende dazwischen, an dem er nicht arbeiten musste«, gab sie zurück.

»Aber als Cop hat er doch auch mal Wochenenddienst.«

»Na klar. Aber an dem Wochenende eben nicht. Weswegen rufst du eigentlich an? Ich will mir nämlich gleich mein Abendessen machen.«

»Abendessen? Es ist doch gerade erst … Ach verflixt, bei dir ist es ja schon eine Stunde weiter, oder? Tja, Schwesterherz, da hat es dich diesmal aber wirklich erwischt. Nach Osten zu fliegen ist die schnellste Art, um älter zu werden.«

»Das macht nichts. Dich hole ich ja doch nicht mehr ein.«

»Vier Jahre – das dürfte dir schwer fallen. Gebe ich zu.«

»Also, warum rufst du an?«

»Aus keinem besonderen Grund. Ich habe Urlaub und sitze faul mit Frau und Kind am Wannsee und lasse mir die Sonne auf den Pelz brennen.« In dem Augenblick winkte ihm vom Strand her eine brünette Frau mit langen Haaren zu und rief etwas zu ihm herüber. »Ich soll dich übrigens herzlich von Marion und Hanna grüßen.«

»Oh, danke. Dann grüß man schön zurück. Du hast Urlaub? Das gibt's ja gar nicht.«

»Nur eine Woche. Einfach nur mal eine kurze Auszeit.«

Karen nahm das Fahrrad und ging damit, während sie telefonierte, die Straße entlang. »Und was machen deine Studien über mein ägyptisches Lieblingsobjekt?«

»Vielen Dank, dass du immer wieder danach fragst, aber du weißt, dass das langwierig ist. Es sieht bis jetzt ganz gut aus. Die Tests des letzten halben Jahres sind vielversprechend, auch wenn es manchmal wieder einen Schritt zurück gab. Aber es wird noch Jahre dauern, bis wir daraus etwas für Menschen Brauchbares herstellen können.«

»Hast du mal etwas von Mudder und Vadder gehört?«

Karens Eltern wohnten in einem kleinen Einfamilienhaus in Plön, einer alten Stadt mit prächtigem weißem Schloss im Süden von Schleswig-Holstein. Ein Ort, den Karen liebte und wohin sie sich immer wieder gern zurückzog. Ein kleines weißes Haus mit gemütlichem Garten mitten in der Stadt. Und trotzdem war es ein Ort der Ruhe.

»Nein, ich habe seit Ostern nicht mehr mit ihnen geschnackt, aber ich denke mal, dass Mudder mit ihrem Heimatverein durch die Gegend fährt und Vadder wie immer auf dem Plöner See herumsegelt.«

»In seinem Alter ganz allein zu segeln ist auch nicht gerade vernünftig.«

»Nein, aber du weißt, dass wir schon öfter mit ihm darüber geredet haben. Er tut es trotzdem. Diese Dickköpfigkeit kommt mir irgendwie bekannt vor.«

»Dito, Bruderherz, dito.« Karen warf dem schiefen Turm auf dem Gepäckträger einen skeptischen Blick zu. »Du sitzt also in der Sonne und wolltest mir nur von deiner Freizeit erzählen, während ich hier hart schuften muss?«

Kay lachte. »Hart schuften? Sagtest du nicht gerade, dass du im Dorf einkaufen warst? Das ist natürlich wirklich ein harter Job.«

»Lästermaul. Ich bin heute erst hier angekommen. Da brauche ich eben ein paar Stunden, um mich zu akklimatisieren.«

»Mit Shoppen. Akklimatisieren. Schon klar.«

Karen seufzte. »Wie bin ich froh, dass dich dieses Auslandstelefonat ein kleines Vermögen kosten wird.«

»Glaub mir, das ist es mir wert.«

»Schluss jetzt, Kay. Im Ernst, ich habe Hunger. Im Flugzeug habe ich nur eine Kleinigkeit gekriegt, und seitdem habe ich nichts mehr gegessen.«

»Gut. Ich werde dann mit meinen beiden Frauen später noch ein Eis essen gehen. Sag mal, warst du schon in Athen und auf der Akropolis?«

Karen versuchte die Kunststofftüte zu bändigen, die sich auf dem Gepäckträger immer wieder von einer Seite auf die andere verschob. »Nein. Das werde ich in den nächsten Tagen nachholen. Simon Delvaux, einer der Archäologen, sagte, dass er demnächst nach Athen fährt und mir die Akropolis zeigen will. Das passt mir ganz gut, dann kann ich danach noch zur Nationalbibliothek und dort einen Brief abgeben und ein Buch holen, das Julius und Artois mir empfohlen haben.«

Kay wurde hellhörig. »Nun lenk nicht mit Julius ab. Ein Mr. Delvaux wird dich also nach Athen begleiten? Ist er jung und athletisch oder alt und arthritisch?«

»Er ist jung, blond und sieht gut aus, wenn du es genau wissen willst, aber er hat gegen Michael keine Chance.«

»Warum nicht?«

Karen war für einen Augenblick verblüfft. »Weil … weil das gar nicht zur Diskussion steht.«

»Das heißt, wenn du ihn *vor* Michael getroffen hättest, wäre es schon eine Diskussion wert gewesen? Ich glaub, ich muss mal nach Delphi reisen und mir den Kerl ansehen.«

»Untersteh dich. Wie konnte es nur passieren, dass wir beide dieselben Eltern haben, Kay?«

Kay seufzte. »Ich weiß auch nicht. Mudder war mal einkaufen, und als sie wiederkam, hatte sie dich auf dem Arm. Das sind die ersten Erinnerungen, die ich an dich habe.«

»Was ist bloß mit dir los?«, fragte Karen lachend. »Du bist heute unausstehlich. Wie lange sitzt du eigentlich schon in der Sonne?«

»Noch nicht lang genug, um einen Sonnenstich zu haben. Okay, Schwesterherz, ich überlass dich jetzt dem geheimnisvollen Delphi und dem schönen Simon. Möge Sokrates' Weisheit dir zuteil werden, aber greif bitte nicht gleich zum Schierlingsbecher, wenn es sich vermeiden lässt. Und gibt es da nicht auch gefährliche Felsen? Also, pass auf die Felsen auf, wenn du in die Berge gehst.«

»Ja, mein großer Bruder. Ich werde auf mich aufpassen. Bis bald.«

Sie beendete das Gespräch, steckte das Handy in die Hosentasche und fuhr dann an kleinen Tavernen mit grün gestreiften Markisen in der Osiou-Louka-Straße vorbei, deren Sitzplätze draußen vor der Tür zum Essen einluden. Ein gelbes Schild pries Pizza, Gyros, Souvláki und Pitta an, aber darauf hatte Karen keinen Appetit, und so fuhr sie weiter auf der steilen Apollon-Straße hinab und schwenkte dann nach links auf die Nationalstraße in Richtung Museum ein.

7

Karen radelte in östlicher Richtung aus dem Ort hinaus und folgte der Straßenführung um einen Berghang herum, bis sie kurze Zeit später den kleinen Sandweg zum Archäologen-Camp erreichte und vor ihrer Hütte anhielt. Sie nahm die Tüte vom Lenker, stellte das Fahrrad auf seinen Ständer und ging die drei Stufen zur schmalen Holzveranda hoch, als sie hinter sich ein leises Ächzen vernahm und im Umdrehen nur noch mitbekam, wie ihr Fahrrad samt Einkaufstüte umstürzte. Sie hörte Gläser zerbrechen und splittern.

»O nein«, seufzte sie und eilte zu ihrem umgestürzten Fahrrad und der Kunststofftüte, aus der eine Dose mit grünen Bohnen den Weg zu Eliadis' Hütte runterrollen wollte. Mit einem langen Satz war sie bei der Dose, schnappte sie sich und versuchte einige Zitronen aufzuhalten, die sich ebenfalls unerlaubt in Bewegung gesetzt hatten. Sie griff nach allen Seiten um sich, als ein brauner Opel näher kam und vor ihr anhielt. Simon Delvaux stieg aus und half ihr unaufgefordert beim Einsammeln der Lebensmittel.

»Na, hatten Sie ein bisschen Pech mit dem Fahrrad? Vielleicht hätte ich Sie warnen sollen, dass unsere Camp-Räder ihre beste Zeit vor dreißig Jahren hinter sich hatten, aber ich dachte, dass Sie das selber merken würden.«

Er griff nach einem Glas Gewürzgurken und betrachtete

es argwöhnisch, als ein beunruhigender Gedanke ihn beschlich. Dann warf er Karen, die seitlich von ihm einige Schokoladenriegel vom Boden aufklaubte, einen prüfenden Blick zu, doch er konnte an ihrem Bauch keine verdächtige Rundung feststellen. Fürs Erste beruhigt, legte er einige zerbrochene Gläser vorsichtig in die Kunststofftüte zurück, während Karen den Salat und einen aufgesprungenen Joghurtbecher in die Hand nahm und dann die Hütte aufschloss.

Delvaux folgte ihr mit seiner gefährlichen Splitterfracht und stellte die Tüte dann neben sich auf den Küchentisch. Er warf der Haustür einen kurzen Blick zu.

»Schließen Sie immer ab, wenn Sie weggehen? Das ist hier im Camp eigentlich nicht üblich. Hier klaut niemand, da können Sie sicher sein.«

»Bien. Wenn Sie das sagen … Ich bin es nur nicht gewohnt, bei unverschlossener Tür zu schlafen. Und hier in den Bergen …«

Delvaux biss in einen Apfel, der ihm gerade eben vor Karens Haustür entgegengerollt war. »Hier ist es normalerweise sicherer als in der Stadt. In Athen würde ich auf keinen Fall mit offener Tür schlafen.« Er sah an Karen hinunter und betrachtete heimlich ihre schlanken Beine, während sie die letzten Lebensmittel zu retten versuchte und im Kühlschrank verstaute. »Sagen Sie, hätten Sie vielleicht Lust, mit mir essen zu gehen? Ich wollte gerade nach Galaxidi, als ihre Zitronenlawine auf mich zurollte.«

Karen räumte eine kleine Zuckerpackung in den Hängeschrank über der Spüle, als Delvaux mit diesem unvermittelten Angebot kam. Auf einmal wurde ihr bewusst, dass sie auf den Fußspitzen stand und Delvaux von der Seite her sämtliche weibliche Rundungen perfekt betrachten konnte. Sofort schloss sie die kleine Schranktür, stellte sich wieder normal hin und begann auf der Arbeitsplatte schwarze und grüne Oliven zu sortieren.

»Nein, danke. Ich wollte heute Abend etwas Ruhe haben und mir mein Abendbrot selbst machen.«

»Das habe ich gesehen.« Er hielt den Rest eines halben Würstchenglases hoch und schüttelte mit einem Lächeln den Kopf. »Es kann doch nicht Ihr Ernst sein, dass Sie nach Griechenland fahren und sich dann hier in dieser Hütte Frankfurter Würstchen und Kartoffelsalat machen.«

Karen fühlte sich ertappt und vermied den Blickkontakt zwischen ihnen. »Was haben Sie gegen Würstchen und Kartoffelsalat?«

»Eigentlich nichts. Und schon gar nicht, wenn Sie ihn machen und mich dazu einladen würden, aber da sich Ihr Abendbrot gerade auf der Campstraße verflüchtigt hat, sollten Sie die Chance nutzen und mit mir zusammen eine der besten Tavernen zwischen Arachova und Patras kennenlernen.«

Karen schob die Oliven zur Seite und griff nach dem heil gebliebenen Gurkenglas, das auf der Arbeitsplatte vor ihr stand. Vor zwei Tagen war sie noch mit Michael in New York essen gegangen, und jetzt sollte sie gleich am ersten Tag mit diesem Archäologen ausgehen?

Delvaux bemerkte den Ring mit den drei Brillanten an ihrer rechten Hand und musste kurz darüber nachdenken, auf welcher Seite Amerikaner ihren Ehering trugen. Wenn ihn nicht alles täuschte, trugen sie ihn an der linken Hand und Karens Ring wäre nur ein Freundschafts- oder Verlobungsring. In Deutschland trug man den Ehering allerdings rechts, aber eigentlich war Delvaux das völlig egal, denn ob eine Frau verheiratet war oder nicht, interessierte ihn nicht. Und die meisten Frauen, die er kannte, machten sich darüber auch keine Gedanken.

Er betrachtete Karens hübsches Gesicht und lächelte insgeheim. Immerhin schien sie über seinen Vorschlag nachzudenken, anstatt ihn sofort auszuschlagen.

»Kommen Sie«, bat er leise. »Von dem, was Ihr Unfall heil gelassen hat, wird doch nicht einmal ein Kind satt.«

Karen stand unschlüssig vor den Resten ihres halb vernichteten Abendessens, als ihr Magen mit einem gewaltigen Knurren auf sich aufmerksam machte.

Delvaux biss noch mal in den Apfel. »Hören Sie? Ihr Magen sehnt sich auch nach einer großen Fleischplatte anstatt nach einem dünnen Brot mit … hm, was ist noch übrig geblieben? Paprika? Ach nein, Gurken und ein paar Oliven.«

Karen musste lachen, als sie an das Gurkenglas dachte, das als Einziges nicht kaputtgegangen war. Leider hatte Delvaux Recht. In dieser Hütte würde sie heute Abend nichts Ordentliches zu essen bekommen, und dabei knurrte ihr Magen schon seit dem frühen Nachmittag. Die einzige Möglichkeit wäre gewesen, noch mal ins Dorf zu fahren und neu einzukaufen, aber dazu hatte Karen wirklich keine Lust. Also gab sie sich einen Ruck.

»Na gut, Simon, ich komme mit, aber ich zahle mein Essen selbst.«

Delvaux seufzte. »Von mir aus, wenn Sie sich dann besser fühlen. Das ist übrigens typisch deutsch. Die Griechen nennen es die alemannische Art, wenn jeder Gast seine eigene Rechnung zahlt. Das macht in Griechenland sonst kein Mensch. Hier trifft man sich mit Freunden, und ein Einziger zahlt die gesamte Rechnung. Das geht dann reihum, und jeder ist irgendwann mal dran.«

»Das mag sein, aber wir sind beide keine Griechen. Oder haben Sie sich noch mit Freunden zum Abendessen verabredet?«

»Nein, habe ich nicht. Ich müsste heute allein Yiorgos' Lammbraten genießen, wenn Sie nicht mitkämen.« Er betrachtete ihre kurzen olivefarbenen Shorts. »Allerdings sollten Sie vorher noch eine lange Hose anziehen und vielleicht eine dünne Jacke mitnehmen. Es wird abends schnell kühl, und es kann sein, dass wir bei Yiorgos draußen auf der Terrasse sitzen müssen, wenn das Lokal voll ist.«

»Ist die Taverne so gut?«

»Die beste weit und breit. Sie werden es nicht bereuen.«

Mit einem Schmunzeln ging Karen an ihm vorbei ins Schlafzimmer und kam nach einigen Minuten mit einer sandfarbenen Cargo-Hose und einer sportlichen Fleece-Jacke wieder heraus. Das Handy hatte sie in den Shorts gelassen, aber das Portemonnaie steckte sie schnell in die Jackentasche, ehe sie zu Delvaux in den Opel stieg. Sie fuhren durch Delphi und dann die Nationalstraße entlang zum Meer hinunter. Auf halber Wegstrecke deutete er plötzlich nach links.

»Dort hinten lag das alte Dorf Krissa, das Homer schon beschrieben hat.«

Karen lief eine Gänsehaut über den Rücken. »Sie meinen dieses schreckliche Räubernest, dessen Bewohner die Pilger überfielen und sie ausraubten und die Frauen vergewaltigten?«

»Ja. Dafür wurden sie ja auch bestraft. Trotzdem wird dieses Tal immer noch Krissa-Tal genannt.«

Karen sah aus dem Fenster hinaus auf die alten Olivenbäume, die sich rechts und links neben der Straße bis zu den Berghängen des Tals erstreckten. »Es war eine heilige Talebene, nicht wahr?«

»Ja. Man befragte eines Tages das Orakel von Delphi, ob man diese Ebene bepflanzen dürfe, denn so gutes landwirtschaftliches Land war hier in der felsigen Gegend selten. Aber die Pythia sagte, dass das Land Apollon gehöre und kein Mensch es nutzen dürfe.«

»Aber sie haben es dann doch getan«, sagte Karen mit einem leicht deprimierten Unterton, während Delvaux das eher pragmatisch sah.

»Die alten Griechen haben die ›Heilige Ebene‹ lange geehrt und sie nicht bewirtschaftet, aber als Delphis Macht schwand, war die gute Talerde Gold wert.«

Er fuhr an den weißen Häusern von Itea vorbei nach Galaxidi, einem kleinen Ort an einer Landzunge gegenüber der Bucht, der oben auf einem Hügel von einer alten Kirche bewacht wurde.

Delvaux parkte unten am Hafen und führte Karen durch schmale mediterrane Gassen mit zweistöckigen weißen Häusern mit terrakottafarbenen Dachziegeln zu

Yiorgos' Lokal. Der Grieche ließ es sich nicht nehmen und führte einen seiner besten Gäste höchstpersönlich mit einem breiten Grinsen zu einem bestimmten Tisch mit freier Sicht auf die Bucht.

Karen konnte den Blick nicht von dem fantastischen Panorama wenden, das sich vor ihr auftat – das satte Blau der Bucht mit den weißen Häusern von Itea gegenüber und hoch oben der heilige Berg der alten Götter, der Parnass mit seinem schneebedeckten Berggipfel. Delvaux bemerkte ihren faszinierten Blick und sagte etwas, doch Karen bekam den Anfang gar nicht mit.

»… Itea ist nichts für Sie«, urteilte Simon gerade und reichte Karen die Menükarte. »Eine viel zu junge Stadt.«

»Woher wissen Sie, dass ich alte Städte bevorzuge?«

»Welchen Grund sollte es sonst geben, dass Sie sich für Delphi interessieren? Nein, Sie lieben das klassische Altertum. Und dann ist Galaxidi viel besser als Itea, denn diese Häuser stehen auf den Ruinen einer viertausend Jahre alten Stadt. Es hat Kraft, es hat Geschichte, es hat Seele.«

Karen stimmte ihm zu. »Ja, Sie haben Recht. Dieses Wasser … dieser Golf hat eine sehr große Anziehungskraft auf mich.«

Delvaux grinste. »Das hat er damals auch schon gehabt. Dort drüben östlich von Itea war der alte Hafen von Delphi. Von dort sind die Pilger, die per Schiff ankamen, zum Orakel weitergereist, und manche wurden dann eben von den Krissa-Bewohnern ausgeraubt.« Er zeigte mit dem Daumen über seine rechte Schulter. »Und weiter westlich von hier fand 1571 die verheerende Seeschlacht von

Lepanto statt, in der die christliche Flotte das Osmanische Reich besiegte.«

Karen bekam eine Gänsehaut, als sie an einige Berichte über die berühmte Schlacht dachte, in der über dreißigtausend Seeleute einen nassen Tod gefunden hatten.

»Lepanto? An der Schlacht hat doch auch Cervantes teilgenommen, nicht wahr?«

»Ja. Er verlor dabei eine Hand, aber immerhin hat er überlebt. Haben Sie seinen *Don Quijote* schon gelesen?«

»Nein, noch nicht, aber er steht in meinem Bücherregal, und wenn ich mal Zeit und Ruhe habe, werde ich ihn lesen.«

Delvaux nickte. »Das ist vernünftig. Wissen Sie schon, was Sie essen wollen?«

Karen sah unschlüssig auf die Menü-Karte. Irgendwie schien das Lammkotelett mit den berühmten Amphissa-Oliven eine ungeahnte Macht auf sie auszuüben. Oder sollte sie doch lieber die hiesigen Meeresfrüchte nehmen?

Delvaux bemerkte ihre Unschlüssigkeit und beugte sich verschwörerisch über den Tisch.

»Ich muss Sie warnen«, flüsterte er. »Fisch ist in Griechenland ziemlich teuer. Das Meer ist schon seit Jahrhunderten leer gefischt. Das Essen wird nach Gewicht bezahlt, und es wäre ratsam, beim Abwiegen des Fisches dabei zu sein.« Delvaux grinste, als er Karens verblüfftes Gesicht sah.

»Das ist nicht Ihr Ernst«, zischte sie leise zurück.

Delvaux hob die Schultern. »Sie können es ja ausprobieren und sehen, was passiert. Was wählen Sie?«

Karen überflog die Karte schnell mit einem Blick. »Ich

glaube, ich habe mich gerade spontan für Kontosouvli mit Auberginen und Okras entschieden.«

»Ein Fleischspieß? Gute Wahl. Wissen Sie, was Okras sind?«

Karen schloss die Karte. »Nein, doch ich werde es hoffentlich überleben.«

»Okras sind Früchte einer Malvenart und kommen aus Afrika, aber ich habe sie hier auch schon gegessen. Yiorgos' Koch kriegt sie perfekt hin.« Und ohne einen Blick auf die Karte zu werfen, sagte er dem Kellner, der inzwischen an ihren Tisch getreten war, dass er Giouvetsi nehme.

Der etwas dickliche Kellner stellte eine Kerze auf den Tisch und zündete sie mit einem Feuerzeug an, während er Karen aus schmalen Augen betrachtete.

»Wie Sie wünschen, Mr. Delvaux«, erwiderte er in gebrochenem Englisch und grinste mit einem leichten Nicken, was Karen nicht sehen konnte, aber es entging ihr nicht, dass der Grieche seinen Gast mit Namen kannte.

Karen war für einen kurzen Moment irritiert. »Sie waren schon öfter hier?«

»Ein paarmal. Ich koche nicht gern für mich allein, und nach zwei Monaten in der Provinz habe ich allmählich sämtliche Restaurants und Tavernen in Delphi, Itea, Amphissa und Galaxidi durchprobiert. Dies ist die beste Taverne im Umkreis von zwanzig Kilometern. Vor allem die Kontosouvli, die Sie bestellt haben, sind die besten, die ich in Griechenland bisher gegessen habe. Der Koch legt sie stundenlang in eine besondere Marinade aus Knoblauch und Rosmarin. Wirklich ganz ausgezeichnet. Kein

Nullachtfünfzehn-Fleischspieß wie in Deutschland. Welchen Wein nehmen wir? Einen trockenen oder einen Kokinelli?«

»Zum Essen bitte einen trockenen.«

Delvaux nickte und sprach Englisch mit dem Ober, der ihnen unaufgefordert zwei kleine Schüsseln Choriátiki saláta, einen erfrischenden Salat aus Tomaten, Gurken, Oliven, Paprika, Zwiebeln und Schafskäse, auf den Tisch stellte und nach einem weiteren Gang den Rotwein brachte und in Gläser füllte.

»Schmeckt sehr lecker«, urteilte Karen über den Salat, als sie auf einmal ein schlechtes Gewissen bekam. Das letzte Mal, als sie einen griechischen Salat gegessen hatte, war sie zusammen mit Michael bei ihrem Lieblingsgriechen in der West Side gewesen.

Wie war es nur möglich, dass sie Simons Bitte zu diesem Abendessen nachgegeben hatte? Natürlich wäre ihre Mahlzeit in der Hütte äußerst spartanisch ausgefallen, aber wie hatte sie dem Belgier so schnell nachgeben können?

Mit seinen kurzen blonden Haaren und den leuchtenden blauen Augen sah er sehr gut aus, auch wenn durch seine Wangenknochen sein Gesicht für Karens Geschmack ein wenig zu breit war. Aber er hatte eine wunderbare Unbeschwertheit an sich, die es ihr leicht machte, sich mit ihm unbefangen zu unterhalten.

Bereitwillig gab er Auskunft über sein Studium in Brüssel, Amsterdam und Paris und dass er hoffte, mit seiner jetzigen Entdeckung des Brunnenbeckens promovieren zu können.

Karen trank gerade Wein, als sie sich verschluckte und zu husten begann.

Delvaux wollte schon aufstehen und ihr auf den Rücken klopfen, doch sie winkte ab. »Sie haben in Paris studiert? Etwa an der Sorbonne?«

»Ja. Vor zwei Jahren. Ist das ungewöhnlich?«

»Nein«, krächzte sie, »nicht im Geringsten.«

»Haben Sie etwa auch dort studiert?«

Sie hustete noch mal. »Nein, nicht direkt. Ich habe ... dort gearbeitet.«

Delvaux hob fragend die Augenbrauen, doch dann erinnerte er sich, warum Karen in Griechenland war und Delphi besuchte.

»Ah, Sie haben also über die Sorbonne ein Buch geschrieben?«

»Nicht über die Sorbonne, sondern über einen Professor, der vor hundert Jahren an der Universität forschte.«

»Oh, wie interessant. Ein Kollege von Marie Curie? Ging es um Radiologie? War er ein Nobelpreisträger?«

»Nein, leider nicht.«

»Was hat er denn erforscht?«

»Es ging um Stoffwechselkrankheiten. Nichts Besonderes«, wiegelte Karen ab, während ihr bei dieser Untertreibung beinahe übel wurde, als wieder sämtliche Erinnerungen ihres Paris-Besuchs in ihr hochstiegen. »Hören Sie, können wir nicht über etwas anderes reden? Zum Beispiel über das wiederentdeckte Brunnenbecken? Ich stelle mir das ziemlich aufregend vor, der Urheber einer solchen Sensation zu sein.«

Delvaux seufzte. »Welche Sensation meinen Sie? Einen

Brunnen in einem griechischen Felsmassiv? Wen interessiert das schon?«

»Die Fachwelt.«

»Ach, die paar hundert Menschen meinen Sie. Na großartig. Ja, wenn Sie in Ägypten einen Sarkophag mit einer gut erhaltenen Mumie finden, haben Sie die Weltöffentlichkeit hinter sich, auch wenn es sich nur um eine drittklassige Mumie aus der Spätzeit handelt, von denen es hunderte in den musealen Lagern gibt. Aber die Leute reagieren immer mit Faszination auf so eine Nachricht, weil sie mit Mumien den alten Glanz Ägyptens gleichsetzen. Was ist dagegen schon ein alter Brunnen in Delphi?«

Karen wollte das nicht so gelten lassen. »Aber Delphi war zur archaischen Zeit doch ein wichtiger Ort im gesamten Mittelmeerraum. Es war ein Machtzentrum.«

Delvaux reagierte mit einer abwertenden Handbewegung. »Das weiß heute doch keiner mehr. Und wenn es jemand weiß, dann interessiert es ihn nicht. Wer interessiert sich denn noch für Homer, Sophokles und Aischylos?«

»Ich zum Beispiel.«

»Ja, gut. Willkommen im Club einer aussterbenden Rasse.« Er prostete ihr mit seinem Weinglas zu, während Karen einen sehnsüchtigen Blick über den Golf in Richtung Delphi warf. Plötzlich bildete sich eine kleine Längsfalte zwischen ihren Augenbrauen.

»Was ist eigentlich mit Nikos?«

Delvaux nahm gerade genüsslich einen Schluck nemeischen Rotwein, als ihre Frage ihn überraschte.

»Wieso? Was soll mit ihm sein?«

»Ist er Ihr Freund? Er schien ein wenig beleidigt zu sein, dass Sie heute ohne ihn nach Athen gefahren sind.«

Delvaux grinste. »Ich kenne ihn erst seit zwei Monaten, seit wir in Delphi ankamen und mit den Ausgrabungen begannen. Er ist ein netter Kerl, aber voller Komplexe wegen seines Klumpfußes. Dabei behindert er ihn nicht im Geringsten bei seinem Museumsjob, und auch nicht, bei unseren Ausgrabungen mitzuarbeiten. Ich weiß nicht, warum, aber ich habe das Gefühl, ihm helfen zu müssen, obwohl er die Hilfe eigentlich gar nicht haben will und sie manchmal vielleicht auch gar nicht braucht. Es ist nicht immer einfach mit ihm. Im Dorf ist er ein Außenseiter. Sie sind wohl nie freundlich zu ihm gewesen, und auch mit den jungen Frauen hat er nicht viel Glück. Außer Selena, der Tochter der Pythia, hat er keine richtige Freundin.«

Karen bemerkte Simons geschickten Hinweis, dass Nikos schon vergeben war, und fragte genauso beiläufig: »Selena, Tochter der Pythia?«

»Haben Sie Theophora noch nicht kennengelernt? Sie wohnt mit ihrer Tochter in dem weißen Häuschen über uns an der Straße zum alten Stadion.«

Karen schüttelte den Kopf. »Nein, ich kenne weder Selena noch ihre Mutter. Warum nennt man sie Pythia?«

»Na ja, weil die Dorfbewohner glauben, dass sie wahrsagen kann. Sie besuchen sie in ihrem Haus und bitten sie um Rat.«

Karen war verblüfft. »Wie zu Zeiten des alten Orakels?«

»Ja, so ähnlich. Nur dass sie nicht in einem marmornen Tempel herumzaubert, sondern in ihrem kleinen baufälligen Haus. Aber von irgendetwas muss sie ja leben.

Genauso wie Nikos, der sich mit Hilfsjobs über Wasser hält. Er kennt sich übrigens sehr gut mit den delphischen Legenden aus und ist ein perfekter Führer durchs Museum. Besser als ich, muss ich gestehen, aber er ist auch hier aufgewachsen, während mein Interesse an Delphi erst vor zehn Jahren begann.«

»Als Ihr Ururgroßvater starb?«

»Nein, der starb natürlich schon früher. Genau genommen 1906. Aber vor zehn Jahren starb mein Vater, und so kam ich in den Besitz der alten Aufzeichnungen von Androuet.«

Karen richtete ihren Blick wieder hinüber zum Südosthang des Parnass, an dem Delphi lag. »Ist es nicht unheimlich, wie sehr die Natur diesen Ort zurückeroberte? Als ob sie sagen wollte: Er gehört mir, mir, mir und nicht euch Menschen.«

»Nein, ich finde das nicht unheimlich, denn jetzt sind wir wieder an der Reihe, der Natur diesen Platz abzuringen. Eintausendfünfhundert Jahre hat sich niemand um Delphi gekümmert, aber wir machen es wieder zum Nabel der Welt.«

Karen griff nach ihrem Weinglas. »Durch die Entdeckung eines Brunnenbeckens?«

Delvaux lachte ertappt. »Vielleicht sollte ich wie Schliemann einen Goldschatz dort vergraben und ihn zufällig ausbuddeln. Gold ist immer eine Sensation.«

»Aber bei den heutigen Altersbestimmungsmethoden würde man den Bluff spätestens nach einem halben Jahr bemerken, oder?«

»Früher, viel früher. Betrüger haben heutzutage keine

Chance mehr.« Er hob sein Weinglas und hielt es ihr entgegen. »Trotzdem, auf die alten Griechen und auf dass wir ihre alten Geheimnisse nach zweitausendfünfhundert Jahren endlich lüften dürfen.«

Karen hob auch ihr Glas und wollte auf diesen speziellen Toast mit Simon anstoßen, doch noch bevor sich ihre Gläser über der Mitte des Tisches trafen, begann unter ihnen ein dunkles Grollen, und Karens Stuhl fing an zu wackeln. Mit Schrecken sah sie, wie die Salatschüsseln den Tischkanten entgegenrutschten und mit lautem Scheppern auf den gekachelten Boden fielen. Ihr Herz begann zu rasen, als sie merkte, dass das ganze Haus wie von einer mächtigen Hand geschüttelt wurde. Dachziegel schlugen mit lautem Krachen vor dem Fenster auf den Steinfliesen der Terrasse auf. Ein dreiarmiger Metall-Leuchter wippte bedenklich über ihrem Tisch hin und her, bis er mit einem ohrenbetäubenden Quietschen herunterfiel und Karens Kopf nur um Zentimeter verfehlte. Hinter Simons Rücken sah sie einen schnell wachsenden Riss in der Wand, der sich von unten her durch das Mauerwerk fraß.

Die Gäste fingen zu kreischen an und taumelten über umgestoßene Stühle und Tische nach draußen. Auch Delvaux hatte Karen schnell am Arm gepackt, sie nach draußen auf die Terrasse gezogen und war dann mit ihr noch ein Stück weiter zum Strand hinuntergelaufen. Erst nach fünfzig Metern hielten sie an und wagten einen Blick zurück zu dem Haus, in dem sie vor einer Minute noch gemütlich gesessen hatten.

Unter ihren Füßen bebte immer noch die Erde, für

Karen ein unerwartetes und unangenehmes Gefühl, das sie bisher noch nicht kannte.

»Sind Sie okay?«, fragte Delvaux und warf Karen einen abschätzenden Blick zu.

Karen nickte, obwohl ihr das Herz bis zum Hals pochte. Beide starrten sie auf das Schauspiel, das sich ihnen bot – in der kleinen Straße, die bis zum Strand hinunterführte, gab es kaum noch ein Dach, das gerade auf den Mauern lag. Überall sah man Risse in den Hauswänden und Fensterrahmen, die unter dem Gewicht der verschobenen Mauern nachgegeben hatten. Das Beben hatte inzwischen aufgehört, aber konnte man sicher sein, dass es nicht in einigen Minuten noch mal wiederkäme? Alle Menschen des Ortes waren aus den Häusern gestürmt. Manche hielten weinende Kinder auf den Armen und eilten zum Marktplatz, während andere ihre Großeltern stützend die Straße hinunterführten.

Die ersten Krankenwagensirenen waren zu hören, doch kamen sie nicht auf Karen und Delvaux zu, sondern schienen sich eher von ihnen zu entfernen. Es hatte wohl andere Menschen schlimmer getroffen als sie in diesem Stadtteil. Tatsächlich sah Karen nur wenige verwundete Menschen. Die meisten hatten es wohl geschafft, rechtzeitig aus ihren Häusern rauszukommen, und manche hatten sogar schon wieder Kraft, ihren Unmut in den Abendhimmel hinauszuposaunen.

Eine alte Frau, die die Straße hinuntergetragen wurde, keifte ihnen etwas entgegen und wedelte drohend mit einem alten Gehstock in ihre Richtung, was Karen leicht zurückzucken ließ. Ihr heiseres Kreischen klang wie eine Anklage.

»Was hat sie gesagt?«

»Weiß ich nicht. Die Griechen sind abergläubisch. Vermutlich keift sie, dass dieses Erdbeben eine Strafe Gottes sei oder so ähnlich«, antwortete Simon mit einem Schulterzucken. »Verrückte Alte. Griechenland liegt nun mal auf einer Schnittkante der Kontinentalplatten. Erdbeben sind hier normal.«

Karen warf ihm einen beunruhigten Blick zu. »Aber dieses war ein bisschen stärker als sonst, oder?«

»Vielleicht. Die Geologen werden uns morgen den genauen Wert auf der Richterskala nennen.«

»Sie nehmen dieses Erdbeben ziemlich locker, Simon.«

Delvaux zuckte erneut mit den Schultern. »Ich bin Wissenschaftler. Ich weiß, welches Risiko ich eingehe, wenn ich mich hier aufhalte.«

Karen nickte mechanisch, während sie auf die zerrissenen Wände der Taverne zurückblickte, durch die jetzt mehrere Feuerzungen nach Nahrung lechzten. Wie hatte sie nur so naiv sein können? Sie hatte sich nicht die geringsten Gedanken über Erdbeben oder sonstige geologische oder klimatische Gefahren gemacht, als sie den Auftrag für das Delphi-Buch angenommen hatte.

»Ich habe diesem Haus Unglück gebracht«, murmelte sie leise vor sich hin, doch Delvaux hatte ihre Worte gehört.

»Unsinn. Sie bringen niemandem Unglück.«

Karen deutete auf die Taverne. »Aber sehen Sie doch, die anderen Häuser stehen alle noch. Sie sind zwar krumm und schief, aber sie stehen noch. Nur diese Taverne geht in Flammen auf.«

»Aber das liegt doch nicht an Ihnen, Karen. Völliger Blödsinn. Kommen Sie, ich fahre Sie nach Delphi zurück.«

Karen nickte und ließ sich von Delvaux durch die aufgeregten Menschenmengen in den Straßen führen. Es war nicht leicht, bis zu seinem Opel durchzukommen, aber immerhin hatte er das Erdbeben unversehrt überstanden, während andere Menschen nicht so viel Glück gehabt hatten und ihre versunkenen Wagen im Hafenbecken betrachteten. Ein etwa sechs Meter langes Teilstück der Kaimauer war ins Meer abgerutscht und hatte mindestens drei Autos mit sich gerissen.

Karen blickte benommen auf die fremden Menschen, die mit den Armen in der Luft herumfuchtelten und lautstark ihren Verlust diskutierten, während Delvaux seinen Opel aufschloss und einstieg. Sie merkte nicht, dass er den Wagen startete und darauf wartete, dass sie sich neben ihn setzte. Wie in Trance beobachtete sie die wütenden Männer und Frauen, die sich über den Verlust ihrer Autos beklagten.

»Kommen Sie?«

Delvaux hatte die Beifahrertür geöffnet und beugte sich zu Karen rüber, die nur langsam aus ihrer Erstarrung erwachte und dann schließlich nach einem letzten Blick auf die Menschen auf der Hafenmole zu ihm ins Auto stieg.

Wortlos saßen sie nebeneinander, während Delvaux den Wagen durch die schmalen Straßen von Galaxidi fuhr. Zum Glück war der Weg zur Hauptstraße nur kurz, und so waren sie schon nach einer Viertelstunde aus der Stadt heraus und wieder auf der Nationalstraße in Richtung Delphi.

Karen schwieg beinahe die ganze Autofahrt über, während Delvaux versuchte sie von ihren Gedanken abzulenken und in ein Gespräch zu verwickeln, aber sie antwortete nur kurz oder überhaupt nicht. Meistens starrte sie benommen nach draußen.

»Das Erdbeben war wirklich nicht schlimm«, meinte Delvaux. »Fast alle Häuser sind stehen geblieben.«

»Fast alle«, sagte Karen leise. »Aber nicht das von Yiorgos.«

Delvaux knetete ungeduldig das Lenkrad. »Die Leute leben hier mit den Erdbeben. Es ist für sie völlig normal. Yiorgos wird seinen Laden schon wieder aufbauen, da bin ich mir sicher.«

Kurze Zeit später bog der Opel in Delphi auf die schmale Sandpiste zum Camp ab und hielt vor Karens Hütte.

»Vielen Dank für den Abend«, sagte Karen mechanisch, ohne über die Worte nachzudenken, und wollte aus dem Wagen steigen, aber Delvaux hielt sie am linken Handgelenk fest.

»Sind Sie in Ordnung, oder soll ich noch kurz mit reinkommen?«

In seiner Stimme klang echte Besorgnis, aber Karen war viel zu müde von diesem Tag und schüttelte nur den Kopf. Delvaux ließ daraufhin ihr Handgelenk los und sah ihr nach, wie sie, ohne sich umzudrehen, in die Hütte ging.

»Verdammt«, fluchte Delvaux und schlug mit der Faust auf das Lenkrad, ehe er die wenigen Meter zu seiner Hütte fuhr und den Abend allein verbringen musste.

8

Kaum hatte Karen die Tür hinter sich geschlossen, als ihre Beine nachzugeben drohten. Schnell taumelte sie zu einem der alten Cocktail-Sessel und ließ sich hineinfallen. Zwei Gefühle kämpften in ihrem Inneren, einerseits die Angst, noch mal so ein unheimliches Erdbeben erleben zu müssen, und andererseits vermisste sie Michael.

Erst jetzt wurde ihr wieder bewusst, wie sicher sie sich fühlte, wenn er bei ihr war. Das Erdbeben hätte sie nicht halb so verstört, wenn sie es mit ihm zusammen erlebt hätte.

Michael.

Sie musste ihn anrufen. Sofort. Sie musste mit ihm reden, seine Stimme hören. Er würde sie trösten.

Wo war ihr Handy? Nach kurzer Suche fand sie es in ihren Shorts und drückte eine bestimmte Kurzwahltaste. Es dauerte einige Zeit, bis das mobile Telefon in den Bergen einen guten Empfang bekam und sich in das griechische Funknetz eingewählt hatte, doch schließlich kam die Verbindung nach New York zustande.

Siebentausend Kilometer entfernt klingelte ein anderes Handy. Ein Mann stutzte, dann griff er mit seiner fleischigen Hand danach und betrachtete auf dem Display den Namen der Anruferin. Das Handy klingelte laut und fordernd, aber der Mann zögerte. Dann drückte er eine

Taste und beendete die Verbindung, ohne das Gespräch angenommen zu haben.

Es war nicht Michael.

Karen guckte irritiert auf das Telefon in ihrer Hand. Michael hatte den Anruf abgewiesen. Merkwürdig. Aber vielleicht hatte er gerade keine Zeit, weil er in einem Außeneinsatz war?

Wie auch immer, er wusste nun, dass sie versucht hatte, ihn zu erreichen, und sie war sich sicher, dass er zurückrufen würde, sobald er Zeit für sie hätte. Aber konnte sie so lange darauf warten? Ihr fielen allmählich die Augen zu. Sie hatte zwei Stunden im Flugzeug gesessen und außerdem ein Erdbeben erlebt. Für den ersten Tag ihrer Reise reichte es.

Sie wartete noch eine halbe Stunde, doch als Michael immer noch nicht angerufen hatte, ging sie nach einem kurzen Abstecher ins Badezimmer ins Bett. Auf dem Nachttisch hatte sie das Foto von ihm stehen, das sie jetzt in die Hand nahm und liebevoll mit dem Zeigefinger über seine Nase und sein Kinn strich. Du fehlst mir, Darling, dachte sie und warf einen langen Blick auf das Bild. Wo bist du gerade, Michael, dass du nicht mit mir telefonieren wolltest?

9

Mansfield saß mit gefesselten Händen und einer übergestülpten Sturmmaske auf dem Beifahrersitz eines alten Chryslers und blutete aus einer Beinwunde. Neben ihm saß der Mann, der ihn ermorden würde. Er fuhr den Wagen entlang dem Hudson River. Mansfield war am linken Oberschenkel angeschossen. An Flucht war nicht zu denken. Er würde keine hundert Meter weit kommen. Es war vorbei. Er war am Ende. Er wusste es und hatte nur noch einen Gedanken: Wie und wo würde er sterben?

»Bringen Sie mich zum Fluss?«

Der Fahrer presste eine kurze Bestätigung durch die Zähne.

Mansfield lehnte den Kopf gegen das kalte Glasfenster. Diese Kälte würde er bald am ganzen Körper spüren. »Tun Sie mir einen Gefallen?« Er drehte den Kopf zum Fahrer, obwohl er den Mann nicht sehen konnte. »Eine letzte Bitte. Erschießen Sie mich, bevor Sie mich in den Fluss werfen.«

Der Farbige am Steuer knurrte: »Du willst doch nur, dass deine Kumpel meine Kugel bei dir finden, um mich zu identifizieren.«

»Nein. Wenn Sie mir am Fluss den Revolver direkt auflegen, geht die Kugel durch mich durch, das wissen Sie genau. Niemand wird sie finden, wenn sie in Richtung Wasser zielen.«

Der Farbige kaute auf einer halben Zigarette herum und brummelte: »Du redest zu viel, Bulle. Also halt's Maul. Ich werd's auf meine Art machen, verstanden?«

Mansfield wusste, dass er nichts mehr zu verlieren hatte, nahm alle Kraft zusammen und ließ sich mit dem Oberkörper auf die Fahrerseite fallen. Der Farbige fluchte, als der Wagen ins Schlingern geriet und er mit voller Wucht auf die Bremse treten musste. Er stieß Mansfield auf den Beifahrersitz zurück und zielte mit seiner Waffe auf ihn.

»Du verdammter Bastard! Wenn du das noch einmal versuchst …«

»Was dann? Dann bringst du mich um, du Idiot?«

Mansfield hörte das leise Klicken, als ein Revolver gesichert wurde, und merkte dann, dass der Wagen langsam wieder beschleunigte. Der Mann neben ihm schien sich nicht aus der Reserve locken zu lassen.

Kurze Zeit später stoppte der Chrysler, und der Fahrer zog Mansfield aus dem Wagen. Er fühlte steinharten Untergrund unter den Sohlen. Anscheinend waren sie auf einer alten betonierten Kaimauer am Fluss, einer von hunderten rechts und links des Hudson.

»Knie dich hin!«, befahl der Farbige.

Mansfield hörte wieder das leise Knacken des Revolvers, doch diesmal war die Waffe entsichert worden und schussbereit. Nur noch wenige Sekunden, und sein Entführer würde ihn exekutieren. Seine Hände waren auf den Rücken gebunden, sein linkes Bein schmerzte höllisch, als er es anwinkeln musste. Er stöhnte leise und biss die Zähne zusammen. Er wollte in seinen letzten Sekunden nicht winseln wie ein Hund und dem anderen keinen Triumph gönnen.

Wenn sein Gehör ihn nicht täuschte, stand der Mann leider zu weit weg, sonst hätte er noch einen Angriff gewagt, aber mit seinem verletzten Bein konnte er sich nicht mehr schnell genug bewegen.

Plötzlich wurde ihm die Maske vom Kopf gerissen. Der Farbige saß hinter Mansfield, zog an seinen Haaren und hielt ihm den Revolver direkt gegen die Wange.

»Wie willst du es denn am liebsten haben. So? Oder so?« Er nahm den Revolver von der Wange und schob ihm den Lauf in den Mund.

Mansfield schloss die Augen und sackte innerlich zusammen. Erinnerungen wurden wach, als er vor zwei Jahren zusehen musste, wie einem Kollegen auf diese Weise das halbe Gehirn weggeschossen worden war. Er hatte es nicht verhindern können. Es waren Bilder, die er nie wieder losgeworden war. Und jetzt geschah es ihm selbst.

»Oder willst du es lieber so haben?«, fuhr der Farbige fort, riss Mansfield noch mal an den Haaren, während er den Revolver aus seinem Mund zog und mit dem Lauf direkt auf sein Herz zielte. »Große Ratestunde, mein Freund. Was wird es sein? Kopf oder Herz, Bulle. Los, rate!«

Mansfield atmete schwer. »Herz«, entschied er.

»Falsch geraten, Mansfield. Sorry.«

10

Mehrere Stunden später klingelte ein Telefon im New Yorker Police Departement, und eine junge Frau nahm den Hörer ab. Sie warf einen Blick zum Schreibtisch gegenüber und machte mit der linken Hand ein hektisches Zeichen zu ihrem Kollegen.

»Tom, ein Anruf für dich!«

»Ist es Mike?«

»Nein, jemand anders. Er will seinen Namen nicht nennen.« Tess Callahan hob vielsagend die Augenbraue und zeigte auf Toms Telefon. Er nahm den Hörer ab und fuhr sich nervös durchs Haar.

»Thomas Davidson.«

»Schön, Sie wiederzuhören, Tom. Suchen Sie zufällig Ihren Partner?«

Davidson hatte diese dunkle Stimme schon mal gehört, konnte sie aber im Augenblick nicht zuordnen. »Wer spricht da?«

»Unwichtig. Wenn Sie Mansfield suchen, er liegt am Pier 76. In der Nähe der alten Holzfabrik.« Der Mann beendete das Gespräch.

»Was?« Tom legte den Hörer auf und griff gleichzeitig nach seiner Jacke.

»Allan, komm! Ich weiß, wo Michael ist!«

Sein Gesicht war leichenblass, zeigte aber Entschlossenheit. Er liegt am Pier 76 … Was hatte das zu bedeuten?

Lebte er noch, oder war er tot? Davidson wollte nicht darüber nachdenken. Wenn seinem Partner etwas Schlimmes zugestoßen war, würde er sich das niemals verzeihen können. Verdammt, er hätte ihn vor drei Tagen nicht alleine in Brennars altes Gebiet gehen lassen sollen. Hektisch zog er seine Jacke an und warf seinem Kollegen einen herrischen Blick zu.

»Al, bist du bald so weit, oder muss ich dir erst noch in den Hintern treten? Komm schon!«

Allan Portman schoss von einem der hinteren Schreibtische hoch und kam mit großen Schritten auf ihn zu.

»Bin ja schon da.«

Zwei weitere Kollegen stellten sich ihnen in den Weg.

»Wir kommen auf jeden Fall mit, falls es Ärger gibt.«

Tom nickte nur. Natürlich konnte der Anruf auch eine Falle sein. Es wäre nicht das erste Mal gewesen, dass man sie durch eine Geisel in einen Hinterhalt zu locken versuchte. Aber diesmal war es anders. Er spürte es. Der Anrufer war knapp und präzise gewesen. Wie ein Killer, dachte er und biss die Zähne zusammen. Nein, der Mann hatte ihm nur eine Information geben wollen. Mehr nicht. Er hatte ihm nicht einmal die Spur von Genugtuung in seiner Stimme zu erkennen gegeben. Eiskalt, dachte Tom, während er mit seinen Kollegen aus dem Büro eilte.

Die Fahrt auf die andere Seite des Hudson schien trotz des Blaulichts und der Sirenen eine Ewigkeit zu dauern. Was würde ihn dort erwarten? Tom wollte nicht daran denken, aber immer wieder spielte ihm sein Gehirn mehrere Varianten vor. Er konnte diese Szenen nicht abschalten, es geschah von ganz allein. Sein Hals schnürte sich bei dem Gedanken zu, wie er seinen toten Partner in einem Leichensack verschwinden sehen würde. Verdammt! Zu viele Kollegen hatte er in den letzten fünf Jahren im Dienst verloren, und auf zu viele Beerdigungen hatte er gehen müssen. War es das alles wert?

Und jetzt Michael …

Ein verrostetes Schild wies ihnen die Richtung zur alten Holzfabrik, wo sie alle ausstiegen, nach ihm riefen und mit Taschenlampen nach Mansfield suchten.

Es war Allan Portman, der ihn zuerst entdeckte. »Tom! Hierher!«

Davidson wirbelte herum und rannte zu seinem Kollegen, der neben Mansfield auf der alten Kaimauer kniete. Er lag regungslos mit dem Kopf nach unten, die gefesselten Arme waren stramm auf den Rücken gebunden. Davidson und Portman drehten ihn vorsichtig um und sahen in ein blutüberströmtes Gesicht. Das Blut rann von einer schmalen Kopfwunde an der linken Schläfe herunter.

Portman schnitt Mansfield die Fesseln durch, während Davidson seine Hand vorsichtig auf Mansfields linken Rippenbogen legte. Die Brust hob und senkte sich langsam. Davidson fiel ein Stein vom Herzen, doch im nächsten Moment sah er sich wütend um.

»Wo bleibt der Arzt, verdammt noch mal!« Er beugte sich wieder zu seinem Partner runter. »Mike! Michael! Hörst du mich? Komm schon, Kumpel, mach die Augen auf!«

Doch Mansfield reagierte nicht.

Portman schaute auf die Wunde an Mansfields Kopf. »Das sieht nicht nach einem Schuss aus. Anscheinend hat man ihn nur niedergeschlagen. Er wird bald wieder aufwachen, Tom. Keine Sorge.«

Davidson stand auf und machte einem Arzt und mehreren Sanitätern Platz, die inzwischen am Kai angekommen waren und sofort damit begannen Mansfield zu untersuchen.

»War er ansprechbar, als Sie ihn fanden?«, fragte der Arzt.

Portman schüttelte den Kopf. »Nein, er war schon bewusstlos. Wird er es schaffen, Doc?«

»Wir müssen sehen. Er hat eine Schusswunde am linken Oberschenkel und eine Wunde am Kopf. Sein Zustand ist momentan relativ stabil, aber das kann sich jederzeit ändern.« Er rief nach zwei Sanitätern, die Mansfield vorsichtig auf eine Transportliege legten und ihn zum Rettungswagen brachten.

Thomas Davidson stand geistesabwesend neben Portman und den anderen Kollegen. Sie beobachteten, wie sich hinter Mansfield die Krankenwagentüren schlossen, doch Davidson war mit seinen Gedanken ganz woanders. Er musste an einen sehr kurz angebundenen Telefonanrufer mit markanter tiefer Stimme denken, die ihm nicht mehr aus dem Kopf gehen wollte.

Der Mann hatte Michael nicht getötet.

Warum nicht?

11

Zwei Stunden später saßen Thomas Davidson und seine Schwester Alicia, die er hinzugerufen hatte, im Flur des Krankenhauses, in das Mansfield eingeliefert worden war, und sie wussten nicht, ob sie gehen oder warten sollten. Der Arzt hatte ihnen mitgeteilt, dass Mansfield das Bewusstsein noch nicht wiedererlangt habe und dass sie nicht wüssten, wann dies der Fall sein würde. Es könne jederzeit geschehen, aber auch Stunden oder Tage dauern. Sie vermuteten eine vorübergehende Bewusstlosigkeit aufgrund eines tiefen Schockzustands, aber es konnte auch ein Koma sein. Die nächsten Stunden und Untersuchungen am kommenden Tag würden darüber mehr Aufschluss bringen.

Davidson und Alicia hatten nur genickt, doch als der Arzt gegangen war, hatte Alicia ihren Bruder am Arm gepackt und gesagt, er müsse Mansfields Vater sofort anrufen und informieren, dass sein Sohn im Krankenhaus liege.

»Habe ich schon getan«, entgegnete Davidson müde. »Aber Michaels Vater ist gerade geschäftlich in Indien unterwegs, um irgendwelche Bollywood-Filme einzukaufen, und im Augenblick nicht zu erreichen. Er wird erst nächste Woche zurückkommen.«

Alicia schauderte bei dem Gedanken, dass Michaels Vater schon wieder so eine Hiobsbotschaft bekommen würde. Doch dann musste sie plötzlich an jemand andern denken.

»Du musst unbedingt Karen anrufen!«

»Ich habe ihre Nummer nicht«, entgegnete Tom.

»Blödsinn, du hast immer ihre Nummer, falls etwas passiert.«

»Ich will Karen aber nicht unnötig beunruhigen.«

»Unnötig beunruhigen? Spinnst du? Michael liegt vielleicht für den Rest seines Lebens im Koma, und du willst Karen nicht Bescheid sagen?«

Davidson wand sich. »Sie würde ihren Aufenthalt in Griechenland sofort abbrechen und hierher fliegen und … und … sie kann ihm im Moment sowieso nicht helfen.«

»Tom«, sagte seine Schwester eindringlich, »das kannst du nicht machen. Karen hat ein Recht darauf zu erfahren, dass Michael hier bewusstlos im Krankenhaus liegt. Sie würde es dir niemals verzeihen, wenn du ihr nicht Bescheid sagen würdest.«

»Ist mir egal. Es genügt doch, wenn du bei Michael bist.«

Alicia erstarrte für einen kurzen Augenblick. Was hatte ihr Bruder vor? Wollte er sie ein zweites Mal mit seinem besten Freund verkuppeln? Und das in einer Situation, in der sich weder Michael noch Karen dagegen wehren konnte? Sie wollte ihm gerade eine scharfe Antwort erteilen, als Michaels Handy in Toms Jackentasche ertönte. Er hatte es eingesteckt, kurz bevor die Sanitäter Mansfield in den Krankenwagen geschoben hatten.

Alicia erkannte Michaels Erkennungsmelodie und wollte das Handy aus der Jackentasche ihres Bruders reißen,

doch dieser war schneller und hielt das Mobiltel
in seiner Hand.

Ein Blick in sein Gesicht, als er auf die Rufnumn
Displays starrte, sagte Alicia alles.

Er nahm das Gespräch nicht an und ließ es so lange klingeln, bis Karen den Anruf beendet hatte. Danach stellte er den Rufton vorsichtshalber auf lautlos.

»Du wirst sie nicht lange hinhalten können«, sagte Alicia, während Davidson das Handy wieder in seine Jackentasche steckte.

»Lass das mal meine Sorge sein. Ich verspreche dir, dass ich sie anrufen werde, falls sich Michaels Zustand verschlechtert.«

Alicia biss sich auf die Unterlippe und überlegte kurz. Sie war mit Toms Entscheidung keineswegs einverstanden und holte entschlossen ihr eigenes Handy hervor. »Ich glaube, ich werde Karen anrufen.«

»Nein, das tust du nicht.«

»Einer von uns muss es aber machen.«

Davidson packte seine Schwester am Arm. »Bitte tu's nicht. Oder willst du gegen Michaels Willen handeln? Glaub mir, er würde das nicht wollen.«

Leider musste sie ihrem Bruder darin Recht geben. Auch sie glaubte, dass Michael es nicht gewollt hätte. Doch sie musste auch an Karen denken, wie sie das sehen würde. Karen würde sich von ihnen beiden im Stich gelassen fühlen, da war sie sich sicher.

Davidson merkte, dass Alicias Arm unter seinem Druck nachgab. Sie entwand sich ihm, doch anstatt einen erneuten Telefonversuch zu machen, steckte sie ihr Handy in die Handtasche zurück. Thomas atmete erleichtert auf. Er hatte gewonnen.

»Ich habe wirklich kein gutes Gefühl dabei. Selbst wenn mit Michael alles gut ausgeht, wird Karen dir dafür den Kopf abreißen. Und auf mich wird sie auch ewig sauer sein. Das wird sie uns niemals verzeihen. Wenn sie hört, dass ich die ganze Zeit neben Michael am Krankenbett gesessen und Händchen gehalten habe, wird sie entweder ausflippen oder Michael den Laufpass geben.«

»So schlimm wird's schon nicht werden«, wiegelte Davidson erneut ab. »Sie ist doch ein vernünftiges Mädchen, so wie du.«

»Diese Schmeicheleien werden dir nichts nützen, weder bei ihr noch bei mir.« Sie seufzte und versuchte mit leichten Armbewegungen ihre verspannten Schultern zu lockern. Die letzten Stunden hatte sie auf einer harten Kunststoffbank im Krankenhausflur gesessen und voller Anspannung auf die Nachricht des Arztes gewartet. Die Beine taten ihr weh, und der Rücken war völlig verkrampft, weil die Bank keine Rückenlehne hatte und sie sich die ganze Zeit gegen die harte Flurwand lehnen musste. Eigentlich schmerzte ihr ganzer Körper, aber im Augenblick konnte sie nur an Michael denken. »Was machen wir jetzt? Du bist doch eigentlich noch im Dienst, oder?«

»Sieht ganz danach aus«, sagte Davidson mit einem Nicken zum Fahrstuhl, aus dem gerade sein Vorgesetzter heraustrat.

Captain Graham Winslow kam mit langen Schritten auf sie zu.

»Mrs. Davidson.« Er bedachte Alicia mit einem kurzen

Nicken und fragte sich, was Davidsons Schwester hier zu suchen hatte, als ihm wieder einfiel, dass Mansfield vor etwa zwei Jahren mal mit ihr liiert gewesen war. Aber der Gedanke dauerte nur eine Sekunde lang.

»Tom, wie sieht's aus? Ich habe gehört, dass Mansfield lebt. Wie geht es ihm?«

Davidson kratzte sich am Hinterkopf. »Wir wissen es nicht, Sir. Die Ärzte untersuchen ihn schon seit zwei Stunden. Er … er ist nicht bei Bewusstsein.«

»Verdammt! Wissen wir schon, wer's war? Sie haben doch mit diesem Kerl am Telefon gesprochen, oder? Haben Sie eine Ahnung, wer er sein könnte?«

»Nein, Captain. Ich zermartere mir das Hirn, aber ich komm nicht drauf. Ich kenne seine Stimme, ganz sicher, doch … ich weiß auch nicht. Vielleicht ist es schon zu lange her.«

Winslows Blick verfinsterte sich. »Aber der Anrufer hat *Sie* gekannt, nicht wahr? Er hat doch ausdrücklich nach Ihnen verlangt?«

»Ja.«

»Dann kriegen wir ihn auch. Sie gehen sofort zurück ins Büro und arbeiten die Fälle der letzten zwei Jahre durch. Und wenn das nichts bringt, gehen Sie bis auf fünf Jahre zurück. Ich will, dass Sie sich erinnern. Ich will diesen Kerl haben, der Mansfield das angetan hat.«

»Aber, Sir«, wagte Davidson zu sagen, »er hat Michael immerhin am Leben gelassen.«

»Vielleicht. Für ein paar Stunden. Das wird sich erst noch zeigen.«

Das war zu viel für Alicia. Sie drehte sich um und ging

mit Tränen in den Augen zu einem Wasserspender, der am Ende des Flurs stand. Sie hatte keinen Durst, aber sie ertrug Toms und Winslows sachliche Kälte nicht länger. Sie kannte Winslow und wusste, dass er es nicht so meinte, wie er es sagte, aber als Polizist und Vorgesetzter hatte er es sich im Laufe seiner vielen Dienstjahre zu eigen gemacht, sich niemals von Emotionen irritieren zu lassen. Dies und noch einige andere Dinge waren es, die sie an Toms und Michaels Job so sehr hasste.

Verstohlen griff sie nach ihrem Taschentuch, schnäuzte zweimal leise hinein und ließ es dann wieder in ihrer Jackentasche verschwinden. Die beiden Männer diskutierten immer noch im Flur. Niemand bemerkte ihre Tränen. Um sich abzulenken, nahm sie einen der kegelförmigen Plastikbecher und goss sich etwas Wasser ein. Es war kühl und tat ihr gut, als es die raue Kehle hinunterlief. Plötzlich hörte sie eine tiefe Stimme neben sich und erschrak.

»Entschuldigung, Mrs. Davidson, aber Tom meinte, dass Sie bereit seien, bei Michael zu bleiben, während wir den Kerl suchen, der ihm das angetan hat«, sagte Winslow. Alicia nickte bestätigend, während Winslow sich wieder an Tom wandte. »Was ist eigentlich mit Michaels Vater? Ist Mansfield senior schon benachrichtigt worden?«

Davidson schüttelte den Kopf. »Nein. Ich habe es versucht, aber er ist nicht in der Stadt. Er ist zurzeit in Indien. Kommt erst in ein paar Tagen wieder, sagte seine Assistentin.«

Winslow war mit der Auskunft sehr zufrieden. »Umso besser für uns. Dann haben wir ein bisschen Zeit, um ihm schon Ergebnisse nennen zu können, denn ich habe keine

Lust, mir von diesem reichen Medienboss schon wieder Vorhaltungen machen zu lassen. Haben Sie der Assistentin gesagt, dass Michael hier im Krankenhaus liegt?«

»Nein. Ich wollte Ihnen in dieser Sache nicht vorgreifen, Sir.«

In dieser *Sache*?, dachte Alicia und biss sich auf die Unterlippe, während ihre Beine schwach wurden und die Flurwände sich vor ihren Augen merkwürdig verbogen. Sie taumelte einen Schritt zurück und stützte sich an der Wand ab, während sie kurz die Augen schloss und tief durchatmete.

Merkte ihr Bruder wirklich nicht mehr, was er da redete, waren diese Polizei-Floskeln ihm schon so in Fleisch und Blut übergegangen? Hätte er so auch über sie, seine Schwester, geredet, wenn sie hier im Krankenhaus gelegen hätte? Bei dem Gedanken lief ihr ein kalter Schauer über den Rücken.

Graham Winslow fuhr sich bei dem Gedanken an Mansfields Vater durch sein graues Kräuselhaar, das in letzter Zeit immer lichter wurde.

»Shit, Mansfield senior wird uns die Hölle heißmachen, falls Mike bis zu seiner Rückkehr nicht wieder wach ist. Tom, Sie müssen den Mann unbedingt finden.« Ein bittender Blick traf Alicia. »Helfen Sie Mike so gut Sie können, Mrs. Davidson.«

Alicia hob hilflos die Arme. »Ich fürchte, ich habe da kaum Möglichkeiten.«

Winslow lächelte milde. »Sie helfen ihm, wenn Sie einfach nur da sind, und das ist auch für uns sehr beruhigend, glauben Sie mir.«

»Gut, dann werde ich hier warten.«

Winslow drehte sich zu Davidson um. »Los, Tom, kommen Sie. Sie haben viel zu tun. Und Sie, Mrs. Davidson, sagen uns Bescheid, sobald sich bei Michael etwas ändert. Versprochen?«

»Versprochen.« Sie sah beide im Fahrstuhl verschwinden und wandte sich den Sitzplätzen vor dem Krankenzimmer zu. »Ja, ich werde warten«, murmelte sie. »So lange, wie du mich brauchst, Michael.«

Nachdem eine Krankenschwester den Fahrstuhl einen Stock tiefer verlassen hatte, sagte Winslow zu Davidson: »Ihre Schwester ist immer noch in Michael verliebt, nicht wahr?«

Davidson seufzte. »Ja, ich glaube schon.«

»Aber warum hat sie ihn dann damals verlassen? Oder habe ich das falsch in Erinnerung?«

»Nein, nein. Es war Alicia, die sich von ihm trennte.«

»Aber warum um Himmels willen? Ich meine, er hat doch alles, was sich eine Frau nur wünschen kann. Er hat Geld und sieht gut aus …«

»Ja, aber er ist ein Cop. Vor so einem Tag wie heute hat sie sich immer gefürchtet. So etwas wollte sie nie erleben.«

Winslow verstand. Er selbst hatte eine Frau und drei Töchter, die jeden Tag um ihn bangten und froh waren, wenn er abends wieder gesund nach Hause kam. Er spürte oft, wie sehr seine Emma davor zitterte, eines Tages Besuch von seinen Kollegen zu bekommen, die eine schlechte Nachricht für sie hatten. Doch bisher war dieser Kelch gottlob an ihnen vorübergegangen. Ein Glück, das nicht jeder Polizist auf seinem Revier gehabt hatte.

»Nun hat so ein Tag Ihre Schwester doch noch eingeholt, Tom. Niemand entkommt seinem Schicksal, weder Alicia noch Michael noch wir. Niemand weiß, was noch vor uns liegt. Außer sehr viel Arbeit.« Und innerhalb von Sekunden schlug seine philosophische Stimmung in polizeiliche Denkarbeit um, eine Eigenart, die Tom schon oft an ihm bemerkt hatte. »Wann meinen Sie mit dem Durcharbeiten der Akten fertig zu sein?«

»Ich werde die ganze Nacht arbeiten, Sir. Wenn der Kerl dort zu finden ist, kriege ich ihn. Ganz sicher.« Noch immer klangen die Worte und die eisige Stimme des Anrufers in seinem Kopf wider. Er war sich sicher, diese Stimme nie mehr zu vergessen.

Winslow nickte grimmig, während sie im Erdgeschoss den Fahrstuhl verließen und durch die Eingangshalle gingen. »Gut. Ich zieh Sie vom Außendienst ab. Allan und Rick werden Ihre und Michaels Schichten übernehmen. Ich sage Tess Bescheid, dass sie die Dienstpläne neu aufstellen soll. Und Tom …« Sie standen vor der Tür des Krankenhauses und wollten jeder zu seinem Wagen gehen, als Winslow innehielt und energisch mit dem Finger auf seinen Untergebenen zeigte. »Ich will morgen ein Ergebnis haben. Ich will seinen Namen!«

»Den kriegen Sie, Chief«, entgegnete Davidson zuversichtlich, öffnete seinen Wagen und setzte sich hinter das Steuer. Doch er fuhr noch nicht los, sondern wartete, bis Winslows Lincoln den Krankenhausparkplatz verlassen hatte, und lehnte sich dann schwer in den Fahrersitz seines alten Dodges zurück. Er suchte die Fassade nach dem Fenster ab, hinter dem Michael in seinem Dämmerzustand lag, und als ob er eine innere Verbindung mit ihm aufnehmen wollte, schloss er die Augen und versuchte das Gesicht des Anrufers aus seinem Gedächtnis zu filtern.

»Wer war es, Mike? Wer hat dir das angetan?«

Einige Stockwerke über ihm saß seine Schwester im Flur vor Mansfields Krankenzimmer und dachte daran, wie sie ihn vor zwei Jahren verlassen hatte.

Tom hatte sehr unter dieser Entscheidung gelitten. Er fühlte für Michael wie für einen Bruder und hätte gerne gesehen, dass sie beide geheiratet hätten und sie eine gemeinsame Familie geworden wären. Aber schon nach einem halben Jahr war alles vorbei. Sie hatte es nicht ertragen können, jeden Tag um die Menschen zu bangen, die sie am meisten liebte. Und da Michael nicht bereit war, seinen Job aufzugeben, hatte sie die Konsequenzen gezogen und war gegangen.

Michael hatte ihre Entscheidung verstanden und sich danach in die Arbeit gestürzt. Vor allem zu Nachtschichten hatte er sich einteilen lassen und sich lange Zeit nicht mehr in Toms Wohnung blicken lassen. Er wollte ihr nicht begegnen, und sie war ihm dafür dankbar, denn es wäre unerträglich gewesen, ihn dort immer wieder zu treffen. Michael hatte sich zurückgezogen und in den letzten zwei Jahren mehrere Freundinnen gehabt, doch soweit Alicia es von Tom gehört hatte, hielten diese Beziehungen nicht lange. Hatte er sie etwa noch immer geliebt? Hatte er keine andere finden können, die ihm genauso gut gefiel wie sie? Aber was nützte das, solange er nicht bereit war, seinen Job aufzugeben?

Alicia seufzte.

Dann kam Karen. Er hatte sie vor einem halben Jahr kennengelernt und schien wie verwandelt zu sein. Der Aufenthalt in Paris und Ägypten schien ihn verändert zu haben. Er war ernster geworden, und in seinen Augen war auf einmal so eine dunkle Tiefe zu sehen, wie er sie vorher nicht gehabt hatte. Was hatte Karen mit ihm gemacht, dass er sich so verändert hatte? Wie hatte sie ihn verzaubert? Denn irgendwie schien es ihr wirklich wie ein Zauber zu sein, den Karen auf ihn ausübte. Sein Lächeln war anders gewesen, und wenn sie die beiden zusammen sah, war es, als ob sie sich schon seit Jahrhunderten kennen würden. Da waren vertraute Gesten, die sie in all den Monaten ihrer Beziehung nie an ihm gesehen hatte. Er strich Karen anders durchs Haar, als er es bei ihr oder den anderen Freundinnen getan hatte. Zärtlicher … sanfter.

Und wenn sie beim Shoppen oder beim Spazierengehen im Central Park Händchen hielten, hatten sie ein inniges Lächeln in den Augen, für das Alicia Gott wer weiß was tun würde. Er nannte Karen manchmal »mein kleiner Professor«, was Alicia nie verstanden hatte, denn soweit sie wusste, hatte Karen nur den Magister, aber als sie ihn mal darauf angesprochen hatte, hatte er bloß geschmunzelt und war ihr eine Antwort schuldig geblieben. Auch Tom hatte er diese Frage nie beantwortet.

In Karens Nähe war er wie verwandelt. Zuerst glaubte sie, es sei nur eine neue Liebe, die ihn so verändert habe, und dass sich das nach einiger Zeit wieder geben würde, aber auch jetzt nach einem halben Jahr waren die beiden noch wie am ersten Tag. Sie bildeten eine Einheit, die scheinbar niemand zerstören konnte.

Niemand, dachte Alicia, außer ein Mann mit einem Revolver, der Michael ins Koma schießt.

12

Während es in New York noch tiefe Nacht war, kletterten in Delphi schon wieder die ersten Sonnenstrahlen über die Bergkämme und brachten die Phädriaden zum Leuchten.

Delvaux stand bereits vor Karens Hütte und wartete, dass sie herauskäme. Sie hatten sich für zehn Uhr verabredet. Noch bevor die Touristenbusse eintrafen, wollte er ihr das gesamte Heiligtum zeigen.

»Einen Augenblick, ich bin gleich bei Ihnen«, rief Karen durch ein halb offenes Fenster.

»Bitte keine Hektik. Wir haben den ganzen Vormittag Zeit.« Delvaux lehnte sich lässig gegen das Geländer der Holzveranda und blickte auf das silbergrüne Tal und die gegenüberliegenden Felsen des Kirphis-Gebirges, als Karen mit einem kleinen Rucksack neben ihn trat.

Delvaux wandte den Kopf. »Na, wie fühlen Sie sich heute? Haben Sie gut geschlafen?« Doch dann bemerkte er ihre dunklen Augenringe. »Pardon, hatten Sie etwa eine der berühmten delphischen Traumnächte, in denen Sie prophetische Dinge gesehen haben? Sah Ihre Zukunft so schlimm aus?«

Karen verzog miesgelaunt das Gesicht. »Ich warne Sie, Simon. Ich hatte eine grässliche Nacht und habe kaum geschlafen. Also würde ich Sie herzlich bitten, keine Witze darüber zu machen.«

Sie schützte mit einer Hand ihre empfindlichen Augen vor dem grellen Sonnenlicht, das von den hohen Felsen um sie herum reflektiert und noch verstärkt wurde. Die alten Ruinen im Heiligen Bezirk glänzten im strahlenden Weiß, als hätte sie jemand über Nacht neu angestrichen oder gesäubert. Sie schienen nach ihr zu rufen und sie in ihrer Mitte empfangen zu wollen, doch Karen war im Augenblick eher in gedrückter Stimmung.

Tatsächlich hatte sie in dieser Nacht einen Albtraum gehabt, in dem ein schwarz gekleideter Mann auf Michael schoss und ihn neben einem dunklen Wasser liegen ließ. Das schwarze Wasser lechzte nach Michaels leblosem Körper, während ein dünner roter Rinnsal sich langsam zum dunklen Wasser hinschlängelte.

Sie hatte diesen Traum schon öfter gehabt, auch schon in New York. Er war immer wieder so schrecklich real und unheimlich, dass sie ihn Michael erzählte.

Aber der hatte nur mit den Schultern gezuckt und gesagt: »Ich kann es nicht ändern, Karen. Da draußen warten mehrere, die mich umbringen wollen, doch ich hab ja Tom, der auf mich aufpasst.«

Ja, Tom. Michael hatte Recht, Tom war seine Lebensversicherung. Sein Freund würde alles für ihn tun. Er wäre auch bereit, sein eigenes Leben für ihn zu opfern, da war sich Karen sicher. Sie hatte das Gespräch dann auf sich beruhen lassen und den Traum vergessen, aber heute Nacht war er wieder da. So intensiv und schrecklich wie nie zuvor.

Sie hatte im Traum ein so reales Gefühl gehabt, ihre Arme nach Michael auszustrecken und ihn berühren und warnen zu können, aber genau in dem Augenblick entfernte er sich von ihr und ließ sie alleine zurück. Noch nie hatte Karen sich so einsam gefühlt wie in diesem Traum, in dem Michael sie verließ und in der Dunkelheit verschwand. Es war ein schreckliches Gefühl, das selbst am nächsten Morgen noch wie ein bleierner Schleier über ihr lag.

Nachdem sie aufgestanden war, hatte sie sofort nach dem Handy gegriffen und nachgeschaut, ob Michael ihr eine Nachricht geschickt hatte, doch es war wieder nichts angekommen. Das Display zeigte ihr nichts an. Er hatte ihr auch nicht auf die Mailbox gesprochen. Also drückte sie die Kurzwahltaste und rief bei ihm an, doch er war immer noch nicht zu erreichen. Dafür kam einige Minuten später eine SMS.

»Habe keine Zeit. Hoffe, du bist gut angekommen. Ich liebe dich, Mike.«

Karen blickte erstaunt auf das Display.

Mike?

Wenn sie zusammen waren, nannte sie ihn eigentlich immer Michael. Mike wurde er nur von seinen Kollegen gerufen. Und wieso hatte er keine Zeit? In New York war es doch noch Nacht, also warum lag er nicht im Bett? Oder hatte er gerade Nachtdienst? Aber selbst dann hätte er sie doch irgendwann mal zurückrufen können.

Genervt legte sie das Handy auf den kleinen Nachttisch zurück und strich sich eine lange Haarsträhne aus dem Gesicht.

Was war nur mit Michael los? Er benahm sich irgendwie anders als sonst.

13

Delvaux nahm Karens gereizte Stimmung an diesem Morgen gelassen hin.

»Schlechte Träume hat jeder mal. Deswegen sollte man sich nicht diesen wunderschönen Tag verderben lassen, Karen. Was meinen Sie, sollen wir so wie die Pilger damals unten am Eingang zum Heiligen Bezirk beginnen und langsam zum Tempel hinaufgehen, oder fangen wir oben an?«

Karen versuchte ihren nächtlichen Albtraum zu vergessen und blickte zu den alten Ruinen hinüber. »Nein, bitte nicht wie die Pilger damals. Ich möchte mit Ihnen den Weg lieber zurückgehen.«

Delvaux nickte. »Auch gut, dann lassen Sie uns am besten mit dem Amphitheater oben hinter dem Tempel beginnen, einverstanden?«

»Ja, gern.«

Sie gingen über einen schmalen Fußweg durch einen kleinen schattigen Kiefernwald, vorbei an hunderten von behauenen Steinquadern, die wie nach einem großen Titanenkampf überall verstreut lagen, hinauf zum Amphitheater.

Delvaux zeigte auf die Sitzreihen. »Ein schönes Theater, nicht wahr? Es ist zwar nicht so groß wie das von Epidauros auf dem Peloponnes, aber fünftausend Menschen hatten hier immerhin auch Platz«, sagte er, während sie vor einer großen Steinstele mit griechischen Schriftzeichen stehen geblieben waren.

Karen blickte irritiert auf die weißen Sitzplätze des Theaters, die sich in einem großen Halbrund vor ihr auftaten. Ein Ort, an dem Pindar seine Oden darbrachte und die Sieger ihre Lorbeerkränze bekamen. Ein Ort, der sie irgendwie innerlich berührte, aber sie auch äußerst irritierte. Sie kniff die Augen zusammen und versuchte herauszufinden, was sie störte, doch es gelang ihr nicht. »Es … es ist irgendwie anders …«

»Als Sie es sich vorgestellt hatten? Ja, es wurde im Laufe der Jahrhunderte verändert. So, wie es jetzt aussieht, wurde es erst im 3. Jahrhundert ausgebaut. Davor bestand es nur aus hölzernen Sitzreihen, aber die sind natürlich nicht mehr erhalten.«

Karen warf einen Blick auf die weißen Stufen, zwischen denen sich Gras und Unkraut breitmachte, das aber durch die Sonne wieder verbrennen und austrocknen würde. Ein ewiges Spiel zwischen Leben und Tod.

»Lassen Sie uns zum Apollon-Tempel gehen«, drängte Delvaux, dem Karens melancholischer Blick, mit dem sie das Theater betrachtete, nicht gefiel. Er ging voraus und erklomm die Stufen des Fundaments und die hohen Mauerreste, die die ursprüngliche Halle des Tempels erahnen ließen.

Karen bekam eine Gänsehaut, als sie ihn so durch die alten Mauern gehen sah, die sich vor ihren Augen auftaten. Für sie war es, als ob dieser Tempel noch stehen würde, und es war erschreckend, wie schutzlos das Innere des Tempels für jeden Touristen heute frei zu erreichen war.

Delvaux winkte ihr zu, als er sah, wie sie zögerte.

»Kommen Sie, ich helfe Ihnen hoch.«

Er reichte ihr die Hand, und im nächsten Augenblick standen sie beide auf den verwitterten Steinen des inneren Cella-Raums.

Delvaux zeigte auf die sechs Säulen, die an der Ostseite des Tempels wiederaufgebaut worden waren.

»Sehen Sie die Säulen dort hinten? Sie gehören zum letzten delphischen Apollon-Tempel, doch der, der sie mehr interessieren wird, ist der Alkmaoniden-Tempel aus der archaischen Zeit, nicht wahr? Da sein Vorgänger 548 v. Chr. einer Brandkatastrophe zum Opfer fiel, bauten die Alkmaoniden ihn wieder auf, und das prachtvoller denn je. Von allen Seiten flossen Spendengelder, und sogar der ägyptische Pharao Amasis soll seinen Beitrag geleistet haben. Anstatt aus billigem Kalkstein wurde der Ostgiebel oberhalb des Tempeleingangs aus teurem Paros-Marmor angefertigt, der extra mit Schiffen von der Insel Paros nach Krissa gebracht wurde und dann mühsam mit Maultieren nach Delphi geschafft werden musste. Eine unglaubliche logistische Leistung für die damalige Zeit, finden Sie nicht?«

Karen nickte, während sie nach Osten zu den weißen Säulen des letzten Delphi-Tempels blickte. Die Steine hatten ihr gestern Nachmittag bei ihrer ersten Besichtigung des Tempels nichts erzählen können, denn sie gehörten nicht zu dem Geheimnis, das sie tief in ihrem Inneren spürte und doch noch nicht genauer bestimmen konnte, da sie selbst nicht wusste, was dieser magische Ort für sie zu bedeuten hatte.

Sie spürte, *dass* er eine Bedeutung hatte. Sie musste sich nur darauf einlassen.

Delvaux' Stimme drang wieder zu ihr durch. »… laut Euripides' Beschreibung soll der Alkmaoniden-Tempel außergewöhnlich schön gewesen sein, aber es ist leider kaum noch etwas von ihm vorhanden. Immerhin konnten meine Vorgänger die Reste des Ostgiebels im Erdreich des Tempelbezirks wiederfinden, sodass man sie jetzt im Museum bewundern kann.«

Diese Worte rissen Karen endgültig aus ihrer Trance.

»Die Delpher haben die Steine der Tempelvorgänger einfach ins Fundament eingearbeitet?«

Delvaux wunderte sich darüber nicht. »Für sie war es eben nur Schutt. Aber im Nachhinein dürfen wir froh darüber sein, denn man fand darunter auch Steine mit eingeritzten Handwerkerabrechnungen, sodass wir viele Angaben über Mengen, Preise und Namen der Handwerker bekommen haben oder wo diese herkamen. Dadurch wissen wir zum Beispiel, dass die meisten Arbeiten in Argos und Athen erledigt wurden, während Steine aus Korinth und Sikyon kamen und das Holz hauptsächlich aus Makedonien.«

Karen blickte sich um und sah auf die dunklen Kiefern und Zypressen, die sich vereinzelt an den felsigen Berghang schmiegten. »Warum hat man kein hiesiges Kiefernholz genommen?«

Delvaux folgte ihrem Blick und schüttelte den Kopf. »Weil es eine schlechte Qualität hatte. Es war zu brüchig.« Sie gingen einige Schritte weiter. »Der Wiederaufbau des Tempels hat wahrscheinlich über dreißig Jahre gedauert.«

Auf Karens Stirn bildete sich eine kleine Falte zwischen den Augenbrauen. »So lange? Aber dann war ja mindestens eine Generation ohne delphischen Rat.«

»Fürchterlich, nicht?« Delvaux' Stimme klang sarkastisch. »Aber es gab ja im alten Griechenland noch viele andere Orakelstätten, auf die sie zurückgreifen konnten. Apollon wurde ja nicht nur hier verehrt, sondern auch auf seiner Heimatinsel Delos. Die Pilger mussten zu der Zeit eben nur einen längeren Weg in Kauf nehmen.« Er ging noch ein paar Schritte weiter. »Wollen Sie das Adyton sehen?«

Karen zuckte bei diesem Wort zusammen. Er wollte ihr den heiligsten Raum des Tempels zeigen?

»Der Raum, in dem die Pythia weissagte? Aber ich dachte, dass niemand genau wisse, wo er lag?«

Delvaux grinste, da er sich ertappt fühlte. Er hatte sie mit einer einfachen Aussage beeindrucken wollen, aber sie wusste über den Tempel mehr, als er dachte.

»Sie haben Recht. Gut, dann zeige ich Ihnen jetzt den Ort, wo man das Adyton vermutet. Zufrieden?« Er drehte sich um und deutete auf eine freie Fläche im Inneren des Tempels, auf der zurzeit frisches Gras wuchs. »Hier soll sich das Adyton befunden haben. Es war eine rechteckige Vertiefung, die etwa einen Meter tiefer lag als das übrige Tempelniveau. Ein symbolischer Gang führte einige Treppenstufen hinunter, sodass die Pilger das Gefühl hatten, von ihrer Welt in eine andere, mystische, von Apollon beseelte Welt hinabzusteigen.« Er zeigte auf die stehenden Säulen des Osteingangs. »Von dort kamen die Fragesteller einzeln oder als kleine Gruppe in den Prodomos, in dem auf beiden Seiten die großen Maximen der Sieben Weisen eingraviert waren: ›Nichts im Übermaß …‹, ›Du bist …‹«

»›… Erkenne dich selbst‹«, ergänzte Karen mit leiser Stimme, während Delvaux über ihre genannte Maxime schmunzeln musste.

»Ja, ›*gnôthi seautón*‹. ›Erkenne dich selbst‹. Der berühmteste Spruch Delphis. Sind Sie deswegen hier, Karen? Wollen Sie herausfinden, wer Sie sind und wo Sie herkommen?«

»Will das nicht jeder?«

Delvaux zuckte mit den Schultern. »Ich nicht. Ich bin froh, hier zu sein und mit Ihnen diese Ruinen zu genießen. Metaphysik ist weiß Gott nicht mein Studiengebiet. Da befasse ich mich lieber mit Scherben und Freskendarstellungen.«

»Aber auf den Fresken wurden doch immer Götter und Themen aus der griechischen Mythologie dargestellt. Da mussten Sie sich doch zwangsläufig mit Metaphysik befassen.«

»Ja«, gab Delvaux zu, »aber im Grunde genommen ist es mir egal, woran die alten Griechen glaubten. Ich kenne die griechische Mythologie in- und auswendig, um Tempelgiebel zu rekonstruieren, und es hilft mir beim Puzzeln, wenn ich das Gesamtbild eines Tempels herausfinden will, doch mehr nicht.«

Karen seufzte innerlich, als sie diese wissenschaftlichen, nüchternen Worte hörte, aber vielleicht half Simon diese Einstellung, um schneller arbeiten zu können. Wenn er sich andauernd in philosophische Betrachtungsweisen verlieren würde, käme er mit seinen Forschungen wahrscheinlich nie voran.

Er deutete auf einen Punkt, an dem die Bodenplatten des Vorraums endeten. »Dort war eine mächtige Holztür aus Zypressenholz mit edlen Elfenbeineinlegearbeiten, durch die die Besucher ins Megaron eintraten, umgeben von beeindruckenden Weihgaben wie dem silbernen Kraterkrug des Krösus, goldenen Dreifüßen, wertvollen Vasen, Leiern und Opferschalen. In der Mitte des Tempels stand ein kleiner Altar mit dem ewigen Feuer, das niemals ausgehen durfte und das von keuschen Dienerinnen ausschließlich mit reinem Holz der Parnass-Tanne und dem heiligen delphischen Lorbeer erhalten werden durfte.«

Karen bemerkte, wie sich Delvaux' Lippen bei dem Gedanken an hübsche Tempeldienerinnen leicht kräuselten, während er weitersprach.

»Die Pilger gingen dann die Stufen ins Adyton hinunter und mussten in einem Holzverschlag Platz nehmen, der sie durch einen bodenlangen Vorhang von der Pythia trennte. Das Adyton war kein geschlossener Raum innerhalb des Tempels, sondern jeder, der das Megaron betrat, konnte am Ende der Halle den goldenen Dreifuß, die Apollon-Statue, den Lorbeerbaum und den Omphalos erkennen, durch dessen Öffnung das Pneuma nach oben stieg und die Pythia Apollons Gedanken erhielt.«

»Pneuma?«

»Herodot nannte es so. Der göttliche Atem, der der Pythia ihre Visionen einhauchte.«

Karen erinnerte sich vage an einige Fernsehsendungen, in denen über dieses Pneuma spekuliert wurde. »Sie meinen die berühmte Erdspalte, durch die betäubende Gase emporgestiegen sein sollen?«

Delvaux verzog das Gesicht. »Unsinn, alles Legendengefasel. Es gab hier keine physikalischen Ausströmungen. Wir haben bis heute keine Erdspalte gefunden, aus der so ein stimulierendes Erdgas ausströmen konnte, und auch die Geologen sagen, dass dies unmöglich gewesen ist. Um Delphi herum ist nur harter Felsen.«

»Aber es gibt doch Erdbeben. Vielleicht hat ein solches Erdbeben die damalige Erdspalte wieder geschlossen?«

»Daran haben wir natürlich auch schon gedacht«, entgegnete Delvaux. »Aber so einen nachträglich geschlossenen Riss würde man erkennen, und es ist keiner da. Nichts, das Plutarchs Bericht beweisen würde.«

Da fiel Karen noch eine Legende ein, von der sie in einer Zeitschrift gelesen hatte. »Und was ist mit dem Ziegenhirten, dessen Ziege angeblich an einen Erdspalt kam und dort völlig verrückt spielte und wild hin und her tanzte? Und was ist mit dem Bericht, dass der Hirte selbst in einen Rauschzustand kam, als er die Dämpfe des Spalts einatmete?«

Delvaux winkte ab. »Alles nur eine Legende. Es gibt hier im weiten Umkreis keine Erdspalten.«

»Außer bei den Thermopylen. Dort treten heißes Wasser und Dämpfe aus dem Erdboden aus.«

Delvaux schüttelte den Kopf. »Das ist kein Beweis für Delphi. Die Thermopylen sind dreißig Kilometer von hier entfernt. Nein, es haben wirklich schon viele Wissenschaftler den Tempel nach diesem Erdspalt untersucht, das dürfen Sie mir glauben, und bisher hat noch niemand etwas gefunden. Allerdings habe ich in den Unterlagen von Androuet eine Notiz gefunden, in der er von einem Raum unterhalb des Adytons berichtet. In diesem Raum hätte man ohne weiteres ein Feuer mit halluzinogenen Pflanzen halten und den Rauch nach oben durch den Omphalos ins Adyton leiten können. Durch das Einatmen dieser Dämpfe oder durch Selbstsuggestion könnte die Pythia dann während der Orakelbefragung in eine selbstinduzierte Trance gefallen sein und Visionen und Antworten bekommen haben. Aber das ist natürlich reine Spekulation.«

Karen nickte, doch dann kam ihr ein neuer Gedanke. »Es heißt doch, dass sie durch das Kauen von Lorbeer in Trance gefallen sein soll.«

Delvaux seufzte. »Ja, auch das wird kolportiert, ist aber völliger Blödsinn. Wir wissen heute, dass Lorbeer nicht halluzinogen wirkt. Er enthält Bitterstoffe und ätherische Öle, die verdauungsfördernd sind, aber ekstatisch wird man davon ganz sicher nicht.«

Karen betrachtete einen Lorbeerstrauch, der unterhalb des Tempels wuchs, und musste an eins ihrer Kochbücher denken, in dem ein längerer Artikel über Lorbeer stand. »Lorbeer wirkt antibakteriell, nicht wahr?«

Delvaux nickte. »Ja, er ist bakterizid. Er enthält Epoxide wie Cineol, die Bakterien abtöten. Erstaunlich, dass die alten Griechen ohne unsere medizinischen Geräte wussten, dass Lorbeer auf den Körper reinigend wirkt. Im Tempel wurde auch Lorbeer verbrannt, um den Ort zu reinigen, so wie man in den katholischen Kirchen heute noch Weihrauch verbrennt. Beides sind bakterizide Substanzen. Aber ich denke eher, dass Androuets Vermutung richtig ist und man während der Orakelbefragungen unter dem Adyton ein künstliches Feuer mit Lorbeer, Bilsenkraut und einigen giftigen Pilzen in Gang hielt, deren Rauch die Pythia dann einatmete und sie für ihre Visionen bereit machte.«

Karen stimmte ihm insgeheim zu, musste dann jedoch wieder an Plutarch denken. »Aber Plutarch war doch selbst Priester im delphischen Tempel. Er hat doch genau beschrieben, wie die Befragungen stattfanden.«

»Das stimmt, aber er lebte hundert Jahre nach Christus, also sechshundert Jahre nach dem Höhepunkt des Delphischen Orakels. Zu seiner Zeit war das Orakel nur noch ein Schatten seiner selbst. Die Römer hatten das alte Griechenland und die Kultur zerstört und sie mit ihrer eigenen verschmolzen. Die Riten waren nicht mehr griechisch, der Omphalos, der heilige Stein Delphis, gestohlen und Delphi nicht mehr der Nabel der Welt.«

Sie gingen entlang der talseitigen Längsmauer zu den sechs Säulen und dann die steinerne Rampe des Tempeleingangs hinunter zum ehemaligen Vorplatz der Anlage.

»Interessieren Sie sich eigentlich speziell für ein bestimmtes Zeitalter der griechischen Kultur?«, fragte Delvaux, während sie auf die Überreste des großen Altars der Chioter zugingen. »Die Archaik, Klassik oder die hellenistische Zeit? An einem Vormittag kann ich Ihnen nämlich nicht alles zeigen. Dieses Heiligtum bestand immerhin tausend Jahre lang und hat mehrere Epochen erlebt.«

Karen sah sich um, und ihr Blick fiel einige Meter unter ihr auf ein kleines Gebäude, das als einziges Schatzhaus im

Heiligen Bezirk wiederaufgebaut worden war. »Ich denke, mich interessiert hauptsächlich die archaische Zeit zwischen 700 und 480 v. Chr.«

Das gefiel Delvaux. »Sehr gut. Ich finde diese Zeit auch am interessantesten. Der große Hauptaltar der Chioter hier gehört zum Beispiel auch dazu. Hier wurden die Opfertiere, meistens Ziegen, mit kaltem Wasser bespritzt, und wenn sie zusammenzuckten, war es ein gutes Omen. Es bedeutete, dass Apollon anwesend und für die Befragung bereit war. Also, ich finde es ja eine merkwürdige Arbeitsauffassung, dass er für seine Leute nicht immer da war, aber er musste wohl auch noch seine anderen Orakelstätten bedienen«, erklärte Delvaux sarkastisch. »Ganz am Anfang durfte man Apollon nur einmal im Jahr befragen, aber da immer mehr Pilger nach Delphi kamen, wurden bald mehrere Pythien eingesetzt, die sich regelmäßig bei der Arbeit im Tempel abwechselten. Ist das nicht verrückt? Völlig normale und einfache Frauen aus Delphi, die auf einmal über Recht, Ordnung und politische Schiedssprüche für das gesamte Griechenland entschieden? Und das, obwohl die Frauen im alten Griechenland sonst so gut wie keine Rechte hatten.«

Karen zog den Riemen ihres Rucksacks zurecht, während sie weitergingen. »Aber durch sie sprach ja Apollon.«

Delvaux warf ihr einen zweifelnden Blick zu, oder hatte sie das wirklich ernst gemeint? »So glaubten zumindest die alten Griechen, sonst hätten sie wohl nicht auf die Pythia gehört. Doch ihre Sprüche scheinen wirklich gut gewesen zu sein, denn es wurden immer mehr Pilger, die nach Delphi kamen. Nur im Winter war das Orakel geschlossen, weil Apollon zu der Zeit angeblich im Norden bei den Hyperboreern war. Dionysos übernahm dann die Regentschaft in Delphi, und man feierte zu seinen und Pans Ehren Trinkgelage und Orgien in der Korykischen Grotte. Wollen Sie die Grotte eigentlich auch besuchen?«

»Ja, natürlich«, antwortete Karen sofort. »Ich muss zur Korykischen Grotte. Sie gehört zu Delphi wie die Akropolis zu Athen. Selbst Pausanias hat sie besucht.«

»Ach, dieser alte römische Geschichtenerzähler«, sagte Delvaux abfällig. »Wer weiß, ob seine Berichte immer auf Selbsterlebtem basieren? Ich glaube es jedenfalls nicht. Die heutigen Tagesbesucher lassen die Grotte meist links liegen und begnügen sich mit den Ruinen im Heiligen Bezirk. Sie besuchen nicht einmal die Kastalia-Quelle, sondern wandern gleich weiter zum Gymnasion und zur Marmaria, und nach zwei, drei Stunden Delphi-Kultur fahren sie mit ihren Bussen weiter nach Athen, Epidauros oder Olympia und vielleicht noch nach Sparta.«

Karen sah ihn herausfordernd an. »Aber ich bin keine Tagesbesucherin, Simon.«

Delvaux grinste. »Nein, zum Glück nicht. Wenn die Grotte in der Nähe wäre, würde ich sie Ihnen ohne Probleme zeigen, aber ich hasse diesen stundenlangen Fußmarsch den Berg hinauf. Vielleicht sollten Sie Nikos mal danach fragen. So wie ich ihn kenne, würde er Sie sicher gern hinführen.«

Karen hob eine Augenbraue. »Trotz seines Klumpfußes?«

»Er ist hart im Nehmen und würde sich Schmerzen

niemals anmerken lassen. Er führt oft Touristen zur Höhle. Er ist den langen Fußmarsch gewöhnt.«

»Gut, dann werde ich ihn mal fragen, ob er mich mitnimmt.«

Sie gingen am Hauptaltar vorbei und bogen auf die Heilige Straße, den alten Steinweg des Tempelbezirks, ein, der sich serpentinenartig den Berg hinunterschlängelte. Delvaux zeigte auf einige leere Steinsockel und erzählte deren Geschichte, während Karen immer schweigsamer wurde und sich langsam ein trauriger Schimmer über ihre graugrünen Augen legte. Das blieb von Delvaux nicht unbemerkt, der plötzlich in seinen Ausführungen innehielt und sanft, aber nachhaltig Karens linken Arm ergriff.

»Was ist los? Habe ich etwas Falsches gesagt?«

»Nein, aber … all die leeren Podeste«, erwiderte sie leise, als sie erneut an einem breiten Sockel vorbeigingen.

Delvaux wusste, was sie meinte, und merkte doch zu spät, dass seine nächsten Worte noch tiefer in ihrer alten Wunde bohren würden. »Tja, sie haben alles mitgenommen. Nur die leeren Podeste blieben zurück. Die wertvollen Statuen aus Delphi stehen heute alle in Rom oder in Istanbul.«

Karen hob zweifelnd den Kopf. »Istanbul?«

Delvaux machte ein zerknirschtes Gesicht. »Das, was Sulla und Nero übrig gelassen haben, hat Kaiser Konstantin dreihundert Jahre später nach Konstantinopel verfrachtet. Die Siegessäule von Plataia zum Beispiel steht heute im Hippodrom in Istanbul.«

Karen war entsetzt. »Die delphische Siegessäule steht immer noch in der Türkei?«

Delvaux nickte, während Karen auf das leere Podest neben dem alten Steinweg zeigte und unwillkürlich an ihre Reise nach Ägypten und den leeren Obeliskensockel vor dem Luxor-Tempel denken musste. »Aber … die Siegessäule gehört hierher! Nach Griechenland! Nach Delphi!«

»Sagen Sie das nicht mir, sondern der türkischen Regierung. Außerdem stehen in England, Frankreich, Deutschland, Italien und Russland auch viele Artefakte in den Museen, die eigentlich nicht dorthin gehören.«

Da musste Karen ihm leider Recht geben, doch ihre dunklen Gedanken über die verschleppten Altertümer waren sofort wieder verschwunden, als sie einige Schritte weitergegangen und bei der großen Polygonalmauer angekommen waren.

Noch ehe Delvaux sie zurückhalten konnte, hatte sie die Heilige Straße verlassen und eilte zu der alten Steinmauer, die die mächtige Tempelterrasse zum Berghang hin abstützte.

Selig schloss Karen die Augen und ließ ihre Finger über die von der Sonne erwärmten Steine gleiten, als sie plötzlich raue Einkerbungen spürte und die Augen wieder öffnete. Irritiert starrte sie auf einige griechische Buchstaben, die in die Mauersteine eingeritzt waren.

»Was … was sind das für merkwürdige Inschriften auf den Steinen?«

»Texte aus dem dritten Jahrhundert über Sklavenbefreiungen, die Ihr Landsmann Carl Otfried Müller entzifferte. Sie kosteten ihn das Leben.«

Karens Hand zuckte sofort zurück. »Warum? Was ist geschehen?«

»Nichts Dramatisches. Er hat bei der Entzifferung zu lange ohne Kopfbedeckung in der Sonne gearbeitet, bekam einen Sonnenstich, Fieber, fiel ins Koma und starb kurze Zeit später in Athen. Es zeigt eben, dass ein Delphi-Besuch auch mal tödlich enden kann. Und dass man bei der Arbeit lieber einen Hut tragen oder im Schatten bleiben sollte.«

Er deutete auf ein kleines Zelt einige Meter links von der Heiligen Straße entfernt, dessen Wände aus Plastikplane hochgebunden waren, damit die Archäologen und Helfer von allen Seiten an den großen Tisch in der Mitte gelangen konnten, auf dem mehrere flache Holzkästen standen. Ein einfaches Seil trennte das Zelt vom Weg für die Touristen, die trotzdem von weitem einen Blick auf die Arbeit der Archäologen werfen konnten. Prof. Hillairet war im Moment nicht zu sehen, aber einer der griechischen Hilfsarbeiter war dabei, mit einem Pinsel Sandbrocken von einer kleinen Amphore zu entfernen.

»Sei vorsichtig, Spyros«, rief Delvaux ihm fröhlich zu. »Mach mir nicht so viel Arbeit, und lass die Amphore diesmal bitte heil.«

»Natürlich.« Der Grieche nickte Karen freundlich zu. »Können Sie vielleicht für einen Augenblick herkommen, Simon? Mir ist etwas aufgefallen, das ich Ihnen gern zeigen möchte.«

Delvaux drehte sich zu Karen um. »Entschuldigen Sie mich bitte für einen kurzen Augenblick.«

»Ja, natürlich. Kein Problem.«

Delvaux erklomm die leichte Steigung zum Arbeitszelt und stellte sich neben den Griechen, der eine Scherbe aus einem Karton holte und sie ihm zeigte. Delvaux nahm sie in die Hand und sah sie von allen Seiten an, ehe er Spyros auf einige charakteristische Details der Scherbe aufmerksam machte und sie ihm zurückgab.

Währenddessen ging Karen einige Schritte weiter, drehte sich dann um und betrachtete noch einmal fasziniert die große Polygonalmauer und die hohen Säulen des Apollon-Tempels. Danach wanderten ihre Augen weiter zum Altar der Chioter und zum Ausgrabungszelt, in dem Delvaux nun nicht mehr neben Spyros stand, sondern sich ein paar Meter entfernt hatte. Anscheinend führte er ein Telefonat, denn er hielt sich ein kleines schwarzes Handy ans linke Ohr und sprach mit sehr konzentriertem Gesicht.

Karen drehte sich erneut um und erblickte Nikos am westlichen Ende der Umfassungsmauer des Heiligen Bezirks, und auch er telefonierte mit einem mobilen Telefon. Ob er und Simon miteinander redeten? Vielleicht hatten sie ein gemeinsames Geheimnis vor ihr, über das sie in diesem Augenblick unbedingt sprechen mussten?

Blödsinn, dachte sie und schüttelte den Kopf, da ihre Gedanken ihr einen bösen Streich zu spielen schienen.

Doch in Wirklichkeit wäre sie wohl äußerst beunruhigt gewesen, wenn sie gewusst hätte, dass einer der beiden Männer gerade nach Athen telefonierte und dass ihr Name auch in dem Telefonat genannt wurde …

14

Im Athener Plaza Hotel stellte Myles Fenton lässig ein Bein auf eine niedrige Fensterbank und nahm eine Zigarette aus einem goldenen Etui und ein goldenes Feuerzeug zur Hand, auf denen jeweils ein kleines Wappen mit Krone prangte. Seine handgefertigten John-Lobb-Schuhe glänzten, vom Hotelpersonal perfekt geputzt, in der Mittagssonne, während er sich die Zigarette anzündete und den Rauch nach einem tiefen Zug durch das geöffnete Fenster in den Athener Smog hinausblies.

Hinter ihm stand Jarvis Rigby, einer seiner zuverlässigsten Männer, den er schon nach Athen vorausgeschickt hatte, damit er die wichtigsten Vorkehrungen in die Wege leitete. Rigby war Mitte vierzig, mit bereits gelichtetem dünnem Haar. Seine Augen waren auf seinen Chef am Fenster gerichtet, während er mit immer lauter werdender Stimme ins Telefon sprach. Kurze Zeit später beendete er das Telefonat und trat neben Fenton.

»Wann wird unser Mann liefern?«

»Er weiß es nicht, Sir. Es gibt Schwierigkeiten.«

»Was für Schwierigkeiten?«

»Eine Frau ist aufgetaucht, um die er sich kümmern muss. Die Lieferung wird sich deswegen um ein, zwei Tage verzögern. Außerdem ist die Kylix noch nicht vollständig zusammengesetzt.«

Fentons rechter Augenwinkel begann nervös zu zucken.

»Aber sie ist vollständig, oder?«

»Ja. Sagt er.«

»Was heißt das? Ja oder nein?«

»Er ist sich ziemlich sicher, dass sie vollständig ist.«

»Und er kann sie uns jederzeit liefern. Das ist doch richtig, nicht wahr?«

Auf Rigbys Stirn bildeten sich Schweißperlen. »Sie ist in einem Tresor eingeschlossen, aber er kennt die Zahlenkombination.«

»Gut.« Fenton zog beruhigt an seiner Zigarette und stieß den Rauch langsam aus, während Rigby neben ihm nervös wurde.

»Dauert das alles nicht zu lange, Sir? Sollen wir die Kylix nicht lieber selbst holen? Das wäre doch auch billiger für Lord Durnham. Warum will er das Geld an diesen Kerl bezahlen, wenn er die Kylix auch durch uns bekommen kann?«

»Er will kein Aufsehen. Wenn unser Mann aus Delphi uns die Kylix bringt, haben wir Zeit genug, um sie außer Landes zu schaffen. Außerdem braucht Durnham sie vollständig. Und solange sie noch nicht fertig ist, haltet ihr, du und die anderen, die Füße still, ist das klar?« Fentons graue Augen funkelten gefährlich.

»Ist klar, Boss.«

Fenton nickte zufrieden, da alles danach aussah, dass er die Kleophrades-Kylix diesmal wirklich bekommen würde, was vor zehn Jahren leider nicht der Fall gewesen war. Nur knapp war er dem großen Erdbeben in Japan entkommen, das rund sechstausend Menschen das Leben gekostet hatte, und auch der Diebstahl einer weiteren Kylix in der Türkei wäre ihm vor wenigen Jahren in Izmit ebenfalls wegen eines Erdbebens beinahe zum Verhängnis geworden.

Lord Durnham hatte damals nur hämisch gelacht, als er ihm die Gründe seines Versagens nannte, und ihm merkwürdigerweise schnell verziehen. Doch diesmal musste es ihm gelingen, seinem Mentor die letzte Kleophrades-Kylix zu beschaffen. Koste es, was es wolle.

Er sah zum Fenster hinaus. »Was ist das für eine Frau, die in Delphi aufgetaucht ist? Eine Archäologin?«

Rigby räusperte sich. »Nein, nur eine deutsche Schriftstellerin. Karen Alexander. Hab noch nie etwas von ihr gehört.«

Myles Fenton zog erneut an seiner Zigarette, und nur ein minimales Zucken seiner Mundwinkel verriet, dass ihm der Name sehr wohl etwas sagte. Lord Durnham hatte ihm vor längerer Zeit ein Foto von ihr gezeigt und ihn davor gewarnt, dass sich ihre Wege kreuzen könnten.

»Soso, Mrs. Karen Alexander is in town«, murmelte er und drückte die Zigarette in einem schwarzen Marmoraschenbecher auf der Fensterbank aus. »Dann kann es doch noch komplizierter werden. Haltet unsere Leute bereit. Es kann sein, dass ich sie demnächst für einen Extraeinsatz brauche …«

15

Karen bemerkte, dass Nikos sein Telefonat beendet hatte und zum Museum runterging, und auch Simon klappte sein Handy zu und steckte es in seine Hosentasche, drehte sich um und kam zu ihr auf die Heilige Straße zurück.

Sie ging ihm einige Schritte entgegen. »Entschuldigen Sie, Simon, ich halte Sie anscheinend von Ihrer Arbeit ab.«

»Nein, ich habe mir heute Morgen ja extra freigenommen, um Ihnen den Heiligen Bezirk zeigen zu können. Die Arbeiten am Brunnenbecken erledigen im Augenblick sowieso Prof. Hillairet und unsere Helfer. Ich bin seit dieser Woche meistens unten im Lager neben dem Museum und versuche die Fundstücke zu bestimmen und sie wieder zusammenzufügen. Ich kann Ihnen meine Arbeit nachher gern mal zeigen, wenn sie wollen.«

Karens Augen leuchteten begeistert. »Ja, gern. Aber zuerst möchte ich noch den Rest des Heiligen Bezirks sehen und das Heiligtum der Athene.«

»Selbstverständlich. Wir sind mit unserem Rundgang ja auch noch nicht fertig.«

Sie gingen weiter die Heilige Straße hinunter, entlang drei schmalen Säulen der athenischen Weihehalle und dem Felsen der Sybille bis zum wiederaufgebauten Schatzhaus der Athener, dessen Reliefdarstellungen Karen faszinierten und ihre Augen wieder zum Strahlen brachten.

Delvaux bemerkte es, doch er konnte seine Worte nicht zurückhalten. »Das, was Sie da sehen, sind nur Gipsabgüsse«, erklärte er geringschätzig. »Die Originale stehen im Museum.«

Dennoch zog es Karen zu dem Schatzhaus. Schnell stieg sie über das niedrige Abgrenzungsseil und war nach wenigen Schritten am Eingang des kleinen Tempels. Sanft strich sie über den alten Marmor der dorischen Säulen.

Angekommen.

Delvaux warf ihr einen missbilligenden Blick zu und hoffte, dass kein Tourist in der Nähe war und beobachtete, das sie die Heilige Straße verlassen hatte. »Karen, bitte. Wenn das jeder der zehntausend Touristen machen würde, die hier täglich vorbeikommen, würde das Schatzhaus schon lange nicht mehr stehen.«

Delvaux' Worte zerbrachen den tiefen inneren Zauber, der zwischen ihr und dem Athener Schatzhaus zu bestehen schien, und nur widerwillig kehrte sie zu ihm auf die Straße zurück.

»Entschuldigung, aber ich konnte nicht anders. Die Säulen riefen nach mir.«

Diese Entgegnung ließ Delvaux' Mundwinkel zucken, während er eine Mischung aus Verwirrung und ehrlicher Reue in ihren Augen bemerkte, ein Gesichtsausdruck, den er bei Frauen noch nie erlebt hatte und den er überaus sympathisch fand. Es gab ihr ein fast kindliches, unschuldiges Aussehen, das ihm gefiel.

»Sie sollten das jedenfalls nicht so oft machen«, tadelte er sie milde. »Außerhalb der Heiligen Straße ist es nun mal unser Gebiet.«

Sie wusste, dass er sich und seine Kollegen meinte, aber sie bereute es trotzdem nicht, zum Athener Schatzhaus gegangen zu sein. Sie hatte es einfach tun müssen.

Gleich neben dem Schatzhaus deutete Delvaux auf ein dreieckiges Steinpodest.

»Hier hatten die Athener ihre persische Kriegsbeute aus der Schlacht bei Marathon zur Schau gestellt.«

Karen lief ein kalter Schauer den Rücken hinunter. »Die Perser«, murmelte sie und warf dem Podest einen schmerzvollen Blick zu, doch Delvaux führte sie schnell weiter und erzählte ihr viele Einzelheiten über die ehemaligen Schatzhäuser am Wegesrand, deren spärliche Fundamente jetzt im Frühjahr gegen frisches Gras und Unkraut ankämpfen mussten.

Delvaux genoss Karens Aufmerksamkeit und ihr angespanntes Gesicht, wenn er weitere Details erzählte, die sie oft mit einem kurzen Nicken quittierte, doch manchmal beobachtete er auch, wie sie auf ihrer Unterlippe herumkaute, anscheinend, um eine unhöfliche Frage zu unterdrücken.

Doch das reizte ihn nur noch mehr. »Warum sind Sie eigentlich nach Delphi gekommen, Karen? Sie hätten all diese Einzelheiten doch auch aus Büchern erfahren können.«

Karen schüttelte den Kopf. »Nein, das wäre nicht dasselbe gewesen. Fachbücher können mir zwar die Einzelheiten nennen, aber wenn ich vor diesen alten Säulen stehe, wenn ich sie anfassen kann und mir jemand ihre Geschichte erzählt, ist alles viel plastischer und realer. Diese Steine beginnen für mich zu leben. Sie fügen sich wieder zusammen, und ich sehe den Tempel vor meinen Augen. Es ist … es ist tausendmal schöner als reine Bücherrecherche, aber auch schmerzlich, denn der Tempel und die Schatzhäuser sahen damals so prächtig aus, und jedes war ein Kunstwerk größter griechischer Kultur. Der Stolz einer jeden Polis.«

»Ach, alles nur ein eitler Wettkampf«, wehrte Delvaux ab.

»Eitel?«

»Aber natürlich. Ein einziger Laufsteg der Eitelkeiten. Jeder prahlte mit den geklauten Kunstgegenständen und versuchte die Besucher des Heiligtums zu beeindrucken. Siege, Ruhm und Eitelkeit. Was für eine Selbstdarstellung an einem Ort, an dem die Menschen nach Weisheit suchten.«

»Das mag sein, aber ich sehe diese Marmorbauwerke eher als Wettkampf der Kunst. Genauso wie in den Sportarenen und im Amphitheater während der Pythischen Spiele, wenn die Teilnehmer mit Leier oder Kithara Gesänge vortrugen oder mit Schild und Helm im Stadion um die Wette liefen. Die Schatzhäuser standen auf heiligem Boden und waren so vor fremden Anfeindungen geschützt. Es war ein fairer Wettkampf der Baukunst.«

Delvaux hob eine Augenbraue. »Fair … glauben Sie das wirklich? Und was ist mit den Weissagungen im Tempel? Ich denke schon, dass die Priester ab und zu einen politisch motivierten und manipulierten Spruch an bestimmte Stadtdelegierte weitergaben.«

In Karens Innerem widersprach ein klarer Gedanke zutiefst Delvaux' Ansicht, und sie hatte plötzlich das intensive Bedürfnis, die Pythia vor seinen Worten zu beschützen.

»Zur Römerzeit vielleicht«, entgegnete sie, »aber nicht zur griechischen Zeit. Nein, die Priester waren nicht korrupt. Das glaube ich nicht, denn mit so einer menschlichen Schwäche hätte das Orakel niemals tausend Jahre überstehen können. Die Ratsuchenden hätten irgendwann gemerkt, dass die Orakelsprüche nicht weise, sondern willkürlich und machtpolitisch waren. Das hätte auf Dauer nicht funktioniert. Natürlich besaßen die Priester Macht, und sie waren sich dessen auch bewusst. Aber Macht bedeutet in erster Linie sehr viel Verantwortung, finden Sie nicht auch, Simon? Ich denke, dass die Pythia und die Priester immer versuchten, ihre Ratschläge zugunsten aller griechischen Stadtstaaten zu fällen und ausgleichend auf die rivalisierenden Kräfte zu wirken. Delphi ist für mich ein Ort des Friedens.«

Delvaux konnte dem nicht zustimmen. »Ein Ort des Friedens? Ich denke eher, dass es schon immer ein Ort der Rivalität und des Kampfes war. Aber lassen Sie uns nicht streiten. Wenn ich hier im delphischen Boden eine Opferschale finde, ist es für mich egal, ob sie arkadisch, lakonisch oder thrakisch ist. Hauptsache, sie ist gut erhalten oder in sonst einer Form einzigartig.«

Für jedes leere Podest, dass sie auf ihrem weiteren Weg passierten, hatte Delvaux die passende Erklärung, und nebenbei lernte Karen auch noch, dass die Außenmauer aus isodomen Quadern bestand, ehe sie unten am Haupteingang zum Heiligen Bezirk ankamen.

»Es gab kein Eingangstor«, erklärte Delvaux. »Ist das nicht merkwürdig? Die Akropolis in Athen hat ihre fulminanten Propyläen, und in Delphi wurde nicht einmal ein simpler Torbogen gebaut. Hier ist einfach nur ein Mauerdurchlass.«

Karen fand Gefallen an dieser architektonischen Einfachheit. »Torbögen und prächtige Eingänge sind doch eigentlich ein Zeichen dafür, dass man von einem Reich in ein anderes gelangt. Das wollte Apollon nicht, sondern er zeigte den Menschen, wie nahe er ihnen war und wie leicht sie ihn erreichen konnten.«

Sie gingen an einigen Säulen vorbei, hinter denen sich fünf kleine Räume befanden.

»Möglich. Und die Römer verdeutlichten es noch durch den Bau dieser Agora, in der die Pilger ihren Obolus für die Orakelbefragung kaufen konnten. Vom weltlichen Basar direkt ins göttliche Heiligtum«, sagte Delvaux mit sarkastischem Unterton, während sie an einer kleinen Pinie vorüberkamen, die sich mitten auf dem Weg zum Heiligtum einen Platz erkämpft hatte und jedem Besucher für einen kurzen Moment Schatten schenkte.

Karen drehte sich um und warf einen Blick zurück auf die Heilige Straße und zum Apollon-Tempel hinauf, dessen Säulen durch den Berghang teilweise verdeckt wurden.

»Wie groß ist das Gelände eigentlich?«

»Hundertfünfunddreißig zu hundertneunzig Meter bei einer Steigung von siebzig Metern.«

Das erstaunte Karen. »Durch den terrassenförmigen Bau und die breite Straße merkt man die Steigung nicht so stark, finde ich. Man ist an einem Berghang, und trotzdem ist es ein sanfter Weg.«

Delvaux musste grinsen. »Das liegt wohl eher daran, dass wir die Heilige Straße hinuntergegangen sind anstatt wie die Pilger damals hinauf. Und es geht noch weiter hinab. Sehen Sie die Ruinen dort drüben auf halber Strecke zum Athena-Heiligtum? Sie sind unser nächstes Ziel.«

16

Sie gingen zur Nationalstraße und folgten ihr entlang der Phädriaden vorbei an der Schlucht, die die Kastalia-Quelle schon seit Jahrtausenden in die Felsen trieb, bis sie unter sich die Ruinen des Gymnasions erblickten, Umrisse alter Wasserbecken und einer langgestreckten Halle, in der die Athleten damals für ihre Wettkämpfe trainiert hatten.

Doch Delvaux hatte nicht mehr viel Zeit, und so gingen sie weiter bis zum Trümmerfeld des Athena-Heiligtums und den drei berühmtesten Säulen Delphis, den Überresten der Tholos, eines Rundtempels, dessen weiße Säulen vor der Kulisse der Phädriaden einen einmaligen Kontrast erzeugten. Dort die naturgewaltigen Felsen und hier von Menschen kunstvoll behauener Stein.

Karen war fasziniert von der Schönheit dieser Säulen mit ihren Reliefmetopen. Vorsichtig stieg sie die drei Stufen zur Cella des Rundtempels empor und berührte sanft eine der Säulen.

»Wunderschön«, hauchte sie verzaubert und lächelte Delvaux zu, der ein kurzes Stück vorausgegangen war und jetzt wieder zurückkam. Doch er blieb außerhalb der Tholos stehen und wischte sich mit dem rechten Armrücken über die Stirn. Es war inzwischen Mittag geworden, und die Maisonne gewann immer mehr an Kraft. Er sah zu Karen hoch, die neben einer der Säulen stand und sie zu liebkosen schien.

»Lieben Sie Marmor?«

»Ja«, antwortete Karen leise. »Er zieht mich geradezu magisch an.«

»Na, dann steht Ihnen hier im Marmaria die richtige Auswahl zur Verfügung. Ihre Hand berührt gerade pentelischen Marmor. Dort drüben ist parischer Marmor, und die Trommelstücke sind aus dorischem Marmor. Alles aus mehreren hundert Kilometern hierher transportiert. Aber jetzt ist das Heiligtum nur noch ein Trümmerfeld, das von den Einheimischen seit Jahrhunderten als Steinbruch genutzt wurde. Deswegen der Name Marmaria. Er bedeutet Marmorsteinbruch.«

Karen nickte und wandte den Kopf hinauf zu den Phädriaden, als sie eine tiefe Traurigkeit in sich spürte. »Menschen haben es erbaut, und Menschen haben es zerstört«, flüsterte sie, doch Delvaux war nahe genug, um ihre Worte zu hören.

»Nein, es waren nicht nur die Menschen, die aus dem Marmaria ein Trümmerfeld machten. Delphi war immer ein Ort der Urgewalten, der Erdbeben und Verschüttungen. Auch mein Ururgroßvater wurde ein Opfer der delphischen Felsen.«

Karen hob den Kopf. »Wie bitte?«

»Er hatte zwei zerbrochene Kleophrades-Kelche gefunden und wollte sie zur Restauration nach Athen bringen, als ein Erdstoß den Steinhang über ihm in Bewegung setzte und Androuet, seinen Wagen und die Pferde unter sich zermalmte.«

Karen zuckte bei dem Gedanken zusammen. »Wie schrecklich!«

»Ja, es blieb wohl nicht viel von ihm übrig. Sehen Sie den Steinrutsch dort unten mit dem riesigen Felsen in der Mitte?« Delvaux deutete ins Tal, wo Karen auf halber Höhe einen großen Felsen mit einem steinernen Kreuz erkennen konnte. »Seine Kollegen hatten noch die Hoffnung, dass er vielleicht in den losen Steinschichten überlebt haben könnte, und buddelten sofort mit ihren Schaufeln und Händen nach ihm. Aber es war umsonst. Er lag direkt unter dem Felsen. Sie kamen nicht mehr an ihn ran. Deswegen bauten sie ihm dieses Kreuz auf dem Stein. Die griechischen Hilfskräfte waren damals überzeugt, dass Apollon das Erdbeben geschickt hatte, um den Raub seiner Weihgaben zu verhindern.« Er schnaubte verächtlich. »Aber dann hätte er wohl eher Kaiser Nero und die anderen Räuber strafen müssen als meinen Vorfahren Androuet.«

»Und die Kleophrades-Kelche? Waren die auch für immer begraben?«

»Nein. Sie lagen relativ unbeschadet am Berghang in ihren Transportkisten, doch die griechischen Arbeiter weigerten sich, sie anzurühren und wieder nach Delphi zu bringen. Stattdessen mussten einige französische Assistenten mit anpacken und sie zurücktragen.«

Karen lag die Frage auf der Zunge, ob die Assistenten später auch bei Unfällen ums Leben gekommen waren, doch dann stellte sie lieber eine andere.

»Wo befinden sich die Kelche jetzt? Im Museum hier in Delphi oder in Athen?«

Delvaux nahm den Strohhut vom Kopf und fächelte sich Luft zu. »Weder noch. Nachdem sich niemand mehr an sie rangetraut hatte und sie fast hundert Jahre in der hintersten Ecke eines Magazins in Athen standen, wurde eine Kylix von einem japanischen Archäologen angefordert. Leider wohnte er in Kobe. Er und die Kylix haben das verheerende Erdbeben damals nicht überstanden.«

Karens Arme überzogen sich mit einer Gänsehaut, und trotz der wärmenden Mittagssonne begann sie plötzlich am ganzen Körper zu frieren. Sie wagte kaum die nächste Frage zu stellen, aber ihre Neugier war zu groß. »Und ... und was ist mit der anderen Kylix geschehen?«

»Sie hatte das gleiche Schicksal. Das Erdbeben von Izmit hat sie erwischt, wo sie für eine Sonderausstellung der Perserzeit in Istanbul hergerichtet werden sollte.«

Karen wurde für einige Sekunden schwindlig, doch dann fing sie sich wieder und sah Delvaux ungläubig an.

»Kobe und Izmit? Beide Kelche wurden bei den Erdbeben zerstört, die insgesamt über zwanzigtausend Menschen getötet haben? Aber das ist doch ...«

»... nur ein Zufall, mehr nicht. Sie werden doch nicht wie unsere abergläubischen Helfer an so etwas wie Apollons späte Rache glauben, oder?«

Er wandte sich von ihr ab und ging einige Schritte zum Weg, der hinter den Fundamenten des Athena-Tempels zur Nationalstraße hinaufführte.

»Wenn ich Ihnen noch meinen Arbeitsplatz im Museumslager zeigen soll, müssen wir allmählich zurückgehen. Ist bei Ihnen alles okay?«

Er sah ihr weißes Gesicht und machte sich für einen kurzen Moment Sorgen. Sie würde hier mitten in den Ruinen doch wohl hoffentlich keinen Kreislaufkollaps bekommen? Aber dann zog sie ihren Rucksack zurecht und folgte ihm langsam den Weg hinauf.

»In Androuets Nachlass befanden sich seine Ausgrabungsunterlagen und Fotos, die uns jetzt so gute Dienste leisten.«

»Fotos?« Karen strauchelte, doch dank Delvaux' zupackendem Griff fing sie sich wieder.

»Ich besitze Fotos der allerersten Ausgrabung. Sie können sie sich gern bei mir anschauen, wenn Sie wollen.«

Karen lächelte ihm dankbar zu, während sie überlegte, ob sie sich die Fotos wirklich anschauen sollte. Sie hatte dabei ein ungutes Gefühl, aber andererseits konnten die Fotos für ihre Buchrecherche äußerst wichtig sein. Also gab sie sich einen Ruck und nickte.

»Morgen und übermorgen habe ich schon etwas vor, aber wie wäre es am Sonntagvormittag?«

»Ja, gern. Wann immer Sie wollen.«

Und da sie sich schon für die Ansicht der Fotos entschieden hatte, kam ihr noch ein weiterer Gedanke. »Steht denn nicht noch mehr in den Unterlagen Ihres Vorfahren? Warum haben Sie sie nicht veröffentlicht?«

Delvaux' Gesicht verzog sich zu einem spitzbübischen Grinsen. »Das habe ich doch.«

Er deutete auf das weiße Taschenbuch, das Julius Karen in Hamburg gegeben hatte und das keck aus ihrem Rucksack hervorschaute. Sie zog das Buch heraus und las noch mal den Autorennamen, dem sie bisher keine besondere Beachtung geschenkt hatte – Simon Delvaux.

Sie fasste sich an den Kopf. »O nein … ich Idiot!«

Erst jetzt wurde ihr klar, warum ihr sein Name bei der

Begrüßung auf dem Athener Flughafen so bekannt vorgekommen war.

»Entschuldigen Sie bitte …« Sie ließ die Seiten durch die Finger gleiten.

Delvaux bemerkte, dass das Buch noch sehr neu aussah. »Ich dachte, sie wollten nicht so viel aus Büchern recherchieren? Haben Sie es trotzdem schon gelesen? Ich sehe keine Notizen auf den Seiten und auch keine Markierungen.«

»Ehrlich gesagt habe ich es erst vor kurzem bekommen. Im Flugzeug habe ich darin gelesen, aber ich habe noch nicht viel geschafft.«

Delvaux schien einerseits froh und andererseits beleidigt zu sein. »Und dabei dachte ich schon die ganze Zeit, dass ich mir hier den Mund fusselig rede und Sie mir nur aus Höflichkeit zuhören.« Er drehte sich wieder um und führte sie auf einem schmalen Weg zur Nationalstraße hinauf. »Ich habe so das Gefühl, dass Ihr Buch ziemlich gut werden wird. Sie scheinen jedenfalls die Richtige zu sein, um es zu schreiben.«

Karen folgte ihm. »Ja, das sagt mein Patenonkel auch immer. Er ist mein Verleger, wissen Sie? Ich arbeite gewissermaßen für ihn.«

Delvaux stutzte. »Wieso gewissermaßen? Entweder arbeiten Sie für ihn oder nicht.«

»Na ja, ich arbeite schon für ihn, aber irgendwie habe ich manchmal das Gefühl … Nein, vergessen Sie's. Ein dummer Gedanke.« Sie hatte immer noch Delvaux' Buch in der Hand, als sie oben bei der Nationalstraße zwischen Delphi und Arachova angekommen waren.

»Geben Sie mir eine Widmung?«

»Ja, natürlich, aber nicht hier. An meinem Arbeitsplatz im Lager habe ich dazu mehr Ruhe.«

Karen nickte und packte das Buch wieder in den Rucksack, in dem Delvaux auch einen Collegeblock bemerkte. Dann warf sie einen Blick zurück auf die Säulen der Tholos unter sich und dann hinauf zum Apollon-Tempel.

»Sind die Tempel eigentlich in eine bestimmte Himmelsrichtung gebaut worden? Nord–Süd oder West–Ost?«

Delvaux freute sich über diese Frage, da sie zeigte, dass sich Karen anscheinend wieder besser fühlte.

»Sie meinen so wie die Pyramiden oder Stonehenge? Nein, es gibt keine Ausrichtung zur Sonne, zum Mond oder zum Sirius-Stern. Merkwürdig, nicht wahr? Wenn Menschen heilige Tempel, Pyramiden oder Steinkreise bauen, vermutet man immer eine geniale Ausrichtung nach den Himmelsrichtungen, aber in Wirklichkeit sind die griechischen Tempel an die Umgebung angepasst worden. Darin lag ihre Perfektion. Es ging um geordnete Schönheit im Gegensatz zur chaotischen Natur. Deswegen halte ich Delphi auch für einen Ort des Kampfes. Es war der ewige Kampf des Menschen gegen die Elemente und die Naturgewalten, den die Natur lange Zeit gewonnen hatte.

Wenn man bedenkt, dass Delphi, als der englische Dichter Lord Byron vor mehr als hundertachtzig Jahren hier vorbeikam, außer in den alten Schriften Homers überhaupt nicht existent war! Die Bewohner von Kastri, die über den Ruinen wohnten, wussten nichts über Delphi, was wohl auch an der vierhundertjährigen Herrschaft des Osmanischen Reiches lag. Es war schon absurd. Während an den Universitäten in London, Paris und Madrid Homer, Platon, Aristoteles und Sophokles gelehrt wurden, wussten die Einwohner Kastris nichts von ihrem alten Kulturerbe. Erst als George Wheeler und Jacques Spon in einem der Häuser einen Stein mit der Aufschrift *delphoi* entdeckten, erkannten sie, dass sie den Ort des berühmten Delphischen Orakels gefunden hatten.«

17

Sie ließen die Ruinen der Marmaria und des Gymnasions hinter sich und folgten der Nationalstraße hinauf bis zum Museum.

»Waren Sie eigentlich schon im Museum, Karen?«

»Nein, aber Nikos hat mir für heute Nachmittag einen Rundgang versprochen.«

»So, hat er das? Aber dafür ist es doch schon viel zu spät.«

Er warf einen vielsagenden Blick auf die ersten Touristenbusse dieses Tages, die neben dem Museum parkten. »Bei solchen Menschenmassen macht eine Führung keinen Spaß, glauben Sie mir. Aber Sie wollten sich ja sowieso erst noch unser Lager und meinen Arbeitsplatz anschauen, nicht wahr? Vielleicht sind die Busse danach ja weg.« Er führte sie um das langgezogene Museumsgebäude herum zu einem Anbau und schloss die Tür auf. »Willkommen in meinem Reich.«

Delvaux öffnete die Tür und ging die drei Stufen hinunter ins Lager. Karen folgte ihm und erblickte links von ihr mehrere mannshohe Glasvitrinen mit Plastiken aus der mykenischen Zeit neben Metallregalen mit vielen Kartons, die vorn mit kurzen kryptographischen Signaturen beschriftet waren. Rechts von ihr stand ein schwerer Arbeitstisch aus Holz mit kleineren Kartons, die teilweise übereinandergestapelt waren. Einige hatten keinen Deckel, und

Karen vermutete, dass Delvaux in ihnen die unterschiedlichen Tonscherben sortierte. Der Holztisch war anscheinend erst vor kurzem benutzt und noch von jahrtausendealtem Sand bedeckt.

Delvaux griff nach einer kleinen Bürste und Handschaufel und versuchte den mit Kerben übersäten Tisch oberflächlich sauber zu bekommen, aber die Sandkörner versteckten sich vor ihm nur noch tiefer in den Kratzern und Poren des alten Holzes.

»Bitte entschuldigen Sie den Schmutz, aber wir lassen hier keine Putzfrau rein. Nur der Professor, ich, Nikos und drei Ausgrabungshelfer dürfen diesen Raum betreten.«

Karen hob abwehrend die Hände. »Kein Problem, lassen Sie ruhig. Das stört mich nicht.« Sie wanderte zu den Glasvitrinen und betrachtete die mykenischen Büsten mit ihren schrägen Augen, die sie misstrauisch zu beobachten schienen.

Delvaux legte Bürste und Handschaufel beiseite und stellte sich neben Karen.

»Hässlich, diese mykenischen Fratzen, finden Sie nicht? Es sind wirklich nicht gerade unsere besten Stücke. Sie werden demnächst nach Athen geschickt, um dann nummeriert in irgendeinem Lager zu verschwinden. Aber hier, schauen Sie sich das mal an.«

Er ging zu einem breiten Holzschrank und zog langsam die unterste Schublade heraus, die sich nur widerwillig von ihm öffnen ließ. Zum Vorschein kamen unterschiedliche Vasen, Henkelgefäße und Amphoren. Delvaux nahm eine heraus und hielt sie Karen entgegen. Sie war mit Dekoren der antiken Heldengeschichten bemalt.

»Hier, so etwas ist doch viel schöner als die mykenischen Figuren. Ein Skyphos, ein Trinknapf mit Henkeln. Und hier eine Kyathos, ein Becher mit nur einem hohen Henkel, mit dem man gemischten Wein aus einem Glockenkrater wie dem dort drüben schöpfen konnte.« Er deutete auf ein großes bauchiges Tongefäß, das neben der Tür stand, während er die Schublade vorsichtig wieder schloss und die nächste darüber öffnete. »Hier haben wir einige feinere Tongefäße drin, das heißt, eigentlich sind es nur die Scherben, aber mit meinem Computerprogramm kann ich sie alle wieder lebendig werden lassen. Wollen Sie es mal sehen?«

»Ja, gern.« Karen schmunzelte, als sie den beinah fanatischen goldenen Schimmer in seinen Augen sah. Er fasste die Tonscherben so vorsichtig an, wie sie es bei den Seiten eines mittelalterlichen Buches gemacht hätte. Ihr wurde bewusst, wie sehr er diese alten Scherben liebte und es ihm Spaß machte, sie wieder zusammenzufügen. »Trotz des Computers muss es doch eine immense Arbeit sein, diese kleinen Teile wieder zusammenzupuzzeln.«

Delvaux legte die Tonscherbe zurück und schloss die Schublade.

»Allerdings. Schließlich müssen die Scherben erst vorsichtig gesäubert und katalogisiert werden. Das kann der Computer immerhin noch nicht. Und die Teile zusammenkleben kann er zum Glück auch noch nicht.« Sie gingen in einen kleinen weiß gestrichenen Büroraum, in dem nur Platz für zwei Schreibtische und einige Wandregale mit Kartons und Vasenkopien waren. An den Wänden hingen ein großformatiger Kalender mit Bildern der Akropolis und ein Poster aus dem Museum, das eine Sonderausstellung von vor drei Jahren ankündigte.

Delvaux startete den Computer und zeigte Karen in seinen Bilddateien eine große Auswahl der Vasen, Becher und Amphoren, die er bei früheren Ausgrabungen und Exkursionen zusammengefügt hatte. Vor Karens Augen wechselten sich griechische Glockenkrater mit phönizischen Opferschalen auf dem Bildschirm ab, die das Programm in genauester 3-D-Darstellung und Rundumblick zeigte.

Karen war fasziniert, dass die alten Vasen und Trinkbecher, die durch Erdbeben oder Kriege zerstört worden waren, von Delvaux ein neues Leben erhielten, aber bei einigen Kunstwerken bekam sie ein mulmiges Gefühl in der Magengegend, und bei ein paar Bildern zuckte sie sogar leicht zusammen, doch Delvaux merkte es nicht.

»Meinen Sie nicht, dass man die Dinge, die rituell bei einer Zeremonie zerstört wurden, lieber nicht wieder zusammenfügen sollte? Ich meine, sie gehören doch … Man sollte doch einen gewissen Respekt davor haben … Ich meine …« Sie rang nach Worten, aber sie hatte nicht den Mut, es auszusprechen. Doch Delvaux verstand sie sehr gut und ärgerte sich zum ersten Mal über sie.

»Was reden Sie da für einen Blödsinn. Als Wissenschaftler ist es meine Aufgabe, diese Artefakte wieder zusammenzufügen, denn nur dadurch lernen wir unsere eigene Geschichte kennen. Hier, sehen Sie zum Beispiel diese Scherbe.«

Er griff in einen kleinen Karton auf dem Schreibtisch und hielt vorsichtig eine schmale Scherbe zwischen den

Fingern. »Ich nehm sie einfach, bestimme Art, Alter und Beschaffenheit und gebe dann eine Abfrage ein. Mit dem Computer habe ich Zugriff auf ungefähr hundert Datenbanken auf der ganzen Welt, und meistens bekomme ich dann auch ein Ergebnis, das mir weiterhilft. Manchmal allerdings auch nicht. Aber das macht nichts, denn dann weiß ich, dass ich etwas Besonderes gefunden habe.«

Karen schluckte einen Kloß im Hals hinunter. »Haben Sie denn schon mal etwas Besonderes gefunden, Simon? Etwas Einzigartiges?«

Delvaux war durch ihre Neugier wieder etwas versöhnt und am Überlegen, ob er ihr seinen Schatz zeigen sollte. In ihrem Gespräch gestern Abend hatte er ihn noch verschwiegen und die Entdeckung des Brunnenbeckens als unwichtiges Ereignis heruntergespielt, obwohl er dort tatsächlich etwas Wertvolles gefunden hatte.

»Ja, das habe ich.«

»Wo?«

»Hier in Delphi. Im Brunnenbecken.«

»Darf ich wissen, was es ist?«

Delvaux wandte den Kopf ab und beugte sich nach unten, um den Computer auszuschalten. »Das dürfen Sie. Ich werde es Ihnen sogar zeigen.«

Er führte sie in den Arbeitsraum zurück und ging zu einem grauen Tresor, der von einigen leeren Sandsäcken verdeckt war. Mit einer einzigen Handbewegung wischte er sie beiseite, gab den Zahlencode ein und öffnete dann die schwere Metalltür. Im oberen Fach lagen einige Papiere und eine mykenische Plastik, aber im unteren Fach stand ein stabiler Glaskasten, in dessen Mitte eine Trinkschale lag, die in drei große und mehrere kleine Teile zerbrochen war.

Karen zuckte zurück. »Eine … eine Kylix?«

Delvaux stellte den Glaskasten auf den großen Arbeitstisch. »Ja. Ist sie nicht schön? Es ist zwar kein Gold, keine Bronzeplastik und auch keine Nike aus Marmor, aber trotzdem mein ganzer Stolz. Ein Prachtwerk ihrer Art. Die Malerei deutet ebenfalls wie bei den beiden von meinem Vorfahren gefundenen Trinkschalen auf Kleophrades hin, aber von dem alten athenischen Maler gibt es jetzt nur noch eine Bauchamphore und eine Urne. Die anderen Trinkschalen sind ja leider für alle Zeit verloren. Somit ist diese hier sozusagen die letzte Kleophrades-Kylix, die noch auf der Welt existiert.«

Karen betrachtete die Trinkschale mit gemischten Gefühlen. Obwohl Delvaux so stolz darauf war, schien etwas Unheilvolles von ihr auszugehen. Instinktiv trat Karen einen Schritt zurück. »Ist sie … ist sie vollständig erhalten?«

Delvaux blickte auf die Scherben im Glaskasten. »Es sieht so aus. Ich bin mit der Rekonstruktion noch nicht ganz fertig, aber wir haben wahrscheinlich Glück. Können Sie sich das vorstellen, eine Kylix in Händen zu halten, die einzig sein wird auf der Welt? Sie ist fantastisch.«

Er öffnete den Behälter, holte den unteren Teil der schwarz bemalten Kylix heraus und stellte ihn vorsichtig auf den Tisch. »Es ist eine rotfigurige Malerei, etwa 500 v. Chr. entstanden. Kleophrades hat die Figuren ausgespart und ihre Umgebung mit schwarzem Firnis bedeckt, sodass die Figuren einem geradezu entgegenleuchten. Ist sie nicht herrlich? Hier, sehen Sie diese feinen schwarzen Linien und die Schraffuren. Die Figuren wirken dadurch viel lebendiger als beim schwarzfigurigen Stil, der vorher herrschte, finden Sie nicht auch?«

Er deutete nochmals auf den Glockenkrater neben der Tür, dessen schwarze Figuren auf dem hellen Tonuntergrund Karen vom künstlerischen Stil her jetzt tatsächlich schlichter vorkamen.

»Genauso diese Scherben. Es dauert nicht mehr lange, dann steht die Kylix wieder in all ihrer Pracht vor uns.«

Er nahm eine der Scherben in die Hand und wollte sie Karen reichen, als sie hinter sich eine raue Stimme hörten.

»Nicht berühren!«

Karen zuckte zusammen, doch Delvaux blieb gelassen stehen. Er hielt die Scherbe vor Karens Gesicht.

»Ach ja, ich vergaß zu erwähnen, dass unser delphischer Legendenerzähler auch glaubt, dass über dieser Kylix ein Bann herrscht, der jeden, der sie berührt, ins Verderben zieht.«

Delvaux und Karen drehten sich zu Eliadis um, der mit finsterer Miene im Türrahmen stand. Hinter ihm schien die grelle Mittagssonne und ließ ihn wie einen dunklen Schatten erscheinen. »Man sollte die Kylix in Ruhe lassen und die Scherben wieder in der Nähe des Brunnenbeckens vergraben, dort, wo sie seit über zweitausend Jahren ruhten. Dann wird uns auch nichts geschehen.«

»Diese abergläubischen Griechen«, flüsterte Delvaux Karen zu, doch dann wandte er sich direkt an Eliadis. »So ein wertvolles Stück wieder einbuddeln? Du bist verrückt.

Nein, sie ist zu schön und zu perfekt, um in der Erde zu ruhen. Der Künstler hat sie damals fürs menschliche Auge geschaffen und nicht für Apollon. Es ist unsere Aufgabe als Archäologen, diese Schätze auszugraben, sie der Fachwelt und den Menschen in den Museen zu präsentieren.«

Eliadis' Finger bohrten sich in den Türrahmen. Nein, dachte er, das glaube ich nicht, aber du hast sie gefunden, und so werden du, Prof. Hillairet und das Kulturhistorische Amt in Athen leider über ihr Schicksal entscheiden. Oder vielleicht auch nicht, fügte er in Gedanken mit einem grimmigen Lächeln hinzu, während er zusah, wie Delvaux die halbe Kylix wieder in den Glasbehälter stellte und ihn verschloss. Mit Genugtuung hatte er bemerkt, dass Karen die Scherbe nicht berührt hatte. Und jetzt trat sie einen Schritt zur Seite, als Delvaux den Glaskasten in den Tresor zurückstellte und ihn verschloss.

»Warum bist du eigentlich hier?«, wollte Delvaux wissen. »Musst du nicht im Museum aushelfen?«

»Heute nicht. Ich war oben am Brunnenbecken. Der Professor hat nach dir gefragt.«

»Ach ja?«

»Ja.«

»Und was will er von mir?«

»Hat er mir nicht verraten.«

Beide Männer starrten sich eine Zeit lang an, ohne ein Wort zu sagen. Schließlich gab Delvaux nach und grinste Karen entschuldigend an. »Dann gebe ich Sie jetzt in die vertrauensvollen Hände unseres Legendenerzählers und suche Prof. Hillairet.« Er wandte sich an Eliadis. »Er ist beim Brunnenbecken, sagtest du?«

»Ich denke schon. Gerade eben war er jedenfalls noch da.«

Delvaux stand jetzt neben Eliadis, der ihm nur langsam den Weg frei machte. »Und du zeigst Madame Alexander das Museum?«

»Das hatte ich ihr gestern versprochen.«

Delvaux wechselte einen kurzen Blick zwischen den beiden. Sie hatten gestern also noch miteinander gesprochen, ehe er mit Karen nach Galaxidi gefahren war? Nikos überraschte ihn immer wieder, aber glaubte der Grieche wirklich bei Karen landen zu können? Delvaux lachte innerlich über Nikos' Neid und dessen erfolglose Versuche, ihn bei Frauen auszustechen. Es war ein Wettkampf, den Nikos niemals gewinnen würde. Außer bei Selena, an der sich Delvaux bisher zugegebenermaßen die Zähne ausgebissen hatte.

»Also gut, dann mach ich mich mal auf den Weg.« Er nickte Karen kurz zu und verschwand dann, ohne sich umzudrehen, auf dem steinigen Trampelpfad zum Heiligen Bezirk.

18

Eliadis wandte den Kopf und hielt für Karen die Tür weit auf.

»Kommen Sie aus dem staubigen Lager heraus, Karen. Kommen Sie ins Licht.«

Sie ging zu ihm, nahm die drei Stufen und trat in den hellen Sonnenschein hinaus, wobei sie sich fragte, warum sie aus dem Lager herauskommen sollte. »Müssen wir außen herumgehen? Gibt es denn keine direkte Tür zwischen dem Museum und dem Lager?«

»Doch, natürlich, aber die wird nur geöffnet, wenn Artefakte neu sortiert oder restauriert werden müssen. Sonst ist die Tür immer verschlossen, damit sich keine Museumsbesucher ins Lager verirren. Im Augenblick ist diese Tür aber auch noch mit einem Steinfries zugestellt, sodass wir außen herumgehen müssen. Ist das schlimm?«

»Nein, ganz im Gegenteil. Hier draußen fühle ich mich viel wohler als im Lager.«

Eliadis schloss die Tür hinter ihr. »Das ist verständlich. Das Lager kommt mir manchmal wie eine Grabkammer vor, aber Simon fühlt sich zwischen den Artefakten wohl. Für ihn ist es eher eine Schatzkammer.«

»Für Sie etwa nicht? Ich meine, die gefundene Kylix scheint doch sehr wertvoll zu sein.«

»Ach ja?« Eliadis' Stimme wirkte teilnahmslos, als seine Finger mit dem Schlüssel für einen kurzen Moment über dem Türschloss verharrten. »Da Simon sie jeden Abend im Tresor einschließt, werden Sie wohl Recht haben.«

Er sperrte die Tür des Lagers zu, steckte den Schlüssel in seine Hosentasche und geleitete Karen um einen hohen Pinienbaum herum zum Vordereingang des Museums, während sie mit einem Stirnrunzeln den glatten Marmorbau betrachtete. Wie hatte man es nur wagen können, an einem solch klassischen Ort ein derartig modernes Gebäude hinzustellen?

Eliadis betrachtete leicht amüsiert ihren pikierten Gesichtsausdruck.

»Das Museum scheint Ihnen nicht zu gefallen. Mir auch nicht. Irgendein Architekt musste wohl wieder mal beweisen, wie man Modernes mit Altem harmonisch verbindet. Das ist ihm hier nicht besonders geglückt, aber wenigstens sind die Räume innerhalb des Museums sehr praktisch und funktionell.«

Er führte sie über ein antikes Steinmosaik mit verschlungenen schwarz-weißen Ornamenten, das man aus dem Heiligen Bezirk vor den Eingang des Museums verlegt hatte, und öffnete Karen die Tür.

Mit einem leichten Gruß nickte er dem dicklichen Kartenverkäufer zu, der sie beide mit einem Grinsen passieren ließ. Sie gingen die Treppe hinauf zum ersten Ausstellungsraum, in dem sie auf einen Omphalos und einen Dreifuß trafen.

Karen blieb bei dem Omphalos stehen und wollte ihn berühren, aber ihre rechte Hand verharrte kurz vor dem alten Marmor.

»Es ist nur eine Kopie aus der römischen Zeit«, sagte Eliadis, der wartend an der Tür zum nächsten Raum stand.

»Ich weiß«, entgegnete Karen und sog jede Einzelheit in sich auf. »Trotzdem ist er zweitausend Jahre alt. Und er sieht sehr echt aus.« Sie ging an einem Dreifuß mit einem bronzenen Kessel vorbei und runzelte die Stirn. »Der Kessel gehört nicht zum Dreifuß, nicht wahr?«

»Ja, das stimmt«, sagte Eliadis mit Genugtuung. »Der Kessel und der Dreifuß stammen aus unterschiedlichen Grabungen, aber man dachte, dass sie sich gut ergänzen, und hat sie deswegen zusammengefügt.«

»Das mag sein, aber sie gehören nicht zusammen. Man sollte so etwas nicht machen.«

Eliadis freute sich über ihre entschiedene Meinung. »Kommen Sie, ich will Ihnen etwas zeigen.« Er winkte kurz mit der Hand und führte sie in einen großen Ausstellungsraum, in dem mehrere Friese an der Wand hingen. »Der Saal mit den Kunstwerken des Schatzhauses der Siphnier. Es soll das schönste und prachtvollste nach dem Tempel und dem Schatzhaus der Athener gewesen sein.«

Karen erinnerte sich. »Ja, das sagte Simon auch. Es war vollkommen aus Marmor, nicht wahr, während die anderen Bauten aus Kalkstein bestanden?«

»Das stimmt. Und es hatte einen ionischen Giebelfries, auf dem der Streit des göttlichen Herakles und des Apollon über den Dreifuß der Pythia dargestellt war. Und hier ist die Versammlung der Götter auf dem Olymp zu sehen, wie sie den Krieg um Troja beobachten oder dort die Schlacht der Götter gegen die Giganten. Das alles wurde ungefähr 535 v. Chr. geschaffen. Ist das nicht faszinierend?

Diese Genauigkeit? Diese kleinen Details der Kleidung, Mimik und der Waffen auf den Steinfriesen? Aber was ich Ihnen eigentlich zeigen wollte, ist dies hier.« Er deutete auf die schlanke Statue mit den hohen geschwungenen Flügeln, die majestätisch in der Mitte des Raums auf einem niedrigen Sockel stand. »Die Sphinx der Naxier.« Eliadis genoss es, wie Karen die Statue bestaunte.

»Sie ist wunderschön …«, stammelte sie.

»Und jetzt stellen Sie sie sich auf einer zehn Meter hohen ionischen Säule vor, wenn sie die Morgen- und Abendsonne begrüßt.«

Karen konnte sich an einige Trommelstücke erinnern, die sie zwischen der Tempelterrasse und dem Felsen der Pythia gesehen hatte. »Ja, sie stand südlich neben dem Tempel und konnte kilometerweit das ganze Tal überblicken, nicht wahr?« Sie starrte auf die Wand rechts neben sich. »Und jetzt ist sie eingeschlossen und sieht nur noch eine langweilige weiße Wand.«

»Na ja«, gab Eliadis zu bedenken, »sie war zweitausend Jahre lang unter dem Tempel vergraben und hat nur dunkle Erde gesehen. Dagegen ist dies doch schon eine erhebliche Verbesserung, finden Sie nicht?«

»Aber warum stellt man sie nicht wieder an ihre alte Stelle? Sie würde doch einen prächtigen Eindruck auf jeden Delphi-Besucher machen.«

Eliadis hob die Augenbrauen. »Diese Sphinx draußen im Gelände wieder aufstellen? Da wäre sie doch nach ein paar Tagen gestohlen. Was meinen Sie, was einigen Kunstsammlern auf der Welt eine echte archaische Plastik wert wäre? Allerdings hätte man eine Kopie dort hinstellen können, das gebe ich zu. Aber so etwas kostet eben Geld, und Griechenland hat schon genug Probleme damit, die vorhandenen Kunstwerke zu erhalten. Kommen Sie, lassen Sie uns weitergehen.«

Er führte sie durch das gesamte Museum, aber Karen wurde von Raum zu Raum stiller. Der Anblick der Mischkrüge, Dachverzierungen und Statuen aus der Vergangenheit schienen ihr nicht gut zu tun, doch vielleicht würde die Schönheit des berühmtesten delphischen Werkes sie aufmuntern? Sie traten in den Raum, in dem in der Mitte eine Bronzestatue auf einem niedrigen Podest thronte – der Wagenlenker.

Eine Statue voller Reiz, denn das faltenreiche Gewand und die Locken des Jünglings waren einzeln ausgearbeitet, genauso jede einzelne Wimper. Doch Eliadis bemerkte, dass Karen während seiner Erklärungen geistesabwesend starr an der Statue vorbeischaute. Was war mit ihr los? Wenn diese Bronzearbeit sie nicht begeistern konnte, wusste er sich nur noch mit einem Mittel zu helfen – Gold.

Also ging er mit ihr in den Raum mit den goldenen Fundstücken, die tatsächlich fast nur aus Blattgold und wenigen massiven Goldanhängern bestanden, aber dennoch spürte Karen einen Kloß im Hals, als sie diesen Schmuck und die zerbrochenen Teile des silbernen Ochsen betrachtete. Sie bekam ein mulmiges Gefühl und Herzrasen, bis es ihr zu viel wurde. Sie musste hier raus. Ohne ein Wort drehte sie sich um und eilte durch die Räume an verdutzten Touristen vorbei bis zur Treppe.

»Karen, was ist denn?«

Eliadis versuchte sie am Arm zu packen, aber sie war schon an ihm vorbei und rannte die Treppe hinunter.

Raus. Nur raus aus diesem Haus.

Eliadis eilte ihr nach.

»Warten Sie!«

Doch Karen blieb nicht stehen. Sie rannte aus dem Museum und dann auf dem kurzen Pfad zum Heiligtum hinauf. Erst als sie nach einigen Minuten schnaufend auf der Heiligen Straße war, blieb sie stehen, lehnte sich gegen eine niedrige Steinmauer und sah auf das silbergrüne Pleistos-Tal hinab. Die Sonne strahlte ihr hell ins Gesicht und schien sie mit ihrer Wärme trösten zu wollen, während Eliadis humpelnd zu ihr aufschloss.

Er wischte sich über das verschwitzte Gesicht und fragte: »Was war denn gerade eben los? Warum sind Sie plötzlich weggelaufen?«

Karen vermied es, ihn anzusehen. »Entschuldigung, aber ich konnte das nicht länger ertragen.«

»Was meinen Sie?«

»Diese ... diese Bruchstücke in den Räumen des Museums. Was ist von all dem Gold, den geweihten Waffen und Statuen geblieben, die hier hundertfach standen? Einige beschädigte Statuen, unvollständige Giebelfriese und ein bronzener Wagenlenker, der nur eine Nebenfigur eines unwichtigen Ensembles war. Außerdem ein bisschen Gold, das die Delpher damals vergruben, als die Statuen beschädigt und unvollkommen wurden.« Karen schüttelte fassungslos den Kopf. »Nichts ist geblieben vom ehemaligen Glanz und von der Pracht dieses Ortes.«

»Finden Sie?«

»Sie nicht? Dann sagen Sie mir, was Delphi so einzigartig macht, dass Apollon sich ausgerechnet hier sein irdisches Zuhause schuf?«

Eliadis' dunkle Augen glänzten in der Sonne, als er sich umschaute. »Die Ewigkeit. Es sind die Berge um uns herum, das Alter dieser Berge, die in Jahrmillionen geschaffen wurden. Sie sind Ergebnisse der Urgewalten, denen wir Menschen bisher nur staunend zuschauen konnten. Genauso die Quellen mit klarem Wasser aus der Tiefe dieser Berge, das mal sprudelt und mal versiegt. Oder die faszinierenden Höhlen und Grotten. Dieser Ort zeigt uns kleinen Menschen in vielen Facetten, wie abhängig wir von der Natur sind und dass wir sie nicht immer beherrschen können. Apollon hat gerade diesen Ort ausgesucht, um uns Mut zu machen. Er hat aus diesem Ort der Wildheit einen Ort der Vernunft gemacht. Und der Schönheit. Dieser Ort hat Magie. Sie ist unzerstörbar. Spüren Sie sie nicht?«

Karen blickte zu den Phädriaden auf, die diesen heiligen Ort zu beschützen schienen. »Ja, das stimmt. Diese Felsen sind wunderschön. Sie haben ihre Magie bewahrt.«

Eliadis lächelte ihr zu. »Haben Sie sich erholt? Dann kommen Sie. Ich möchte Ihnen noch einen schöneren Blick auf den Heiligen Bezirk zeigen.«

Sie gingen die Heilige Straße bis zum Amphitheater hinauf, wo sie die alten Marmorreihen durchschritten und sich oben in die drittletzte Reihe setzten. Beide ließen den Blick über das Halbrund des Theaters und über die Ruine des Apollon-Tempels bis ins tiefe Pleistos-Tal mit dem silbrigen Meer der Olivenbäume gleiten. Nach einem kurzen genüsslichen Seufzer von Karen wandte Eliadis den Kopf und sah sie amüsiert an. »Es geht ihnen wieder besser, nicht wahr? Das ist Delphi. Dieser Blick heilt einfach alles.«

Karen musste ihm Recht geben und ließ die Kraft dieses heiligen Ortes auf sich einwirken. Die Melancholie, die sie im Museum empfunden hatte, verschwand allmählich, und eine innere Ruhe stellte sich langsam wieder bei ihr ein.

Angekommen.

Sie hatte das merkwürdige Gefühl, zu Hause angekommen zu sein, und gleichzeitig Angst davor, was dies bedeuten konnte. Sie hatte dieses Gefühl auch in Paris und Ägypten gehabt, und die Erinnerungen an die Erlebnisse waren wundervoll und schmerzhaft zugleich. Einerseits hatte sie da Michael kennengelernt, aber andererseits wurden auch mehrere alte Wunden aufgerissen. Oder wurden sie geheilt? Karen war sich immer noch nicht ganz sicher, wie sie ihre ungewöhnlichen Erfahrungen einschätzen sollte. Ja, sie glaubte an das, was geschehen war. Mit all seinen Konsequenzen.

Und jetzt Delphi? Würde so etwas hier wieder geschehen? Dieses Amphitheater, die große Polygonalmauer, das Schatzhaus der Athener, das Gespräch über das Adyton – das alles hatte sie mehr mitgenommen und gleichzeitig auch tiefer berührt, als sie erwartet hatte. Sie spürte, dass dieser Ort tief in ihrem Inneren etwas zu bedeuten hatte … und sie hatte Angst davor, es herauszufinden.

Minutenlang sagte keiner ein Wort, doch dann brach

Karen das Schweigen. »Sie leben gerne hier in Delphi, nicht wahr?«

Eliadis schnippte einen Stein von seiner rechten Hand, mit dem er die ganze Zeit gespielt hatte. »Ja. Niemand würde mich hier wegbringen.«

»Aber im Dorf gibt es anscheinend nicht viele junge Leute, oder? Ich habe fast nur ältere Menschen gesehen.«

Er griff nach einem neuen Stein und schnippte ihn drei Reihen tiefer, wo er sich in einer Distel verfing. »Das ist hier so. Wer einen guten Job haben will, flieht in die Stadt. Viele junge Leute sind in Athen.«

»Warum Sie nicht?«

Eliadis zeigte auf seinen rechten Fuß. »Wer braucht schon einen Krüppel? Ich habe versucht, in Athen einen Job zu bekommen, aber sie haben mich alle wieder vor die Tür gesetzt. Und ich fühlte mich in Athen auch nicht wohl. Diese Stadt tut mir nicht gut. Also kam ich zurück nach Delphi, und als Prof. Hillairet mehrere Helfer für seine Ausgrabungen brauchte, meldete ich mich.«

»Hillairet tut viel für Sie, oder?«

»Mag sein. Aber er bevorzugt Simon in vielen Dingen. Ich bin nur ein Handlanger.«

Karen hatte das merkwürdige Gefühl, Delvaux verteidigen zu müssen. »Aber Simon ist gelernter Archäologe. Ist es da nicht klar, dass Prof. Hillairet enger mit ihm zusammenarbeitet und ihm speziellere Aufgaben gibt als Ihnen.«

»Das ist nicht das Problem. Ich habe nur manchmal das Gefühl, dass er mir aus Mitleid hilft und Arbeit gibt, anstatt mich wie die anderen zu behandeln. Aber auf Mitleid kann ich verzichten.«

Er wäre vor Wut am liebsten aufgestanden und die Felsen hinaufgeflüchtet, aber Karen griff nach seinem rechten Arm und versuchte ihn zu beruhigen. »Ein Klumpfuß ist doch nichts Besonderes. Das lässt sich heutzutage doch operieren.«

Eliadis verzog das Gesicht. »Wenn man ein Kind ist, ja, dann wächst sich vieles wieder zurecht, aber wenn man erwachsen ist, sind die Heilungschancen schlecht. Außerdem habe ich dazu kein Geld. Es muss eben so gehen.«

Karen nickte. »Natürlich. So wie bei vielen vor Ihnen auch. Hephaistos hatte einen Klumpfuß, Lord Byron, und König Ödipus hatte auch verkrüppelte Fußgelenke.«

Eliadis senkte den Kopf, als ein zögerliches Lächeln um seine Mundwinkel huschte. »Sie meinen, ich befinde mich also in guter Gesellschaft?«

»Ich denke schon.«

Es war ihr tatsächlich gelungen, ein Lächeln auf sein sonst so ernstes Gesicht zu zaubern. Er blickte nach oben und zeigte auf einen der seltenen Königsadler, der weit über ihren Köpfen seine Kreise zog. »Einer von Zeus' Adlern. Kennen Sie eigentlich die Entstehungsgeschichte dieses Ortes?«

»Sie meinen die Sage mit den beiden Adlern, die Zeus im Westen und Osten aufsteigen ließ und die genau über Delphi zusammentrafen und hier den Omphalos fallen ließen? Ja, die kenne ich.«

Eliadis nickte zufrieden. »Delphi – der Nabel der Welt. Wir Griechen waren zwar alle miteinander verfeindet, aber auf die weisen Orakelsprüche aus Delphi hörte jeder. Niemand wagte sich dem Wort des Apollon zu widersetzen.«

Karen holte eine kleine Wasserflasche aus ihrem Rucksack und trank einen Schluck.

»Simon meint, die Sprüche seien oft zweideutig und politisch manipuliert gewesen, sodass man alles Mögliche daraus erkennen konnte.«

Sie bot Eliadis die Wasserflasche an, die er gern annahm, einen erfrischenden Schluck daraus trank und sie dann zwischen sich und Karen stellte.

»Simon ist ein Idiot. Sie werden keinen Wahrsager auf der Welt finden, der einem genau das sagt, was man tun soll.«

Karen warf einen heimlichen Blick auf das kleine weiße Haus über ihnen, das zwischen den Zypressen hindurchschaute. »Das hört sich so an, als ob Sie schon mal bei einem Wahrsager gewesen wären. War es Theophora?«

Eliadis nickte. »Natürlich. Das ganze Dorf war schon bei ihr.« Er zeigte mit der rechten Hand auf das kleine Haus. »Dort wohnt sie, unsere Pythia, aber sie mag nicht so genannt werden. Sie liest die Zukunft aus der Hand.«

Karen war bei dem Gedanken fasziniert, doch er beängstigte sie auch. »Sie waren bei ihr? Und was hat sie gesagt?«

»Dass uns eine große Prüfung bevorsteht.«

»Wen meint sie mit uns?«

»Unser Dorf – Athen – uns alle.«

Karen musste an das Erdbeben in Galaxidi denken, und ein Schauer lief ihr über den Rücken. »Das hört sich ja schrecklich an.«

Eliadis ließ gedankenverloren einen Stein zwischen den Fingern hin und her rollen. »Ja, aber sie sagte auch, dass es Hoffnung gibt und dass man das Unglück verhindern kann.«

»Wir können die Zukunft also zu unseren Gunsten beeinflussen?«

Eliadis' rechter Mundwinkel zuckte amüsiert, da Karen sich für dieses Thema interessierte. »Manchmal ... Sie sagte, dass Gott uns einen freien Willen gegeben habe und dass wir also unseren Weg frei entscheiden könnten. Aber sie sagte auch, dass es besser sei, wenn wir Gottes Wille geschehen lassen würden. Das machen wir, wenn wir beten: ›Mein Gott, Dein Wille geschehe wie im Himmel so auf Erden.‹«

Zunächst war Karen irritiert, doch dann verstand sie, wie es gemeint war. Es war ihr Schicksal gewesen, dass sie vor einem halben Jahr Michael in Paris kennengelernt hatte, und doch war es ihr freier Wille gewesen, dorthin zu reisen. Niemand hatte sie dazu gezwungen. Sie hätte Julius' Auftrag damals auch ablehnen können.

Sie beugte sich nach vorn und riss einen Grashalm ab, auf dem ein kleiner bunter Käfer krabbelte. Als er oben angekommen war, breitete er seine Flügel aus und schwirrte fröhlich davon, während Karen ihm versonnen nachsah und den grünen Grashalm durch die Finger gleiten ließ.

»Unser Leben besteht also aus Schicksal und aus freiem Willen.«

Eliadis nickte. »Ja, so ist es.«

Genau in dem Augenblick fiel Karens Wasserflasche

um und rollte der nächsten Stufe entgegen, doch Eliadis reagierte sofort, reckte sich und griff nach ihr, bevor sie weiterrollen konnte. Mit einem Lächeln reichte er sie Karen zurück, die sie mit einem erstarrten Gesicht entgegennahm und in ihrem Rucksack verstaute. Mit einem Kloß im Hals deutete sie auf sein verrutschtes rechtes Hosenbein, unter dem ihr etwas Silbernes an einem Lederriemen entgegenglänzte.

»Sie ... tragen ein Messer am Bein?«

»Ein Wurfmesser, ja.« Vorsichtig zog er die Hose wieder über das Messerversteck. Es war ihm merklich unangenehm, dass sie es gesehen hatte.

Karen fasste sich unwillkürlich an den Hals, an dem sie vor einem halben Jahr bei einem Überfall einen Dolch zu spüren bekommen hatte. Es war ein schreckliches Erlebnis gewesen, bei dem sie echte Todesangst gefühlt hatte, aber Michael hatte sie damals aus dieser Situation retten können. Seitdem waren ihr Menschen, die Messer trugen, äußerst suspekt.

»Wozu brauchen Sie denn so etwas?«

»Ich bin oft in den Bergen. Da kann man immer mal ein Messer gebrauchen. Vor allem, wenn man nicht so schnell rennen kann«, antwortete Eliadis leichthin und strich sich über das Hosenbein.

Karen hielt das für eine Lüge oder zumindest für eine halbe Wahrheit, aber Nikos schien nicht mehr sagen zu wollen, und so nahm sie ihren Rucksack und stand auf. »Entschuldigung, aber ich muss heute Nachmittag noch am Computer arbeiten und meine Notizen machen.«

Eliadis stand ebenfalls auf. »Kein Problem. Wollen Sie

in den nächsten Tagen vielleicht auch noch zur Korykischen Grotte? Ich habe übermorgen eine Touristengruppe, die ich hinführe. Möchten Sie mitkommen?«

Karen zögerte. »Ich weiß nicht. Eigentlich wollte ich sie mir schon angucken, aber …«

»Simon wird sicher nicht mit Ihnen dorthin gehen. Er mag keine langen Fußmärsche durch unwegsames Gelände. Das ist ihm zu anstrengend.«

Karen sah ihn zweifelnd an. »Gibt es denn keinen gepflasterten Weg?«

»Nicht von Delphi aus. Man kann nach Arachova fahren und dort einen geteerten Weg nehmen, aber die restlichen Kilometer muss man auch von dort zu Fuß gehen. Hier von Delphi aus dauert der Marsch länger, aber er ist genauso, wie die Pilger ihn genommen haben, wobei die damals einen gepflegteren Weg zur Verfügung hatten. Der jetzige Pfad ist uneben, und wenn man nicht weiß, wo die Grotte liegt, kann man sich stundenlang verlaufen.«

Karen fuhr sich unsicher durchs Haar. »Das … hört sich irgendwie gefährlich an.«

Eliadis spürte ihre Verunsicherung und warf den letzten Stein in einem hohen Bogen zwischen die Zypressen. »Ich habe das Gefühl, dass Sie seit gerade eben mehr Angst vor mir als vor den Bergpfaden haben, Karen.«

Damit war er der Wahrheit näher, als er dachte, aber das hätte Karen niemals zugegeben.

»Unsinn, ich würde mich sehr freuen, wenn Sie mich zur Korykischen Grotte mitnehmen würden«, erwiderte sie und stellte alle Bedenken beiseite. »Übermorgen, am Samstag? Sehr gut. Ich werde mitkommen. Doch jetzt muss ich wieder zurück und noch ein bisschen arbeiten.« Sie öffnete die Lasche des Rucksacks und zeigte auf Delvaux' Buch. »Es gibt noch viel für mich zu tun. Delphi ist ein faszinierender Ort.«

Eliadis lächelte zufrieden. »Ja, das ist er.«

19

Ganz in Gedanken ging sie zu ihrer Hütte zurück, als sie Prof. Hillairet auf seiner Veranda ein Buch lesen sah. Einen kurzen Moment zögerte sie, ob sie zu ihrer Hütte weitergehen sollte, doch da hatte der Professor sie schon entdeckt und machte eine einladende Handbewegung.

»Madame Alexander. Wollten Sie zu mir? Kommen Sie und setzen Sie sich.«

Er stand auf und rückte einen alten Holzstuhl für Karen zurecht. Während sie noch überlegte, ob sie die Einladung höflich ablehnen sollte, war Prof. Hillairet schon im Haus verschwunden und kam nach einer Minute mit einem griechischen Rotwein und zwei Gläsern zurück.

Karen gab sich geschlagen und ging zu ihm auf die Veranda, wo sie auf dem freien Holzstuhl Platz nahm. Sie wollte keinen Wein und schüttelte leicht den Kopf, aber Hillairet ließ keine Widerrede zu.

»Nein, das können Sie mir nicht antun. Ich habe hier so selten Gäste, dass Sie mir eine große Freude machen würden, wenn Sie ein Gläschen mit mir trinken würden.« Und ohne ihre Zustimmung stellte er das Glas vor ihr auf den Tisch und goss den Rotwein ein.

»Ich wollte Sie nicht stören, Prof. Hillairet. Also wenn Sie lieber in Ruhe Ihr Buch weiterlesen wollen …«

»Vergessen Sie das Buch. Eine Unterhaltung mit Ihnen wird mir tausendmal besser gefallen.«

Karen nahm das Glas in die Hand und drehte den langen Stiel, ohne dass sie etwas trank. Gedankenvoll sah sie auf die dunkelrote Flüssigkeit in dem breiten Weinkelch.

»Monsieur Delvaux sagte, dass ich bei Gelegenheit bei Ihnen vorbeischauen und Sie nach Delphi ausfragen dürfe. Sind Sie sicher, dass Sie jetzt gerade Zeit für mich haben?«

Hillairet nickte erfreut. »Für Sie immer. Und wenn es um Delphi geht, sowieso. Was wollen Sie wissen?«

»Alles.«

»Das ist viel.«

»Ja, ich weiß. Die Messieurs Delvaux und Eliadis haben mir heute schon einiges erzählt.«

Hillairet zwinkerte mit einem wissenden Lächeln. »Soso, haben sie das? Sie waren also schon im Museum?«

»Ja. Und Monsieur Delvaux hat mir das Apollon- und Athena-Heiligtum gezeigt.«

»Aber dann wissen Sie doch schon alles. Simon ist ein hervorragender Kenner der hiesigen Historie, und unser Freund Nikos kann Ihnen jeden Spruch und jede Legende wiedergeben, die es über Delphi gibt.«

Sie nahm ihren Collegeblock aus dem Rucksack und schlug eine leere Seite auf. »Aber vielleicht haben die beiden etwas vergessen?«

Hillairet machte ein nachdenkliches Gesicht. »Na ja, an einem Tag erfährt man sicherlich nicht alles über Delphi, da gebe ich Ihnen Recht. Es ist eben ein Ort voller Zauber, den man nicht innerhalb einiger Stunden erfassen kann. Die Reisebustouristen wissen gar nicht, was ihnen entgeht, wenn sie nur drei Stunden durch die Ruinen marschieren und das Museum besuchen. Delphi ist ein Ort, an dem man mindestens einmal übernachten muss, denn nur dann kann man erleben, wie die Sonne am Morgen langsam über dem Tal aufsteigt. Delphi ist ein Ort des Lichts. Kein Wunder, dass Apollon von allen Orten in Griechenland ausgerechnet diesen erwählt hat, um sich hier niederzulassen. Nirgendwo anders glühen die Felsen im Abendlicht wie unsere Phädriaden am Fuße des Parnass, des alten Sitzes der Götter, lange bevor der Olymp populär wurde. Dies hier ist der Ursprung des alten Griechenlands – der Nabel der Welt.«

Karen machte sich eine kurze Notiz. »Sie meinen damit den geistigen Ursprung, nicht wahr? Denn historisch gesehen war die minoische Kultur auf Kreta doch erheblich älter als Delphi, oder?«

Hillairet grinste ertappt und griff nach seinem Weinglas. »Entschuldigen Sie, wenn ich ein bisschen pathetisch geworden bin, aber die Magie dieses Ortes wirkt manchmal tief auf mich ein. Warten Sie erst einmal ab, bis Sie einen delphischen Traum gehabt haben, dann werden Sie mich verstehen.«

Nur zu gut, dachte Karen bitter, als sie sich an den Albtraum von heute Nacht erinnerte, in dem Michael von dem dunklen Wasser verschluckt wurde. Bei dem Gedanken schlang sich immer noch eine eiskalte Pranke um ihr Herz und schnürte es zu. Wie sehr sie seine Hilflosigkeit in dieser Nacht gespürt hatte und trotzdem machtlos war und mit ansehen musste, wie ein Fremder ihn tötete. Es war unerträglich gewesen.

Sie schaffte es kaum, sich von dem Gedanken an Michael

loszureißen, als plötzlich Hillairets vorwurfsvolle Stimme wieder an ihr Ohr drang.

»Hören Sie mir überhaupt zu?«

Sie zuckte leicht zusammen, als er sie in die Realität zurückholte, und warf ihm schnell einen entschuldigenden Blick zu.

»Es tut mir leid, Prof. Hillairet. Ich … ich war kurz etwas abgelenkt.«

Hillairet brummte nachsichtig, da er vermutete, dass Delvaux und Eliadis der jungen Frau schon den Kopf verdreht hatten. Oder lag es vielleicht doch an etwas anderem?

»Natürlich waren die minoische Hochkultur und auch die mykenische Zeit auf dem Peloponnes vor der delphischen Archaik«, fuhr er fort. »Aber während die minoische und mykenische Kultur staatliche Formen in Einzelgebieten waren, war Delphi eine geistige, religiöse Hochkultur des gesamten Griechenlands, vergleichbar mit Luxor in Ägypten, Machu Picchú in Peru oder dem heutigen Vatikan in Rom. Die gesamte Welt richtete sich damals nach den Anweisungen dieses religiösen Zentrums. Es war richtungweisend und versuchte mit weisen Ratschlägen den Menschen zu helfen. Und was ist davon geblieben?« Er nahm einen kleinen Schluck und stellte das Glas auf den Tisch zurück. »Griechischer Wein, wie ihn die Römer liebten. Traurig, traurig. Die Römer verdrängten allmählich den Glauben an Apollon und die Weissagekraft der Pythia. Rom und Konstantinopel wurden die neuen religiösen Zentren, und Delphi verschwand in der Bedeutungslosigkeit. Der christliche Kaiser Theodosius verbot die heidnischen Kulte, und unter seinem Sohn Arkadios wurde der Apollon-Tempel sogar geplündert und niedergerissen. Das Orakel von Delphi existierte nicht mehr. Kennen Sie den berühmten letzten Delphi betreffenden Spruch, der überliefert ist?«

»Nein, ich glaube nicht. Wie lautet er?«

Hillairet setzte sich gerade hin und räusperte sich.

»›Saget dem Herrscher, zerstört liegt die kunstgesegnete Stätte, Apollon Phoibos besitzt kein Dach mehr und keinen prophetischen Lorbeer; verstummt ist der sprechende Quell, es schweigt das murmelnde Wasser.‹«

Karen betrachtete deprimiert ihren Collegeblock, auf dem sie einige Notizen gemacht hatte. »Das prophetische Wasser der Kastalia-Quelle verstummte also für immer?«

Hillairet nickte. »Bis zur heutigen Zeit. Erdbeben und Erdrutsche begruben die Ruinen unter sich, und erst 1892 begann die École Française das Heiligtum wieder auszugraben.«

»Monsieur Delvaux' Ururgroßvater war auch bei den Ausgrabungen dabei, nicht wahr?«

»Ja, und jetzt tritt Simon in seine Fußstapfen. Sehr schöne Fortführung der Familientradition und ein Glücksfall für uns, dass er uns die Aufzeichnungen zur Verfügung gestellt hat. Vielleicht wären die alten Fotos ja auch etwas für Ihr Buch? Sie sollten Simon mal danach fragen. Er wird sie Ihnen sicherlich gern zeigen.«

Karen unterließ es, ihm mitzuteilen, dass sie schon von den Fotos wusste und mit Delvaux bereits einen Termin abgemacht hatte.

Hillairet nahm einen Schluck Rotwein, der ihn immer

redseliger machte. »Es ist schon fantastisch – kein Mensch hat von diesem Brunnenbecken etwas gewusst, nicht einmal die Delpher selbst.«

Karen kaute nachdenklich auf ihrem Kugelschreiber herum. »Vielleicht wollten sie nur ein altes Geheimnis bewahren?«

»Auch möglich, obwohl ich das nicht glaube, denn die Dorfbevölkerung freut sich über jede neue Sensation, die mehr Touristen hierherlockt.«

Karen merkte, dass sie nicht mehr ganz bei der Sache war, und wollte das Gespräch lieber beenden. Demonstrativ legte sie den Collegeblock beiseite, nahm einen Schluck aus ihrem Weinglas und stand auf.

»Vielen Dank, Prof. Hillairet, aber es war für mich ein langer Tag mit vielen neuen Eindrücken. Ich hoffe, Sie sind mir nicht böse, wenn ich Sie nun alleine lasse.«

Hillairet stand auch auf und reichte ihr die Hand. »Es war mir eine Freude, und außerdem danke ich Ihnen, dass Sie so einem alten Mann wie mir Gesellschaft geleistet haben. Wenn ich Monsieur Artois richtig verstanden habe, sollen Sie bei Prof. Laskaridis ein Buch abholen. Haben Sie das schon gemacht?«

»Nein, noch nicht. Als ich in Athen ankam, wollte ich erst mal nach Delphi.«

»Nun, morgen fahren Simon und Nikos nach Athen, um dort einige Besorgungen zu machen. Sie würden Sie bestimmt gern in die Stadt mitnehmen, wenn Sie es möchten.«

Karen nickte und packte ihren Collegeblock in den Rucksack zurück. »Ja, das ist eine gute Idee. Ich bin schon sehr gespannt, was das für ein Buch sein wird. Kennen Sie Prof. Laskaridis persönlich?«

»O ja. Ohne seine Genehmigung könnten wir hier in Delphi nicht graben. Meine Berichte gehen unter anderem auch an ihn. Grüßen Sie ihn von mir, wenn Sie ihn sehen.«

»Das werde ich gerne tun. Au revoir.«

20

Es war früher Abend, als Thomas Davidson in New York im Polizeirevier an Mansfields Schreibtisch saß und eine E-Mail an Karen schrieb. Er und Mike kannten die Login-Passworte des anderen, um in Notfällen die Mails des Partners abrufen zu können. Und dies hier war nun so ein Notfall, hatte Tom entschieden.

Es war merkwürdig. Er hatte bei seiner Polizeiarbeit so oft bluffen und lügen müssen und hatte gedacht, dass es ihm viel leichter fallen würde, diese Mail an Karen zu schreiben.

Es war eben etwas anderes, einem Banditen draußen im Revier vorzumachen, man habe zehn Kollegen dabei, um das Haus zu stürmen, als der Freundin seines Partners eine einfache »Es-geht-mir-gut-ich-liebe-dich«-E-Mail zu schicken. Welche Kosenamen benutzten Karen und Mike eigentlich füreinander? Er hatte nie darauf geachtet. Also schrieb er möglichst kurze, unverfängliche Sätze und schickte die E-Mail endlich ab.

Seufzend lehnte er sich zurück, verschränkte die Arme hinterm Kopf und schloss die Augen. Einen Moment Ruhe … doch dann klingelte das Telefon auf seinem Schreibtisch. Die Rufnummer auf dem Display verriet nichts Gutes.

»Nicht jetzt, Karen, nicht jetzt«, murmelte er, ohne das Gespräch anzunehmen. Gedulde dich noch, dachte er.

Vielleicht wirst du ja bald wieder mit ihm reden können. Hoffentlich.

Doch es dauerte nur wenige Sekunden, ehe sein Handy klingelte. Seufzend nahm er es aus der Hosentasche und blickte auf Karens Namen auf dem Display. »Du kannst aber auch verdammt hartnäckig sein«, knurrte er und wies das Telefonat mit einem Knopfdruck ab.

In Delphi saß Karen vor ihrem Laptop am Schreibtisch, wo sie seit drei Stunden die ersten Eindrücke und Informationen über Delphi eingab. Zwischendurch versuchte sie wieder mal mit Michael zu telefonieren, doch er nahm das Telefonat nicht an. Und auch Tom hatte ihren Anruf abgewiesen. Was war denn nur mit den beiden los? Hatten sie wieder einen dieser Sondereinsätze, der tagelang ihre Aufmerksamkeit forderte?

Aber immerhin hatte Michael ihr noch eine E-Mail geschickt, in der er fragte, ob sie gut in Delphi angekommen sei und schon viel über den Ort herausgefunden habe.

Karens Antwort war drei Seiten lang …

21

Es war Nacht. Karen wusste nicht, wo sie war. Es war dunkel, aber teilweise auch nicht. Allmählich merkte sie, dass sie sich in einer großen fensterlosen Lagerhalle befand und hilflos zwischen haushohen braun verpackten Palettenbergen hin und her irrte. Über ihr leuchtete spärliches Licht, das kaum bis zum Boden hinunterreichte.

Neben ihr standen überall beängstigende braune Pakete, auf denen mit großen Buchstaben einzelne Wörter gedruckt waren, die sie aber nicht lesen konnte. Was wollte sie hier? Was suchte sie hier? Hastig eilte sie die engen Gänge entlang, während die Paketberge sich wie von unsichtbarer Macht vorangetrieben in Bewegung setzten und sie jagten. Bei jedem ihrer Schritte rückten sie näher zusammen, bis sie hinter ihr zu einer festen Mauer verschmolzen waren, die sich Karen unaufhaltsam näherte und sie wie eine Erdlawine unter sich begraben wollte.

Karen schnürte es die Kehle zu, als sie die Mauer immer dichter auf sich zukommen sah. Sie versuchte zu schreien, aber aus ihrer Kehle kam kein Ton heraus. Mit letzter Kraft schlug sie mit den Fäusten auf die Pakete ein, doch sie wichen keinen Zentimeter zurück.

Karen hämmerte immer noch auf die Pakete ein, als plötzlich das Dach der Halle zu glühen begann, ehe es völlig verschwand und grelle Feuerflammen auf sie herunterregneten. Das war es also – ihr Tod. So sah er aus. Sie würde bei lebendigem Leib in dieser Lagerhalle verbrennen, und niemand würde ihr zu Hilfe kommen.

Doch plötzlich fand sie sich in einem Büro oberhalb der Halle mit Blick auf das Lager wieder und beobachtete, wie ein bestimmter Bereich der Halle brannte, während die vorderen Paletten unterhalb ihres Fensters völlig unbehelligt blieben. Es war, als ob eine besondere Macht sie vor dem verzehrenden Feuer schützen würde, während der hintere Bereich lichterloh brannte.

Dann sah sie Julius Reinhold mit hocherhobenen Armen vor dem Feuer stehen, wie er von den züngelnden Flammen bedroht wurde, aber trotzdem standhaft und beinahe herausfordernd vor ihnen aushielt.

Karen wollte ein Fenster öffnen und Julius etwas zurufen, aber der Fenstergriff bewegte sich keinen Millimeter, als ob ihn jemand extra verriegelt hätte, damit sie das Fenster nicht aufmachen konnte. Sie begann gegen das Fensterglas zu trommeln, und tatsächlich schien Julius sie zu hören. Er drehte sich zu ihr um, winkte ihr mit einem beruhigenden Lächeln zu, und trotz der großen Entfernung hörte sie ihn sagen: »Es ist alles in Ordnung, Karen. Beruhige dich.«

»Ja, es ist wirklich alles in Ordnung, Karen. Beruhige dich. Warum fragst du?« Julius war äußerst irritiert, als sie ihn am nächsten Tag frühmorgens im Büro anrief, während er einige Faxseiten beiseite legte, deren Nachrichten ihn noch mehr beunruhigten als Karens verstörte Stimme.

»Ich … ich hatte so eine Befürchtung, dass dir etwas passiert sein könnte«, hörte er sie stottern. »Ich hatte heute Nacht wieder einen dieser Träume … Ich war in einer Lagerhalle und musste vor einem Feuer flüchten, und du kamst auch in diesem Traum vor.«

»Ist dir in dem Feuer etwas passiert?«

»Nein. Ich konnte mich in ein Büro retten, aber du standst direkt vor den Flammen und wolltest nicht weggehen.«

»Bin ich in den Flammen umgekommen?«

»Nein, aber … sie waren sehr bedrohlich. Ich hatte Angst um dich.«

Julius atmete einmal unbewusst tief durch. »Das ist lieb von dir, Karen, aber es geht mir wirklich prächtig. Kein Grund zur Sorge. Solche Träume hat man manchmal. Sie müssen nicht immer etwas bedeuten. Übrigens habe ich schon lange auf deinen Anruf gewartet. Ich hatte mir nämlich schon Gedanken gemacht, weil du dich bisher nicht gemeldet hast und ich dich auch nicht erreichen konnte. Ich dachte schon, dass eines dieser verflixten Erdbeben dich erwischt hat. Aber du bist okay, oder?«

»Ja, alles nur halb so schlimm, kein Problem«, log Karen, der bei dem Gedanken an ein neues Erdbeben Schauer über den Rücken liefen. Herabstürzende Dächer und Hauswände waren nicht das, was sie hier in Delphi erwartet hatte.

Julius war beruhigt. »Sehr gut. Und, machst du Fortschritte für dein neues Buch? Hast du schon viel über Delphi herausgefunden?«

»Ich denke schon. Es gibt so vieles, über das man schreiben könnte. Ich entdecke Delphi für mich gerade neu.«

Julius lachte angespannt. »Das glaube ich auch. Na,

dann mach man weiter und pass gut auf dich auf, hörst du?«

»Ja, auf jeden Fall. Tschüss, Julius.«

»Tschüss, Karen.« Gedankenverloren hielt er den Telefonhörer noch einige Sekunden in der rechten Hand, ehe er ihn auflegte und mit einem ungläubigen Kopfschütteln auf die Fotos vor sich auf dem Tisch starrte, die zwei Kriminalbeamte ihm vor wenigen Minuten gebracht hatten. Sie saßen ihm gegenüber in den alten Ledersesseln und beobachteten genau, wie er auf die Fotos reagierte, und auch während des Telefonats hatten sie auf jedes Wort geachtet.

»War das eben Frau Karen Alexander, mit der Sie telefoniert haben?«, wollte der jüngere der Beamten wissen, ein Mann Mitte dreißig, mit schmalem Gesicht und kleinem Schnauzer, der ihn um einige Jahre älter aussehen ließ.

»Ja, das war sie.«

Die beiden Männer warfen sich einen schnellen Blick zu. »Und warum haben Sie ihr dann nichts davon erzählt, dass der Brand in Breklum heute Nacht hauptsächlich ihr Buch betraf?«

Julius starrte auf die Fotos, die eine große Lagerhalle zeigten, in deren hinterem Bereich schwarzer Rauch aufstieg. Seine Finger verkrampften sich, als er daran dachte, dass der größte Teil der ersten Auflage von Karens Bernhardt-Buch verbrannt war. »Weil Frau Alexander das wahrscheinlich mehr als beunruhigt hätte. Sie schreibt gerade an ihrem nächsten Buch, und ich wollte sie nicht aus dem Konzept bringen. Sie befindet sich zurzeit auf Recherchereise in Griechenland.«

»In Delphi, wie wir Ihrem Gespräch entnehmen konnten«, wandte der ältere der Beamten ein. »Und worüber schreibt sie diesmal?«

»Ist das für Ihre Arbeit wichtig?«, fragte Julius ungehalten.

Der Kriminalbeamte neigte den Kopf. »Vielleicht. Manchmal sind es gerade die Details, die einem weiterhelfen.«

»Sie schreibt eine Monographie über das Orakel von Delphi«, knurrte Julius und griff nach einem Montblanc-Federhalter, den er zwischen seinen Fingern malträtierte.

»Aha. Und worum ging es in dem Buch, das verbrannt ist?«

Reinhold zeigte auf ein Papier, das sie ihm zusammen mit den Fotos gegeben hatten. »Wie Sie dem Titel des Buches auf der Liste entnehmen konnten, ging es um eine Monographie über Gerald Bernhardt.«

»Und wer war Gerald Bernhardt?«

Julius' linker Mundwinkel verzog sich trotz seines Ärgers minimal nach oben. »Ein deutscher Professor, der vor über hundert Jahren an der Sorbonne forschte und damals spurlos verschwand.«

»Ein alter Kriminalfall in Paris? Aha. Und hat Frau Alexander bei ihren Recherchen vielleicht etwas herausgefunden, das jemand aus irgendwelchen Gründen nicht veröffentlicht haben will?«

»Wir haben das Manuskript seinen Verwandten geschickt, aber die haben es problemlos akzeptiert. Von denen würde jedenfalls niemand das Buch verhindern wollen und deswegen ein Feuer legen. Außerdem ist doch noch gar nicht geklärt, ob es Brandstiftung war oder ein Kurzschluss, oder?« Er blätterte in den Papieren. »Oder wissen Sie inzwischen schon mehr, als hier drinsteht?«

Der ältere Kommissar schüttelte den Kopf. »Nein. Die Ermittlung der Brandursache dauert noch an. Aber Sie glauben also, dass es eher ein Stromdefekt als Brandstiftung war?«

»Aber sicher. Brandstiftung ergäbe einfach keinen Sinn.«

Die beiden Kriminalbeamten wechselten erneut einen kurzen Blick, ehe der jüngere zum Angriff blies. »Und Sie? Erwirtschaftet Ihr Verlag noch Gewinne, oder täte Ihnen eine von der Versicherung bezahlte erste Auflage gut?«

Julius' Augen funkelten den Mann wütend an. »Meine Finanzen sind einwandfrei, wie Sie feststellen werden, wenn Sie sich die Mühe machen, dies zu überprüfen«, antwortete er schroff. »Ich habe dieses Verlagshaus von meinem Vater geerbt und führe es nun schon seit über vierzig Jahren. Ich habe es nicht nötig, mich durch einen Brand und Versicherungsschaden zu sanieren.«

Doch der junge Beamte hakte noch mal nach. »Aber Ihre Verkaufsplanung wird deswegen doch nach hinten verschoben. Haben Sie dadurch keine Einkommensverluste?«

»Die sind unerheblich. Eine Verschiebung um ein, zwei Monate ist kein Problem.«

»Und die Druckerei? Gehört die Ihnen auch?«

»Nein«, gab Julius unwirsch zurück. »Wir drucken nicht selbst, sondern vergeben die Aufträge. Aber die

Firma Langbehn war immer ein zuverlässiger Partner. Ich arbeite schon seit vielen Jahren mit ihnen zusammen und war immer mit der gelieferten Qualität zufrieden.«

»War vielleicht eine andere Druckerei scharf auf den Auftrag? Hat in letzter Zeit jemand versucht, Langbehn auszustechen, und Ihnen angeboten, die Aufträge billiger zu drucken?«

Julius seufzte enerviert. »Solche Anfragen kommen laufend, aber eigentlich ist es in der Branche bekannt, dass wir zu unseren alten Partnern halten. Warum sollte ich mich auf ein neues Abenteuer einlassen, wenn bei Langbehn der Preis und die Qualität stimmen? Nein, das mache ich nicht, und das wissen die meisten eigentlich auch. Es sind immer nur Neueinsteiger, die bei mir nach einem Auftrag fragen. Doch von denen würde wohl keiner meine Druckaufträge in Brand setzen. Außerdem würde so einer dann wohl eher die gesamte Lagerhalle von Langbehn in Schutt und Asche legen, oder?«

Jetzt schaltete sich der ältere Kriminalbeamte ein. »Wahrscheinlich, aber wir haben schon die unmöglichsten Dinge erlebt, Herr Reinhold. Verbrecher denken nicht immer logisch. Außerdem wurde das Feuer früh bemerkt und konnte schnell gelöscht werden. Andernfalls wäre wahrscheinlich die gesamte Halle abgebrannt.«

»Haben Sie eigentlich Feinde?«, fragte der Jüngere, der anscheinend nicht so schnell aufgeben wollte.

Julius musste sich sehr zusammenreißen, um bei dieser Frage nicht sarkastisch zu werden. Feinde?, dachte er. Das kann man wohl sagen. Schlimmere, als ihr euch jemals vorstellen könnt. Mit einer unnatürlich rauen Stimme erwiderte er: »Feinde? Nein. Das Verlagswesen ist zurzeit sehr ruhig.«

»Keine Übernahmeangebote?«

»Mein Verlag steht nicht zum Verkauf.«

»Keine privaten Kriege?«

»Das müssen Sie schon selbst herausfinden.«

Der Ältere schmunzelte bei dieser Antwort, während der Jüngere sich nicht zurückhalten konnte. »Das werden wir, Herr Reinhold. Und wenn es da etwas gibt, werden wir es finden.«

Sie standen auf und verließen nach einem kurzen Kopfnicken das Büro.

»Es wäre besser, wenn ihr es nicht herausfinden würdet. Glaubt mir, es wäre vor allem für *euch* besser«, murmelte Julius ihnen hinterher.

Draußen vor der Tür gingen die beiden Kriminalbeamten die Treppe der alten Backsteinvilla hinunter und warfen einen neidischen Blick auf die weißen Segelschiffe vor ihnen auf der Alster, die an diesem sonnigen Tag an ihnen vorbeiglitten.

Der Jüngere reckte seine Arme nach oben und gähnte einmal kurz, ehe er sich an seinen Kollegen wandte. »Warum habe ich nur das Gefühl, dass Reinhold mehr weiß, als er uns sagen will? Seine Bücher sind doch gezielt abgefackelt worden. Das war nie und nimmer ein Kurzschluss, und das weiß der gute Mann ganz genau.«

»Das denke ich auch. Irgendjemand versucht ihm zu schaden. Aber wer?«

»Außerdem hat er Karen Alexander in unserem Beisein

belogen. Also wie viel wert sind seine Aussagen uns gegenüber?«

»Ach, ich glaube, er hat sie nur angelogen, um sie nicht zu beunruhigen. Hast du deine Frau noch nie angelogen, wenn es um unangenehme Dinge ging?«

»Ja, schon, aber …«

»Na also. Und ob Reinhold in einer finanziellen Notlage ist, werden wir sowieso herausfinden. Eine Lüge würde ihm da nicht lange weiterhelfen, sondern schaden, und das ist ihm auch klar. Geld hin oder her, auf jeden Fall machte er auf mich einen erschütterten Eindruck, auch wenn er es zu überspielen versuchte. Der Brand in der Lagerhalle muss ihn irgendwie geschockt haben.«

»Aber warum? So wertvoll waren die Bücher doch wohl auch nicht. Und wie er schon sagte, wird die Versicherung ihm den materiellen Verlust wohl ersetzen.«

»Ja, es muss etwas anderes gewesen sein, das ihn aus der Fassung brachte. Aber was?«

In seinem Büro legte Julius die Fotos beiseite und griff nach dem Telefonhörer. Er wählte eine Nummer in Paris, die er auswendig kannte, und kurze Zeit später meldete sich sein Freund Étienne Artois, der Rektor der Sorbonne.

»Julius, mon ami. Wie geht's? Was macht Karen? Kommt sie mit dem Delphi-Buch gut voran?«

»Ja, ich denke schon, aber deswegen rufe ich dich nicht an.«

Artois bemerkte Julius' raue Stimme und hielt den Telefonhörer noch dichter an sein linkes Ohr. »Ist etwas passiert?«

Julius befeuchtete seine trockenen Lippen. »Das kann man wohl sagen. Er hat uns gefunden, Étienne. Beziehungsweise, er hat mich gefunden. Dich vielleicht noch nicht.«

Artois lehnte sich in seinen Sessel zurück und fuhr sich mit der rechten Hand durch sein dünnes weißes Haar. »Bist du sicher?«

»Ja, ganz sicher.«

»Wie kommst du darauf?«

»Die Halle, in der Karens Bernhardt-Buch lagerte, ging heute Nacht in Flammen auf.«

Am anderen Ende der Leitung wurde es für einen Moment still, während Artois' Gedanken in alle Richtungen flogen. »Das muss noch nichts bedeuten. Vielleicht war es nur ein Kurzschluss. Die Elektrik in diesen Lagerhallen ist oft …«

»Die Elektrik war in Ordnung«, unterbrach ihn Julius energisch. »Ich bin mir hundertprozentig sicher, dass die Polizei da nichts finden wird. Es ist auch nicht die gesamte Halle abgebrannt, Étienne, sondern es ging einzig und allein um Karens Bücher. Das war kein Kurzschluss, das war gezielte Brandstiftung. Und gleichzeitig für mich ein eindeutiges Zeichen, dass ich mich zurückziehen soll.«

Artois war aufs Äußerste beunruhigt. »Was du nicht tun wirst!«

»Natürlich nicht. Er darf nicht gewinnen. Aber wir müssen künftig besser aufpassen, sonst wird unser Gegner mit seinen Warnungen deutlicher werden.«

Artois schnaubte verärgert. »Darauf können wir keine Rücksicht nehmen. Im Gegenteil, endlich haben wir ihn aus der Reserve gelockt. Wir wissen nicht, wo er lebt, aber irgendwann wird er einen Fehler machen, und dann kriegen wir ihn.«

»Wenn er uns nicht schon vorher findet und umbringt.«

»Du weißt, wir können uns dem nicht entziehen. Genauso wenig wie Karen. Es ist unsere Aufgabe, dies durchzustehen und ihn mit all unseren Mitteln zu bekämpfen. Er darf seine Macht nicht ausweiten.«

Julius seufzte. »Ja, ich weiß. Ich wollte dich jedenfalls informieren und warnen, dass er unsere Fährte aufgenommen hat.«

»Das macht nichts«, erklärte Artois mit kämpferischer Zuversicht. »Ich glaube nicht, dass er uns zu diesem Zeitpunkt angreifen wird. Er wird versuchen, uns einzuschüchtern, ja, das wird er sicherlich, aber er wird noch nicht aus seinem Loch herauskriechen.«

»Und was ist mit Karen? Glaubst du, dass sie rechtzeitig die Dinge erkennen wird, die mit der Kylix zusammenhängen? Für sie wird es immer gefährlicher …«

Artois' Stimme wurde eindringlich. »Für sie ist es bereits gefährlich, seit sie geboren wurde, Julius. Es liegt alles in Gottes Hand. Karen muss sich dem Problem selber stellen. Nur sie kann es lösen. Das weißt du.«

»Trotzdem ist mir nicht wohl dabei. Was ist, wenn er seine Leute auf Karen angesetzt hat? Sie ist in Gefahr, ich spüre es.«

»Natürlich ist sie das, aber was willst du tun? Ihr die griechische Armee zur Unterstützung schicken?«

Julius grinste verbissen.

»Bon, du hast Recht, Étienne. Sie muss es schaffen. Sie

muss einfach. Oder sie wird untergehen. Und wir vielleicht mit ihr.«

»Vertraue ihr, Julius. Sie wird nicht versagen.«

»Das hoffe ich. Bei Gott, das hoffe ich«, murmelte er, nachdem er den Telefonhörer aufgelegt hatte und mit tiefen Sorgenfalten auf der Stirn in den sonnigen Maihimmel hinausblickte. Die Sonne gewann immer mehr an Kraft und sendete ihm ihre wärmenden Strahlen durch die großen Sichtfenster. Doch Julius konnte ihren Anblick nicht genießen, zu sehr war er mit seinen Gedanken bei Karen in Griechenland.

22

In Delphi hatte Karen sich nach dem Telefonat mit Julius erst mal ein Frühstück gemacht.

Vor dem Gespräch hatte sie keinen Bissen runterkriegen können, aber nachdem sie Julius' ruhige Stimme und seine besänftigenden Worte gehört hatte, war sie erst mal froh, dass mit ihm alles in Ordnung war.

Sie wusste, dass ihre Ängste oft übertrieben und voreilig waren, aber diese Träume waren immer so real und wirbelten ihr Innerstes so auf, dass sie sich nicht beruhigen konnte, ehe sie nicht mit der Person gesprochen hatte, die der Traum betraf. Das hatten Michael und Tom in New York auch schon so manches Mal zu spüren bekommen. Doch auch wenn Tom Karen deswegen immer wieder belächelte oder sie ihn sogar nervte, erzählte Michael eines Tages, dass einer ihrer Träume ihm ein halbes Jahr später bei einem Fall geholfen habe.

Er hatte sich erinnert, dass Karen von einem jungen Mann berichtet hatte, der sich hinter einer Kellertür versteckte und von dort auf ihn und Tom schießen würde. Michael hatte in den nächsten Wochen immer auf die Beschreibungen der Straße, die Karen ihm genannt hatte, und der Häuser geachtet, aber dann vergaß er sie wieder. Bis zu dem Tag, als er und Tom einem jungen Mann in eine Sackgasse folgten und der Fremde plötzlich verschwunden war. Als Michael sich umsah, bemerkte er

Fenster mit Gardinen, die ihm seltsam bekannt vorkamen, und auf einmal erinnerte er sich wieder an Karens Traum, den sie ihm vor einem halben Jahr erzählt hatte. Er brauchte nicht lange zu suchen, um die Kellertür zu finden, hinter der der junge Mann sich versteckt hatte.

Als er abends nach Hause kam, hatte Michael Karen lange umarmt und ihr dann von seinem Fahndungserfolg erzählt. Außerdem hatte er sie mit einem liebevollen besiegelnden Kuss ehrenhalber zu seinem Deputy gemacht, was sie lächelnd mit einem Salut quittierte. Sie war froh gewesen, sich damals überwunden zu haben, Michael von dem Traum zu erzählen. Und nun hatte er ihm bei einer gefährlichen Situation helfen können. Aber gleichzeitig machte es ihr Angst, dass ihr Traum real geworden war.

Sie hatte oft Wahrträume, wie ihr Traumtagebuch immer wieder bewies, aber sie konnte leider nie zwischen normalen Träumen und denen, die etwas bedeuteten, unterscheiden. Und leider konnte sie auch nie sagen, wann die Träume eintreffen würden. Mal dauerte es nur einen Monat, mal ein Jahr oder auch vier Jahre. Das war nicht besonders hilfreich, aber Michael hatte es einmal gerettet. Und Julius schien auch nichts geschehen zu sein. Zum Glück war er einer, der ihre Träume ernst nahm, anstatt sie auszulachen, aber diesmal war sie sich selbst wie ein Trottel vorgekommen.

Warum hatte sie ihn nur angerufen? Der Traum mit der brennenden Lagerhalle war schrecklich real, doch waren das andere Träume nicht auch? Allerdings war dieser anders gewesen. Er hatte sie innerlich zu sehr aufgewühlt. Ja, es war richtig, Julius anzurufen, denn nun war sie beruhigt und konnte sich auf den Tag konzentrieren, der sie erwartete.

Heute wollten sie, Delvaux und Eliadis nach Athen fahren, und so beeilte sie sich mit dem Frühstück und packte dann Portemonnaie, Handy und den Brief von Artois, den sie Prof. Laskaridis übergeben sollte, in ihren Rucksack.

Um Punkt zehn hielt Delvaux' Opel vor Karens Hütte. Eliadis saß schon hinten im Fond, als Karen in knielanger Leinenhose, kurzärmligem T-Shirt und bequemen Gesundheitssandalen die Holzstufen herunterkam.

Delvaux hob eine Augenbraue, als sie zu ihnen in den Wagen stieg und sich angurtete.

»Wollen Sie etwa so nach Athen? Zu Prof. Laskaridis in die alte Universität?«

Karen sah verwirrt an sich hinab. »Ja, warum denn nicht?«

»Na ja, nichts gegen Ihre hübschen Beine, aber wenn ich einen Professor der griechischen Nationaluniversität besuchen würde, würde ich sicher keine Shorts wählen.«

»Würde ich an deiner Stelle auch nicht«, kam es von hinten, und Delvaux sah Eliadis' freches Grinsen im Rückspiegel.

»Du kannst da ja wohl gar nicht mitreden, Freundchen.« Und nach einem Blick auf Karen, die keine Anstalten machte, wieder auszusteigen, um sich noch mal umzuziehen, legte er mit einem leisen Seufzen den ersten Gang ein und fuhr den Sandweg zur Straße hinauf.

Nach etwa zwei Stunden erreichten sie die ersten Vororte Athens, und nach einer weiteren halben Stunde parkte Delvaux den Wagen in einer Nebenstraße unterhalb der Akropolis, wo sie alle ausstiegen.

Karen nahm ihren Rucksack und warf ihren beiden Begleitern einen fragenden Blick zu. »Sie beide müssen Besorgungen machen, sagte Prof. Hillairet? Das müssen ja ganz besondere Sachen sein, die Sie nicht in Amphissa oder Patras bekommen, wenn Sie dafür bis nach Athen fahren müssen.«

Delvaux vermied Eliadis' Blick. »Ja, kann man so sagen. Aber bevor Sie mit der Metro zur Universität fahren, wollen Sie doch bestimmt noch auf die Akropolis, oder nicht? Ich meine, dieser Felsen ist auf der ganzen Welt einmalig. Man kann nicht in Athen gewesen sein, ohne die Akropolis besucht zu haben.«

Karen betrachtete den hohen Tafelberg mit den mächtigen Säulen der Propyläen vor sich. Einerseits zog es sie dort hinauf, aber andererseits schien sie auch etwas von dort fernhalten zu wollen.

Delvaux bemerkte ihre Unentschlossenheit. »Gerade zu dieser Uhrzeit sind noch nicht so viele Touristen oben«, versuchte er sie zu locken. »Nikos kommt auch mit, nicht wahr, Nikos?« Er stieß ihn leicht mit dem Ellbogen in die Seite.

»Ja, ich komme mit«, grummelte dieser widerwillig.

»Na los, gehen wir.« Delvaux schritt voran, und Eliadis und Karen folgten ihm den steilen Berg hinauf, vorbei an einem kleinen ionischen Tempel und durch die Tore der Propyläen.

Delvaux zeigte auf den mächtigen Tempel der Athena,

der den flachen, mit Trümmersteinen übersäten Tafelberg mit seinen stehenden Säulen zu Leben erweckte.

»Der Parthenon, auf der höchsten Stelle der Akropolis erbaut.«

Vorsichtig gingen sie über die rauen alten Steine, die als Wege dienten, auf das mächtige Bauwerk zu, an dem an einer Ecke ein Stahlgerüst angebracht war, um einige Restaurierungen durchzuführen. Der athenische Smog hatte dem Tempel arg zugesetzt, sodass er oft Verschönerungskorrekturen und Konservierungskuren brauchte.

Delvaux ging östlich um den Parthenon herum. »Der heutige Tempel steht auf den Resten eines früheren Tempels, der von den Persern 480 v. Chr. niedergebrannt wurde. Aber Perikles machte aus diesem kargen Felsen dreißig Jahre später eine großartige Kultstätte. Er holte die besten Baumeister und Phidias, den bedeutendsten Bildhauer seiner Zeit, um den Göttern einen ehrenvollen Platz zu geben. Die Leute glauben immer, dass dieser Tempel größer wäre als der in Delphi, dabei sind sie fast gleich groß. Aber der hier steht eben frei auf dem Tafelberg, und der in Delphi ist von steilen Felsen umringt.«

Sie gingen um die nördliche Westecke des Tempels herum, als Delvaux auf ein Podest zwischen den Propyläen und dem Erechtheion, einem kleineren Tempel, zeigte.

»Dort drüben stand sie, eine sechzehn Meter hohe Bronzefigur der Athena Promachos. Athena, die Schützerin der Stadt. Um seine ehrgeizigen Pläne zu verwirklichen, nahm Perikles sogar Geld aus der Verteidigungskasse, was viele Athener kritisierten.«

Karen gefiel der Gedanke auch nicht. »Zu Recht, wie ich finde. Es war riskant, Gelder aus der Verteidigung in Tempelkunst zu investieren.«

Delvaux konnte sich ein schelmisches Grinsen nicht verkneifen. »Na ja, investieren ist das richtige Wort, denn wenn man Athena mit diesen Prachtbauten gewogen stimmen konnte, waren die Gelder doch korrekt zur Verteidigung und zum eigenen Wohl eingesetzt.« Er führte Karen weiter zum Erechtheion. »Außerdem hat es anscheinend funktioniert, denn die Perser haben Athen nach 480 v. Chr. nie wieder angegriffen.«

Karen fühlte, wie eine Frage tief aus ihrem Innersten kam. »Stimmt es, dass Athen in früheren Feldzügen gegen die Perser verraten wurde?«

Delvaux nickte. »Ja, mehr als einmal, aber einem der Verräter ist es nicht gut bekommen. Dareios hielt sein Versprechen und gab ihm die zugesagten Goldstücke. Danach ließ er ihn enthaupten.« Delvaux kratzte sich am Nacken. »Er hätte es besser wissen müssen, bevor er seinen Bruder, einen Archonten von Athen, verriet.«

Karen war entsetzt. »Der eigene Bruder hat ihn verraten? Aber wie konnte er so etwas nur tun?«

»Kletos war verunstaltet und hasste seinen Bruder. Er war der Erstgeborene unter den Brüdern, aber er hatte einen Buckel, und da die Griechen meinten, dass ein gesunder Geist nur in einem gesunden Körper sein könne, wurde sein schöner Bruder Agapios immer bevorzugt und schließlich sogar ein führender Archont von Athen. Kletos hat diese Bevorzugung nie verwinden können und sich dann später bitter gerächt.«

»Aber … aber warum hat er seinen Bruder nicht einfach getötet?«, fragte Karen fassungslos. »Warum musste die ganze Stadt den Persern zum Opfer fallen?«

»Weil er auch die Bürger Athens hasste. Sie verhöhnten ihn in aller Öffentlichkeit und lästerten in den Gassen über ihn. Nein, der Untergang der Stadt war für ihn ein Genuss.«

Karen fröstelte, obwohl sie direkt in der Sonne standen und der Wetterbericht im Autoradio über fünfunddreißig Grad Celsius gemeldet hatte. Sie hob den Kopf und sah in Delvaux' jetzt ernstes Gesicht. »Wie kann man nur so gemein sein?«

»Wen meinen Sie?«, fragte Delvaux zurück. »Die Athener oder Kletos?«

»Okay, die Athener waren keine Engel, aber sich so zu rächen und auch Frauen und Kinder dem Feind zu überlassen … Er muss sich wirklich tief verletzt gefühlt haben, um so zu handeln.«

Delvaux nickte. »Das hat er. Und zum ersten Mal hatte er das Machtgefühl, über Athen entscheiden zu können. Über all die Menschen, die ihn so lange gequält hatten.«

»Trotzdem ist es ein verachtenswerter Verrat.«

»Ja, das meinte Dareios wohl auch. Deswegen ließ er ihn hinrichten, sobald er genug Informationen von ihm bekommen hatte.«

Sie gingen beide den Hauptweg auf der Akropolis weiter, während Karen gedankenverloren mit ihrem Fuß einen kleinen Stein wegkickte. »Kletos war wirklich naiv. Er hätte wissen müssen, dass der Perserkönig ihn nicht gehen lassen würde.«

»Natürlich. Aber ich glaube nicht, dass er naiv war. Er wusste, welches Risiko er einging. Und das war es ihm wert.«

Karen schüttelte sich bei dem Gedanken. »Nein, Schluss jetzt. Ich ertrage solche Geschichten nicht länger. Bitte lassen Sie uns über schönere Dinge reden.«

Delvaux nickte kurz und führte sie dann zu einem kleinen Tempel.

»Das Erechtheion, das älteste Heiligtum auf der Akropolis.«

Und nun berichtete er, wie Athena und Poseidon die Vorherrschaft auf dem Tempelberg mit einem Wettkampf ausfechten mussten. »Sie sollten für die Menschen etwas Sinnvolles entstehen lassen, woraufhin Poseidon als Gott des Meeres und des Wassers eine Quelle zum Sprudeln brachte, aus der jedoch salziges Wasser kam. Man sieht, nobody is perfect. Das war es auch, weshalb die alten Griechen ihre Götter so liebten. Trotz all ihrer Macht versagten sie manchmal. Athene hingegen ließ einen Olivenbaum sprießen, der den Menschen mit seinen Früchten nützlicher war, sodass das Schiedsgericht ihr den heiligen Berg zusprach.«

Karen hörte ihm nur mit halbem Ohr zu, während sie Eliadis beobachtete, der sie nicht um den Tempel herum begleitet hatte, sondern sich seit einer Viertelstunde nicht von der Stelle bewegt hatte und regungslos vom Felsen auf die Stadt hinunterschaute. Die Tempel auf der Akropolis schienen ihm egal zu sein, aber Karen vermutete, dass er schon so oft hier gewesen war, dass sie für ihn nicht mehr interessant waren. Im Gegensatz zu Delvaux, der ihr am liebsten jedes Szenario der Tempelfresken einzeln erklärt hätte. Sie ließ ihn reden, aber mit den Gedanken war sie bei Eliadis.

Sie folgte Delvaux um das Erechtheion herum und ließ sich von den schönen Kyriatiden des Südportals beeindrucken, deren Rockfalten tatsächlich harmonisch die Säulenstruktur unterstrichen, wie Delvaux bemerkte. Als sie sich wieder den Propyläen näherten und die Akropolis verlassen wollten, gab Karen ihm ein Zeichen, dass er Nikos nicht rufen solle.

»Ich hole ihn«, sagte sie zu Delvaux und war zu ihm hingeeilt.

Eliadis hatte die ganze Zeit zwischen dem Parthenon und dem Abgrund des Felsens auf einer Mauer gestanden. Er hatte es nicht einmal bemerkt, dass Karen und Delvaux weitergegangen waren, sondern stand wie eine einsame Statue auf dieser Mauer und starrte regungslos auf das grauweiße Steinmeer der Häuser von Athen unter sich.

Meine Stadt.

Karen hatte ihm während Delvaux' Ausführungen immer wieder einen Blick zugeworfen, aber er hatte ihnen den Rücken zugekehrt und sie nicht beachtet. Auch von den Touristen, die manchmal dicht an ihm vorübergingen, ließ er sich nicht stören. Erst als Karens Rundgang über die Akropolis beendet war und sie plötzlich neben ihm stand, schien er aus seiner Trance zu erwachen.

Karen bemerkte, wie blass sein Gesicht war. Sie legte eine Hand sanft auf seine rechte Schulter. Er machte einen niedergeschlagenen Eindruck, als ob er sich gleich den Felsen hinunterstürzen wollte.

»Was ist mit Ihnen?«

Ihre Hand wanderte zu seiner rechten Hand hinunter und drückte sie warmherzig. Die Berührung irritierte ihn, doch als er kurz in Karens grüngraue Augen sah, lief ein warmes Prickeln seinen Arm hinauf, und ein wohliges Gefühl brachte ihn zum Lächeln. Über ihnen schien die helle Sonne und gab einen Blick nach Süden bis nach Piräus und Salamis im Golf von Ägina frei.

Karen lächelte zögernd. »Dieser Blick über Athen ist schön und traurig zugleich, nicht wahr? Das alte, mächtige Athen versinkt im Beton, und die Autoabgase zerstören die Akropolis.«

»Sie zerstören nur das, was die Franzosen, Engländer und Deutschen noch davon übrig gelassen haben«, entgegnete Eliadis resignierend.

Karen nickte reuig und sah zum antiken Dionysos-Theater am Fuße des Felsens hinunter, dann wanderte ihr Blick zum römischen Halbrund des Odeons, dessen Steinquader schon seit zweitausend Jahren von der griechischen Sonne ausgetrocknet wurden.

»Römer«, murmelte Eliadis verächtlich, als er ihrem Blick folgte. »Sie haben mehr zerstört, als die Autoabgase es jemals können. Die Römer haben uns bewundert, aber nie begriffen. Sie haben unsere Kultur vernichtet, unsere Götter zu ihren eigenen gemacht und ihnen neue Namen gegeben. Sie haben unsere Kunstwerke geklaut und in ihren römischen Villen und Palästen aufgestellt.« Er hob seine schmalen Schultern und atmete einmal tief durch. »Erst kamen die Perser, dann die Römer, dann die Westgoten, die Kreuzritter, und vierhundert Jahre litten wir unter der Türkenherrschaft. Aber wir Griechen sind immer Griechen geblieben, mit unserer eigenen alten Kultur und unserer alten Sprache. Niemand konnte uns bezwingen.« Er lachte hart. »Man kann unser Land erobern, aber nicht unsere Herzen.«

Karen biss sich auf die Lippe, als sie den bitteren Unterton in seiner Stimme hörte. »Warum sind Sie nicht mit uns über die Akropolis gegangen, Nikos? Simon konnte viel über die Tempel erzählen.«

»Ja, er ist ein kluger Mann«, murmelte Eliadis geistesabwesend, während sein Blick leer über die Häuser wanderte. »Er doziert gern.« Und auch sonst weiß er, womit man Frauen beeindrucken kann, dachte er insgeheim. Körperlich und akademisch war Simon ihm haushoch überlegen. Er selbst war nur ein junger Mann aus der Provinz, der mit delphischen Legenden und einer Museumsführung brillieren konnte. Aber welche Frau ließ sich schon mit einer Führung durch ein kleines Dorfmuseum beeindrucken? Nein, es musste schon die Akropolis sein.

Eliadis warf Karen einen kurzen Seitenblick zu. Sie war ihm so nah und doch so fern. Er war sich nicht sicher, ob Delvaux' wissenschaftliche Abhandlungen ihr gefallen hatten, aber es bereitete ihm ein unglaubliches Vergnügen, als er meinte einen leicht gelangweilten Gesichtsausdruck bei Karen zu erkennen. Die Tempel der Akropolis schienen sie weniger zu interessieren als der in Delphi, doch das wunderte Eliadis nicht.

Karen merkte, dass er unter Delvaux' Überlegenheit litt, und versuchte ihm Mut zu machen. »Wenn wir wieder in Delphi sind, würde ich mich freuen, wenn Sie mir einiges über die delphischen Orakelsprüche und Legenden erzählen würden. Simon sagte, Sie seien darin Experte.«

Eliadis schnaubte spöttisch. »*Experte* hat er ganz sicher nicht gesagt.«

»Na ja«, musste Karen ihm zustimmen. »Er selbst beschäftigt sich offenbar lieber mit Tempeln, Steinen und Tonvasen als mit altgriechischer Prosa.«

»Das stimmt. Aber wozu wollen Sie etwas über die Orakelsprüche wissen?

»Weil mein Buch nicht nur von Ruinen und antiker Architektur handeln soll. Es sind die Legenden, die Delphi lebendig machen. Die Menschen, die damals lebten und das Orakel befragten …«

»Und vom Orakel den Spruch bekamen, dass sie ihr Schicksal ertragen müssten.« Eliadis sah auf seinen Klumpfuß. »Es gibt Fragen, die sollte man nicht stellen.«

Er löste seine Hand aus der ihren. Im selben Moment rief Delvaux nach ihnen, und sie wandten sich den Propyläen zu.

Delvaux war inzwischen zum mächtigen Eingangstor gegangen und hatte beobachtet, wie Nikos und Karen Händchen haltend über die Stadt schauten. Bei dem Anblick bekam er einen stechenden Schmerz in der Magengegend. Würde dieser schmale, humpelnde Grieche ihn wirklich bei Karen ausstechen? Nein, das konnte nicht sein.

Das wäre das erste Mal, dass eine Frau Nikos bevorzugen würde. Er musste etwas dagegen unternehmen.

»Kommt ihr?« Delvaux machte einige Schritte auf sie

zu, aber das genügte schon, dass Karen und Nikos sich in Bewegung setzten. Langsam kamen sie auf ihn zugeschlendert, und bei den Propyläen schlossen sie sich dann einer kleinen Touristengruppe an, die zur Stadt hinunterging.

23

Unterhalb des Akropolis-Felsens drehte sich Delvaux zu Karen um. »Was haben Sie sich für Athen eigentlich vorgenommen?«

Karen kramte ihren Stadtreiseführer aus dem Rucksack. »Erst muss ich zur Universität, und dann wollte ich noch beim Archäologischen Museum vorbeischauen.« Sie sah auf die Straßenkarte ihres Athen-Führers, den sie sich schon in Deutschland gekauft hatte. »Wo ist eigentlich der Erste Athener Friedhof?«

Delvaux' Augen funkelten belustigt. »Um Himmels willen, was wollen Sie denn da?«

»Ich möchte mir unbedingt Heinrich Schliemanns Mausoleum anschauen. Und das von Otfried Müller.«

»Ich wusste gar nicht, dass Sie so nekropolenbegeistert sind.«

Karens Mundwinkel zuckten. »Das sagen gerade Sie als Archäologe, der sich über jeden Totenschädel im Sand freut.«

Delvaux lachte schallend. »Der Friedhof ist dort hinten neben dem alten Stadion. Aber bei dieser Mittagshitze würde ich Ihnen erst das klimatisierte Museum empfehlen. Draußen ist es zu heiß. Dort drüben ist schon eine Metrostation, so dass sie problemlos zum Omonia-Platz fahren können, und den Rest gehen Sie am besten zu Fuß.« Er nickte in Eliadis' Richtung. »Tut uns leid, dass wir Sie nicht begleiten können, aber wir müssen noch einige Dinge erledigen, nicht wahr, Nikos?«

Dieser nickte wortlos.

»Wann sollen wir uns wieder treffen?« Delvaux schaute auf seine Armbanduhr. »Um siebzehn Uhr bei meinem Wagen?«

Karen war damit einverstanden. »Ja, das wird genügen.«

Er betrachtete ihre Handgelenke. »Sie tragen ja gar keine Uhr. Wie wollen Sie dann rechtzeitig da sein?«

»Ich trage schon lange keine mehr. Ich brauche so etwas nicht. Ich werde trotzdem pünktlich sein.«

»Na gut, wie Sie meinen.«

Während Delvaux und Eliadis in die Stadt gingen, wandte sich Karen der Metrostation zu und nahm die Linie zum Omonia-Platz. Von dort aus ging sie zu Fuß weiter zum Archäologischen Nationalmuseum in die Patisia-Straße.

Das Museum war ein sandfarbener neoklassizistischer Tempelbau mit weißen Säulen und rotem Ziegeldach, das umgeben von hohen Palmen in einem hübschen Park stand, in dem sich gepflegte Rasenflächen mit bunten Blumenbeeten harmonisch ablösten. Die hohen Palmen begleiteten den Fußweg bis zum Eingang des Museums, das sich nach Karens Stadtführer durch seine Vielzahl an antiken Stücken vor dem British Museum in London und dem Louvre in Paris nicht zu verstecken brauchte.

Und tatsächlich – als Karen endlich vor den berühmten goldenen Masken stand, die Heinrich Schliemann vor über hundert Jahren in den Gräbern von Mykene gefunden hatte, ging für sie ein Jugendtraum in Erfüllung. Die »Goldmaske des Agamemnon«, wie Schliemann sie damals falsch, aber medienwirksam tituliert hatte.

Als Jugendliche hatte sie Schliemanns Bücher über die Ausgrabungen von Troja und Mykene verschlungen, und jetzt stand sie tatsächlich vor den echten Goldmasken, so wie er sie damals in Händen gehalten hatte. Sie war völlig fasziniert. Und dort, einige Schritte weiter, lagen die berühmten Dolche mit den goldenen Löwenfiguren und dort der schwarz-goldene Stierkopf aus Mykene. Alles real gewordene Bilder ihrer Jugendträume, in denen sie selbst unbedingt Archäologin werden und solche Schätze finden wollte. Später jedoch wurde ihr klar, dass sie für die langwierige Ausgrabungsarbeit nicht die Geduld haben würde und das nötige Maltalent fehlte. Sie hatte einen anderen Weg eingeschlagen und war mit ihm zufrieden, denn er hatte sie hierher geführt.

Karen streifte weiter durch das Museum und genoss die jahrtausendealten Statuen, Büsten und Reliefblöcke um sich herum. Es war wie ein steinerner Wald, gemacht von den besten Künstlern der damaligen Welt. Gemacht für die Ewigkeit.

Doch je mehr Karen von diesen wunderschönen Statuen betrachtete, desto mehr stieg eine Melancholie in ihr auf, wie es auch schon im Museum von Delphi geschehen war. Was war der bronzene Wagenlenker gegen diesen herrlichen Poseidon von Atemision, der überlebensgroß vor ihr stand und mit weit ausholender Armbewegung seinen Dreizack zu schleudern schien? Was war dagegen der delphische Jüngling, der gefügig das Zaumzeug eines

Pferdes hielt? Was galten die Reliefbruchstücke in Delphi gegen diese vollständig erhaltenen Friese hier in Athen? Karen fühlte einen tiefen inneren Schmerz, als sie sich ausmalte, wie prachtvoll es in Delphi gewesen sein musste und wie wenig davon heute übrig geblieben war. Der Gedanke war für sie unerträglich.

Als dann auch noch einige Schritte weiter ein marmorner Apollon mit ausgestrecktem Zeigefinger und ernstem Gesicht auf sie deutete, war es um ihre Contenance geschehen. Sie drehte sich um und floh aus der Kühle des Museums hinaus in die Mittagshitze Athens. Ohne zu überlegen eilte sie irgendwelche Straßen entlang. Es war ihr egal. Hauptsache raus aus diesem Haus und weg von dem anklagenden Apollon.

Es dauerte eine Weile, bis Karens Schritte langsamer wurden und sie sich atemlos gegen eine Hauswand lehnte. Wo war sie? Wo war sie hingelaufen? Sie wusste es nicht genau und setzte sich erst mal in der Nähe einer Kreuzung auf eine schmale Steinmauer, um auf ihrem Stadtplan nachzuschauen. Die Straßennamen an den Hausmauern halfen ihr nicht weiter, da die Schilder auf Griechisch beschriftet waren. Also ging sie zu einem athenischen Periptero und fragte den Kioskbesitzer auf Englisch und Französisch, ob er ihr sagen könne, wo sie sich befinde. Der Mann verstand sie zwar nicht, doch als Karen auf ihren Stadtplan deutete, nahm er ihr die Karte aus der Hand und zeigte auf die Themistokleous-Straße südöstlich des Museums.

Karen freute sich über seinen Hinweis, kaufte dem Kioskbesitzer noch eine Flasche Mineralwasser und einige

Postkarten ab und machte sich dann zu Fuß auf den Weg zur alten Universität. Bei ihrer Flucht aus dem Museum hatte sie instinktiv den richtigen Weg gewählt und brauchte jetzt keinen Umweg zu machen.

Langsam ging sie durch die Menschenmassen, die sich durch die Hauptstraßen quälten, und wunderte sich, dass sich niemand an die Verkehrsregeln hielt. Fußgänger passierten trotz roter Ampel die Straßen, und auch Autos und Busse fuhren nach Augenmaß. Jeder musste mit allem rechnen, und so passten alle auf, dass nichts passierte. Trotzdem sah Karen mehr als einmal, wie junge Passanten von einem wütenden Busfahrer angehupt und beschimpft wurden, aber einfach weitergingen und ungerührt die Schimpfwörter über sich ergehen ließen. Andererseits sah Karen auch, wie ein Fahrradfahrer mit quietschender Bremse einem der gelben Taxis ausweichen musste, das es trotz roter Ampel eilig hatte. Polizisten sah Karen keine, die dieses Chaos in geregelte Bahnen hätten bringen können, aber wozu auch? Das System funktionierte auch ohne sie.

Die Athener hatten sich daran gewöhnt. Jeder kam an sein Ziel, man musste nur ein bisschen mehr auf die anderen Menschen achten.

Mehrmals kam Karen an weiteren Peripteros vorbei, den kleinen quadratischen Kiosken, deren Auslagen mit Zeitungen und Zeitschriften voll waren und vor denen Männer oft hitzig miteinander diskutierten. Das schien ihnen Spaß zu machen, denn Karen sah öfter kleine Männergruppen in den Straßen und den Cafés, die sich zwar nicht stritten, aber intensiv gegensätzliche Meinungen zu vertreten schienen und wie zu Perikles' Zeiten irgendwelche Themen auszudiskutieren hatten.

Kurz vor halb eins erreichte Karen trotz des athenischen Verkehrs pünktlich das Gelände der alten Universität, wo Prof. Laskaridis noch residierte, obwohl viele Fakultäten aus Platzmangel das alte Campus-Gelände verlassen hatten und in andere Stadtteile umgezogen waren.

Prof. Laskaridis war ein Mann mit Halbglatze, aber noch dunklem Haar und schwarzer Hornbrille. Er reichte ihr mit einem kleinen listigen Blick die Hand.

»Ah, Mrs. Alexander. Wie geht es Ihnen?«

Er deutete auf eine lederne Sitzecke neben der Tür und wartete, bis sich Karen dort hingesetzt hatte.

»Möchten Sie etwas trinken? Sie sind doch hoffentlich mit der Metro gekommen, oder? Zu Fuß ist es mittags viel zu warm. Möchten Sie ein Mineralwasser oder einen Tee?«

»Ein Mineralwasser hätte ich gern. Nein, ich bin nicht mit der Metro gefahren, sondern durch die Straßen gewandert. Ich wollte ein bisschen Athen erleben.«

Laskaridis schmunzelte. »Das Athener Verkehrschaos etwa? Jaja, *Chaos* ist ursprünglich ein griechisches Wort«, erklärte er, während er zu einem Wandschrank ging. »Es gibt mir sehr zu denken, dass andere Völker ausgerechnet unsere Bezeichnung übernommen haben, aber gegen Chaos sind Sie ja gefeit, wie ich sehe, denn Sie tragen eine ägyptische Maat-Kette. Die Göttin der Weltordnung. Waren Sie schon mal in Ägypten?«

Karen nickte, und für einige Sekunden tauchten schöne Erinnerungen an den Nil, die Tempel und die braunen

Sandfelsen auf. Dann holten Laskaridis' Worte sie wieder nach Griechenland zurück.

»Ägypten ist wundervoll, aber wir haben auch viel zu bieten, finden Sie nicht? Waren Sie schon in einem unserer Museen?«

Karen versuchte sich wieder auf das Gespräch zu konzentrieren. »Ich komme gerade vom Archäologischen Nationalmuseum.«

»Ah ja. Dort, wo all unsere großen Schätze lagern. Aber im Benaki-Museum waren Sie noch nicht? Das kann ich Ihnen auch noch sehr empfehlen. Das würde sich lohnen, glauben Sie mir.« Er öffnete die Türen des Wandschranks und entnahm ihm zwei Gläser und eine Kunststoffflasche mit Wasser. »Unsere Vorväter haben uns viel hinterlassen, auf das wir stolz sind, und damit meine ich nicht nur unsere antiken Kunst- und Bauwerke. Was wäre die heutige Welt ohne die griechischen Philosophen? Ohne die Demokratie? Ohne Mathematik?«

Karen schmunzelte, als sie eins der Gläser entgegennahm, die der Professor mit Wasser gefüllt hatte. »Also, ich persönlich hätte sehr gut ohne den Satz des Thales auskommen können.«

Laskaridis neigte den Kopf etwas zur Seite. »Sie stehen mit den Naturwissenschaften auf Kriegsfuß? Na ja, das macht nichts. Dafür sind Sie durch die Literatur ein Liebling Apollons und der Musen. Wie ich von Mr. Artois hörte, beschäftigen Sie sich zurzeit mit dem Orakel von Delphi? Ein faszinierendes Gebiet, muss ich sagen. Von der Baumasse ist leider nicht mehr viel vorhanden, und bei den historischen literarischen Berichten ist es problematisch, dass der eine vom anderen abgeschrieben hat. Und unsere ausführlichen Berichterstatter Plutarch und Pausanias kamen zu spät. Sie konnten nur noch eine Bestandsaufnahme ihrer Zeit machen, sechshundert Jahre nach Delphis Höhepunkt.«

Für Karen war dieser Mangel unbegreiflich. »Wie konnte es nur passieren, dass es keine genauen Berichte aus der klassischen und archaischen Zeit gibt? War das Orakelverfahren so geheim, dass niemand darüber berichten durfte?«

»Nein, ganz im Gegenteil, sie waren jedem Griechen so gut bekannt, dass sich einfach niemand die Mühe machte, sie aufzuschreiben, weil das verschwendete Zeit gewesen wäre. Überlegen Sie mal. Wenn Sie heute Tagebuch führen würden und Sie müssten beim Amt Ihren Personalausweis erneuern lassen, dann würden Sie doch auch nicht ins Tagebuch schreiben: ›War heute beim Amt. Der Beamte hatte einen blauen Anzug an, trug eine kurzhaarige Frisur und Brille. Zuerst nahm er meine Personalien auf, und dann stempelte er dies und stempelte das …‹ Nein, Sie würden nur ins Tagebuch schreiben: ›Ich war heute beim Amt, um meinen Personalausweis verlängern zu lassen.‹ Punkt. Es gibt Dinge, die beschreibt man nicht näher. Und die Orakelbefragung war zur damaligen Zeit auch so ein selbstverständlicher Vorgang. Leider. Selbst unsere großen Dichter Homer und Aischylos redeten nur indirekt über die Orakelbefragung. Das stand einfach nicht zur Debatte, sondern nur das Ergebnis, der Orakelspruch war ihnen wichtig.«

Karen nickte. »Genau deswegen bin ich hier. Mr. Artois

gab mir den Hinweis, dass in Ihrer Nationalbibliothek ein Buch ist, das für mich interessant sei.«

Laskaridis lächelte amüsiert. »Nur ein Buch? Ich bin entsetzt. Das hat er sicherlich nicht ernst gemeint. Aber Sie haben Recht, auch mir gegenüber hat er nur ein Buch erwähnt. Er konnte mir leider keinen Titel nennen, sondern bat, dass Sie in der Bibliothek freien Zugang auf ... äh ... tja, alles bekämen, was Sie interessieren würde. Eine Bitte, die wir unseren Freunden aus Frankreich natürlich nach all den jahrelangen Zuwendungen und der fachlichen Unterstützung für die vergangenen und derzeitigen Ausgrabungen nicht verwehren können.«

Karen spürte, dass der Professor ihr diese Freigabe nur ungern gewährte, aber sie merkte auch, dass er keine andere Wahl hatte.

»Sie müssen wissen, die École Française hilft uns, wo sie nur kann«, fügte er geflissentlich, aber ohne Pathos hinzu. »Ohne deren Unterstützung gäbe es zurzeit keine Ausgrabungen in Griechenland. Unsere Budgets genügen allenfalls, um die vorhandenen Artefakte zu restaurieren und zu konservieren.«

»Und trotzdem wird in Delphi gegraben.«

»Ja, eine glückliche Ausnahme. Das wiederentdeckte Brunnenbecken ist wirklich eine kleine Sensation in diesem Frühjahr. Und es sollen schon interessante Tongefäße geborgen worden sein. Wir hier in Athen sind sehr auf die Ergebnisse gespannt.«

Karen schaute bedeutungsvoll auf eine alte Standuhr hinter Laskaridis. »Ja, die Ausgrabung ist spannend, aber ich denke, dass ich jetzt doch lieber in die Nationalbibliothek gehen sollte. Wissen die Angestellten dort Bescheid, oder benötige ich einen Leserausweis?«

Laskaridis sprang auf und eilte zu seinem Schreibtisch. Er öffnete die oberste Schublade und nahm ein Kärtchen mit griechischen Schriftzeichen heraus. »Ich habe Ihren Leserausweis bereits erstellen lassen. Hier ist er.« Er reichte ihn ihr. »Der sollte eigentlich genügen, um Bücher ausleihen zu dürfen. Falls nicht, schreibe ich Ihnen meine Telefonnummer auf die Rückseite. Der Angestellte soll sich sonst bei mir melden.«

Er nahm das Kärtchen zurück und notierte eine kurze Durchwahl darauf.

»Vielen Dank.« Karen war ehrlich dankbar und steckte die Karte in ihren Rucksack. Dann verabschiedete sie sich von Prof. Laskaridis und marschierte über die Straße zur Nationalbibliothek, die ebenfalls im neoklassizistischen Stil gebaut war und deren weitgeschwungene Marmortreppe zu dorischen Säulen hinaufführte. Sie ging durch den Eingang, zeigte ihren Leserausweis vor und durfte nach einem kurzen Nicken der Empfangsdame in die große Lesehalle eintreten, in der einige Studenten und drei grauhaarige Männer an dunklen Holztischen tief in ihre Lektüre versunken saßen. Ein sanfter Schein fiel von oben durch das milchige Glasdach in die Halle und tauchte den von ionischen Säulen umrahmten Raum in ein ruhiges Licht. Leise drehten sich große dreiflüglige Deckenventilatoren, doch brachten sie nicht viel Kühlung für die Ratsuchenden.

Karen ging durch die lichtdurchflutete Halle zum Büchermagazin der Bibliothek, wo sie an einem Computer eine Abfrage nach der Signatur des von Artois empfohlenen Buches machte. Tatsächlich zeigte der Computer ihr auch die Signatur Ai333 an, und nach einem kurzen Blick auf eine Karte neben dem Computer, die die Bereiche des Magazins systematisch darstellte, wanderte sie los. Langsam suchte sie die langen Bücherreihen ab, doch schien es eine Ewigkeit zu dauern, ehe sie in einem der hintersten Regale Bücher mit ähnlichen Signaturen fand. Aber das, das sie suchte, war nicht da. Stattdessen klaffte eine schmale Lücke in der Bücherreihe.

Enttäuscht ging sie nochmals die Bücherreihen rechts und links neben der Lücke durch und hoffte, dass die Bibliotheksangestellten das Buch vielleicht falsch einsortiert hatten, doch leider hatten sie keinen Fehler gemacht. Das Buch war nicht da.

Plötzlich legte sich eine Hand auf ihre rechte Schulter, und eine wohlige Wärme breitete sich in Karen aus. Ein Mann in strahlend weißer Galabiya und mit einem weißen Turban glitt an ihr vorbei und griff zielbewusst nach einem alten Band, den er aus dem Regal herauszog.

»*Dies* ist das Buch, das Sie brauchen, Mrs. Alexander«, sagte er und lächelte ihr zu. Karen blieb für einen Augenblick der Atem weg, als sie den Mann mit dem weißgrauen Bart neben sich stehen sah.

»Mr. El Bahay! Was machen Sie denn hier?«

Der Ägypter neigte den Kopf und griff nach Karens Hand, die sie ihm freudestrahlend entgegenhielt. Sein Lächeln war warm und freundlich. Wann hatten sie sich das letzte Mal gesehen? War es wirklich erst ein halbes Jahr her, seit er sie und Michael Mansfield im Tal der Könige durch ein neuentdecktes Grab geführt hatte? Es schien eine Ewigkeit her zu sein.

»Hier.« Er reichte ihr ein kleines dickes Buch, auf dem sie die abgewetzten Buchstaben eines englischen Titels las.

»Sagen und Legenden aus dem alten Griechenland«, murmelte Karen und schaute auf die Signatur. »Aber dieses Buch hatte ich nicht gesucht.«

El Bahay nickte. »Das mag sein, aber das Buch hat *Sie* gesucht, Mrs. Alexander. Lesen Sie es. Es wird Ihnen weiterhelfen. Wie geht es Mr. Mansfield?«

»Ich denke, gut. Er ist in New York.«

El Bahays Blick umwölkte sich. »Sind Sie sicher? Wann haben Sie zuletzt mit ihm gesprochen?«

»Vor einigen Tagen. Aber er hat mir gestern eine E-Mail geschickt.«

El Bahays Miene verdüsterte sich. Er schien zu ahnen, dass mit Mansfield etwas nicht stimmte. »Dann sollten Sie ihn mal wieder anrufen.«

»Das werde ich tun. Warum sind Sie eigentlich hier?«, fragte sie neugierig.

El Bahay lächelte geheimnisvoll. »Ich habe für Mr. Kennard und die American University of Cairo einige interessante Scherben und Ostraka hier in Athen in der Universität abgeliefert. Sie wissen ja, wie das ist …« Er grinste. »Mr. Kennard meinte, dass die Artefakte wichtig seien, und wollte sie niemand anderem anvertrauen.«

Karen lächelte leise, als sie an den rundlichen Chefarchäologen von KV78 denken musste, den sie letztes Jahr im September im Tal der Könige kennengelernt hatte. Unwillkürlich griff sie nach ihrer goldenen Maat-Kette an ihrem Hals, als sie sich daran erinnerte, wie sehr es ihn gestört hatte, dass sie in einem Grab das Bildnis der Maat berührt hatte. Aber wie hätte sie dieser wunderschönen alten Malerei widerstehen können? Und schließlich hatte sie auch das Recht gehabt, diese Wandmalerei zu berühren. Wenn nicht sie, wer dann?

El Bahay sah ein altes Leuchten in ihren Augen und lächelte. Die Zeit schien für einen Moment stillzustehen. Aber nur für einen Moment.

»Das andere Buch, das Sie suchen, ist nicht da.«

»Ich weiß.« Missmutig sah sie auf die Lücke in der Buchreihe, wo es hätte stehen müssen. »Es ist wahrscheinlich ausgeliehen worden.«

»Oder es wurde gestohlen.«

Zweifelnd blickte sie El Bahay an. Aber vielleicht hatte er doch Recht, denn das Buch war im Computer nicht als ausgeliehen vermerkt gewesen. Leise Befürchtungen stiegen in ihr auf. Würde alles wieder so beginnen wie in Paris?

El Bahay schien ihre Befürchtungen in ihrem Gesicht lesen zu können. »Keine Angst, das Buch ist nicht wichtig für Sie. Vertrauen Sie darauf, Sie bekommen alles, was Sie brauchen. Wie lange bleiben Sie noch in Athen?«

»Nur ein paar Stunden«, antwortete sie. »Ich fahre heute Nachmittag wieder nach Delphi.«

»Das ist gut. Tun Sie das. Ich werde mich jetzt auch von Ihnen verabschieden, denn mein Flugzeug geht in einer Stunde.«

Karen war verblüfft. »Wie bitte? Sie fliegen heute schon wieder ab? Ich dachte, wir könnten noch einen Kaffee oder Tee zusammen trinken. Wie schade. Dann werden wir uns nicht mehr wiedersehen?«

»Wer weiß?« El Bahay lächelte sphinxenhaft, verneigte sich leicht vor Karen und schüttelte ihr dann die Hand. »Gott schütze Sie, Mrs. Alexander.«

»Sie ebenfalls, Mr. El Bahay. Bitte grüßen Sie Mr. Kennard von mir, wenn Sie ihn sehen.«

»Gern. Darüber wird er sich freuen.« El Bahay drehte sich um und verschwand mit wenigen Schritten hinter einer der vielen Bücherreihen.

Karen sah ihm verwirrt nach. War das wirklich real gewesen, oder hatte sie nur einen guten Geist gesehen? Doch dann blickte sie auf das Buch in ihrer Hand und bemerkte, dass ein kleines bräunliches Papier zwischen den Seiten hervorlugte. Sie schlug die Seite auf, und ein kleines Papyrus-Lesezeichen kam zum Vorschein.

Auf dem Papyrus prangte die Maat. Vorsichtig strich Karen mit den Fingern über den alten Papyrus und griff dann instinktiv nach ihrem goldenen Maat-Anhänger. Beinahe hätte sie einem Impuls nachgegeben und wäre El Bahay nachgelaufen, aber sie wusste, dass sie ihn nicht mehr einholen würde.

Schwungvoll klappte sie das alte Buch zu und ging damit zur Ausleihe, wo ein junger Bibliotheksangestellter völlig irritiert auf die Signatur am unteren Ende des Einbands starrte.

»Woher haben Sie dieses Buch?«

»Von dort hinten. Aus Raum 5, glaub ich. Warum?«

»Weil wir dieses Buch schon seit Ewigkeiten suchen. Davon besitzen wir nur noch drei Exemplare.«

Karen beschlich ein ungutes Gefühl. Wenn das Buch so selten war, würde sie es wohl nicht mit nach Delphi nehmen dürfen. Sie warf dem Angestellten einen bittenden Blick zu. »Darf ich es trotzdem ausleihen?«

Der junge Mann kratzte sich am Hinterkopf. »Das glaube ich ehrlich gesagt nicht. Da muss ich erst mal bei meinen Vorgesetzten nachfragen.«

»Ja, eine gute Idee. Bitte rufen Sie Prof. Laskaridis an. Hier ist mein Leserausweis mit seiner Durchwahl. Er sagte, wenn es Schwierigkeiten gebe, solle ich ihn anrufen.«

»Prof. Laskaridis kennt Sie?«

»Ich hatte heute Mittag ein Gespräch mit ihm.«

Der Angestellte drehte unsicher die Karte in seinen Fingern hin und her. Der Professor war der zweitwichtigste Mann in der Universität … und der hatte dieser Frau seine Durchwahl gegeben? Einfach so? Der Angestellte konnte es kaum glauben. Das Ganze konnte auch ein Bluff sein, damit sie mit diesem seltenen Buch verschwinden konnte. Nein, er musste beim Professor anrufen und sich vergewissern, dass das stimmte.

»Einen Moment bitte.«

Karen musste einige Minuten warten, doch dann erinnerte sie sich daran, dass El Bahay gesagt hatte, dass sie alles bekommen werde, was sie brauche. Auf einmal war sie sicher, dass man ihr erlauben würde, das Buch auszuleihen, und tatsächlich kam der Bibliotheksangestellte kurze Zeit später mit einem Stirnrunzeln wieder und reichte ihr den alten Einband über die Theke.

»Sie dürfen es mitnehmen.«

»Für wie lange?«

»So lange Sie wünschen.«

Karen konnte ein leichtes Schmunzeln nicht unterdrücken, als sie das Buch entgegennahm und in ihren Rucksack steckte. El Bahay hatte Recht gehabt.

»Vielen Dank. Ich werde sorgsam damit umgehen.« Sie verabschiedete sich von dem Angestellten, begab sich zum Ausgang und trat in das helle Licht der griechischen Sonne hinaus.

24

Eigentlich wäre das Benaki-Museum, das Prof. Laskaridis ihr empfohlen hatte, ein angenehmer Ort zu dieser Tageszeit gewesen, aber Karen hatte keine Lust mehr, noch ein Museum zu besuchen. Mit Schliemanns gefundenen Artefakten hatte sie die Dinge gesehen, die ihr am wichtigsten waren, und das genügte ihr vorerst. Stattdessen wollte sie sich lieber in ein Kafenio setzen, eine Kleinigkeit essen und in dem englischen Buch lesen.

Sie schlenderte durch die engen Straßen der Plaka, vorbei an den vielen Marktständen, wo Hüte, Schmuck und T-Shirts verkauft wurden. An einem der Stände hielt sie an und kaufte einen kleinen steinernen Dreifuß für Julius und einen Apollon und eine Athene, die sie als Andenken mitnehmen und Michael schenken wollte.

Dann ging sie weiter in südliche Richtung entlang idyllischer Stoas, die ursprünglich nur zwei Straßen miteinander verbinden sollten, aber inzwischen oft Läden und Cafés hatten, in denen die Athener gemütlich saßen und miteinander plauderten. Im Gegensatz zu dem großen Chaos auf den Hauptstraßen fanden sie hier endlich die Ruhe, um mit Freunden zusammenzusitzen und über Gott und die Welt zu reden.

In einer der kleinen Straßen fand Karen ein gemütliches Kafenio mit Terrasse, wo sie sich in den Schatten einer alten Platane setzte und vom Besitzer persönlich eine kleine

Karte erhielt. Dieser blieb neben ihr stehen und redete in gebrochenem Englisch auf sie ein und zeigte auf einen Auberginenauflauf mit Lamm, den er sehr empfehlen könne. Karen bemerkte, dass es nicht einmal das teuerste Gericht auf der Karte war, und nickte.

So früh am Nachmittag waren noch nicht viele Touristen unterwegs, sodass etliche Plätze frei waren. Sie nahm das englische Buch aus dem Rucksack und blätterte die Seiten bis zum Maat-Lesezeichen durch.

Es war eine Sammlung alter griechischer Legenden aus verschiedenen Gegenden Griechenlands und der griechischen Inseln, doch die, die El Bahay markiert hatte, spielte hauptsächlich im alten Attika und in Phokis. Die ersten Sätze erzählten von einem athenischen Archonten, der sich auf den Weg nach Delphi machte, um Dike, die Pythia des Apollon, um Rat zu fragen …

25

Eliadis und Delvaux gingen ein kurzes Stück gemeinsam die Straßen der Plaka entlang, als der Grieche Delvaux übellaunig anfuhr.

»Und nun? Gehst du wieder zu einer deiner Frauen? Wer ist es denn diesmal, Tessa, Gianna oder Despina?«

Er wusste, dass Delvaux ins Kolonaki-Viertel gehen und dort eine seiner Geliebten treffen würde. So wie immer, wenn er in Athen war.

»Höre ich da Neid? Aber du hast ja deine schöne Selena in Delphi, also halt dich aus meinen Angelegenheiten raus. Und schmeichle dich nicht so bei Karen ein. Sie will sowieso nichts von dir wissen.« Er musste an die Szene denken, wie die beiden Händchen haltend am Akropolis-Felsen gestanden hatten.

»Das weißt du nicht«, erwiderte Eliadis trotzig. »Und wenn ich sie nicht kriege, kriegst du sie auch nicht.«

Delvaux blieb plötzlich stehen. »Was willst du damit sagen?«

»Das wirst du schon sehen«, orakelte Eliadis und verschwand in einer kleinen Stoa, an der sie eben vorbeigegangen waren.

Delvaux schüttelte nur den Kopf und marschierte weiter, bis er einige Minuten später zu einem bestimmten Haus kam und über einen kleinen Hinterhof zu einer morschen grünen Tür gelangte, an der er dreimal klopfte. Gianna öffnete ihm sofort, fiel ihm um den Hals und küsste Delvaux.

»Wie schön, dass du da bist, Simon.« Ohne aus dem Gleichgewicht zu kommen, hing sie wie eine Klette an ihm und schloss mit der linken Hand die Tür, während sie sich mit der rechten Hand an Delvaux' Nacken festhielt und ihren Mund auf seine Lippen presste. Er erwiderte den Kuss und fühlte Hunger nach mehr. Er war ihre stürmischen Begrüßungen schon gewohnt und genoss sie jedes Mal in vollen Zügen. Dann stellte er Gianna wieder hin und schob sie ins Schlafzimmer, während sie ihm im Gehen die Hose öffnete.

Die Knöpfe an ihrer Bluse waren kein Hindernis, und da sie heute ihre üppige Fülle nicht in einen BH gezwängt und auf sämtliche Unterwäsche verzichtet hatte, sprangen ihm sofort ihre Brüste entgegen. Er warf Gianna aufs Bett, öffnete den Rock, der einen aufreizenden langen Schlitz hatte, und ließ seine Hose fallen. Sein Hemd folgte erst, nachdem er merkte, wie heiß ihm inzwischen geworden war. Gianna war eine leidenschaftliche Frau, die ihn mehrfach forderte, doch Delvaux hatte nicht viel Zeit. Nach wenigen Minuten ließ er sich angenehm erschöpft auf Gianna niedersinken, und sein Gesicht ruhte sanft auf ihren weichen Brüsten. Dann stand er auf und zog seine Hose und sein Hemd wieder an, während sie noch im Bett liegen blieb.

»Wann kommt dein Mann zurück?«, fragte er und schloss den Reißverschluss seiner Hose.

Gianna seufzte bei dem Gedanken an ihren Mann, einen Lastwagenfahrer, der die ganze Woche nicht zu

Hause war, und nur einmal in der Woche Sex war ihr einfach zu wenig. »Morgen Abend kommt er erst wieder, mein lieber Dimitrios«, sagte sie und schaute auf das Foto neben ihrem Bett. »Und wann kommst du wieder, Simon?«

»Sobald ich wieder in Athen bin. Ich sage vorher Bescheid.« Er machte sich keine falschen Hoffnungen, dass Gianna bis dahin völlig allein sein würde. Er wusste, dass er nur einer ihrer Liebhaber war. Wie würde wohl ihr Mann darauf reagieren, wenn einer der Nachbarn mal eine Bemerkung über die vielen Männerbesuche machen würde? Würde er sich in seinen Lastwagen schwingen und nach Delphi fahren und ihm eine Kugel zwischen die Augen jagen? Wahrscheinlich schon. Delvaux wusste, dass die Griechen bei Ehebruch keinen Spaß verstanden. Aber Gianna ist jede Gefahr wert, dachte er, während er über den Hinterhof zur Straße zurückging.

26

Im Athener Plaza Hotel saß Myles Fenton auf der Sonnenterrasse und aß beim Zeitungslesen ein Pfefferminzeis, während eine angezündete Zigarette neben ihm im Aschenbecher vor sich hin glimmte. Sein anthrazitfarbenes Jackett hatte er heute in der Suite gelassen, aber sein gleichfarbenes Hemd machte ihm bei der Hitze zu schaffen, obwohl er unter einem weißen Leinensonnenschirm mit goldenem Mäandermuster Platz genommen hatte. Athen war ihm einfach zu heiß. Wie hatte Lord Durnham ihm das nur antun können?

Fenton legte die *Le Monde* neben die *Times* auf den Tisch, als ihm plötzlich ein kleiner Artikel auffiel. Er nahm die Zeitung noch mal in die Hand und las den Artikel, in dem ein Kommissar Laurent aus Paris den Ausbruch des Häftlings Lucass mit bitteren Worten kommentierte.

Fenton schmunzelte, als er die Zeitung erneut beiseite legte. Soso, der liebe Lucass ist wieder frei, dachte er. Eigentlich hätte ihn diese Nachricht beunruhigen sollen, denn seitdem eines der Geschäfte, die sie im letzten Jahr zusammen gemacht hatten, schief gelaufen war, waren er und Lucass bis auf den Tod verfeindet. Aber Fenton hatte keine Angst vor seinen Feinden. Vor niemandem.

Er ließ gerade etwas Pfefferminzeis auf der Zunge zergehen, als ein Hotelpage leise an ihn herantrat und ihm respektvoll ein verschlossenes Kuvert überreichte und dann wieder verschwand. Auf dem Kuvert stand nur sein Name, aber Fenton war darüber nicht überrascht. Ganz im Gegenteil, auf diese Nachricht von Rigby hatte er schon den ganzen Tag gewartet.

Ohne Eile öffnete er den Brief und las die wenigen Worte. »Er liefert in drei Tagen. Hier in Athen.«

Mit einem eisigen Lächeln faltete Fenton die Notiz zu einem kleinen Karo zusammen und steckte es in seine Brusttasche.

»Das will ich dir auch raten, Bürschchen«, murmelte er. »Sonst müssen wir vielleicht doch noch schwerere Geschütze auffahren.«

27

Nachdem Karen die Mittagshitze gemütlich in dem kleinen Kafenio verbracht hatte, machte sie sich zu ihrer letzten Etappe auf und ging in Richtung Süden, um auf dem alten Athener Friedhof nach den Gräbern von Schliemann und Otfried Müller zu suchen. Doch sie fand Müllers Grab nicht, und auch ein Friedhofsangestellter, den sie auf Englisch fragte, konnte ihr nicht weiterhelfen. Dafür war das Mausoleum von Heinrich Schliemann unübersehbar.

Es thronte von Palmen umgeben auf einer kleinen Anhöhe hinter der Kapelle, von der aus er und seine griechische Frau Sophia für immer einen Blick auf die Akropolis hatten. Er hatte sich einen kleinen neoklassizistischen Tempel bauen lassen, vor dessen Stirnseite eine große Kopfbüste Schliemanns platziert war, die dem Besucher von oben herab mit ernstem und prüfendem Blick entgegensah und abzuschätzen schien, ob man auch würdig genug war, diesen Ort zu betreten.

Hier lag er also – Heinrich Schliemann. Der Mann, der Homers *Ilias* auswendig konnte und durch dessen Angaben das alte Troja in der Nähe der Dardanellen in der Türkei wiedergefunden hatte. Ein Mann, dessen Ausgrabungen die griechische Kultur wiedererweckt hatten und dessen Exponate Karen vor wenigen Stunden im Archäologischen Museum gesehen hatte.

Es war wunderbar, den Dingen, die sie als Kind und Jugendliche in den Geschichtsbüchern so sehr fasziniert hatten, nun in der Realität zu begegnen. Nachdenklich schaute sie zu Schliemanns Büste hinauf und nickte ihm als letzten Gruß zu, ehe sie sich umdrehte und den Hauptgang zum Ausgang des Friedhofs zurückging.

Schliemanns Haus in der Panepistimiou-Straße hatte sie zwar nicht gesehen, aber sie hatte jetzt keine Lust mehr, mit der Metro dort noch mal hinzufahren. Ein Foto in ihrem Stadtführer zeigte ein palastähnliches Gebäude, in dem sich heute das Numismatische Museum befand.

Karen runzelte die Stirn, als sie das las. Ein Münzen-Museum? Ob Schliemann das wohl gefallen hätte? Doch dann musste sie daran denken, dass dort sicher auch Münzen mit Schliemanns Konterfei lagen, und das hätte dem narzisstischen Archäologen sicherlich gefallen.

Sie kaufte sich noch ein Eis an einem mit Zeitungen voll bepackten Periptero, und nach einem Blick auf die Uhr, die an dem Kiosk angebracht war, machte sie sich langsam auf den Weg zur Akropolis, um sich mit Delvaux und Eliadis zu treffen.

28

Einige Straßen von ihr entfernt ging Delvaux durch die kleineren Gassen der Plaka, die ihn um die Nordostseite des Akropolis-Felsens führten.

Er wollte gerade bei einem Periptero eine Zeitung kaufen, als er betrunkene Jugendliche in einer nahen Stoa hörte, die einen Griechen beschimpften. Laute Wortfetzen drangen an sein Ohr, als er plötzlich die Stimme des Opfers erkannte. Der Streit wurde lauter, und auf einmal waren auch Schläge zu hören.

Ohne zu zögern, rannte Delvaux in die Stoa und warf sich auf die drei Jugendlichen, die Eliadis in die Mangel genommen hatten. Den ersten schickte er mit einem Kinnhaken aus der Stoa und den zweiten mit einem Tritt in die Rippen hinterher. Nur der Letzte hing wie eine Klette an Eliadis und wollte sich erst von ihm lösen, als Delvaux ihn an einem Ohrenpiercing hochzog. Der Junge trat um sich und traf ihn am Bein, doch er schleuderte ihn auf die Straße.

»Verschwindet!«

Delvaux tat so, als ob er nach ihnen treten wollte, doch die Jugendlichen warfen ihm noch einige Beschimpfungen an den Kopf und zeigten ihm den gestreckten Mittelfinger, ehe sie zwischen den Häusern der Straße verschwanden.

»Bist du in Ordnung?«, fragte er Eliadis, der leicht

benommen gegen die Fensterscheibe eines kleinen Blumenladens lehnte.

»Es geht schon. Ich hab nur ein bisschen Nasenbluten«, murmelte er und stopfte sich ein Stück eines Papiertaschentuchs in den linken Nasenflügel.

Delvaux warf ihm einen skeptischen Blick zu, aber er wusste, dass Eliadis hart im Nehmen war. »Na gut, wie du meinst. Wolltest du auch gerade zurück zum Auto?«

Eliadis nickte vorsichtig, damit nicht noch mehr Blut in die Nase schoss.

»Gut, dann werde ich mal deinen Bodyguard spielen und dich hinbringen. Kanntest du die Typen?«

»Nein, hab sie noch nie gesehen.«

»Warum hast du eigentlich nicht dein Messer gezogen?«, fragte Delvaux und deutete auf Eliadis' rechtes Bein. »Dann wären die doch sofort abgehauen.«

Dieser tastete mit den Fingerspitzen seine Zähne ab. »Zu gefährlich. Die waren betrunken. Wenn ich das Messer gezogen hätte, hätten sie es mir aus der Hand gerissen und es mir selbst zwischen die Rippen gejagt.«

Delvaux nickte. »Stimmt. So hirnlos, wie die waren, hätten sie sicher zugestochen.« Langsam gingen sie zum Parkplatz, wo Karen schon auf sie wartete.

Irritiert sah sie auf Eliadis' angeschwollene Nase und die Blutstropfen auf seinem Hemd, während auf Delvaux' brauner Hose ein breiter Fußabdruck prangte. Karen traute ihren Augen nicht.

»Haben Sie beide sich etwa geschlagen?«

Delvaux musste lachen, als er Karens ungläubiges Gesicht sah, während Eliadis versuchte, den herausgerutschten Papierpfropfen ins Nasenloch zurückzustopfen.

»Es ist nicht so, wie Sie denken, Karen.«

»Und warum hat er dann Blut auf dem Hemd und Sie eine dreckige Hose?«

»Weil drei besoffene Halbstarke es auf Nikos abgesehen hatten. Sie meinten wohl, mit seinem Klumpfuß wäre er ein leichtes Opfer. Zum Glück kam ich noch rechtzeitig und konnte helfen.«

Karen war seit ihrer Ankunft in Delphi eine Rivalität zwischen den beiden aufgefallen und wusste jetzt nicht, ob sie Delvaux' Erklärung glauben sollte. Sie warf Eliadis einen fragenden Blick zu, doch der nickte.

Delvaux spielte den Beleidigten. »Karen, bitte. Glauben Sie wirklich, dass ich mich mit Nikos schlagen würde? Ich hätte nicht gedacht, dass Sie mir so etwas zutrauen würden.«

»Es tut mir leid, aber es sah eben so aus, als ob Sie beide miteinander gekämpft hätten. Entschuldigung.«

»Kein Problem.« Delvaux schloss den Wagen auf und warf Eliadis dann den Schlüssel zu. »Willst du immer noch den Wagen fahren, oder geht's nicht?«

Eliadis straffte sich. »Natürlich wird es gehen«, krächzte er, während er versuchte durch den Mund zu atmen. Er setzte sich auf den Fahrersitz, Delvaux nach hinten, und Karen nahm auf dem Beifahrersitz Platz.

Eliadis kannte sich in Athen gut aus, nahm einige schmale Nebenstraßen und war schon nach einer Viertelstunde auf der Autobahn, die westlich aus Athen hinausführte. Er war trotz seiner Behinderung ein sicherer Fahrer, und so kamen sie schnell voran.

Er hatte das Radio angeschaltet und stellte es nach einigen Minuten etwas lauter, als ein bestimmtes englisches Lied ertönte, in dem ein Mann mit leiser, beschwörender Stimme *Miracles*, faszinierende kleine Wunder, beschrieb, die immer gerade dann geschähen, wenn die Frau, die er liebe, erscheine. Der Mann sang von wildem Jasmin, der plötzlich wieder blühte, von Vögeln, die in den Bäumen zu zwitschern begannen, wenn sie an ihnen vorbeiging, und von sich auf wundersame Weise beugenden Urgewalten, wenn sie erschien.

Karen genoss die sanfte Melodie des Liedes und die Lyrik, während Delvaux im Fond des Opels bereute, Eliadis ans Steuer und in Reichweite des Radios gelassen zu haben.

Das Lied klang noch lange in Karen nach, als sie wieder in Delphi waren und sie sich abends eine Moussaka machte und sich danach eine kleine Schüssel mit frischem griechischem Joghurt gönnte.

Miracles. Wunder. Ja, die brauchte man manchmal. Vor allem, wenn man sehnsüchtig auf einen Anruf von Michael wartete …

29

Michael hatte sie bis zum Morgen immer noch nicht angerufen. Dafür hatte er ihr wieder eine E-Mail geschickt, in der er sie um Entschuldigung und Verständnis bat, aber er habe erst abends Zeit gehabt und sie nicht wecken wollen.

Karen kam das wie eine merkwürdige Ausrede vor, aber sie hatte heute Morgen keine Zeit, sich darüber zu ärgern, da sie mit Eliadis und der Touristengruppe zur Korykischen Grotte wandern wollte und sich beeilen musste, um pünktlich beim Amphitheater zu sein.

Sie nahm ihren Rucksack und packte einige Proviantdosen, eine Flasche Mineralwasser und ihren Collegeblock hinein und eilte dann zum Treffpunkt.

Überraschenderweise war dort noch niemand zu sehen, der mit ihr zur Grotte wandern würde. Stattdessen liefen vereinzelte Pärchen und Familien herum, die weiter zum Apollon-Tempel schlenderten.

Nachdem sie einige Minuten gewartet hatte, kam auch Eliadis mit einem kleinen Rucksack auf dem Rücken den Weg zu ihr hoch.

»Es tut mir leid, dass ich zu spät bin, aber ich musste noch etwas im Museum erledigen. Sind Sie bereit?«

Karen sah ihn irritiert an. »Ja, aber wo ist die Reisegruppe aus dem Bus, die mit uns zur Grotte wollte?«

Eliadis wandte den Kopf ab und zog die Riemen seines Rucksacks nach.

»Sie wird nicht kommen. Der Reisebus hat kurz vor

Galaxidi eine Panne gehabt. Sie haben den Gang zur Korykischen Grotte abgesagt und werden sich mit dem Besuch des Heiligen Bezirks und des Museums begnügen, so wie viele andere auch. Ein Ersatzbus wird sie dann heute Nachmittag abholen und nach Athen bringen.«

Karen wusste nicht, was sie davon halten sollte. Hatte er sie vorgestern etwa angelogen, und diese Touristengruppe existierte überhaupt nicht, um mit ihr allein zur Grotte zu marschieren? Oder tat sie ihm Unrecht, und vor Galaxidi lag wirklich ein Reisebus auf der Straße?

»Ich hoffe, Sie wollen trotzdem zur Grotte, Karen. Zu zweit ist es tausendmal einfacher, weil man nicht auf den Langsamsten warten muss. Wir werden viel schneller wieder zurück sein.«

Karen zögerte, aber nur einen Moment. »Ich muss die Höhle sehen. Sie gehört zu Delphi und zu meinem Buch.«

»Na dann los.«

Eliadis ging vor und führte Karen einen schmalen Serpentinenweg zum alten Stadion hinauf, wo sie zwischen großen behauenen Felsbrocken entlanggingen.

»Ist es nicht schön? Fünftausend Menschen konnten hier die Wettkämpfe während der Pythischen Spiele beobachten. Und dann die Phädriaden im Hintergrund. Was für eine fantastische Kulisse«, schwärmte Eliadis, und Karen musste ihm zustimmen. Die steilen Klippen des Parnass-Gebirges ergaben eine einmalige Szenerie, unter deren Hoheit die Menschen über sich hinauseiferten und große Sieger gekürt wurden.

Karen betrachtete das lange Stadion mit den beiden

breiten Laufbahnen, auf denen Gras und Unkraut wuchsen, während sie damals mit frischem Sand bedeckt gewesen waren. Sie hörte geradezu das Publikum jubeln, als der Sieger nackt und nur mit Helm und Schild über die Ziellinie sprintete.

»Bevor das Stadion gebaut wurde, fanden die Laufwettkämpfe unten im Pleistos-Tal statt«, erzählte Eliadis. »Da musste man wenigstens nicht extra Sand hinbringen, aber als sie hier dieses Stadion bauten, mussten die Laufbahnen immer wieder mit frischem Sand hergerichtet werden.«

»Ziemlich viel Arbeit«, erwiderte Karen, während sie die steinernen Tribünen betrachtete. »Waren die Publikumsreihen eigentlich schon immer da?«

»Nein. Zuerst hatte das Stadion nur Grastribünen. Diese Reihen kamen später dazu. Kommen Sie, wir wollen weiter.«

Sie erklommen die westliche Seite des Rhodini-Berges, als Eliadis stehen blieb und der Blick auf die Heilige Ebene des Krissa-Tals frei wurde. Vor ihren Augen war ein kilometerlanges Meer aus silbergrünen Olivenbäumen, das sich dunkel von den graubraunen Bergen des Parnass abhob und wie eine breite Lavamasse von der Amphissa-Höhe hinunter zur Bucht zu fließen schien.

»Ist es nicht schön hier?«, fragte Eliadis wieder, sog dabei die frische Luft ein und schaute stolz ins Tal hinunter.

»Ja, es ist wirklich wunderschön«, antwortete Karen, während sie die kilometerweite Aussicht vom Meer bis ins Landesinnere nach Amphissa genoss. Sie blieben einige Minuten lang stehen, nahmen einen Schluck aus ihren Wasserflaschen und gingen dann weiter.

Karen war steile Bergwege nicht gewohnt und starrte den Rhodini-Felsen hinauf. Zurück nach Delphi wollte sie wegen ihrer Höhenangst lieber nicht schauen. »Wie hoch liegt die Grotte eigentlich?«

»Na ja, Delphi liegt ungefähr sechshundert Meter über dem Meeresspiegel und die Grotte noch mal achthundert Meter darüber. Also eintausendvierhundert bis eintausendfünfhundert Meter würde ich schätzen. Es wird ein ordentlicher Spaziergang werden. Drei Stunden hin und drei zurück. Aber wir können nachher, wenn wir das Hochplateau erreichen, eine längere Pause machen, in Ordnung?«

»Ja, ich komm schon klar, keine Angst«, sagte sie, um sich selbst zu beruhigen, denn der schmale Weg, auf dem sie gerade gingen und der nur drei Meter bis zur Kante breit war, machte ihr Schwierigkeiten, sodass sie für einen kurzen Moment stehen blieb und sich gegen den Felsen lehnte. Sie schloss die Augen, ihr war schwindlig, doch sie wollte unbedingt gegen ihre Höhenangst ankämpfen. Irgendwann musste sie sie doch besiegen.

Karen atmete einmal tief durch, öffnete wieder die Augen und fixierte den Blick auf Eliadis' Rucksack vor sich, damit sie nicht wieder zur nahen Kante sah. Zum Glück hatte er nichts von ihrer kurzen Schwäche gemerkt, sondern war weiter den Weg hinaufgestiegen, und Karen konnte ihn problemlos einholen.

Die Bäume wurden jetzt immer weniger, je höher sie kamen, nur manchmal standen noch merkwürdig verdrehte und verkrüppelte Kiefern am Wegesrand.

Eliadis deutete auf eines dieser Unikate, das in der

Mitte einen Zweig verloren hatte und dessen Astgabeln sich im Laufe der Zeit verformt hatten. »In diesen verkrüppelten Kiefern erblickten meine Vorfahren manchmal Gesichter böser Naturgeister. Sie gingen diesen Weg zur Grotte nur zu bestimmten Anlässen hoch, und nur dann, wenn es unbedingt nötig war. Ansonsten hatten sie zu viel Angst.«

Karen betrachtete die Kiefer und konnte mit etwas Fantasie wirklich zwei schmale Augen, eine verknorpelte Nase und einen kleinen Mund erkennen, der ihr hämisch zuzulächeln schien. Die Fratze hatte nur ein Ohr und war mit einer langen Bartflechte überwachsen, was im Halbschatten einer untergehenden Sonne wahrscheinlich wirklich unheimlich ausgesehen hätte, aber jetzt am helllichten Tag hatten die krummen Kiefern all ihren dunklen Zauber verloren.

Eliadis und Karen gingen weiter den Berg hinauf, bis sich vor ihnen das Hochplateau erstreckte und Karen ein großes Wildblumenfeld und in weiter Entfernung einige Kornfelder erblickte, die von einer hohen Bergkette umschlungen waren. Sie machte einige Schritte in das Blütenmeer hinein, pflückte eine Blüte vom wilden Lavendel und genoss den frischen Duft, während um sie herum Bienen und Hummeln summten und emsig von einer Blüte zur nächsten flogen.

Eliadis streckte sich und atmete einmal tief durch.

»Sie sind genau zur richtigen Zeit nach Delphi gekommen, Karen. Diesen Anblick gibt es nur jetzt zu dieser Jahreszeit. In zwei Wochen ist das alles wieder vorbei. Sollen wir eine Pause machen und etwas essen?«

»Ja, gern.«

Sie setzten sich auf eine breite Steinreihe, die wie ein kleiner Altar zwischen einem Meer aus roten Klatschmohnblüten stand, und breiteten die mitgebrachten Oliven, gefüllten Weinblätter, den Schafskäse und Kefthédes aus.

Eliadis griff als Erstes nach einem der Kefthédes-Fleischbällchen und nahm danach eine schwarze Olive, Karen ließ sich ein mit Féta gefülltes Weinblatt schmecken. Sie genoss den herben Geschmack des Weinblatts und des frischen Schafskäses, während von weitem das einsame Läuten von Ziegenglocken zu hören war.

Tatsächlich schaute wenig später eine neugierige braune Ziege mit gebogenen Hörnern und einer Blesse auf der Nase von einem nahen Felsvorsprung auf sie hinunter, doch sie ließ sich nicht durch Karens mitgebrachten Apfel anlocken. Die Ziegen der Hochebene waren fast wild und hielten sich von fremden Menschen fern. So verschwand auch der tierische Besucher bald wieder hinter einem Felsen, und nur das leise Läuten seiner Halsbandglocke zeigte, dass er überhaupt existiert hatte und nicht ein Trugbild auf diesem alten Götterberg gewesen war.

Karens Blick schweifte über windschiefe Kiefern bis zu den Berggipfeln am Ende des Plateaus und blieb an ein paar Vögeln hängen, die über ihnen am Himmel schwebten.

»Sie wollten mir doch noch delphische Legenden erzählen, Nikos. Welche ist Ihre Lieblingslegende?«

Eliadis sah sie einen langen Moment an und wollte etwas sagen, doch dann zögerte er und schien sich plötzlich für eine andere Legende zu entscheiden.

»Es ist die vom Lydierkönig Krösus.«

Karen nickte. »Die, in der das Orakel ihm sagte, dass er ein großes Reich zerstören würde, wenn er den Fluss Halys überschreite?«

»Ja, aber das ist nur ein kleiner Teil der Geschichte. Krösus' Verhängnis fing schon viel früher an, bei seinem Vorfahren Gyges.«

»Wieso? Was hatte Gyges denn getan?«

»König Kandaules glaubte die schönste Frau der Welt zu besitzen und wollte sich das von seinem Waffenträger Gyges bestätigen lassen. Er nahm den Mann mit in sein Schlafgemach, wo dieser die nackte Königin sah. Die Königin fühlte sich durch den Blick des Waffenträgers entehrt und stellte ihn vor die Wahl, entweder ihren Gatten zu töten, die Herrschaft zu ergreifen und sie zu heiraten oder zu sterben. Gyges entschied sich natürlich für sein Leben, Königreich und Königin, worüber das Volk der Lydier entsetzt war und eine Delegation nach Delphi schickte. Sie wussten nicht, ob sie den Königsmörder bestrafen oder ihn als neuen König annehmen sollten.

Die Pythia gab den Rat, Gyges als neuen Herrscher anzuerkennen, da der Nachkomme der fünften Generation für Gyges' Mord büßen und dem ursprünglichen Königsgeschlecht des Kandaules dann Gerechtigkeit widerfahren würde. Den Schluss des Spruches verstand natürlich niemand, aber die Lydier hielten sich an den Ratschlag und nahmen Gyges als neuen König an.

Hundert Jahre später wurde der Rest des Orakelspruchs dann wahr, als Krösus König von Lydien war und die Perser sein Reich bedrängten. Er wollte wissen, wann und wie er sich gegen den Feind wehren sollte, und um den bestmöglichen göttlichen Rat zu bekommen, beschloss er, die bekanntesten Orakel der damaligen Zeit zu prüfen, und schickte sieben Boten nach Didyma, Dodona und sogar bis nach Ägypten zum Orakel von Siwa. Jeder Gesandte sollte am hundertsten Tag nach der Abreise das Orakel befragen, was Krösus gerade tue.

Seine Leute reisten ab, und als sie wiederkamen, stellte sich heraus, dass die Antwort aus Delphi am genauesten war, denn sie lautete:

›Wohl weiß ich, wie viel Sand am Meer,
wie die Weite des Wassers,
selbst den Stummen vernehm ich
und höre des Schweigenden Worte.
In die Sinne dringt mir der Geruch
der gepanzerten Kröte,
wie man sie kocht
zusammen mit Lammfleisch in eherner Pfanne.
Erz umschließt sie von unten,
wie Erz auch darübergezogen.‹«

Karen hatte ein gefülltes Weinblatt zwischen den Fingern, aber sie vergaß zu essen, während Eliadis erzählte. »Sie kennen die Sprüche auswendig?«

»Nicht alle, aber die, die mir am wichtigsten sind. Außerdem erzähle ich diese Geschichte auch gern, wenn die Touristen im Museum danach fragen. Es gibt so schrecklich viele Menschen, die Delphi besuchen, aber keine Ahnung von den Orakelsprüchen haben. Ich bin froh, wenn sich einige für mehr interessieren, als nur drei Stunden lang durch Tempelruinen zu gehen und sich einige Vasen und Fresken im Museum anzugucken.«

»Bitte erzählen Sie weiter, Nikos.«

»Für Krösus war der Spruch aus Delphi jedenfalls am genauesten, denn er hatte an dem Tag eine Schildkröte und ein Lamm geschlachtet und sie beide in einem Bronzekessel mit Deckel gekocht.«

»Eine ungewöhnliche Zusammenstellung.«

Eliadis nickte. »Natürlich. Er wollte an dem Tag etwas kochen, was niemand vorhersagen konnte. Und Lamm und Schildkröte … niemand würde so etwas essen. Er schickte also nochmals Boten nach Delphi, um jetzt die wichtige Kriegsfrage zu stellen, und sie kamen mit dem verhängnisvollen Spruch zurück, dass er ein Reich zerstören würde, wenn er den Halys überschreite. Krösus fand sich auf der Siegesstraße, führte seine Lydier gegen die Perser, doch sie unterlagen, und die Perser nahmen Krösus gefangen und eroberten seine Stadt Sardes.

Der Perserkönig wollte Krösus hinrichten lassen, und es wurde ein Scheiterhaufen für ihn errichtet, doch als es so weit war, kam ein plötzlicher Gewitterschauer, der das Feuer löschte. Der Perserkönig war davon so beeindruckt, dass er Krösus frei ließ, da er glaubte, dass nur ein Gott Krösus geholfen haben konnte und er sich nicht gegen die Entscheidung eines Gottes stellen wollte.

Krösus war nun wieder frei und am Leben, aber sein Königreich hatte er verloren. Verbittert schickte er erneut Boten nach Delphi, die fragen sollten, warum die griechischen Götter ihm so übel mitgespielt hatten, obwohl er ihnen so reiche Opfergaben gebracht hatte. Er meinte,

Apollon sei ein undankbarer Gott, der ihm trotz der vielen Geschenke nicht beigestanden habe.«

Karen erinnerte sich wieder an einen Teil der Legende. »Er soll vorher ganze Hekatomben an Rindern nach Delphi geschickt haben, nicht wahr?«

»Ja, aber was nützt das, wenn er den Orakelspruch falsch versteht?« Eliadis holte ein zerknittertes Büchlein aus seiner Gesäßtasche hervor und schlug eine bestimmte Seite auf. »Laut Herodot antwortete die Pythia: ›Dem vorherbestimmten Geschick zu entfliehen ist unmöglich, selbst für einen Gott. Krösus hat die Schuld seines Vorgängers aus dem fünften Glied büßen müssen, der als Speerträger der Herakliden den Ränken einer Frau nachgab und seinen Herrn ermordete und die Ehrenstellung innehatte, die ihm keineswegs zukam. Apollon Loxias wünschte zwar, dass das Unglück von Sardes erst über die Kinder des Krösus käme und nicht über Krösus selbst, aber er war nicht imstande, die Schicksalsgöttinnen von ihrem Weg abzubringen. So weit sie jedoch nachgaben, hat er die Einnahme von Sardes aufgehalten, und das soll Krösus wissen, dass er um diese drei Jahre später gefangen genommen wurde, als das Schicksal es eigentlich bestimmt hatte.

Und zum Zweiten ist er ihm, als er auf dem Scheiterhaufen verbrannt werden sollte, zu Hilfe gekommen. Was aber den Orakelspruch angeht, der ihm erteilt wurde, so ist der Tadel des Krösus nicht berechtigt. Es hat ihm Loxias ja vorhergesagt, wenn er gegen die Perser ziehe, werde er ein großes Reich zerstören. Er hätte daraufhin, wenn er gut beraten gewesen wäre, Boten hinschicken und fragen sollen, ob der Gott sein eigenes Reich oder das des Kyros meine. Dass er aber den Spruch nicht verstand und nicht noch einmal nachgefragt hatte, dafür soll er sich selbst als schuldig bekennen.‹«

Karen nahm einen Schluck aus der Wasserflasche. »Krösus war also selbst unschuldig und musste für Gyges' Mord büßen?«

»Nicht ganz, denn er war an seinem Schicksal auch selbst schuld, da er das Orakel nicht noch mal genauer befragte. Es gibt mehrere Beispiele in den Legenden, in denen Boten das Orakel mehrfach befragt haben, bis sie eine Auskunft bekamen, die sie verstanden und mit der sie sich vor ihre Herrscher trauten.«

»Aber warum hat die Pythia ihm das denn nicht schon beim ersten Mal gesagt?«

Eliadis musste bei dieser Frage grinsen und blickte in Karens schimmernde grüne Augen. »Weil das Orakel versuchte, die Menschen zur Weisheit zu erziehen. Sie sollten nicht alles einfach hinnehmen, sondern die Sprüche und Ratschläge die sie bekamen, hinterfragen. Und wenn sie etwas nicht verstanden hatten, sollten sie noch mal genauer nachfragen. Didaktische Erziehung, so wie bei Sokrates, der seinen Schülern nie Vorgaben machte, sondern sie durch geschickte Fragen zur Selbsterkenntnis brachte. Schade, dass er den Tod wählte. Er hätte noch so viel Gutes tun können.«

Karen seufzte, als sie an das Schicksal dieses großen Philosophen dachte. »Er glaubte wohl, dass seine Aufgabe erfüllt sei. Platon führte sein Werk ja fort.«

Eliadis sah zum Himmel hinauf. »Ja, wir hatten viele

gute Leute – Thales, Anaximenes, Pythagoras, Heraklit, Protagoras, Sokrates, Platon, Aristoteles. Was wäre die Menschheit ohne deren Erkenntnisse? Wir Griechen sind das erste Volk, das über das Sein nachdachte. Die Babylonier und Ägypter hatten zwar auch Vorstellungen über das Jenseits, aber nicht über das Diesseits. Sie fragten nicht: Wer bin ich? Warum bin ich? Wir Griechen waren es, die sich darüber zum ersten Mal Gedanken machten und die verschiedenen Philosophie-Schulen entwickelten – die Stoiker, Epikureer … Kennen Sie Sokrates' letzte Worte?«

»Nein.«

»›Aber schon ist es Zeit zu gehen, ich zu sterben, ihr zu leben. Wer von uns aber zum Besseren geht, das ist jedermann verborgen, außer allein dem Gott.‹« Eliadis aß ein kleines Stück Féta. »Sokrates hoffte, dass er dort, wo er nach dem Tode hinkäme, bessere Menschen treffen würde als hier auf Erden, und wählte den Schierlingsbecher.«

»Das muss seine Freunde sehr beleidigt haben.«

»Sie nahmen es mit Humor, im Gegensatz zu Xanthippe, die wütend auf ihn war, weil er sie mit den Kindern alleine ließ.«

Karen blies sich eine Haarsträhne aus dem Gesicht. »Na ja, verständlich. Für eine Frau war es im alten Griechenland als Witwe sicher nicht einfach. Aber erzählen Sie mir lieber noch mehr Sprüche des Orakels«, forderte sie ihn auf, doch Eliadis winkte ab.

»Sie können sie doch alle selbst in Büchern nachlesen.«

»Das stimmt, aber es macht mehr Spaß, wenn Sie sie

erzählen. Außerdem nennen Sie mir ja schon die wichtigsten Sprüche, dann muss ich nicht mehr lange suchen und auswählen.«

Eliadis senkte leicht den Kopf, und sein Mund verzog sich zu einem Schmunzeln. »Na gut. Es gibt da eine schöne Geschichte über einen wertvollen Dreifuß. Einige Fischer von Milet zogen ihn mit ihrem Fang an Land, aber sie konnten sich nicht entscheiden, wem er gehören sollte, und schickten deswegen jemanden nach Delphi. Die Pythia antwortete:

›Leute Milets, ihr fragt mich,
was mit dem Dreifuß geschehn soll.
Ich sag,
wer von allen der Weiseste, soll ihn besitzen.‹«

»Wieder eine didaktische Antwort«, meinte Karen, während sie nach einer Olive griff und sie im Mund verschwinden ließ.

»Genau. Es war ein Ratschlag, der die Fischer zum Denken animieren sollte. Sie beschlossen, den Dreifuß Thales zu schenken, der sich aber nicht würdig genug fühlte und ihn an einen der sieben Weisen weitergab, bis der Dreifuß schließlich zu Solon gelangte. Der wiederum gab ihn letztendlich an das Orakel weiter, denn der Gott Apollon sei der Weiseste von allen.«

»Meine Güte. Solon war ein kluger Mann.«

»Ja. Wir Griechen und die gesamte Welt verdanken ihm viel. Nach all den Königen und Tyrannen hat er als Erster die Politik revolutioniert und die Demokratie in Athen eingeführt.« Eliadis nahm ein gefülltes Weinblatt, biss ein Stück ab, und nachdem er zu Ende gekaut hatte, fuhr er fort: »Manchmal gab das Orakel auch Antworten auf Fragen, die der Ratsuchende gar nicht gestellt hatte.«

Karen grinste amüsiert. »Wirklich? Das muss dann aber eine ziemliche Überraschung für denjenigen gewesen sein, oder? Wie war das möglich?«

»Na ja, wenn jemand vom Schicksal für eine wichtige Aufgabe ausgesucht war, davon aber nichts wusste oder sich sogar gegen sein Schicksal stellte, brachte die Pythia den Mann wieder auf den richtigen Weg. Battos zum Beispiel war so einer. Er kam von der Insel Thera, dem heutigen Santorin.«

»Sie wurde durch einen Vulkanausbruch vor dreitausendfünfhundert Jahren fast völlig zerstört, nicht wahr?«

»Eine Katastrophe, die im ganzen Mittelmeerraum bis nach Ägypten zu spüren war. Zur Zeit Delphis kam König Grinnos zum Orakel, um sich einen Rat zu holen. Merkwürdigerweise antwortete ihm die Pythia, dass er in Libyen eine Stadt gründen solle, doch Grinnos fühlte sich dafür zu alt und gab den Rat an Battos weiter.

Battos jedoch nahm den Orakelspruch nicht ernst und kümmerte sich nicht darum. Die Theraier wussten nicht, wo Libyen lag, und kannten auch niemanden, der schon mal da gewesen war oder sie dorthin bringen konnte. Eine griechische Kolonie auf fremdem Boden zu errichten war ihnen viel zu gefährlich, und so vergaßen sie irgendwann den Orakelspruch.

Doch die nächsten sieben Jahre regnete es auf Thera nicht mehr, und alle Pflanzen und Bäume verdorrten. Deshalb schickten sie Battos nach Delphi, um nachzufragen, was sie tun sollten. Doch die Pythia verwies auf ihren früheren Spruch, dass die Theraier in Libyen eine Kolonie gründen sollten. Und diesmal hielten sie sich daran, auch wenn es ihnen schwerfiel, Familienmitglieder zu verlieren.«

Karen strich sich eine Haarsträhne aus dem Gesicht, die sich hartnäckig immer wieder nach vorne wagte. »Dann hat das Orakel von Delphi also für griechische Kolonien gesorgt?«

Eliadis beobachtete und genoss jede ihrer Handbewegungen, während sie zusammensaßen und picknickten. »Ja, es gab sie überall. Auf dem afrikanischen Kontinent und auf Sizilien. Manchmal kamen die Griechen auch von sich aus und befragten die Pythia, ob es vorteilhaft sei, jetzt auszuwandern, und wo sie sich niederlassen sollten. Dadurch ist die Kolonie in Apulien entstanden.«

Karen griff noch mal nach einem Kefthédes-Bällchen und aß es vorsichtig wie eine seltene Frucht. »Gab es eigentlich auch Skeptiker, die die Pythia für eine Betrügerin hielten und ihren Aussagen misstrauten?«

Eliadis musste bei dieser Frage grinsen. »Aber sicher. Einige versuchten sogar sie durch Betrug zu übertölpeln und sie zu bezwingen.«

Karens Augen wurden groß. »Sie wollten Betrug durch Betrug aufdecken? Wie unehrenhaft.«

»Aber die Pythia nahm es mit Humor. Einer dieser Männer hielt einen kleinen Spatz in der geschlossenen Hand und fragte: ›Was habe ich in meiner Hand: Lebt es, oder lebt es nicht?‹ Je nachdem, wie die Pythia antwortete, wollte er den Vogel tot oder lebendig vorzeigen. Doch die Pythia antwortete: ›Freundchen, es ist, wie du es vorzeigen willst, du hast es in der Hand – entweder lebend oder nicht lebend.‹«

»Woher wusste sie, dass er ein Tier in der Hand hielt? Es hätte doch auch ein Stein oder eine Scherbe sein können?«

»Sie war die Pythia. Später versuchte noch ein gewisser Daphnites sie an der Nase herumzuführen, als er fragte, ob er sein Pferd wiederfinden werde, doch er besaß gar kein Pferd. Trotzdem antwortete die Pythia, dass er sein Pferd wiederfinden werde, aber von ihm heruntergestoßen werde und zu Tode komme.

Daphnites verlachte das Orakel, weil es ihm offensichtlich einen falschen Spruch gesagt hatte. Doch auf seinem Heimweg traf er auf Leute von König Attalos von Pergamon, den er vorher oft beleidigt hatte. Der König rächte sich nun und ließ ihn von einer Klippe stürzen, die man *Pferd* nannte. So bestraften ihn die Götter für seine Hybris und die Versuchung des Delphischen Orakels.«

»Simon meint, dass die Priester vom athenischen Adelsgeschlecht der Alkmaoniden bestochen wurden, um sie wieder an die Macht zu bringen. Die Pythia soll den Spartanern geraten haben, Athen von den regierenden Peisistratiden zu befreien.«

Eliadis zuckte mit den Schultern. »Das ist Spekulation. Athen wurde jedenfalls von einem Tyrannen befreit, und es wurden Grundlagen für Demokratie geschaffen.«

»Simon glaubt auch, dass die delphischen Priester überall ihre Agenten gehabt hätten, die immer Bericht nach Delphi erstatteten.«

Eliadis schnaubte verächtlich. »Das hätte niemals funktioniert. Es kamen ja nicht nur Könige und Stadtgesandte, sondern auch ganz normale Menschen mit ihren ganz normalen Fragen. Wann soll ich in diesem Jahr mit der Aussaat beginnen? Ist es gut für mich, wenn ich diese Frau heirate? Ich habe hier nicht genug zum Leben. Soll ich mich den Kolonisten anschließen? Und so weiter. Jeder bekam Rat von Apollon. Entweder durch einen Spruch der Pythia oder, wenn der Pilger kein Geld für ein Opfertier hatte, für einen kleineren Obolus ein einfaches Losorakel, bei dem eine Frage gestellt wurde, die man nur mit Ja oder Nein beantworten konnte.

Tausende Pilger bekamen dadurch jahrhundertelang einen Rat, der ihnen weiterhalf. Wenn Delphi so etwas wie Agenten gehabt hätte, wie viele hätten das dann sein sollen? Woher sollten sie wissen, welcher König oder welche Stadt demnächst Abgeordnete nach Delphi schicken würde? Und welche Frage sie dem Orakel stellen würden? Alles Blödsinn. Nicht einmal die heutigen Geheimdienste mit ihren modernen Informationsmöglichkeiten können genauere Aussagen machen. Sie müssten tausendmal besser sein als die Aussagen der Pythia, oder? Aber das hat den Menschen vom 11. September auch nicht geholfen.

Die Pythia hat die Athener immer gewarnt, und wenn sie ihnen mit ihrem Rat auch nicht immer zum Sieg verhelfen konnte, so hat sie sie doch aufgefordert, zu fliehen und sich in Sicherheit zu bringen. Wenn die delphischen Orakelsprüche nur geraten waren oder durch menschliche Informationen erteilt wurden, wären viele sicher falsch gewesen. Doch dann hätte Delphi niemals tausend Jahre lang existieren können.«

Karen seufzte. »Das habe ich Simon auch gesagt. Aber er mag Delphi anscheinend nicht.«

Eliadis nahm noch ein Kefthédes-Bällchen, ehe er die leere Dose schloss und in seinen Rucksack zurückpackte. »Würde ich vielleicht auch nicht, wenn die Felsen einen meiner Vorfahren getötet hätten.«

Karen begann nun auch, die Oliven und übrig gebliebenen Weinblätter in die Proviantdosen zu legen und diese in ihrem Rucksack zu verstauen. »Sie verteidigen Delphi und die Pythia immer, Nikos.«

Er wandte den Kopf ab und betrachtete seinen Klumpfuß. »Das ist nur Lokalpatriotismus.«

»Denken die anderen Delpher denn auch wie Sie?«

»Die meisten nicht. Sie leben von den Touristen, aber die Ruinen sind ihnen egal. Doch es gibt auch einige, die stolz auf Delphis Vergangenheit sind. Ich bin nicht der Einzige.«

Nachdem alles eingepackt war, folgten sie einem breiten Sandweg, der am Rande der Blumenwiese lag.

»Wie weit ist es noch bis zur Grotte?«

»Nicht mehr weit. Wir müssen nur noch um diese Felsspitze herum und dann ein kurzes Stück den Berg hinauf.«

Eine halbe Stunde später betrachtete Karen den dunklen Eingang der Korykischen Grotte, der versteckt unter einem silbergrauen Felsvorsprung des Parnass-Gebirges lag und aus dem ihnen gerade eine fünfköpfige Touristengruppe mit schlammverschmierten Händen entgegenkam.

»Sie haben die Wände berührt oder etwas vom Boden aufgehoben«, flüsterte Eliadis Karen mit einem spöttischen

Lächeln zu, während sie den Touristen ein »Hallo« zuriefen und an ihnen vorbei zum Höhleneingang marschierten. Sie gingen an einem unbearbeiteten großen Stein vorbei, von dem man allgemein meinte, dass es ein Altar gewesen sein könnte, doch Eliadis erzählte diese Vermutung nur im Vorübergehen. Er hielt nichts von dieser Legende. Vor dem Eingang der Höhle blieb er stehen und wartete auf Karen.

»Es könnte ein Erdbeben geben, wenn wir in der Höhle sind«, gab er zu Bedenken, doch daran hatte Karen vorher auch schon gedacht.

»Mag sein, aber die Höhle besteht schon seit Jahrtausenden, und kein Erdbeben hat sie jemals zerstört, oder? Die Höhle wird mich nicht umbringen, viel eher meine Platzangst.«

Eliadis lachte. »Sie haben Klaustrophobie? Nun, die Gänge bis zur Haupthöhle sind nicht so eng, und die Haupthöhle hat ein hohes Gewölbe. Das dürfte Ihnen nichts ausmachen. Und wenn Sie es nicht mehr aushalten, sagen Sie einfach Bescheid, und wir gehen sofort wieder raus. Einverstanden?«

»Einverstanden.«

Sie nahmen beide ihre Taschenlampen aus den Rucksäcken, aber für die ersten Meter genügte noch das einfallende Tageslicht. Zunächst folgten sie einem breiten Gang, in dem sie problemlos stehen konnten, und stießen dabei auf braune Stalagmiten, auf denen Besucher respektlos ihre Namen und die griechischen Buchstaben *ΣΚ* eingeritzt hatten. Von weitem hörte Karen das monotone Geräusch dicker Wassertropfen, die von der Decke fielen und seit Ewigkeiten diese Höhle formten. Doch Eliadis führte Karen tiefer hinein, bis sie zur großen Haupthöhle kamen, die sich weit ins Berginnere ausdehnte.

»Die Höhle des Pan, in der in den Wintermonaten, wenn Apollon bei den Hyperboreern war, Feste für Dionysos, Pan und die Nymphen abgehalten wurden. Ein heiliger Ort, an dem französische Archäologen in den siebziger Jahren in einer kurzen Ausgrabungskampagne über fünfzigtausend Fundstücke bergen konnten, aber leider waren es nur kleine Weihgaben aus Ziegenknochen, einige tausend Vasenscherben und Miniaturstatuetten aus Ton. Wertvolle Gegenstände fanden sie nicht, obwohl die Delpher in dieser Höhle mehrmals Schutz vor Feinden suchten und sie auch als Versteck für wichtige Tempelweihgaben genutzt hatten. Diese Höhle hat meinen Vorfahren mehr als einmal das Leben gerettet.«

Sie gingen beide in die Mitte des natürlichen Gewölbes und betrachteten die vom Wasser grünlich braun verwitterten Tropfsteingebilde um sich herum, in denen so mancher Besucher Pan und seine Nymphen zu erkennen glaubte.

Eliadis zeigte mit dem Strahl der Taschenlampe in den hinteren Bereich der Höhle. »Dort gibt es noch weitere Kammern und Gänge, die aber noch nicht erforscht sind. Niemand traut sich dort hinein, weil …«

Plötzlich bewegte sich der felsige Boden unter ihren Füßen, und die gesamte Höhle bebte, als hätte eine mächtige Hand sie gepackt und geschüttelt. Mehrere kleine Stalaktiten fielen krachend zu Boden, und schmale Risse begannen sich ihren Weg durch die Felsen zu suchen.

Eliadis sah Karens panischen Blick, doch nach wenigen Sekunden war alles wieder ruhig.

»Keine Angst, das war nur ein schwacher Erdstoß, aber wir sollten trotzdem wieder rausgehen«, meinte er und deutete mit dem Strahl der Taschenlampe auf den Gang nach draußen. Karen nickte nur und folgte ihm eilig ins Freie.

30

Eine Viertelstunde vor dem Erdbeben hatte Delvaux in Delphi im Arbeitsraum des Museums den Glaskasten aus dem Tresor genommen, ihn geöffnet und vorsichtig die alte Trinkschale hervorgeholt. Mit einem zufriedenen Lächeln betrachtete er das Meisterstück und drehte es im schwachen Licht der Deckenlampe langsam hin und her. Obwohl sie noch nicht vollständig zusammengesetzt war, konnte Delvaux sich jedes Mal aufs Neue an ihrer Pracht begeistern. Er stellte sie vor sich auf den Tisch, griff nach einer Scherbe und schaute auf seinen Computerausdruck, wo sie an der Kylix am wahrscheinlichsten hingehörte. Genau in dem Augenblick, als sich seine Hand mit der Scherbe der Kylix näherte, begann der Tisch vor ihm zu wackeln, und die Trinkschale erzitterte.

Ein unheimliches Beben ließ die mykenischen Plastiken in den Glasvitrinen erzittern, und der Deckenleuchter über ihm schwenkte bedenklich hin und her. Für einen Augenblick überlegte Delvaux, ob das Erdbeben schlimmer werden würde und er den Raum verlassen müsste. Doch dann ließ das Erdbeben nach, und Delvaux' machte mit seiner Arbeit weiter.

In den nächsten Minuten konzentrierte er sich so sehr auf die Rekonstruktion der Schale, dass er nicht merkte, wie Prof. Hillairet hinter ihm ins Büro ging und mit einem Katalog im Arm wieder zurückkam.

Vor der Tür wartete Spyros auf den Professor. Er sah Delvaux an seinem Arbeitstisch sitzen und grüßte ihn kurz, aber er bekam keine Antwort, was er mit einem Schulterzucken hinnahm. Es war nicht das erste Mal, dass Delvaux so sehr in seine Arbeit vertieft war, dass er niemanden mehr um sich herum bemerkte.

Irgendwie war es Spyros unheimlich, wie sehr die Kylix Delvaux in ihren Bann zog. Er hatte ein ungutes Gefühl dabei. Und dann diese Erdstöße, die sich verstärkt hatten, seit das neue Brunnenbecken entdeckt worden war.

Nikos hat Recht, dachte er. Die Kylix sollte am besten wieder verschwinden, sonst würde sie uns viel Unglück bringen. Wir hätten sie niemals ausgraben dürfen. Doch dazu war es jetzt zu spät. Er wusste, dass Delvaux sie nicht mehr herausgeben würde.

Schicksalsergeben wartete er auf Prof. Hillairet, der ihm unbedingt etwas aus dem Museumskatalog von Mykene zeigen und um seine Meinung fragen wollte.

Eigentlich war er froh, den Job bei der Ausgrabung bekommen zu haben, aber trotzdem hatte er seit einigen Tagen ein ungutes Gefühl, dass er bei der Grabung mithalf.

Hoffentlich würde es kein Unglück bringen.

31

Oben in den Bergen verließen Karen und Eliadis gerade die Korykische Grotte, als ein weiterer leichter Erdstoß sie nochmals taumeln ließ. Karen stürzte neben dem Altar vor der Höhle und sah, wie sich die alten Steine neben ihr einige Zentimeter bewegten. Sie knirschten und schienen gegen etwas zu protestieren, aber sie fielen nicht um. Eliadis zog Karen wieder hoch, während um sie herum einige Steine die Felsen herunterrollten und bedrohlich vor ihren Füßen liegen blieben.

Er murmelte etwas vor sich hin, von dem Karen nur die Wörter »Simon« und »Kylix« verstand, doch dann ging er einige Schritte voraus und forderte sie auf, ihm zu folgen.

»Kommen Sie, wir müssen wieder zurück. Es ist hier im Augenblick zu gefährlich.«

Mit einem unangenehmen Gefühl in der Magengegend dachte sie an den schmalen Weg zwischen der Hochebene und dem alten Stadion, den sie vor ein paar Stunden hochgekommen waren.

»Hoffentlich ist der Weg noch passierbar«, sagte sie besorgt.

»Wenn der Weg verschüttet ist, nehmen wir einen anderen. Ich kenne mehrere. Oder wir gehen über Arachova zurück, aber das wäre ein großer Umweg. Wir werden zuerst den kürzesten probieren.«

Karen wagte nicht zu widersprechen, obwohl sie am liebsten gleich den sichereren Weg über Arachova gegangen wäre, denn sie wusste nicht, ob er es mit seinem Klumpfuß schaffen würde. Wahrscheinlich war er deswegen auf einmal so knurrig und schlecht gelaunt. Sein Mund war nur noch ein einziger Strich, während sie wortlos zum Hochplateau marschierten und ohne Pause weiter den Berg hinuntereilten.

Als sie wenig später um einen großen Felsvorsprung herumgingen, lag vor ihnen eine Steinlawine, die mit ihrer Wucht einen Teil des Weges weggerissen und ihn halbiert hatte.

Karen warf einen ängstlichen Blick nach Delphi hinunter. »Sollen wir nicht lieber umkehren?«

»Umkehren? Jetzt, wo man das Stadion schon sehen kann? Blödsinn. Wir werden über die Steinlawine gehen.«

»Aber …«

»Keine Angst. Ich habe das schon öfter gemacht. Wir werden das schaffen. Das versprech ich Ihnen.« Und ohne zu zögern ging er vor und tastete sich mit Händen und Füßen über die verkanteten Steine. »Kommen Sie«, warf er Karen über die linke Schulter zu, aber im Gegensatz zu ihm zögerte sie noch.

Sie beobachtete, wie Eliadis sich behutsam über die losen Steine vorwagte, doch schließich folgte sie ihm. Vorsichtig tastete sie nach Halt, aber immer wieder rutschten einige Steine unter ihren Füßen weg und fielen den Abhang hinunter. Karen wurde schwindlig, als sie mehrere hundert Meter unter sich das Stadion sah.

»Nikos«, sagte sie mit zitternder Stimme. »ich … ich

kann das nicht. Ich habe es bis jetzt noch nicht gesagt, aber ich habe Höhenangst. Ich kann nicht weiter.«

Sie hatte ungefähr die Hälfte der Steinlawine geschafft, als ihre Beine immer schwerer wurden und nachgeben wollten.

Eliadis traute seinen Ohren nicht. Sie hatte Höhenangst? Und das sagte sie erst jetzt, nach alldem, was sie heute auf dem Weg zur Grotte gesehen hatte? Wütend biss er die Zähne zusammen und überlegte, ob er sich umdrehen sollte, um ihr zu helfen, doch das war ihm im Augenblick zu gefährlich. Jede zusätzliche Bewegung konnte ihn und die Steine ins Rutschen bringen und ihn ins Tal befördern.

»Doch, Sie können das. Sie dürfen jetzt nur nicht aufgeben!«

Vorsichtig arbeitete er sich über die Steinlawine weiter vor und erreichte nach einem kurzen Sprung wieder den festen Weg. Sofort stand er auf den Beinen und drehte sich zu Karen um. Sie bewegte sich weder vor noch zurück und lehnte sich nach Atem ringend schwer gegen die Steine.

Eliadis hielt sich mit der linken Hand an einem Stück Felsen fest und reichte Karen die rechte. »Kommen Sie. Es ist ganz einfach, man muss sich nur ein bisschen vortasten. Und schauen Sie nicht nach unten. Sie haben es doch gleich geschafft.«

Karens Beine waren völlig gelähmt. Trotzdem wollte sie nicht aufgeben. Der Weg zurück wäre genauso lang gewesen wie der nach vorn. Also los!

Langsam kroch sie weiter über die Steine, bis sie in die

Nähe seiner ausgestreckten Hand kam. Doch genau in dem Augenblick, als sie danach greifen wollte, gaben die Steine unter ihr nach, und sie rutschte der Felskante entgegen.

Mit einem einzigen Reflex schnellte Eliadis' Hand nach vorn, packte Karen am rechten Arm und zog sie zu sich auf den befestigten Weg. Dabei verlor er das Gleichgewicht, sodass sie beide auf den steinigen Boden fielen. Atemlos und am ganzen Körper zitternd lagen sie nebeneinander. Karen schloss für einen langen Moment die Augen.

Nach Luft schnappend beugte sich Eliadis über Karen. »Es ist alles in Ordnung. Du hast es geschafft«, versuchte er sie zu beruhigen, doch wussten sie beide, wie knapp es eben gewesen war. Nur wenige Zentimeter, und er hätte Karen nicht mehr zu fassen gekriegt. Er atmete einmal tief durch und warf ihr dann einen einschätzenden Blick zu. Sie hatte immer noch die Augen geschlossen und war kreidebleich im Gesicht, aber ihre Atmung ging schon wieder etwas ruhiger. Dann wanderte sein Blick zum Stadion hinunter, das friedlich zwischen den Kiefern lag und auf sie zu warten schien. Eliadis knirschte mit den Zähnen. »Ich hätte mit dir einen anderen Weg nehmen sollen. Es ist meine Schuld.«

Karen antwortete nicht sofort, da sie ihm insgeheim Recht gab, aber andererseits war sie ihm freiwillig gefolgt. Sie hätte darauf bestehen können, einen anderen Weg zu nehmen.

»Es ist nicht so schlimm«, meinte sie schließlich. »Ich hätte das mit meiner Höhenangst früher sagen müssen, dann wären wir über Arachova gegangen.«

»Nein, dann wäre ich gar nicht erst mit dir hier hochmarschiert.«

Karen merkte, dass er sie auf einmal duzte, aber das störte sie nicht. Sie öffnete die Augen und stützte sich auf ihre Ellbogen. »Aber ich wollte unbedingt auf dem alten Pilgerweg zur Grotte gehen, so wie die Menschen damals auch. Ich musste es tun.«

Sie setzte sich jetzt auf und wischte sich über die staubige Stirn, während Eliadis in seinen Rucksack griff und ihr seine Wasserflasche reichte. Erst jetzt merkte sie, dass ihr Rucksack fehlte. Sie sah sich um, aber er war nirgends zu entdecken.

»Wo ist …?«

»Frag lieber nicht. Ich hoffe, es war nichts Wichtiges drin.«

Sie nahm einen großen Schluck aus der Wasserflasche und gab sie ihm zurück. Er griff danach und wollte sie wieder einstecken, doch Karen ließ die Flasche nicht los.

»Du hast mir gerade eben das Leben gerettet, Nikos.«

»Danke Gott dafür, nicht mir. Ich hätte dich nicht hier hochführen dürfen.«

Er zog leicht an der Wasserflasche, und Karen ließ sie nach einem kurzen Augenblick los. Eliadis steckte sie in seinen Rucksack zurück, stand auf und reichte Karen die Hand, um sie hochzuziehen. »Wir müssen weiter. Glaubst du, dass es gehen wird?«

Karen zögerte. Sie hätte eigentlich noch einige Minuten mehr Erholung gebraucht, aber sie wollte auch so schnell wie möglich von hier weg. Zurück in Sicherheit. »Ich denke schon. Ich fühl mich zwar noch ein bisschen wacklig auf den Beinen, aber es ist nicht mehr weit, nicht wahr?«

»Eine halbe Stunde bis zum Stadion. Und der Weg ist schön breit und weit vom Abhang entfernt«, versuchte er ihr Mut zu machen. »Du schaffst das.«

Karen nickte. »Ja, das glaube ich auch«, sagte sie zuversichtlich und konzentrierte sich dann auf den Weg vor sich.

Währenddessen saß Delvaux an seinem Arbeitstisch und fluchte über die Erdstöße, die immer gerade dann wiederkamen, wenn er eine Scherbe in der Hand hielt und die Kylix vervollständigen wollte. Jedes Mal, wenn er sich über die alte Trinkschale beugte und eine neue Scherbe einpassen wollte, kam ein Erdstoß, und die Kylix zerbrach unter seinen Fingern in mehrere Teile.

Diesmal hatte er Delvaux sogar von seinem Stuhl gestoßen, und nur knapp war sein Kopf der alten Deckenlampe entkommen, die direkt auf ihn niederfiel. Doch so leicht ließ er sich nicht von seiner Arbeit abhalten.

Er würde die Kylix wieder neu erstehen lassen … und wenn es das Letzte wäre, was er täte.

Am Abend saß Karen mit einem Glas Retsina am Schreibtisch vor dem geöffneten Fenster und blickte hinüber zum Phlemboukos-Felsen und zur Nationalstraße nach Athen.

Es wehte ein warmer Wind durchs Pleistos-Tal zu ihrer Hütte hinauf und spielte mit ihren nassen Locken, während sie gedankenverloren am griechischen Wein nippte und an Nikos denken musste. Es war leichtsinnig gewesen, mit ihm in die Felsen zu gehen, und es war ihre Schuld gewesen, was dort passiert war. Sie hatte sich zu viel zugetraut und wäre beinahe … Nein, sie mochte nicht daran denken.

Wieder in ihrer Hütte, hatte sie sofort ein heißes Duschbad genommen und sich den Staub und Angstschweiß von der Haut geschrubbt, ehe sie einen Bademantel angezogen und sich mit einer Flasche Retsina ans Fenster gesetzt hatte.

Delphi war ein gefährlicher Ort. Damit hatte sie nicht gerechnet.

Und wenn sie gewusst hätte, was sie am nächsten Tag erwartete, wäre sie wahrscheinlich sofort abgereist.

32

Es war am Sonntag kurz vor Mittag, als Karen wie verabredet an Delvaux' Tür klopfte, um sich bei ihm Androuets Fotos der ersten Ausgrabung von 1892 anzusehen.

Delvaux öffnete ihr die Tür. »Kommen Sie herein, Karen. Das Fotoalbum wartet schon auf Sie.«

Er bat sie ins Wohnzimmer, wo ein dickes Album aus rotem Filz mit silbernen Jugendstilornamenten und ein Stapel alte Papiere daneben auf einem großen Couchtisch lagen.

Delvaux deutete auf das Sofa. »Nehmen Sie schon Platz. Möchten Sie etwas trinken?«

Karen winkte ab. »Nein, danke, bitte keine Umstände.«

Delvaux lächelte amüsiert. »Es könnte aber eine längere Sitzung werden«, sagte er geheimnisvoll.

»Glauben Sie? Sind es denn so viele Fotos?« Sie setzte sich aufs Sofa, wo sie fast in den durchgesessenen Polstern des alten Möbels versank. Rasch beugte sie sich nach vorn, griff nach einem Kissen neben sich und drückte es sich hinter ihrem Rücken zurecht. Dann lehnte sie sich zurück und strich einige Haarsträhnen aus dem Gesicht, die sich bei dieser Aktion keck nach vorn gewagt hatten.

Hinter ihr stand Delvaux, der sich bei jeder ihrer Bewegungen, die er fasziniert genoss, unbewusst auf die Lippe biss. Mit einem Schmunzeln musste er feststellen, dass Karen anscheinend nicht merkte, wie erregend sie in diesem Augenblick auf ihn wirkte, als sie sich über den Tisch beugte und ihr Busen sich deutlich im Gegenlicht abzeichnete. Ihr schönes Profil mit der zarten Nase und den vollen Lippen malte sich sanft gegen die hereinscheinende Mittagssonne ab, und die weiße durchschimmernde Bluse machte Karen noch attraktiver, auch wenn sie darunter ein T-Shirt anhatte, das tiefere Einblicke verwehrte. Ob sie einen BH trug?

Delvaux vermutete es, aber war das wirklich wichtig? So etwas war ihm eigentlich immer egal gewesen, das war kein wirkliches Hindernis. Schließlich war jeder BH in fünf Sekunden zu öffnen, wenn nicht schneller. Länger brauchte er jedenfalls nicht. Nur diese unterfütterten und gelbepackten Wonderbras ekelten ihn an. Mogelpackungen. Wie konnten sich Frauen so etwas nur antun? Er fühlte sich immer um einen Genuss betrogen, auch wenn die Frau noch so hübsch und sexy war … sie hatte ihn getäuscht und belogen, noch ehe sie mit ihm zusammen im Bett war. Da war ihm ein ganz normaler BH doch tausendmal lieber.

Delvaux sah mit einem lautlosen Seufzen an ihr hinunter und betrachtete die schlanken Beine, die sie heute in einer sandfarbenen Cargo-Hose versteckt hatte, doch auch das konnte seine Fantasie nicht stoppen. Genüsslich erinnerte er sich an den ersten Tag, als er Karen geholfen hatte, die verstreuten Lebensmittel vor der Tür aufzusammeln und sie in die Küche zu tragen und wie Karen dann in Shorts am Schrank gestanden hatte …

Zögernd stand er an der Tür zum Flur und versuchte sich zu erinnern, was er gerade holen wollte. Ach ja, etwas zu trinken. Er fasste sich wieder und sagte zu Karen: »Es sind nicht viele Fotos, aber die Details sind sehr interessant. Und einige sind auch sehr überraschend, Sie werden sehen.«

Er verschwand in die Küche und kam dann mit einer Mineralwasserflasche und zwei Gläsern zurück, die er vor Karen hinstellte. Er wollte sich neben ihr auf das Sofa setzen, als er plötzlich zögerte und sie nachdenklich von der Seite betrachtete.

Karen bemerkte seinen fragenden Blick. »Was ist los, Simon? Habe ich einen Fleck auf der Bluse oder eine dicke Spinne im Haar?«

Delvaux' Mundwinkel zuckten. »Nein, es ist nichts«, antwortete er. »Es ist nur ... so wie Sie dasitzen und wie Sie gerade eben ... Sie erinnern mich irgendwie an jemanden, aber ich komme im Moment nicht darauf, an wen.«

In Karens Kopf läutete eine leise Alarmglocke, aber sie ignorierte sie. »Bitte sagen Sie jetzt nicht, dass ich Sie an Ihre Mutter erinnere, Simon.«

Delvaux lachte prustend. »Nein, bei Gott, nein. Ich leide nicht unter dem Norman-Bates-Syndrom, falls Sie das meinen.« Mit einem breiten Grinsen setzte er sich neben sie und füllte die Gläser mit Mineralwasser.

Karen griff nach ihrem Glas und nahm einen Schluck, der herrlich erfrischend war, während Delvaux das alte Album behutsam öffnete. Der Einband wirkte äußerst zerbrechlich und war schon teilweise eingerissen, sodass er die einzelnen Seiten vorsichtig mit den Fingerspitzen berührte und umdrehte.

»Hier, schauen Sie sich mal dieses Foto an. Es zeigt das

alte Kastri, so wie Lord Byron es wohl auch gesehen hat, bevor die Ausgräber mit ihrer Arbeit begannen.«

Karen bekam große Augen, als sie das vergilbte Schwarzweißfoto sah. »Um Himmels willen, da ist von Delphi ja gar nichts zu erkennen!«, rief sie erstaunt, während sie das Foto betrachtete, auf dem viele leere Steinhäuser auf einem Berghang standen. Die Menschen schienen schon evakuiert zu sein, denn die Fenster waren leer und dunkel. Es hingen dort keine Gardinen mehr, und da waren auch keine Blumenkästen, wie sie es in Arachova gesehen hatte. In der linken Ecke unten war die Straße zu erkennen, die es heute noch gab, und hinter den Häusern bemerkte Karen die Bergkuppel, um die man heute herumfuhr, um zum Ort Delphi zu gelangen. Der gesamte Hügel vor der Bergkuppel war heute abgetragen, und die Häuser waren verschwunden. »Der Tempel war von den Erdmassen ja völlig verschluckt«, sagte sie entsetzt. »Kein Delphi mehr vorhanden.« Dass der Ort des Orakels so völlig verschwunden war, schockte sie zutiefst.

Delvaux sah, wie sich ein leichter grauer Schleier auf ihre grünen Augen legte und ihr strahlendes Gesicht sich verdunkelte. Warum schmerzte sie dieser Anblick so sehr? Er hingegen fand das Foto faszinierend. »Es ist unglaublich, nicht wahr? Aber die Bewohner von Kastri wussten ja nicht, dass unter ihnen heiliger Boden lag. In einem ihrer Gärten war zwar eine Marmorstufe aus dem Amphitheater zu sehen, aber woher die kam und warum sie dort lag, darüber machte sich keiner Gedanken. Sie war halt da, und die Alten sagten, dass sie dort schon immer gelegen habe, also war es wohl in Ordnung, sie dort zu belassen.

Erst als Schliemann in Troja und Mykene mit seinen Ausgrabungen begann und wunderbare Schätze ans Tageslicht holte, suchte man auch nach dem alten Delphi. Aber es dauerte lange, bis man merkte, dass das Orakel unter diesen Häusern begraben war.« Delvaux zeigte auf das alte Foto. »Und dann musste das gesamte Dorf umgesiedelt werden. Über dreihundert Einwohner. Sie können sich wohl vorstellen, dass sie über diese Zwangsumsiedlung nicht besonders glücklich waren. Sie erhielten zwar eine geldliche Entschädigung, und einige bekamen auch Arbeit bei den Archäologen, aber es regte sich massiver Widerstand, sodass es noch Jahrzehnte dauerte, bis die griechische Regierung schließlich nachgab und der Umsiedlung zustimmte. Erst 1892 bekam die École Française die Erlaubnis, hier zu graben, und was sie fanden, sehen Sie nun im Museum.« Delvaux blätterte weiter. »Hier sehen Sie schon, wie das halbe Dorf weggerissen ist.«

Karen blickte auf ein Foto, auf dem Männer Felsbrocken und Erde auf eine Lore schütteten, die dann über eine schmale Schienenbahn zur Straße geschoben wurde. Oberhalb der Schienen standen noch einige Häuser, während sich hinter ihnen die mächtigen Phädriaden erhoben. Sie erschauerte, als sie sich vorstellte, dass diese Häuserreihe ungefähr dort gestanden hatte, wo heute die Ruine der Lesche der Knidier und die der Attalos-Halle waren.

»Jaja«, murmelte Delvaux. »Die berühmten Felsen von Pytho hatten sich das Apollon-Heiligtum wieder einverleibt. So wie die Sphinx der Naxier. Bei der Bergung war sie damals leider in drei Teile zersprungen, und es dauerte einige Zeit, bis man ihren Kopf im Erdreich wiederfand, aber es hat sich gelohnt, oder nicht? Sie haben dieses Prachtstück doch auch im Museum gesehen, oder?«

Karen betrachtete fasziniert das Schwarzweißfoto, das den zerbrochenen Torso der kopflosen Sphinx vor der großen Polygonalmauer zeigte. »Das habe ich. Meine Güte, wenn man dieses Foto sieht, ist sie im Museum ja geradezu wiederauferstanden.«

Delvaux teilte ihre Begeisterung. »Ja, nicht wahr? Sie ist wunderbar filigran. Und hier bergen Androuet und die Helfer gerade Kleobis aus dem Schutt.« Delvaux zeigte auf eine alte Fotografie, in der eine marmorne weiße Statue neben einigen Holzstützbalken aus einem Loch hervorgeholt wurde. Neben der mannshohen Statue standen drei griechische Arbeiter etwas abseits, die das antike Weihgeschenk mit ausdruckslosen Gesichtern musterten. Vielleicht wussten sie nicht, welchen archäologischen Schatz sie gerade entdeckt hatten, oder er war ihnen egal, da die Fremden aus Frankreich ihn wohl sowieso mitnehmen würden. Die Gleichgültigkeit der Arbeiter erschütterte Karen, die allein bei dem Anblick dieser Statue sofort einen erhöhten Puls bekam.

Unter dem Foto stand Androuets Notiz:

»Kleobis, 30.05.1893«.

Delvaux strich liebevoll mit dem rechten Zeigefinger über die handschriftliche Notiz seines Ururgroßvaters. »Es ist ein Kuros aus dem 6. Jahrhundert v. Chr.«, erklärte er. »Eine Inschrift sagt uns sogar, dass Polymedes ihn geschaffen hat. Ist das nicht faszinierend, den Künstler mit Namen zu kennen, der vor zweitausendfünfhundert Jahren eine Marmorstatue schuf? Also ich finde es immer wieder spannend, der Vergangenheit den Namen eines Menschen zu entreißen, der wirklich mal existierte.« Delvaux ließ die Seite mit dem Foto lange aufgeschlagen. »Diese Statue müssten Sie eigentlich auch im Museum gesehen haben.«

Karen kaute auf der Unterlippe, während sie die Bergung der Jünglingsstatue betrachtete, deren Füße im Dreck standen und deren schiefer Torso von einigen dünnen Holzbalken abgestützt wurde. Und die griechischen Arbeiter wendeten sich von ihr ab. Oder hatte der Fotograf dies von ihnen gefordert, um ein besseres Bild der Statue zu bekommen? Vielleicht waren die Helfer gar nicht so desinteressiert, wie es den Anschein hatte, sondern man hatte sie einfach nur beiseite befohlen, um ein besseres Foto machen zu können? Wie erniedrigend muss das für die Griechen gewesen sein, dass ein Stück alter Marmor wichtiger war als sie? Zumal dieses Stück Marmor als Bauschutt in der Terrasse verarbeitet worden war?

Karen schluckte einen Kloß hinunter, als sie Kleobis schief im Schutt stehen sah. Welch ein erniedrigender Anblick für so ein perfektes Kunstwerk des Polymedes.

»Nein, diese Statue habe ich nicht gesehen«, sagte sie. »Ich … mir ging es plötzlich nicht so gut, als ich im Museum war. Ich habe nicht alle Räume gesehen. Aber dafür war ich beim Wagenlenker.«

»Der berühmte Wagenlenker …«, seufzte Delvaux. »An dem kommt ja auch kein Delphi-Besucher vorbei.«

Er blätterte im Album einige Seiten weiter, bis er zu einem Foto kam, auf dem mehrere Männer oberhalb eines dunklen Erdlochs standen, aus dem bronzene Füße mit zarten Zehen hervorragten.

»Sehen Sie mal, wie ernst die Männer in die Kamera schauen, als sie diese Bronzeplastik fanden. Ist das nicht verrückt? Aber wahrscheinlich hatten sie eher auf einen goldenen Fund gehofft wie die königlichen Totenmasken von Mykene. Es ist zwar eine hübsche Bronzeplastik, aber auch dieses Kunstwerk haben die alten Griechen als Bauschutt im nördlichen Teil der Tempelterrasse verscharrt. Zu unserem Glück, zugegebenermaßen, denn sonst wäre sie wie so viele andere Weihgeschenke vielleicht auch in einer Esse in Rom gelandet.«

Karen lief bei dem Gedanken an die eingeschmolzenen und für immer verlorenen Weihgeschenke ein Schauer über den Rücken.

»Erinnern Sie sich noch an das Adyton im Apollon-Tempel?«, fragte Delvaux und deutete auf ein Foto, das eine Mauerecke mit mehreren behauenen Steinschichten zeigte. »Auf diesem Foto sieht man sehr genau, dass es innerhalb des Tempels eine verdächtige Vertiefung gab.«

Karen musste ihm Recht geben, denn unter der Mauerecke brachen die Steine heraus, und es öffnete sich ein tiefes, dunkles Loch unterhalb des Tempelbodens.

»Da der Tempel auf einer künstlich geschaffenen Terrasse stand, halte ich es für absolut möglich, dass sich unterhalb des Adytons ein kleiner Raum befand, in dem ein Feuer mit stimulierenden Zutaten am Brennen gehalten wurde. Der Rauch wurde nach oben geleitet und durch den Omphalos zur Pythia ins Adyton.«

»Wo sie dann inspiriert Apollons Rat sprach.« Karen

betrachtete verblüfft das alte Foto mit dem dunklen Loch innerhalb des Tempels. »Aber warum sieht man das Loch heute nicht mehr? Warum wurde es wieder zugeschüttet, anstatt dort weitere Untersuchungen zu machen? So eine Kammer unterhalb des Adytons ist doch eigentlich eine Sensation und ein wichtiges Forschungsobjekt.«

Delvaux schüttelte leicht den Kopf. »Nein, für so etwas hat man kein Geld. Für marmorne Statuen, goldene Masken oder Gefäße, ja. Aber wen interessiert schon der Beweis eines Ritus? Die Museen und Finanziers wollen Ergebnisse sehen, und zwar materielle Ergebnisse, die man in Museen ausstellen kann – Vasen, Statuen oder Goldmünzen. Eine Kammer unter dem Adyton ist für uns Archäologen und Historiker interessant und wichtig, aber nicht für die Geldgeber.«

Sie betrachtete sein Gesicht, das auf einmal um Jahre gealtert zu sein schien.

»Sie klingen schrecklich desillusioniert, Simon.«

»Wirklich?« Er seufzte, obwohl er wusste, dass er seine Enttäuschung nicht verbergen konnte. »Es tut mir leid, aber es ist nicht immer einfach, wenn man bei seinen Ausgrabungen von fremden Geldgebern abhängig ist. Es gibt in Griechenland einfach zu viele archäologische Schauplätze, die kulturell wichtig sind, und leider ist nur so wenig Geld vorhanden. Hier in Delphi haben wir diesmal Glück. Athen und die École Française stehen finanziell für eine Grabungskampagne hinter uns, aber ich habe es leider schon zu oft erlebt, dass wir eine Grabung aus Geldmangel abbrechen mussten. Das ist wissenschaftlich inakzeptabel und für mich persönlich immer äußerst schmerzhaft.«

Er blätterte schnell in dem Album weiter, um nicht an seine bisherigen Niederlagen erinnert zu werden, bei denen diverse Tonvasen und Gebeine in der Erde oder im Sand verscharrt geblieben waren, da er sie nicht hatte bergen können. Sie waren für immer zerstört. Er hatte sie nicht retten können. Er hatte versagt. So oft. Tonvasen, die mehrere tausend Jahre überstanden hatten, nur um jetzt an Geldknappheit und der Engstirnigkeit einiger geldverwaltender Regierungsbeamter für immer zu Staub zu verfallen. Der Gedanke war für ihn unerträglich.

Karen bemerkte, wie sich Delvaux' Finger um die alten Seiten des Albums verkrampften, während er scheinbar nach einem bestimmten Foto suchte.

»Jeder Verlust ist ein Verlust für die Menschheit, nicht wahr?«, flüsterte sie und griff nach einer Seite, die Delvaux beinahe überblättert hätte.

Er starrte auf ein weiteres Foto des Adytons. »Sehen Sie sich die Steine auf dem Foto an. Das sind sieben Steinschichten mit behauenem Kalkstein. Wie lange brauchten die Arbeiter damals wohl, um nur einen einzigen Stein herzustellen? Einen Tag? Kollegen aus der angewandten Archäologie haben es mal nachgemacht und nur mit den damaligen Handwerkszeugen die Steine geschnitten und bearbeitet.

Demnach brauchte ein Mann etwa eine Woche, um aus einem Rohling so einen behauenen Stein für den Tempel zu schlagen, der millimetergenau zu den anderen passte. Eine Woche! Und wenn man dann dieses alte Foto sieht, das ja nur sieben Steinschichten zeigt, die die unteren Schichten des Tempelfundaments darstellen, dann kann man vielleicht erahnen, wie aufwändig es für die damalige Zeit war, diesen Tempel zu bauen.«

Karen sah fasziniert auf das Foto mit den alten Steinen, von denen einige T-förmig und andere einfache Quader in verschiedenen Größen waren. Manche hatten zur Verstärkung der Mauerkonstruktion Vertiefungen an den Seiten, während andere dort steinerne Ausbuchtungen hatten. Wenn man sie zusammenfügte, ergab das eine einfache und effektive Stabilität der Mauer, aber wie viele Stunden oder Tage hatte der Steinmetz allein nur für diese Verknüpfungselemente benötigt? Karen war immer wieder beeindruckt von dem Können der Menschen in der Antike. Egal, ob es die wunderbar detaillierten Reliefdarstellungen in Ägypten gewesen waren oder wie hier genau behauene Steine für eine Tempelmauer. Die Akribie, mit der die damaligen Menschen diese Werke schufen, versetzte sie stets aufs Neue in Erstaunen.

Delvaux beobachtete Karen von der Seite und lächelte amüsiert über ihre Faszination. Noch nie hatte er eine Frau getroffen, die sich so sehr für alte Steine und Ruinen interessierte. Außer natürlich seine Archäologie-Kommilitoninnen und seine Kolleginnen, wenn er denn mal welche hatte. Aber weibliche Privatpersonen waren sonst eigentlich eher an ihm direkt als Forschungsobjekt interessiert anstatt an seinen Fotos. Er blätterte weiter und zeigte auf ein Foto mit einem unbekleideten marmornen Jüngling.

»Antinoos, der Günstling eines Römers, dem er nach dessen Tod so sehr nachweinte, dass er ihm mehrere Statuen widmete. Es ist also nur ein spätes Werk aus der römischen Zeit um 130 n. Chr.«

Das Foto zeigte eine Gruppe griechischer Hilfsarbeiter vor einer großen Wand aus Steingeröll, vor der ein weißer Körper aus einem Loch emporschaute. Mit ehrfürchtig gesenkten Köpfen betrachteten die Arbeiter das edle Antlitz des Jünglings.

»Die Statue wurde am 13.07.1893 entdeckt.« Er zeigte auf die kurze Notiz unter dem Foto, ehe er auf der gegenüberliegenden Seite auf ein Bild deutete, auf dem einige Säulen aus einer Mauer hervorragten. »Na, erkennen Sie sie wieder?«

Karen traute ihren Augen nicht. »Aber … das ist ja die Halle der Athener vor der Polygonalmauer.«

»Na ja, nicht ganz, denn das, was Sie sehen, ist ein Ziegenstall, der auf dem Grundriss der Halle der Athener gebaut wurde. Sehen Sie diese Säulen dort an der Frontseite? Es sind dieselben Säulen, die man heute noch bewundern kann. Man hatte sie einfach in ein provisorisches Mauerwerk integriert und einen Ziegenunterschlupf daraus gebaut. Praktisch, nicht wahr?«

»Wie schrecklich«, stieß Karen empört hervor. »Aus einer göttlichen Weihhalle wurde ein Ziegenstall?«

Delvaux' Mundwinkel zuckten verräterisch, als er sich über Karens Empörung amüsierte. »Richtig. Jede Zeit hat ihre eigenen Bedürfnisse, und da Kastris Bewohner einen Ziegenstall brauchten, nahmen sie die große Polygonalmauer als Rückwand, bauten drei einfache Wände drumherum, und schon hatten sie einen prächtigen Stall. Sie wussten ja nicht, dass die Säulen ursprünglich zur Athener Weihhalle in Delphi gehörten. Sie wussten ja nicht einmal, dass sie über den Ruinen des antiken Delphi wohnten.

Hier, sehen Sie dieses Gruppenbild? Dorfbewohner und Archäologen in friedlicher Eintracht.«

Delvaux zeigte ein Bild mit mehreren Männern unter einer Platane. Im Hintergrund des verblichenen Fotos stand eine Reihe westeuropäisch gekleideter Männer in groben Jacketts und mit Hüten, während vorn zwei Griechen in der Fustanella, einem traditionellen weißen Männerrock, saßen und so taten, als würden sie die Laute spielen. Es war ein gestelltes Foto, denn die Männer blickten sehr ernst und bewusst in die Kamera, aber vielleicht wurde ihr Lächeln auch nur von ihren Schnauzern und Bärten verdeckt.

»Der dritte Mann von links ist mein Ururgroßvater Androuet«, erklärte Delvaux und deutete mit dem rechten Zeigefinger auf einen Mann mit hoher Stirnglatze, der als Einziger offen in die Kamera lächelte. »Es zeigt ihn drei Tage vor seinem Tod.«

Karen betrachtete das Foto etwas genauer und erstarrte, als sie Androuets rechte Hand auf der Schulter eines anderen Mannes ruhen sah und ein kleines Detail ihre Aufmerksamkeit erregte.

»Dieser Ring …« Sie sah auf Delvaux' rechte Hand, von der ihr der breite Silberring mit dem Mäandermuster entgegenleuchtete. »Sie tragen denselben Ring wie Ihr Ururgroßvater?«

Delvaux hob die rechte Hand und ließ den Ring im Licht der hereinscheinenden Sonne glänzen. »Dieser Ring und sein Hut waren alles, was von ihm übrig geblieben ist und was nicht von den Felsen verschüttet wurde. Mein Vater hat ihn mir geschenkt, als ich noch ein Kind war. Seitdem halte ich ihn in Ehren und habe ihn nach Delphi zurückgebracht. Ich hoffe, dass er für mich hier kein böses Omen ist.«

Karen hatte bei dem Gedanken kein gutes Gefühl. »Vielleicht sollten Sie den Ring lieber Ihrem Vorfahr zurückgeben, ihn auf den Felsen neben das Kreuz legen«, schlug sie vor, doch Delvaux verzog das Gesicht.

»Meinen Sie? Was glauben Sie, wie lange er dort liegen bleiben würde? Er ist immerhin einige Euro wert und über hundert Jahre alt. Nein, wahrscheinlich würden Yannis und seine Freunde oder andere Dorfbewohner ihn wegnehmen und zu Geld machen. Dann trage ich ihn doch lieber an meinem Finger.«

Unbewusst lehnte Karen sich auf dem alten Sofa zurück, als würde sie sich so weit wie möglich von dem Ring zu entfernen versuchen. Delvaux bemerkte es nicht und sprach weiter.

»Mein Ururgroßvater hat mir sehr geholfen.« Er schlug mit der rechten Hand auf einige lose Papierseiten, die neben dem Fotoalbum lagen. »Ohne seine Notizen hätten wir das alte Brunnenbecken niemals gefunden.«

»Konnten Sie sie denn lesen?«

»Ja, natürlich, warum denn nicht? Seine Handschrift war zum Glück ganz passabel.« Doch anstatt ihr die Notizen zu zeigen, deutete er auf ein vergilbtes Foto, auf dem Androuet neben einem gemauerten Brunnenbecken kniete, stolz eine halbe Kylix in die Luft hielt und in die Kamera lächelte.

Karen durchlief ein kalter Schauer. »Sie ähneln Ihrem

Ururgroßvater sehr. Nicht unbedingt, was die Statur, aber was Ihre Mimik und Ihr Lächeln betrifft.«

Delvaux blickte auf das Foto. »Merkwürdig, meine Mutter hat das auch immer gesagt, aber diese Ähnlichkeit schien ihr nicht zu gefallen. Wahrscheinlich wäre es ihr lieber gewesen, wenn ich mehr von ihrer Familie geerbt hätte. Von der Archäologie versuchte sie mich immer abzubringen, aber ich habe schon als kleiner Junge gern im Sandkasten gewühlt und ihr jeden kleinen Quarzstein als Edelstein verkauft und dann in mein Sammelglas getan. Ich glaube, ich habe davon noch zwanzig Gläser zu Hause rumstehen.« Er grinste verträumt. »Meine Mutter hat dann einige weggenommen und den Inhalt wieder im Garten verstreut, aber dafür habe ich am Wassergraben neben unserem Haus weitergebuddelt und neue Steine gefunden. Meine Mutter resignierte dann irgendwann, und ich wusste, dass ich gewonnen hatte. Erst später verstand ich, dass sie Angst hatte, dass ich Androuets Schicksal teilen könnte. Mütterängste«, tat Delvaux es mit einem Schulterzucken ab, ehe er das Album auf die Notizen legte, als ob er sie damit vor Karens neugierigen Blick schützen könnte.

»Sie wollten doch noch die Pythonhöhle besuchen, oder nicht?«, fragte er unvermittelt, als ob es ihm plötzlich unangenehm wäre, ihr so viel von seinen Geheimnissen preisgegeben zu haben.

Karen zuckte bei dieser unerwarteten Frage instinktiv zurück. »Die Pythonhöhle? Wie kommen Sie darauf? Nein, die interessiert mich eigentlich nicht so sehr.«

»Aber das ist ein großer Fehler. Wenn Sie die Korykische Grotte gesehen haben, müssen Sie auch die

Pythonhöhle besichtigen, sonst wird Ihr Buch über Delphi niemals vollständig sein.«

»Aber ich …«

»Haben Sie Bedenken, mit mir allein in die Felsen zu gehen? Hat Nikos vielleicht irgendetwas Negatives über mich gesagt?«

Karen schüttelte den Kopf. »Nein, das hat er nicht. Es ist nur … Ich bin gestern mit ihm zur Korykischen Grotte gegangen und wäre beinahe in die Schlucht gestürzt, weil ich ihm nicht gesagt habe, dass ich unter Höhenangst leide.«

Delvaux hob eine Augenbraue. »Sie sind mit Nikos in die Berge gegangen, ohne ihm das vorher zu sagen?«

»Na ja, es mag verrückt klingen, aber ich wollte meine Phobie überwinden und ausprobieren, ob ich es den Berg hinauf schaffe. Aber es hat leider nicht geklappt.«

»Ich glaube, das sehen Sie ein bisschen zu kritisch. Immerhin waren Sie, wenn ich es richtig verstanden habe, schon wieder auf dem Rückweg, oder? Das ist doch schon ein großer Erfolg. Wollen Sie nicht daran weiterarbeiten und mit mir zusammen zur Pythonhöhle gehen? Der Weg ist wirklich nicht gefährlich. Er ist sehr breit und weit entfernt von jeder Bergkante. Ich schwöre es.«

Karen schmunzelte über seinen theatralischen Schwur. »Eigentlich wollte ich heute in Ihrem Buch lesen und mir Notizen machen.«

»Aber warum in meinen Buchseiten kramen, wenn Sie am Lebendobjekt studieren können? Kommen Sie, Karen. Die Höhle ist nicht weit weg. Wenn Sie die Korykische

Grotte gesehen haben, müssen Sie auch zur Pythonhöhle. Das sind Sie Delphi schuldig.«

»Bin ich das Delphi schuldig oder Ihnen?«

»Uns beiden. Bitte«, bettelte Delvaux, während Karen sich nicht entscheiden konnte. Einerseits interessierte sie diese legendäre Höhle, andererseits steckte ihr die Angst von gestern noch in den Knochen.

»Und der Weg ist sicher, sagen Sie?«

»Selbst Nikos' Bruder und dessen kleine Freunde laufen manchmal dort oben herum. Bis jetzt ist noch nie jemandem etwas passiert.«

Bei dieser Begründung kam Karen sich wie ein Feigling vor. Wenn selbst Kinder dort oben spielten, würde sie es doch wohl schaffen, trotz ihrer Höhenangst dort hochzugehen.

»Also gut, ich komme mit, aber wenn ich merke, dass es nicht mehr geht, drehen wir sofort um, in Ordnung?«

»Absolut in Ordnung. Aber ich wette, dass wir nicht umkehren müssen. Sie werden das schaffen.«

Karen zog zweifelnd die Stirn in Falten. »Da haben Sie mehr Vertrauen in mich als ich selbst.«

Doch Delvaux schüttelte den Kopf. »Warum so pessimistisch? Ich bin doch bei Ihnen. Es wird schon gut gehen.«

33

Er führte sie zum Stadion hinauf, aber anders als gestern mit Eliadis nahmen sie kurz vor dem Stadion einen Weg, der sanft anstieg und östlich an den Felsen entlangführte. Delvaux hatte Recht gehabt, denn obwohl Karen wieder in den Bergen war, wurde ihr diesmal nicht schwindlig. Vielleicht lag es daran, dass sie sich von Anfang an auf den Weg konzentrierte und nicht so oft wie gestern ins Tal hinunterschaute. Doch vielleicht lag es auch daran, dass sie sich allmählich an diese Höhen gewöhnt hatte?

Delvaux zeigte auf einige unförmige Felsöffnungen über ihnen, die Karen wie dunkle Drachenmäuler erschienen, bereit, jeden Fremden zu verschlingen, der ihnen zu nahe kam.

»Hier oben sind viele Höhlen, aber die meisten sind nur wenige Meter tief und nur für Kinder, Schlangen und Skorpione interessant.«

»Was? Die Kinder spielen dort, obwohl es Schlangen und Skorpione gibt?«, fragte Karen ungläubig.

»Na ja, die meisten Eltern haben es ihren Kindern verboten, aber welches Kind kann diesen Höhlen schon widerstehen?« Er nahm ein Fernglas zur Hand und ließ den Blick die Felsen hinabgleiten, als er zwei Personen vor einem großen Felsvorsprung bemerkte. Er stellte sein Fernglas genauer ein und erkannte Nikos und Selena.

»Hier, sehen Sie mal aufs Stadion hinunter. Ein wunderschöner Anblick.« Er reichte Karen das Fernglas und wandte sich lachend ab, als sie ihm nach wenigen Sekunden einen ärgerlichen Blick zuwarf.

Karen gab ihm das Fernglas zurück. »Musste das sein, Simon?«

»Wieso? Finden Sie das Stadion nicht schön?«

»Sie wissen, was ich meine.«

Delvaux amüsierte sich köstlich. »Ach, kommen Sie, Karen, gönnen Sie Nikos doch den Spaß mit Selena.«

Sie hob die Augenbrauen. »Aus dieser Entfernung können Sie erkennen, dass es Selena ist?«

»Sie ist das einzige Mädchen im Dorf, das lange blonde Haare hat.«

»Na, Sie müssen es ja wissen.«

»Wieso? Höre ich da Ressentiments? Hat Nikos etwa wieder über mich gelästert?«

»Nein«, versicherte sie schnell. »Es scheint im Camp und im Dorf nur allgemein bekannt zu sein, dass Sie, na ja …«

Delvaux grinste amüsiert. »Dass ich ein Frauenheld bin? Und Sie gehen trotzdem mit mir allein in die Berge? Respekt, Karen. Haben Sie keine Angst, dass ich hier oben über Sie herfalle?«

Karen bemerkte seinen belustigten Unterton, aber auch seine lauernden Augen. Er wollte wissen, wie weit er bei ihr gehen konnte … und inwieweit sie an ihm interessiert war.

»Ich bin schon erwachsen, Monsieur Delvaux. Ich kann selber auf mich aufpassen.«

»Ohne Zweifel. Kommen Sie, es ist nicht mehr weit bis zur Pythonhöhle.«

Tatsächlich brauchten sie nur noch einige Minuten, ehe sie vor dem breiten Eingang der Höhle standen und Karen doch wieder ein mulmiges Gefühl bekam.

»Ich weiß nicht. Vielleicht sollten wir doch nicht hineingehen.«

Delvaux wischte ihre Bedenken mit einer wegwerfenden Handbewegung beiseite. »Blödsinn. Die Höhle ist nicht so tief wie die Korykische Grotte. Sie brauchen keine Angst zu haben.«

Das überzeugte Karen zwar nicht, aber sie gab sich einen Ruck und folgte Delvaux, der einige Schritte vorausgegangen war. Wieder waren von Weitem Wassertropfen zu hören, die gleichmäßig durch den Felsen sickerten und zu Boden fielen, doch diesmal roch es auch nach Ziegenkot.

Delvaux sah, wie Karen sich an die kitzelnde Nase fasste, und leuchtete dann mit der Taschenlampe um sich herum. »Ja, die Höhle wurde nicht nur von Menschen genutzt, aber der Gestank ist noch auszuhalten, oder? Ich verspreche Ihnen auch, dass wir gleich eine Kalzitwand und einige wunderschöne Excentriques sehen werden.«

»Excentriques? Was sind das?«

»Hier.« Er deutete auf einige schmale Kristallröhren, die sich in alle Richtungen nach oben schlängelten. »Das Wasser steigt durch einen Kapillareffekt langsam durch die Röhren des Kristalls nach oben und lagert sich dann an der Spitze ab. Ist das nicht fantastisch?«

Karen betrachtete die zerbrechlichen Gebilde und wollte gerade einen der schmalen Kristallfinger berühren, als er plötzlich abbrach. Gleichzeitig ging ein tiefes Grollen durch die Höhle, und kleine Felsbrocken und Stalaktiten fielen auf sie herab.

»Verdammt, was geht hier vor?«, fluchte Delvaux, als der Boden unter ihren Füßen zu beben begann und die Felsen sich ächzend zur Seite bewegten. »Ein Erdbeben! Schnell! Raus hier!«

Er schob Karen den schmalen Weg entlang, den sie hereingekommen waren, doch sie waren noch keine zwanzig Meter weit gekommen, als ein riesiger Felssturz den Weg versperrte. Karen war entsetzt, doch plötzlich blitzte in ihr eine Erinnerung auf.

»Wir müssen zurück!«, schrie sie.

»Was? Zurück in die Höhle? Sind Sie verrückt geworden?«

»Nein! Dort hinten geht links ein Weg ab! Er ist gefährlich, aber unsere einzige Chance!« Diesmal war es Karen, die Delvaux zurückdrängte und in den Nebengang schob. Sie überholte ihn, gejagt von dem tiefen Grollen des Berges. Überall fielen große und kleine Steine herunter. Oft mussten sie sich ducken oder wurden von den Felsstücken getroffen, aber sie rafften sich immer wieder auf.

»Ich hoffe Sie wissen, was Sie tun!«, schrie Delvaux über das laute Knirschen der aneinanderreibenden Gesteinsschichten hinweg. »Sie führen uns immer tiefer in den Felsen hinein!«

»Ja, ich weiß, aber es geht nicht anders. Achtung! Passen Sie auf, hier sind gefährliche Felsspalten!«

Delvaux sah, wie Karen kreuz und quer durch den Gang hüpfte, um jeweils auf den festen Felsabschnitten zu landen.

»Woher kennen Sie diesen verdammten Gang?«, schrie er, während er versuchte hinter ihr zu bleiben.

»Kommen Sie! Hier oben ist der Ausgang. Wir sind gleich da.«

Tatsächlich sahen sie keine zehn Meter von sich entfernt einen hellen Lichtschimmer durch den schwarzgrauen Staub. Eine schmale Felsspalte in die Freiheit.

»Laufen Sie!«, schrie Delvaux und folgte ihr, doch kurz vor dem Erreichen des Ausgangs sah er, wie sich über Karen ein großer Felsblock löste und auf sie niederzustürzen drohte.

»Achtung!«

Mit einem riesigen Satz warf Delvaux sich auf Karen und drückte sie nieder. Fast gleichzeitig spürte er einen grausamen Schmerz in seinem Rücken, der ihm den Atem nahm.

Karen fühlte einen Stoß, stolperte und drehte sich im Fallen, sodass sie hart mit dem Rücken aufschlug. Ein kleines spitzes Felsstück bohrte sich in ihre rechte Schulter, aber der Schmerz war nur kurz. Was war geschehen? Sie konnte sich nicht bewegen. Nicht einen Millimeter. Und nichts erkennen, doch allmählich verzog sich der graue Staub, und sie sah, dass Delvaux auf ihr lag. Ein großer Felsblock ragte überdimensional und gefährlich über seinem Kopf hervor.

Delvaux rührte sich nicht.

»Simon? Simon! Sag etwas!”

Aber er antwortete nicht. Stattdessen lief ein schmales Blutrinnsal seine Schläfe entlang und bildete eine Lache auf Karens linker Schulter.

34

»Simon!«, krächzte Karen, während ein Schluchzen durch ihren Körper bebte, als sie befürchtete, dass er tot sei. Doch dann erlöste sie ein tiefes röchelndes Husten von ihrer Angst, und Delvaux' Gesicht tauchte aus den Tiefen seiner verdreckten Haare hervor.

»Bist du okay, Simon?«

Delvaux bewegte seinen Kopf. Eine kleine Staubwolke flog Karen entgegen, als er seine Haare schüttelte und Steinchen und Sand auf sie niederrieselten. Prustend schloss sie die Augen.

»Es geht mir prächtig«, log Delvaux ächzend. Er konnte kaum atmen. Eine Felsspitze bohrte sich im Rücken in seine Rippen. Er ließ den Kopf auf Karens Brust fallen und atmete schwer. Ihr Parfum, das nach Jasmin und Ylang-Ylang roch, belebte ihn, aber die Schmerzen in seinem Rücken brachten ihn fast um den Verstand.

»Es war ein Fehler, heute in die Pythonhöhle zu gehen«, stellte er sarkastisch fest, während er mit einem lauten Schnarren ein- und ausatmete.

Karen versuchte auf seinen lockeren Ton einzugehen. »Wieso? Die Aussicht … ist doch … ganz bezaubernd.«

Delvaux drehte den Kopf und sah in ihre smaragdfarbenen Augen.

»Stimmt«, seufzte er. »Das war es wert. Seit ich dich in Athen am Flughafen abgeholt habe, wollte ich bei dir landen.« Er lachte glucksend, aber das Lachen erstarb in einem leisen Stöhnen. Karen befürchtete das Schlimmste.

»Kannst du dich bewegen?«, fragte sie, um ihn abzulenken.

Er machte einige Versuche. »Meine Beine kann ich bewegen, aber mein Oberkörper und meine Arme sind eingeklemmt.« Die letzten Worte erstarben in einem Krächzen.

»Das macht nichts, ich kann meine Arme auch nicht bewegen.«

»Und deine Beine?« In seiner Stimme klang Besorgnis. Offensichtlich hatte er Angst, sie eingeklemmt zu haben. »Kannst du sie bewegen?«

»Ja, keine Sorge. Meinen Beinen geht es gut. Wir sind nur … Es hat uns beide in der Mitte erwischt.«

Delvaux lachte zischend. »Ja, ich weiß. Eigentlich mag ich es ja, wenn die Frau unten liegt, aber normalerweise bevorzuge ich dann bequemere Umgebungen mit Kissen und Matratzen.«

Sie lachten beide, doch genau in dem Augenblick kam ein weiteres kleineres Nachbeben, dass die Felsen um sie herum in Bewegung brachte. Delvaux' Oberkörper krümmte sich blitzartig, als sich über ihm der Felsbrocken bewegte. Sein Körper spannte sich gequält, doch dann wurde der Schmerz übermächtig, und Delvaux gab ihm nach.

»Es … es tut mir leid, Karen«, flüsterte er, ehe sein Kopf kraftlos auf ihre Brust sank.

»Simon!«

Doch er hörte sie nicht mehr.

Karen fing an zu schluchzen. Das durfte alles nicht wahr sein. Ein einziger Albtraum! Wann würde man sie beide in dieser Höhle finden? Noch heute Nachmittag? Und wenn nicht? Würden sie eine Nacht in den Bergen überstehen? Tränen liefen ihr übers Gesicht, als sie an Michael dachte. Würde sie ihn jemals wiedersehen?

Ihr wurde immer kälter.

35

Im selben Moment spielten siebentausend Kilometer entfernt im St.-Raphael-Krankenhaus die Anzeigen von Mansfields Überwaschungsbildschirm verrückt. Ein pulsierender Alarmton ließ Alicia Davidson hochschrecken, die stundenlang neben Mansfield auf einem Stuhl ausgeharrt hatte und vor einigen Minuten kurz eingenickt war.

Sofort eilten drei Krankenschwestern ins Zimmer und überprüften die medizinischen Geräte neben Mansfields Bett, die Infusionen und seine Lebensfunktionen, und wenige Sekunden später trat ein Arzt ins Zimmer.

»Was ist hier los?«

Eine der Krankenschwestern fixierte irritiert die Infusionsflaschen und prüfte die Einstellung der verabreichten Kochsalzlösung und der Medikamente, während eine andere den Alarmton abstellte und routiniert Mansfields Blutdruck maß.

»Er hat einen rasant erhöhten Blutdruck, Dr. Cowler. Hundertachtzig zu hundertvierzig. Und sein Atmungsrhythmus ist zu schnell.«

»Okay. Er scheint im Augenblick unter einer Stresssituation zu stehen. Hatte er das schon öfter, seit er eingeliefert wurde?« Der Arzt warf einen fragenden Blick in die Runde, doch die Krankenschwestern und auch Alicia verneinten dies.

Dr. Cowler betrachtete den Überwachungsbildschirm

mit Mansfields Lebensfunktionen, die teilweise wild nach oben und unten ausschlugen, doch die Durchschnittswerte unterhalb der Anzeigen nannten ihm schon wieder einige beruhigende Werte. Der Patient war nicht in akuter Lebensgefahr, und auch wenn die Durchschnittswerte oberhalb des normalen Status lagen, waren sie immer noch in einem Bereich, der den Arzt innerlich aufatmen ließ. Er hatte keine Lust, dem bekannten und nervigen Mansfield senior demnächst Rechenschaft über seine Behandlungsmethoden ablegen zu müssen.

»Gut, das schaffen wir.«

Er nannte einer der Krankenschwestern ein Medikament und die Dosierung und sagte, dass er später noch mal nach dem Patienten sehe und dass die Schwestern in nächster Zeit öfter mal bei Mr. Mansfield vorbeischauen sollten. Dann nickte er Alicia beim Hinausgehen einmal kurz zu und verschwand in den Flur, wo ein Assistenzarzt bereits auf ihn wartete.

Zwei Krankenschwestern glätteten Mansfields Bettdecke, während die dritte ihm das verordnete Medikament in die Infusionskanüle spritzte. Schon nach einer Minute konnten sie auf dem Überwachungsbildschirm sehen, wie sich sein Puls allmählich wieder beruhigte und sich der Blutdruck langsam senkte.

Mansfield hatte sich die ganze Zeit nicht gerührt, und er war auch nicht aufgewacht. Aber Alicia hatte das Gefühl, dass irgendetwas in seinem Innersten tobte.

»Was ist es, Michael? Warum bist du so unruhig? Was geht in dir vor?«

36

Zur selben Zeit saß Julius Reinhold in Hamburg in seinem Büro und war in ein Manuskript eines seiner freien Mitarbeiter vertieft, als ein lautes Krachen ihn plötzlich aus der Arbeit riss. Verwirrt sah er sich um, aber er konnte im ersten Moment nicht entdecken, woher das Krachen gekommen war.

Da öffnete sich die schwere Eichenholztür, und seine Assistentin Frau Petersen schaute ins Zimmer herein.

»Ist bei Ihnen alles in Ordnung, Herr Reinhold?«

Er blickte sich um. »Ja, ich glaube schon. Was war das gerade eben für ein lautes Scheppern? Ist Ihnen etwas runtergefallen?«

»Nein. Deswegen bin ich ja hier. Ich dachte, das Geräusch käme aus Ihrem Büro.«

»Ich glaube nicht, oder sehen Sie etwas Ungewöhnliches?«

Frau Petersen schüttelte den Kopf. »Nein. Es ist … es kam wohl von woandersher. Bitte entschuldigen Sie die Störung«, sagte sie und schloss leise die Tür.

Julius lehnte sich langsam auf seinem Lehnstuhl zurück und betrachtete jede Einzelheit seines Arbeitszimmers. Was war hier gerade geschehen? Er hatte doch ganz deutlich ein lautes Geräusch gehört. Hatte er etwa Poltergeister im Haus? Unsinn. Er wollte gerade in dem Manuskript weiterlesen, als ihm auffiel, dass etwas auf seinem Schreibtisch fehlte. Etwas Altes, Ägyptisches, Faustgroßes und aus Stein.

Er beugte sich weit über die breite Armlehne und schaute auf das Buchenholzparkett seines Büros, als er den Alabaster-Skarabäus entdeckte, der ihm auf dem Rücken liegend seine magische Hieroglyphenformel auf der Unterseite präsentierte. Frau Petersen hatte ihn dort nicht sehen können, da er hinter einem Papierkorb lag.

Zögernd griff Julius nach dem Skarabäus und hob ihn auf.

»Du warst es? Aber warum? Was ist geschehen?«

Liebevoll strich er über den Alabaster und stellte den Skarabäus wieder an seinen alten Platz neben dem silbernen Fotorahmen auf den Schreibtisch. Das Foto, die Schreibtischlampe und auch die gestapelten Bücher, die Julius am Nachmittag durchgesehen hatte und die am Rande des Tisches lagen, waren nicht hinuntergefallen.

Nur der ägyptische Skarabäus.

Julius lehnte sich erneut zurück und sah gedankenverloren hinaus auf das schimmernde Wasser der Alster.

Karen. Sie war in Gefahr. Er wusste es, aber er konnte ihr nicht helfen.

37

In Delphi machten sich einige Hotelbesitzer abends Sorgen um ein paar Touristen, die vor dem Erdbeben in die Felsen gegangen waren. Delvaux und Karen gehörten auch zu den Vermissten.

»Weiß jemand, wo sie hingegangen sind?«, wollte Eliadis, der nach dem starken Erdbeben schnell ins Camp zurückgelaufen war, von den anwesenden Dorfbewohnern wissen, doch die sahen sich nur unschlüssig um.

»Simon sprach mal davon, dass er Kyria Alexander eine Höhle zeigen wollte, aber ich weiß nicht, wann«, antwortete Konstantinos, einer der griechischen Helfer. Sie hatten Eliadis von einer Suche nach Delvaux und Karen bis zum Abend abhalten können, da sie hofften, dass die beiden wieder auftauchen würden, aber sie waren nicht zurückgekommen.

»Okay, wir teilen uns in drei Gruppen und suchen alle Höhlen ab«, sagte Eliadis mit entschlossener und fordernder Stimme.

»Aber in zwei Stunden ist es dunkel. Die Felsen sind gefährlich, und die Erdstöße können jede Sekunde wiederkommen. Mich kriegt im Augenblick niemand die Phädriaden hoch.«

Eliadis' Augen durchbohrten Konstantinos.

»Feigling. Willst du sie sterben lassen? Sie sind nicht zurückgekommen, also brauchen sie unsere Hilfe.«

»Blödsinn! Simon wird die Kyria zuerst zum Stadion und dann zum Hochplateau gebracht haben. Von dort sind sie wahrscheinlich nach Arachova gewandert. Oder vielleicht sind sie auch ins Tal von Krissa hinabgestiegen. Wer weiß das schon? Sie könnten überall sein. Es ist sinnlos, sie zu suchen. Sie sind bestimmt in Arachova und machen sich einen schönen Abend.«

Eliadis' Augenbrauen zogen sich zu einem Strich zusammen, als er sich dieses Bild vorstellte.

»Möglich«, gab er zu. »Aber was ist, wenn es nicht so ist und sie dort oben irgendwo unsere Hilfe brauchen? Es ist mir egal, was ihr denkt, aber ich glaube, dass das Erdbeben daran schuld ist, dass sie noch nicht wieder hier sind. Simon kennt sich gut in den Felsen aus. Er wäre schon längst wieder hier, wenn ihm nichts zugestoßen wäre. Und Kyria Alexander genauso. Seht her, ich habe einen Klumpfuß, aber trotzdem werde ich dort hochgehen und sie suchen. Wenn ihr mehr Angst habt als ein Krüppel, dann bleibt hier.«

Er wandte sich um, griff nach einer Taschenlampe und schlug den Weg zum antiken Stadion ein, während die Hilfsarbeiter und Dorfbewohner sich verlegen ansahen.

»Sei vernünftig, Nikos. Es … es ist einfach zu gefährlich. Es wird Simon und Kyria Alexander nichts nützen, wenn wir unser Leben aufs Spiel setzen. Sieh es doch ein, wir müssen bis morgen früh warten. Dann werden wir alle das gesamte Gebiet bis zum Hochplateau durchsuchen.«

»Nein!«, schrie Eliadis. »Morgen früh ist es zu spät. Wenn die Felsen sie nicht umgebracht haben, wird es die Nachtkälte tun. Also macht, was ihr wollt, ich werde jedenfalls nach ihnen suchen.« Er drehte sich um und ging weiter.

»Die Felsen werden dich töten!«, rief ihm einer nach.

»Das ist mir egal!«, entgegnete er.

Die anderen murrten. Einige gingen nach Hause, aber neun Delpher nahmen Taschenlampen und Walkie-Talkies und folgten Eliadis. Einer holte ihn ein und reichte ihm eines der Geräte. Er nahm es mit ernster Miene entgegen, dann erhellte sich sein Gesicht für ein kurzes Lächeln, ehe er sich wieder abwandte und weiterging.

»Efstathios und du, ihr geht am besten zum Stadion«, warf er ihm und den anderen über die Schulter zu.

»In Ordnung. Petros und Sakis schicke ich nach Westen. Die anderen werden die Mitte und den Osten absuchen. Und du? Wo gehst du hin? Du solltest nicht alleine gehen.«

»Es gibt da einige Höhlen, die Simon immer besonders interessiert haben. Ich werde es dort versuchen. Wenn sie dort sind, werde ich euch sofort informieren.«

Er hielt das mobile Funkspruchgerät in die Luft. Er hatte zwar auch sein Handy dabei, aber in den Bergen war das empfindliche Funknetz meistens nicht erreichbar. Das Walkie-Talkie war sicherer.

»Sollten wir dann nicht lieber erst diese Höhlen absuchen, bevor wir das gesamte Gebiet durchkämmen?«

»Nein, vielleicht täusche ich mich ja auch und Simon hat ihr die alten Schriftzeichen in der großen westlichen Höhle gezeigt. Es ist besser, wenn wir uns trennen. Es wird so schon schwer genug werden, sie zu finden.«

Eliadis fuhr sich durch das schwarze Haar, als er an die

hundert Höhlen dachte, die ihre Vorfahren und die Natur in die Felsen getrieben hatten. »Wir müssen die Kräfte verteilen, sonst brauchen wir drei Tage, um alle Höhlen zu durchsuchen.«

»Mit zehn Mann brauchen wir sowieso einige Tage«, grummelte Sakis, da ihm diese Suchaktion in jeder Sekunde verwegener und aussichtsloser erschien. Aber Eliadis hatte dafür kein Verständnis.

»Geh zurück ins Dorf, wenn du willst, oder halt den Mund und such weiter.«

Sakis war diese Schroffheit von dem sonst so zurückhaltenden Eliadis nicht gewohnt. Auch seine Befehle und das entschlossene Auftreten kannte er nicht von dem ruhigen und bescheidenen Mann. Verblüfft blieb er stehen und sah ihm nach, als er den Weg hinaufhumpelte.

Er schüttelte den Kopf. »Merkwürdiger Kerl«, grummelte er und gab zwei Männern Handzeichen, ihm nach Westen zu folgen, während Eliadis den Weg nach Osten ging.

38

Selena trat abends mit zerzaustem Haar in das Haus ihrer Mutter, die sofort auf sie zukam.

»Was ist dort unten los? Warum laufen so viele Menschen mit Taschenlampen herum?«

Selena war vom Laufen etwas außer Atem, als sie ihrer Mutter berichtete. »Es ist wegen Simon. Er und eine Frau sind seit einigen Stunden verschwunden.«

»Und was ist daran so ungewöhnlich?« Theophora zuckte mit den Schultern und ging wieder zum Fenster. Die kleinen weißen Lichter folgten alle der Straße zum Stadion hinauf. »Seit wann geraten die Leute in Aufruhr, wenn Simon sich mit einer Frau vergnügt?«

»Weil er vor drei Stunden einen Termin beim Professor hatte und nicht gekommen ist, was nicht seine Art ist. Selbst wenn er sich mit der Alexander vergnügen wollte, wäre er trotzdem rechtzeitig beim Professor erschienen.«

Theophora wirbelte herum. »Er ist mit der Alexander unterwegs?«

»Ja. Warum? Ist das schlimm?«

»Ich denke nicht«, sagte sie geheimnisvoll. »Er ist mit ihr in den Bergen?«

»Er wollte ihr anscheinend einige Höhlen zeigen, aber sie sind vom Ausflug nicht zurückgekommen. Und dann das Erdbeben … Nikos glaubt, dass ihnen etwas passiert sein könnte, doch die anderen meinen, dass sich die beiden in Arachova vielleicht einen schönen Tag machen.«

Theophora sah auf die weißen Lichtpunkte, die den Berg hinaufstrebten. »Nein«, sagte sie fast lautlos. »Es ist gut, dass sie nach ihnen suchen.«

»Aber es ist gefährlich, nachts in die Felsen zu gehen. Nikos ist auch dabei. Was ist, wenn sie verunglücken und sterben?« Selena rang die Hände.

Theophora hörte ihre Angst, und Mitleid kam in ihr auf, aber sie wusste, dass ihre Worte Selena nicht beruhigen würden. »Was geschehen muss, wird geschehen. Niemand kann das verhindern. Aber Simon darf die Frau nicht töten. Ich hoffe, er weiß das.«

39

Nur einen Kilometer von Theophoras Haus entfernt war Delvaux zwischen den Felssteinen wieder zur Besinnung gekommen und stöhnte leise bei dem Gedanken an sein Schicksal.

»Der Berg hat versucht mich umzubringen«, haderte er. »Genau wie Androuet ...«

Karen sah in sein schmerzverzerrtes Gesicht und hoffte, dass das, was sie sah und ahnte, nicht wahr werden würde. »Der Berg hat es aber nicht geschafft. Wir leben noch.«

Delvaux spürte Karens Angst und wusste, dass er ihr so keine Hilfe war. »Ja, wir leben noch. Wir werden es schaffen«, keuchte er, immer flacher atmend.

»Sie werden uns finden, oder?«

Trotz des Verlangens, sich erneut einer Bewusstlosigkeit hinzugeben, hielt Delvaux den Kopf hoch und lächelte aufmunternd. »Ja, sie werden uns finden. Die Frage ist nur, wann. Es gibt hunderte von diesen Höhlen in der Umgebung von Delphi. Und wann werden sie anfangen, uns zu suchen? Heute? Oder morgen? Oder übermorgen?«

»Aber Nikos kennt doch diese Höhle, oder nicht?«

Delvaux nickte beruhigend. »Ja, er wird uns sicher finden.« Er schloss für einen kurzen Moment die Augen, um Kräfte zu sparen, und sein Kopf sank wieder auf Karens Brust.

»Simon! Du musst wach bleiben! Hörst du? Erzähl mir von deinem Studium in Brüssel! Bitte!«

»Nicht jetzt«, murmelte Delvaux schwerfällig, »nicht jetzt.« Sein Kopf rollte langsam zur Seite, während ein leichter Wind in seinem staubigen weißen Haar spielte.

Er war wieder nur bewusstlos. Nicht tot. Oder doch? Sie hätte es doch gemerkt, oder? Plötzlich begann Karen zu schluchzen, als sie den leblosen weißen Haarschopf vor sich sah. Sie erinnerte sich an ihr erstes Zusammentreffen am Flughafen und an Simons fröhliches, jungenhaftes Gesicht, als er sie in Athen begrüßte und ihr einen schönen Aufenthalt in Griechenland gewünscht hatte. Er war so unbeschwert und lebensfroh gewesen … und nun?

Tränen stiegen ihr in die Augen. Es war unerträglich, sie nicht wegwischen zu können. Verzweifelt sah Karen auf das Gesicht vor sich und ließ den Tränen freien Lauf. Würde man sie wirklich finden? Würde man sie rechtzeitig finden? Oder war diese Höhle ihr Grab?

Sie hätte Simon so gern durchs Haar gestrichen und ihn liebkost, auch wenn er die Berührung nicht spüren würde. Aber es hätte ihr wenigstens Trost gegeben, anstatt eingeklemmt auf die Kälte der Nacht zu warten. Und dabei war es so ein schöner Abend. Die Felsen glühten zuerst rosarot, dann orange, als sich die Sonne hinter Karens Kopf langsam nach Westen neigte.

»Es wird dunkel«, sagte Karen zu dem leblosen Simon. Würde sie wirklich eine Nacht so verbringen müssen? Eingeklemmt in einem Felsen, zusammen mit einem toten oder halb toten Mann – ein ekelerregender Gedanke. Das Atmen bereitete ihr immer mehr Probleme, denn Simons

Last schien von Minute zu Minute schwerer zu werden. Zum Glück lag er nicht auf ihrem Brustkorb, sondern nur auf ihrer Hüfte und den Beinen, die inzwischen gefühllos waren. Würde man sie ihr amputieren müssen, weil sie zu lange eingeklemmt waren? Tränen stiegen wieder in ihr auf. Minutenlang weinte sie, während über ihr die Sterne ihren Weg übers Firmament nahmen.

Sterne. Sterne, die Sokrates schon betrachtet hatte, dachte sie und erinnerte sich an ihr Gespräch mit Nikos auf der Hochebene. Wo war er jetzt? Jetzt, wo sie ihn so sehr brauchte?

Plötzlich rollten ein paar kleine Steine den Abhang neben ihrem Kopf hinunter und eine Stimme, die eben noch so vertraut in ihren Gedanken schwang, rief mit einem fragenden Unterton ihren Namen.

»Karen?«

Sie wandte den Kopf zu einer schwankenden Lichtquelle, die den Berg hinabgerutscht kam.

»Karen? Geht es dir gut?«

Ihr Herz wollte zerspringen, als sie die Stimme und dann Nikos im fahlen Licht des abnehmenden Mondes erkannte.

»Nikos! Simon und ich, wir sind hier! Bitte hilf uns!«

Eliadis war wenige Sekunden später bei ihr und bemerkte das Blut auf Karens Brust.

»Bist du verletzt?« Er leuchtete auf die kleine dunkle Blutlache auf ihrem weißen T-Shirt.

»Nein. Es ist nicht mein Blut, sondern seins.«

»Ist er tot?«

»Ich weiß nicht. Er hat sich seit einigen Stunden nicht

mehr bewegt.« Angst schwang in ihrer Stimme mit. Der Gedanke, stundenlang mit einer Leiche zusammen gewesen zu sein, machte sie wahnsinnig.

Eliadis fühlte nach Delvaux' Halsschlagader. Sein grimmiges Gesicht veränderte sich um eine Nuance. »Er lebt. Keine Angst, wir kriegen dich da raus.«

Er rief die anderen der Suchmannschaft mit dem Walkie-Talkie und begann schon mal mit blanken Händen das kleine Geröll neben Karens Armen herauszugraben.

»Bitte sei vorsichtig«, flüsterte Karen.

Eliadis hielt für einen Augenblick inne. Sie wussten beide, dass jede Veränderung den Felsen über Delvaux in Bewegung setzen konnte. Aber hatten sie eine andere Wahl?

Er sah Karen an, und sie blickte hilflos zurück. »Wir holen dich da raus, das verspreche ich dir.«

Karen merkte, dass er es ihr versprach, aber Simon nicht mit einbezog. Sie verstand ihn, denn alles andere wäre eine Lüge gewesen. Trotzdem betete sie zu Gott, dass sie beide heil aus dieser Situation herauskämen.

Kurze Zeit später trafen die anderen ein. Mit vereinten Kräften schafften sie es, die kleineren Geröllsteine neben Karens Oberkörper herauszugraben und ihre Arme freizulegen, sodass sie sie vorsichtig Zentimeter für Zentimeter aus der Felsspalte ziehen konnten. Der Felsen über Delvaux bewegte sich mehrmals bedrohlich, und keiner wusste, wie tief er sich in seinen Körper gebohrt hatte, aber sie hatten keine andere Wahl. Mit einem vorsichtigen Zug holten sie Karen aus der Spalte, und Delvaux fiel wie eine reife Pflaume auf den Boden, während der Felsbrocken sich senkte, aber glücklicherweise auf halber Höhe hängen blieb. Die Helfer griffen rasch nach Simons Armen und zogen ihn heraus, ehe der große Felsbrocken in zwei Teile zersprang und krachend zu Boden fiel.

Atemlos standen die Männer neben dem Eingang und starrten auf den zentnerschweren Stein, der nun die Spalte verschloss.

»Die beiden haben ein Riesenglück gehabt«, flüsterte Sakis Eliadis ins Ohr, während sie beobachteten, wie Karen und Delvaux von herbeigerufenen Sanitätern versorgt und ins Krankenhaus nach Amphissa gefahren wurden.

»Es scheint nicht nur Glück gewesen zu sein«, murmelte Eliadis, als er sich dem versperrten Höhlenausgang zuwandte und mit der Hand über den rauen Felsen strich.

Sakis folgte ihm. »Das stimmt. Woher kannten die beiden eigentlich diesen Ausgang? Er ist doch viel zu gefährlich und voller Felsspalten. Kein Delpher hätte ihn je benutzt und schon gar nicht bei Erdbeben. Oder hast du ihn ihnen gezeigt?«

Eliadis knirschte mit den Zähnen. »Nein, das habe ich nicht. Karen hat ihn selbst gefunden.«

40

In New York brütete Thomas Davidson immer noch über den Akten der letzten Jahre und suchte nach einem Hinweis auf den mysteriösen Anrufer, doch er war bisher noch zu keinem Ergebnis gekommen. Winslow hatte ihn deswegen schon ein paarmal mürrisch angefaucht, aber Davidson konnte es nicht ändern.

Erschöpft wollte er sich gerade einen Kaffee holen, als sein Telefon klingelte, aber diesmal war es nicht Karen, sondern seine Schwester Alicia.

Mit einem mulmigen Gefühl hob er den Telefonhörer ab und meldete sich.

»Ich bin's.« Davidson bemerkte sofort den glücklichen Ton in ihrer Stimme. »Michael ist aufgewacht! Ist das nicht toll!«

Davidson fiel ein Stein vom Herzen. »Gott sei Dank«, stieß er hervor. »Ist er ansprechbar?«

»Ja, aber die Ärzte wollen ihm noch ein bisschen Ruhe gönnen.«

»Ich komme sofort. Bis gleich.« Er legte den Hörer auf und begann zu jubeln. »Mike ist wieder aufgewacht, Leute!«

Mehrere Kollegen kamen freudestrahlend auf ihn zu, schlugen ihm auf die Schulter und sagten, sie hätten es ja gewusst, dass Mike es schaffen würde, doch andere blieben verhalten und sagten nichts, da sie schon zu oft zu früh gejubelt hatten.

»Kann man mit ihm reden?«, fragte Allan Portman mit ernster Miene, doch Davidson winkte ab und griff nach seiner Jacke.

»Er ist ansprechbar, aber ich weiß noch nicht, ob er sich an alles erinnern kann. Wir werden sehen. Ich fahre auf jeden Fall erst mal ins Krankenhaus.«

»Grüß ihn von uns.«

Davidson grinste zufrieden. »Auf jeden Fall.«

41

Bei Karen wurden im Krankenhaus in Amphissa nach den ersten Untersuchungen nur einige blaue Flecken auf dem Rücken und eine leichte Unterkühlung festgestellt, während die Ärzte bei Delvaux Quetschungen am ganzen Körper und zwei angebrochene Rippen im hinteren Brustbereich lokalisierten. Er musste noch einen Tag länger im Krankenhaus bleiben, während Karen am nächsten Tag schon wieder mit Prof. Hillairet zurück nach Delphi fahren durfte.

»Ich hatte schon das Schlimmste befürchtet, Madame Alexander, als ich heute Nacht von Ihrem Unglück erfuhr. Aber zum Glück ist Ihnen ja nicht viel passiert. Und Simon wird offenbar auch wieder ganz gesund werden. Gott sei Dank.«

»Ja, wir haben viel Glück gehabt. Auch, dass Nikos uns so schnell gefunden hat, war entscheidend. Ich weiß nicht, was sonst aus uns geworden wäre.«

Karen betrachtete einige blaue Flecken und Hautabschürfungen an ihren Unterarmen, während der Professor durch die silbergrünen Olivenhaine der Krissa-Ebene fuhr. Er wollte Karen ablenken und sie mittags zu sich zum Essen einladen, aber sie lehnte dankend ab, denn sie hatte das Bedürfnis, sich etwas hinzulegen und auszuruhen.

Eliadis hatte sie eigentlich nachmittags besuchen und

nachfragen wollen, wie es ihr gehe, doch als er von Hillairet erfuhr, dass sie erschöpft sei und sich hinlegen müsse, entschied er sich, Karen in Ruhe zu lassen. Außerdem passte ihm das gut, da er noch andere wichtige Dinge zu erledigen hatte, ehe Delvaux wieder da sein würde.

42

Während Delvaux sich am Dienstag auf eigene Gefahr aus dem Krankenhaus entlassen und Prof. Hillairet es sich auch diesmal nicht nehmen ließ, seinen Mitarbeiter persönlich in Amphissa abzuholen, brodelte es bei den griechischen Hilfsarbeitern im Ausgrabungscamp.

Unruhig steckten sie die Köpfe zusammen und diskutierten heftig über die starken Erdstöße, die am Sonntag mehrere hundert Todesopfer in Athen, Patras und Galaxidi gefordert hatten. Erdstöße, wie es sie seit mehr als hundert Jahren nicht mehr in Griechenland gegeben hatte. Die Fernsehstationen hatten den ganzen Abend und die Nacht hindurch immer schrecklichere Bilder über zusammenfallende Häuser gezeigt und Menschen, die in den Nationalgarten geflüchtet waren und sich dort aus Planen eine Notunterkunft für die Nacht bauten.

Feuerwehren aus dem ganzen Land wurden nach Athen zusammengerufen, um gegen die Feuer aus den leckgeschlagenen Gasleitungen anzukämpfen.

Ein nie verlöschendes Feuer, munkelten die delphischen Helfer im Camp und deuteten auf die Ruinen des Apollon-Tempels, in dem zu Orakelzeiten das ewige Feuer auf einem kleinen Altar gebrannt hatte und von den Tempeldienerinnen am Leben erhalten wurde.

Doch dieses Feuer in Athen brauchte niemand am Leben zu erhalten. Es fraß sich selbst seinen Weg durch die Stadt.

Die Metro war gesperrt, da mehrere Linien verschüttet waren, und die berühmte Station am Omonia-Platz, durch die Karen vor wenigen Tagen noch gegangen war, lag in Trümmern vor den Rettern, die mit ihren Spürhunden unter den eingestürzten Betondecken nach Überlebenden suchten.

Die delphischen Arbeiter gaben Nikos Eliadis Recht, der die neue Ausgrabung am Brunnenbecken für das ganze Unheil verantwortlich machte. Man solle Apollon nicht reizen, hatte er gesagt, und viele stimmten ihm darin inzwischen von ganzem Herzen zu.

Sie waren kurz davor zu streiken, aber Prof. Hillairet und Delvaux bemerkten die Unruhe im Camp nicht. Sie hatten andere Probleme.

Vor allem Delvaux.

Delvaux' Körper schmerzte bei jeder Bewegung, aber er wollte sich keine Pause gönnen. Der Aufenthalt im Krankenhaus hatte ihn schon genug Zeit gekostet, weswegen er nachmittags wieder in den Lagerraum ging und an der Kylix weiterarbeiten wollte.

Er war allein im Lager, als er die Zahlenkombination des Tresors eingab und die schwere Stahltür öffnete. Im obersten Fach befanden sich immer noch einige Papiere und die mykenische Plastik, aber als er in das untere Fach blickte, wurde er kreidebleich.

Der Glaskasten mit der Kylix war verschwunden.

Aber wie konnte das sein? Hatte Prof. Hillairet sie herausgenommen, um sie jemandem zu zeigen oder um sie irgendwohin zu bringen? Hatte er schon den Auftrag bekommen, sie dem Archäologischen Nationalmuseum in Athen zu übergeben? Aber wenn es so gewesen wäre, hätte er ihm davon erzählt, da war er sich sicher.

Delvaux betrachtete den Tresor, an dem keine Beschädigung zu erkennen war. Jemand hatte ihn geöffnet, obwohl nur er und Prof. Hillairet die Zahlenkombination des Schlosses kannten.

Das dachte er zumindest bis heute. Doch anscheinend kannte noch jemand den Code. Und Delvaux ahnte, wer.

43

Eliadis sah durchs Fenster Delvaux auf seine Hütte zusteuern. Ohne Eile griff er nach einem Mikrofasertuch, setzte sich in den einzigen Sessel der Hütte, nahm das Messer samt Geschirr vom rechten Bein und legte es neben sich auf einen kleinen Holztisch. Sorgsam begann er sein Messer von Dreck und Staub zu säubern, als Delvaux mit einem energischen Schwung die Tür öffnete. Mit wenigen Schritten war er bei Eliadis, beugte sich über den Tisch zwischen ihnen und sah ihm direkt in die Augen.

»Wo ist sie?«

Ihre Gesichter waren nur wenige Zentimeter voneinander entfernt.

»Wo ist was?«, fragte Eliadis seelenruhig und strich sanft mit dem Tuch über das Messer.

»Du weißt, was ich meine.«

»Nein, weiß ich nicht.«

»Während ich im Krankenhaus war, wurde im Lager eingebrochen, und die Kylix vom neuen Brunnenbecken ist verschwunden.«

»Ach ja?« Eliadis verzog keine Miene und putzte weiter sein Messer. »Wie konnte das nur passieren? Du hütest sie doch wie deinen Augapfel und schließt sie abends immer im Tresor ein, oder nicht?«

Er pustete einmal über den blanken Stahl, um einige Staubkörnchen zu entfernen, die auf seine Hose hinunterrieselten und von ihm mit einer schnellen Wischbewegung auf den Boden befördert wurden. Dreck gehörte zu Dreck.

»Natürlich tue ich das!«, erwiderte Delvaux wütend.

»Und warum kommst du dann zu mir? Den Zahlencode des Tresors kennen doch nur du und Prof. Hillairet.«

Delvaux' Augen funkelten gefährlich. »Ich weiß, dass du ihn auch kennst. Du warst letzte Woche dabei, als Prof. Hillairet den Tresor öffnete. Du hast dir die Zahlenkombination gemerkt, ganz sicher. Und dabei hat Prof. Hillairet dir immer blind vertraut.«

Eliadis strich über das kalte Stahl seines Messers.

»Warum hast du dann nicht die Polizei gerufen, wenn du meinst, dass ich die Trinkschale gestohlen habe?«

»Weil ich nicht will, dass die Polizei hier rumschnüffelt, unsere Arbeit aufhält und unangenehme Fragen stellt. Außerdem denke ich, dass du sie irgendwo oben in den Höhlen versteckt hast, wo sie niemand finden würde. Ich dachte, wir könnten das unter uns regeln.«

»Möglich. Vorausgesetzt, ich weiß, wer die Kylix gestohlen hat.« Er pustete über die blanke Klinge. »Was kriege ich dafür, dass ich sie dir wiederbringe?«

»Was verlangst du?«

»Ich will, dass du Karen in Ruhe lässt.«

Delvaux schnaubte verächtlich. »Eine Frau? Du vergleichst den Wert dieser Kylix mit einer Frau? Lächerlich. Du glaubst doch nicht wirklich, dass du Karen für dich gewinnen kannst. Bleib lieber bei Selena. Karen ist für dich eine Nummer zu groß.«

Eliadis' Finger verkrampften sich um den Griff des Messers, während Delvaux' Worte ihn in einer alten Wunde trafen. Er legte das Messer gut sichtbar auf seinen rechten Oberschenkel.

»Geh jetzt, Simon.«

»Bevor was? Mach dich nicht lächerlich. Du jagst mir mit deinem Messer keine Angst ein.«

»Das ist dein Fehler.« Eliadis liebkoste mit seiner rechten Hand den schmalen Kunststoffgriff des Messers. »Ich werde sehen, ob ich die Kylix wiederbeschaffen kann. Bis dahin sollte die Polizei nicht eingeschaltet werden.«

Delvaux genoss einen stillen Triumph. »Sehr schön. Ich dachte mir schon, dass wir uns einig werden. Prof. Hillairet wird es einige Tage lang nicht bemerken, da er zu sehr mit dem Brunnenbecken beschäftigt ist, aber wenn die Kylix bis Ende der Woche nicht wieder da ist, kann ich für nichts mehr garantieren. Du hast also nicht viel Zeit.«

»Lass das meine Sorge sein. Und du hältst dich inzwischen von Karen fern.«

»Nein, so läuft das nicht. Erst die Kylix, dann dein Vergnügen. Au revoir.« Delvaux schlug mit der Faust auf den Tisch und verschwand dann ohne ein weiteres Wort durch die Tür.

Eliadis warf ihm wütend sein Messer hinterher, dass sich geräuschvoll in das alte Holz neben der Tür bohrte. Danach griff er in seine Hosentasche und holte eine alte dreieckige Tonscherbe hervor, die zur Kylix gehörte.

»Nein, Simon, du wirst die Kylix nie wieder bekommen. Nie wieder.«

44

Am Nachmittag hätte Eliadis eigentlich im Museum arbeiten müssen, aber er nahm sich diesen Tag frei, um Delvaux nicht über den Weg zu laufen. Er wollte sich heute lieber außerhalb des Heiligen Bezirks aufhalten und hatte Karen, nachdem sie sich einigermaßen erholt hatte, dazu überreden können, einen Spaziergang zur Kastalia-Quelle zu machen.

Karen wusste, dass es kein weiter Weg war, und hatte seinem Vorschlag nach kurzem Überlegen zugestimmt.

»Vielleicht bringt das ja meinen Kreislauf wieder in Gang«, meinte sie und hatte sich ihre bequemen Gesundheitssandalen angezogen, auch wenn ihr der gesamte Rücken und die Beine noch wehtaten.

Eliadis führte sie auf dem Sandweg unterhalb der Außenmauer zum unteren Bereich der Kastalischen Schlucht.

»Es gibt zwei Kastalia-Quellen, aber das wissen die meisten Touristen nicht«, erklärte er. »In den Reiseführern ist fast immer nur die neuere Kastalia-Quelle abgebildet, die die Römer veränderten, aber die wirkliche und ursprüngliche Kastalia ist hier unten am Fuße des Phlemboukos-Felsens.«

Er deutete auf eine Gruppe dichter Kiefern, die in ihrer Mitte etwas zu verstecken schienen.

Vor Karen und Eliadis liefen italienische Schüler, die von ihrem Lehrer an der nächsten Weggabelung nach links den Berg hinaufgeführt wurden, während Eliadis und Karen auf dem unteren Weg blieben.

»Verstehst du, was ich meine?« Er deutete mit dem Daumen über seine Schulter. »Es ist typisch, dass sie zum jüngeren Brunnenbecken gehen. Na ja, dann haben wir hier unten vielleicht unsere Ruhe, wenn nicht schon andere Touristen dort sind.«

Es war nicht mehr weit, aber er genoss jeden einzelnen Schritt, den sie zusammen auf diesem Weg gingen.

Der Weg zurück zur Quelle.

Sie erreichten die dunklen Kiefern, unter deren schützenden Nadelkronen alte Stufen zu einem kleinen gemauerten Hof führten. Eliadis drückte für Karen einige Zweige beiseite, die über die Stufen hinauswuchsen, und folgte ihr dann auf die glatten silbergrauen Bodenplatten des Brunnenhofs. Sie gingen die wenigen Meter zur nördlichen Steinwand, durch deren schräge Fugen ihnen wilder Efeu entgegenschlängelte.

»Hier kam das heilige Wasser aus dem Felsen«, sagte Karen, während ihre Hände über den groben Poros-Stein des Wasserbeckens fuhren und ihr Blick an dem teilweise noch erhaltenen blauen Farbverputz hängen blieb.

»Ja, aus vier steinernen Löwenköpfen floss das Wasser der Kastalia, um die Pilger durch eine symbolische Waschung von ihren Sünden zu befreien.«

Karen war fasziniert, jeder Schmerz in ihrem Körper verschwunden. »Die Pythia und die delphischen Priester achteten also auf Moral und Anstand der Hilfesuchenden?«

Eliadis nickte. »Apollon hatte es ihnen so befohlen. Die

Pythia hat sogar Pilger abgelehnt, wenn sie wusste, dass sie sich schuldig gemacht hatten. Eines Tages kam jemand zu ihr, der einen Menschen getötet hatte. Sie verweigerte ihm die Weissagung und wollte ihn wieder wegschicken, und erst als er ihr versicherte, dass es ein Unglücksfall gewesen war und er es wirklich nicht gewollt hatte, ließ sie ihn zur Befragung zu.«

»Das zeigt, dass aus dem rachsüchtigen Apollon ein vergebender Gott geworden war.«

»Ja, das war er. Sein Orakel versuchte die Menschen an ihre Tugenden zu erinnern und hatte Vorbildcharakter. Wenn die Pythia einen Mörder abwies, sprach sich das im ganzen Land herum, und ihre Sprüche und ihr Verhalten waren wegweisend für alle Griechen. Während jede Polis ihre eigenen Gesetze hatte, bekamen die Menschen durch die Sprüche der Pythia zum ersten Mal so etwas wie göttliche Gesetze. Einen Menschen zu töten oder Blutrache zu nehmen prangerte sie an. Kennst du übrigens die Legende von Apollons Läuterung?«

»Nein, ich glaube nicht.«

»Apollon war ursprünglich ein kämpferischer und rachsüchtiger Gott. Doch als er in Delphi die Pythonschlange getötet hatte, spürte er eine schwere Schuld auf sich und zog sich zur Sühne ins Tempe-Tal zurück. Dort begegnete er Eros, der sich abmühte, seinen Bogen zu spannen. Als Apollon den geflügelten Liebesgott sah, bespöttelte er ihn, doch der wollte die Häme nicht auf sich sitzen lassen und Apollon die Stärke seiner Liebespfeile beweisen.

Er flog auf den Gipfel des Parnass und schoss einen goldenen Pfeil auf Apollon, der daraufhin in heftiger Liebe entflammte. Danach schoss er einen bleiernen Pfeil auf Daphne, bei der dieser Pfeil genau das Gegenteil bewirkte. Sie stumpfte gegen jegliche Liebe ab und eiferte der jungfräulichen Göttin Diana nach, die jagend durch die Wälder und Berge zog.

Sie wies alle Freier ab, auch Apollon, doch der war durch Eros' Pfeil so verliebt, dass er Daphne tagelang überallhin verfolgte. Sie wusste keinen Ausweg mehr und bat ihren Vater, den Flussgott Peneios, sie zu sich zu nehmen oder ihr eine andere Gestalt zu geben. Daraufhin verwandelte er Daphne vor Apollons Augen in einen Lorbeerbaum.

So verlor Apollon seine geliebte Daphne, aber er verehrte sie weiterhin, indem er den Lorbeerbaum zu seinem Zeichen machte. Seitdem wird Apollon auf Vasen und Münzen mit einem Lorbeerkranz gezeigt, und der Lorbeer wurde der heilige Baum Delphis. Der Boden des Apollon-Tempels wurde nur mit Besen aus heiligen Lorbeerzweigen gefegt, und selbst im Adyton stand ein Lorbeerbusch neben dem Dreifuß der Pythia.«

Eliadis griff nach einem Lorbeerbusch, der neben ihm stand, und brach einen dünnen Zweig ab. Er reichte ihn Karen, die ihn vorsichtig in die Hand nahm, als könnte er unter ihren Fingern zerbrechen, doch der Zweig war erstaunlich biegsam.

Er nahm ihn ihr wieder ab und steckte ihn ihr knapp oberhalb des rechten Ohrs ins Haar.

»Die Sieger der Pythischen Spiele wurden mit einem Lorbeerkranz geehrt, während sie in Olympia einen Kranz aus Olivenzweigen bekamen. Die meisten Menschen bringen das durcheinander, aber der Lorbeerkranz gehört zu uns nach Delphi.«

Karen merkte, dass Nikos das ärgerte, und zweifelte nicht daran, dass er das bei den Touristen bei jeder Museumsführung klarstellte.

»Apollon war also im Tempe-Tal nicht nur mit reiner Sühne beschäftigt«, stellte Karen amüsiert fest und nahm den Zweig wieder aus ihrem Haar.

»Natürlich nicht. Wer kann schon einer schönen Frau widerstehen? Doch Daphne war für immer verloren.«

»Eine unglückliche Liebe.«

»Aber bis zuletzt voller Verehrung. Nach seiner Zeit im Tempe-Tal hatte Apollon sich verändert. Er kehrte geläutert nach Delphi zurück, erbaute hier sein Heiligtum und versuchte die Menschen von Mord und Blutrache abzuhalten, was die Erinnyen, die Rachegöttinnen, erzürnte, da Apollon sie arbeitslos machte.«

Karen lachte. »Die Ärmsten. Aber sie wurden wohl nicht ganz arbeitslos, oder? Leider gibt es doch immer schlechte Menschen, die ihnen zuarbeiten.«

»Natürlich gibt es solche Menschen. Sollen wir weiter zur anderen Kastalia-Quelle gehen, oder willst du noch ein bisschen hierbleiben?«

Karen konnte sich von dem alten Wasserbecken kaum trennen und strich noch mal über den verwitterten Poros-Stein, ehe sie die Hand hob und verwirrt einen Schritt zurücktrat. Ihre Hand kitzelte, als ob sie sich an Brennnesseln verbrannt hätte, doch da waren weit und breit keine zu sehen. Auch keine vereinzelte Brennnesselpflanze. Sie hatte wirklich nur die alten Steine berührt. Nicht einmal an den grünen Efeu war sie gekommen, und trotzdem vibrierte ihre Hand wie elektrisiert.

Eliadis bemerkte ihre Verblüffung und wollte sie gerade etwas fragen, als Karen abwinkte. »Es ist nichts, es geht schon. Ich denke, ich habe genug gesehen. Lass uns weitergehen.«

»Gut, wenn du meinst.« Er öffnete ihr wieder den Weg durch die tief hängenden Tannenzweige und führte sie einen kurzen, aber steilen Weg nach Norden. »Das alte Becken wurde übrigens erst in den fünfziger Jahren entdeckt«, erklärte er, während ihnen die italienische Schülergruppe wieder entgegenkam und zum Gymnasion weitermarschierte.

Karen war verblüfft. »Was? Trotz all der Ausgrabungen erst so spät?«

»Ja, unglaublich, nicht wahr? Und dann auch nur rein zufällig, als man die Nationalstraße verbreitern wollte. Das Becken war schon seit Urzeiten verschüttet. So wie alles hier in Delphi, aber man sieht, dass der Ort jederzeit für Geheimnisse gut ist. Die Vergangenheit holt einen überall wieder ein.«

»Ja, das scheint mir auch so«, murmelte Karen, während sie sich gedankenverloren mit dem Lorbeerzweig über die Wange strich. Wenn sie einige Jahrzehnte früher geboren worden wäre, hätte sie diesen archaischen Brunnen vielleicht niemals zu Gesicht bekommen. Sie war also zur richtigen Zeit hier. Sie wusste es.

Wenige Minuten später erreichten sie die jüngere Kastalia-Quelle, die aus dem roten Felsen gehauen war und in dessen Sammelbecken bis heute das heilige Wasser aufgestaut wurde. Doch auf der Wasseroberfläche schwammen grüne Moosarten, sodass Karen lieber zu einem kleinen Loch an der Nordwestecke des Felsens ging und dort das klare Wasser in ihrer Hand auffing, das dort langsam aus dem Berg herausfloss.

»Das heilige und inspirierende Wasser der Kastalia-Quelle«, murmelte sie und trank von dem klaren Nass, das sie in ihrer rechten Hand aufgefangen hatte. Dann ließ sie noch mal wie in einem uralten Ritual das Wasser in ihre rechte Hand fließen und reichte es Eliadis.

»Möchtest du auch etwas von dem Wasser trinken?«

»Aus deiner Hand immer«, sagte er und nahm sie zärtlich wie eine Trinkschale zwischen seine Hände und trank das Wasser. Dann küsste er Karens Hand. Sie wollte sie ihm entziehen, aber er hielt sie für einen langen Moment am Handgelenk fest, bevor er sie losließ.

Karen wandte sich von ihm ab und taumelte zu einer alten Steinmauer neben der Quelle. Ihr Blick ging zurück zum Tempel, während tausend verwirrende Gedanken durch ihren Kopf schwirrten. Ihr Blut pochte in den Adern. Als sie sich umdrehte, stand Eliadis direkt hinter ihr. Seine Augen suchten ihren Körper ab und flackerten feurig, während er den Kopf senkte und sie küssen wollte. Im letzten Moment drehte Karen sich weg.

»Nicht, Nikos.«

Eliadis verharrte wenige Zentimeter vor ihrer Wange und starrte runter auf ihre Brust, die sich schnell hob und senkte.

»Warum nicht?« Er streichelte ihre linke Schulter und fuhr dann über ihren schlanken Arm. Mit Entsetzen stellte sie fest, dass seine Berührungen ihr im ersten Moment gefielen und sich ihre Körper anzuziehen schienen. Im nächsten Moment hielt er sie in seinen Armen und versuchte sie wieder zu küssen, doch sie drehte immer noch den Kopf weg.

»Karen, was ist denn?« Er fasste nach ihrem Kinn, doch ihr Kopf blieb starr abgewandt.

»Du weißt, dass ich Michael liebe.«

Eliadis schoss das Blut ins Gesicht, und seine Augen verengten sich in schmerzlicher Wut, als er nach ihrer rechten Hand griff und der Ring mit den kleinen Brillanten in der Sonne glitzerte.

»Das ist kein Verlobungsring«, stellte er fest. »Dein Freund ist weit weg. Niemand sieht uns hier neben der Quelle. Wir sind allein.« Er griff nach ihrer Brust und versuchte wieder sie zu küssen, aber Karen riss sich von ihm los und lief einige Schritte die Mauer entlang.

Eliadis blieb mit gesenkten Schultern stehen und starrte wütend auf seinen Klumpfuß. »Bei Simon hättest du dich nicht gesträubt!«, stieß er hervor.

»Wie bitte?«

»Mit Simon hättest du …«

»Das ist nicht wahr!« Energisch ging sie an ihm vorbei und rannte dann den schmalen Weg zurück zum Heiligen Bezirk.

Er sah sie in einer Kurve taumeln, doch sie fing sich im letzten Augenblick. »Bleib stehen!« Er rannte humpelnd hinter ihr her.

Karen rannte noch schneller, aber dennoch holte er sie mit großen Schritten ein und griff nach ihrem Arm. Sie wollte sich von ihm losreißen, doch sein Griff war fest und fordernd.

»Karen! Hör mir zu! Ich hab's nicht so gemeint!«

»Lass mich los!«, schrie sie. Sie war beleidigt und verletzt.

Eliadis wusste, dass er zu weit gegangen war, aber anstatt sie loszulassen, hielt er sie an beiden Armen fest und zwang sie, ihm in die Augen zu schauen.

»Es tut mir leid. Ich wollte nicht …«

Ihre Gegenwehr wurde ein wenig schwächer und sie etwas ruhiger. »Lass mich los.«

»Nur, wenn du vernünftig bist und langsam den Weg hinuntergehst.«

Karen schluckte einige Male, dann nickte sie.

Eliadis gab sie frei. Beide standen neben dem Felshang, doch dann atmete Karen einmal tief durch und ging an ihm vorbei den Weg hinunter.

Eliadis wartete einen Augenblick, dann wollte er ihr folgen, doch ein Ruf hielt ihn auf.

»Nikos!«

Er hob den Kopf und sah nach oben, von wo der Ruf kam. Auch Karen hatte ihn gehört und drehte sich um. Oben auf dem Felsen neben der Quelle stand Selena.

Karen sah, wie Eliadis zu ihr hochging, doch dann drehte sie sich wieder um und machte sich auf den Weg zurück zum Heiligen Bezirk.

Weit über ihr empfing Selena Nikos mit einer ängstlichen Umarmung. Sie küsste ihn und hielt ihn fest. Er sah auf sie hinunter. »Wie lange bist du schon hier?«

»Nicht lange«, log sie. »Ich bin gerade erst gekommen

und hab dich hinter dieser Frau herrennen sehen. Ich dachte, ihr stürzt beide den steilen Weg hinab.« Ihre Umklammerung wurde noch fester. Nikos spürte ihre Angst um ihn und ihre Liebe.

»O Selena«, flüsterte er ihr ins Ohr und legte sie sanft auf den harten Felsen, während seine Küsse ihren Mund und ihren Hals bedeckten.

45

Als sie im Camp in ihrer Hütte angekommen war, ließ Karen sich schwer auf das alte Polstersofa sinken, während ihr Herz immer noch wild pochte. Sie wusste nicht, ob es an Nikos lag oder daran, dass sie so schnell den Berg hinuntergerannt war.

Was hatte sich Nikos nur dabei gedacht, sich ihr auf diese Art und Weise zu nähern, obwohl er doch genau wusste, dass sie mit Michael liiert war? Und als sie ihn abwies, hatte er bei Selena offensichtlich mehr Glück gehabt und sich ohne Umschweife gleich ihr an den Hals geworfen.

Verrückter Kerl. Doch sie musste auch zugeben, dass der junge Grieche eine ungewöhnliche Ausstrahlung hatte, der sie sich kaum entziehen konnte.

Sie warf einen langen Blick hinaus zu den Phädriaden und zum archaischen Brunnen neben der Nationalstraße, an dem er ihr von Apollons unerwiderter Liebe zu Daphne erzählt hatte. Sie wusste, dass es noch eine Apollon-Sage gab, in der er auch der Wassernymphe Kastalia so sehr zugesetzt hatte, dass sie sich lieber in die Kastalia-Quelle verwandelte, als sich dem Gott der Muse hinzugeben.

Karen ging ins Badezimmer, drehte den Wasserhahn mit dem kalten Wasser auf und wusch sich minutenlang den Staub und den Schweiß vom Gesicht, ehe sie wieder ruhig durchatmen konnte.

Das Kastalia-Wasser schien wirklich einen magischen Zauber auszuüben, denn wie waren sonst ihre plötzlichen Gefühle für Nikos zu verstehen?

Karen zitterte immer noch die Hand, mit der sie ihm das heilige Wasser gereicht hatte.

Seine Berührungen …

Nirgendwo anders, außer vielleicht noch auf der Akropolis in Athen, hatte sie sich Nikos so nahe und gleichzeitig innerlich so zerrüttet und verletzt gefühlt wie dort. So etwas hatte sie bisher nur mit Michael erlebt. Es verwirrte sie und brachte sie auf Gedanken, die sie lieber nicht zu Ende denken wollte.

Als sich eine ansteigende Melodie von ihrem Handy meldete, schreckte sie zusammen. Eilig trocknete sie sich das Gesicht ab und griff dann nach dem Telefon. Auf dem Display erschien ein Name, der Nikos sofort vergessen ließ.

»Michael! Endlich rufst du zurück. Wie geht es dir, Darling?«

»Hi, das wollte ich dich auch gerade fragen. Bist du gut in Delphi angekommen?«

Karen war überrascht über seine raue Stimme, aber vielleicht war er nur erkältet.

»Das weißt du doch. Das hatte ich dir doch in meiner E-Mail geschrieben. Oder hast du sie noch nicht gelesen?«

»Nein, tut mir leid, dazu bin ich noch nicht gekommen. Gefällt es dir in Delphi?«

Karen setzte sich auf das alte Polstersofa. Sie würde die Heizung noch etwas aufdrehen müssen, denn ihr lief vor

Kälte eine Gänsehaut über die Arme. Oder lag es an Michaels tiefer Stimme? »Ja, aber ich wünschte, du wärst hier. Dann wäre Delphi noch viel schöner.«

Für Mansfield war dieser Satz Balsam und Schmerz zugleich. Er lag im Krankenhaus, und trotz der Medikamente dröhnte sein Kopf wie die Niagarafälle. Neben ihm standen Alicia und Tom, die auf Karens Wutanfall warteten, doch anscheinend kamen sie bei diesem Telefonanruf noch mal glimpflich davon. Tom kramte gerade in seiner Jackentasche, als seine Finger auf zusammengefaltetes Papier trafen. Siedend heiß fiel ihm ein, dass er Michael Karens E-Mail ausgedruckt, aber noch nicht gezeigt hatte, zog sie heraus und hielt sie ihm hin, aber er winkte nur ab. »Ich muss jetzt Schluss machen, Darling. Tom kommt gerade zur Tür herein und will etwas von mir. Vielleicht rufe ich dich später noch mal an. Bye, Darling. Ich liebe dich.«

»Ich dich auch.«

Karen starrte einen Moment gedankenverloren auf das kleine silberne Handy, doch dann wischte sie alle dunklen Bedenken beiseite und ging in die Küche, um sich ihr Abendessen zu machen.

46

Sie schaute im Kühlschrank nach, ob sie aus dem Gemüse und den vorhandenen Konserven im Regal daneben ein leckeres Abendbrot zaubern konnte, doch das schien nicht machbar. Nicht, weil sie nicht genug eingekauft hatte, sondern weil sie mit ihren Gedanken bei Michael war, über seine unnatürlich raue Stimme und den kurzen Anruf nachdachte. Wie gern hätte sie länger mit ihm telefoniert, aber er schien noch immer keine Zeit zu haben, und damit musste sie sich abfinden.

Sie überlegte gerade, ob sie zwei Fleischspieße braten oder sich lieber einen Salat machen sollte, als noch mal die Melodie ihres Handys ertönte. Diesmal war es Julius.

»Hallo, Julius. Na, willst du wissen, ob ich mit den Recherchen für dein Buch gut vorankomme?«

»Das auch, meine Liebe, das auch. Aber zuerst will ich wissen, wie es dir geht. Ist bei dir alles in Ordnung? Ich hörte in den Nachrichten von dem schweren Erdbeben und den vielen Toten in Athen und habe mir Sorgen gemacht. Aber bei dir in Delphi ist alles in Ordnung, oder?«

»Ich kann zumindest noch telefonieren.«

Julius hielt den Atem an. »Was heißt das? Liegst du im Krankenhaus mit den Beinen in Gips?«

»Nicht ganz. Ich bin gestern entlassen worden.«

»Was? Du machst Spaß, oder?«

»Nein, leider nicht.«

»Was ist passiert?«

»Einer der Archäologen, Simon Delvaux, wollte mir die Pythonhöhle zeigen, doch dann kam das Erdbeben und hat den Eingang der Höhle verschüttet. Wir mussten einen anderen Gang nehmen, und da hat uns dann auch ein Felsen erwischt. Wenn Simon nicht gewesen wäre, könnte ich jetzt nicht mit dir telefonieren, Julius. Er hat mir das Leben gerettet.«

Julius sah auf den Skarabäus auf seinem Tisch und war für einige Sekunden sprachlos und verwirrt. Schließlich fragte er: »Delvaux hat dir also das Leben gerettet? Und wie?«

»Er hat mich niedergerissen, und als wir ins Stolpern kamen, hat er mich mit seinem Körper vor dem herabstürzenden Felsen geschützt.«

Julius hatte auf einmal ein Kratzen im Hals und hüstelte kurz. »Soso, hat er das? Aber vielleicht wollte er nur schnell an dir vorbei und hat dich deswegen umgestoßen.«

Bei Karen bildete sich eine kleine Falte zwischen den Augenbrauen. »Was soll das, Julius? Ohne Simon wäre ich jetzt nicht hier.« Doch in Gedanken musste sie zugeben, dass er vielleicht nicht ganz Unrecht hatte, denn kurz bevor sie im Höhlengang hinfiel, hatte sie einen leichten Stoß in den Rücken bekommen. Nur deswegen war sie gestolpert und hingefallen.

»Hat Delvaux überlebt?«, holte Julius' Stimme sie in die Gegenwart zurück.

»Ja, es geht ihm gut. Die Ärzte wollten ihn zwar noch länger im Krankenhaus behalten, aber er hat sich heute auf eigene Gefahr selbst entlassen.«

»Er ist also wieder in Delphi. Na gut. Und du? Was hast du für Blessuren davongetragen?«

»Zum Glück nur einige blaue Flecken und Hautabschürfungen. Und meine Schulter tut weh, aber ansonsten geht's wieder. Ich kann auf jeden Fall schreiben, falls du deswegen Angst hast.«

»Das Buch ist nicht wichtig. Hauptsache, dir ist nichts passiert, Kind. Ist sonst alles in Ordnung? Wie geht es Michael?«

»Gut, ich habe gerade mit ihm telefoniert, aber es war leider nur ein kurzes Gespräch. Er hat anscheinend viel Arbeit.«

»Ja, dann will ich dich nicht länger stören. Ich bin auf jeden Fall froh, dass es dir gut geht. Mach weiter so und komm gut nach Hause, meine Liebe. Tschüss, Karen.«

»Tschüss.«

Sie beendete das Gespräch und starrte einen langen Augenblick auf ihr Handy. Warum hatte Julius so merkwürdige Andeutungen über Simon gemacht? Oder täuschte sie sich und er hatte es gar nicht so gemeint, wie es sich angehört hatte? Karen war irritiert, aber nach einigen Sekunden ließ sie es dabei bewenden.

Stattdessen öffnete sie erneut den Kühlschrank, während hinter ihr im Flur zwei fremde Männer standen, die auf Geräusche in der Küche horchten. Sie waren vor wenigen Minuten unbemerkt durch das offene Schlafzimmerfenster in die Hütte eingedrungen und lautlos in den Flur geschlichen. Sie wechselten einen kurzen Blick und horchten nochmals in die Küche.

Die Frau war also zu Hause. Ihr Pech.

47

Karen stand vor dem geöffneten Kühlschrank und überlegte, ob sie noch mal ins Dorf fahren sollte, als sie von hinten niedergeschlagen wurde und lautlos auf die Bretterdielen sank. Einer der Männer zog sie ins Schlafzimmer und wollte sie knebeln und fesseln, während ein anderer ins Wohnzimmer eilte und sich ihren Laptop und ihre Unterlagen vornahm.

Der Mann im Schlafzimmer legte seinen Revolver neben Karen aufs Bett und zog einige Kunststoffstricke aus seiner Hosentasche, um sie damit zu fesseln, als er plötzlich hinter sich ein Geräusch hörte und im nächsten Moment durch die Wucht eines Holzstuhls niedergerissen wurde. Fluchend fiel er neben Karens Bett und befühlte seinen schmerzenden Kopf, als er Eliadis mit seinem Revolver neben sich stehen sah.

Der Krach hatte seinen Kumpel herbeigelockt. »Trakis? Ist alles in Ordnung bei dir, oder macht die Kleine Schwierigkeiten?«

Der Einbrecher wollte etwas rufen, doch Eliadis warf ihm einen vernichtenden Blick zu und zielte genau auf seinen Kopf.

»Trakis?«

Der zweite Mann nahm seine Pistole und öffnete vorsichtig die Tür zum Schlafzimmer, als sich Eliadis mit voller Kraft dagegenstemmte und den rechten Arm des Mannes im Holzrahmen einquetschte. Dieser ächzte vor Schmerzen und ließ seine Waffe fallen, während er sich ebenfalls gegen die Tür stemmte und sie zusammen mit Eliadis nach innen stieß. Eliadis wurde gegen einen Schrank geschleudert, doch als der Mann mit seiner Pistole nach ihm zielen wollte, zischte ein gedämpfter Schuss an dessen Kopf vorbei.

»Das würde ich an deiner Stelle nicht tun! Los! Schieb die Waffe mit dem Fuß rüber. Na los! Mach schon.«

Der Mann tat wie befohlen, aber anstatt sie in Eliadis' Richtung zu schieben, landete sie unter Karens Bett. Er grinste schief und zuckte entschuldigend mit den Schultern.

Eliadis stand auf und richtete schwer atmend die Waffe auf das Herz des zweiten Mannes, der freiwillig seine Hände über den Kopf nahm.

»He, du wirst mich doch nicht erschießen!«

»Das kommt ganz darauf an. Los! Nimm deinen Kumpel und verschwinde!«

Der Mann senkte jetzt wieder langsam die Arme und machte eine beschwichtigende Handbewegung.

»Schon gut, schon gut. Reg dich ab.«

Er half seinem Freund hoch, und Eliadis trieb beide mit vorgehaltener Pistole vor die Tür. Gegenüber brannte bei Delvaux und beim Professor bereits Licht, aber anscheinend hatten beide nichts von dem Krach in Karens Hütte mitgekriegt. Eliadis wedelte mit der Waffe herum.

»Und jetzt verschwindet!«

Die beiden Männer standen in der Abenddämmerung zwischen den Hütten wie auf einem Präsentierteller, dann liefen sie schnell davon.

Eliadis sicherte die Waffe, steckte sie in den Hosenbund und eilte in die Hütte zurück.

Im Schlafzimmer war Karen inzwischen mit höllischen Kopfschmerzen wieder zu sich gekommen. Was war passiert? War sie schon ins Bett gegangen? Nein, das konnte nicht sein. Daran konnte sie sich nicht erinnern. Aber warum hatte sie diese schmerzende Beule am Hinterkopf? Ihr Bett war mit Holzsplittern übersät, und die Schlafzimmertür hing schief, oder bildete sie sich das nur ein? Sie überlegte noch, als Eliadis atemlos ins Zimmer kam.

»Bist du okay? Haben sie dir etwas getan?«

»Was … wer … wen meinst du?« Sie fasste sich an den Kopf. »Ich kann mich nicht mehr erinnern.« Doch plötzlich wurden ihre Augen groß, als ihr Blick auf die Pistole in seinem Hosenbund fiel. Sie hatte auf einmal Angst. »Was ist passiert? Warum trägst du eine Pistole?«

Er ging auf sie zu, doch sie wich vor ihm zurück. Er hob beschwichtigend die Hände.

»Keine Angst. Du bist überfallen worden. Man hat dich niedergeschlagen und deinen Laptop zerstört, aber Hauptsache, dir ist nichts passiert.«

»Meinen Laptop?« Das brachte wieder Leben in Karen. »Was ist mit meinen Unterlagen?«

»Warte bitte einen Augenblick. Ich muss erst noch …« Er ging vor ihr auf die Knie und griff nach der zweiten Pistole, die in Reichweite unter dem Bett lag, und stand wieder auf. Karen warf einen unsicheren Blick auf die zweite Waffe.

»Bist du fertig?«

Und ohne eine Antwort abzuwarten, sprang sie vom

Bett und rannte an der schiefen Schlafzimmertür vorbei ins Wohnzimmer.

Eliadis folgte ihr.

Vor ihnen lag Karens zerstörter Laptop.

»Wer war das?«, fragte sie ungläubig, denn sie konnte immer noch nicht begreifen, dass sie gerade überfallen worden war.

»Ich weiß es nicht. Ich habe Krach bei dir gehört und durchs Fenster gesehen, wie zwei Männer dich niederschlugen und einer dich ins Schlafzimmer brachte. Da bin ich schnell ins Badezimmer eingestiegen und habe die beiden überrascht.«

»Du hast alleine zwei bewaffnete Männer überwältigt?«

»Na ja, sie waren abgelenkt. Während der eine sich hier an deinem Laptop zu schaffen machte, brachte der andere dich ins Schlafzimmer.«

Er ging zu einer Stelle, wo einer der Einbrecher auf dem Fußboden ein Feuer mit Karens Unterlagen gemacht hatte, und trat es aus. »Sind deine Notizen alle verloren?«

»Nein.« Mit einem schmerzlichen Lächeln bückte sich Karen und griff mit zitternder Hand in eine kleine Seitentasche ihrer Cargo-Hose, aus der sie einen dünnen USB-Stick hervorzog. »Seit ich mal die Arbeit eines halben Jahres durch eine kaputte Festplatte verloren habe, sichere ich meine Daten jeden Tag auf diesem Speicher. Meine Computerdaten sind alle noch vorhanden, doch meine Papiernotizen sind zerstört.«

Eliadis betrachtete den kleinen schwarzen Datenspeicher in ihrer Hand.

»Aber du kannst weiterarbeiten?«

»Ich denke schon. Ich brauche nur einen neuen Laptop«, sagte sie, als sie sich den Kopf hielt und schwankend auf den Schreibtischstuhl niedersank. Erst jetzt wurde ihr bewusst, dass sie wirklich überfallen worden war.

Er bemerkte ihr blasses Gesicht. »Soll ich dir ein Glas Wasser holen?«

»Ja, bitte. Das wäre nicht schlecht.«

Er ging in die Küche und kam mit einem Glas Leitungswasser zurück. Sie nahm es dankend an und trank es in einem Zug bis zur Hälfte leer.

»Brauchst du einen Arzt?«

»Nein, danke. Ich … ich bin vollkommen in Ordnung.«

Im selben Moment hörten sie ein lautes Scheppern außerhalb der Hütte. Eliadis schlug eine Gardine beiseite und sah, wie zwei menschliche Schatten aus Delvaux' Hütte herausrannten.

»Sie sind immer noch da!«

Er riss einen der Revolver aus dem Hosenbund und humpelte zur Tür.

»Ich komme mit!«, rief Karen ihm hinterher.

»Nein, du bleibst hier! Wir wissen nicht, ob sie noch mehr Waffen haben. Vielleicht sind es mehrere Männer, die das Camp überfallen. Hier, nimm … zur Verteidigung.«

Er warf ihr einen der Revolver zu. »Kannst du damit umgehen?«

Als Antwort zeigte sie ihm, wie man die Smith & Wesson entsicherte. Er war ein wenig irritiert, aber nur kurz.

»Du bleibst hier und wartest«, befahl er.

»Nein«, widersprach Karen und stellte sich neben ihn. Sie würde auf keinen Fall allein in dieser Hütte bleiben.

Eliadis sah in ihr entschlossenes Gesicht und wusste, dass jedes Wort umsonst gewesen wäre. »Also gut, komm.«

Doch als sie ihm folgte, drehte sich ihr beinahe der Magen um, als sie sich vorstellte, in der Hütte vielleicht gleich auf Simons Leiche zu stoßen.

Aus dem Innern der Hütte drang ein gedämpfter Lichtschein. Vorsichtig horchten sie nach einem verräterischen Geräusch, doch in Delvaux' Hütte spielte nur ein Radio leise im Badezimmer. Außerdem rauschte das Wasser der Dusche.

Langsam glitt Eliadis durch die Tür, und Karen folgte ihm. Mit einem schnellen Blick sah er auf die umgekippten Schubladen auf dem Boden. Die Schranktüren waren alle offen, aber sämtliche Papiere, Bücher und Ordner waren noch da. Links von ihm lagen zwei aufgebrochene Koffer und eine Transportkiste, aus der man das Stroh herausgerissen und über den Boden verstreut hatte. Anscheinend hatte man keine Papiere, sondern etwas Größeres gesucht. Eliadis biss sich auf die Lippe.

Durch die leicht geöffnete Badezimmertür bemerkte Karen einen reglosen Arm auf dem Boden. Am Zeigefinger steckte ein silberner Ring mit griechischem Mäandermuster – Androuets Ring. Das Herz schlug ihr bis zum Hals, als sie die Tür öffnete und Simon nackt und leblos neben der Dusche liegen sah, die linke Hand im halb heruntergerissenen Duschvorhang verkrallt.

»Simon!«

Karen war sofort neben ihm und hob seinen Kopf, aber er reagierte nicht. Sie spürte seinen Atem auf ihrer Hand und war dankbar, dass er lebte. Sie riss ein großes Handtuch aus dem Regal und legte es ihm gerade über die Hüften, als Eliadis dazukam.

»Lebt er?«

»Ja.«

»Gut. Die anderen Räume habe ich überprüft. Es ist niemand mehr hier.« Er steckte den Revolver in den Hosenbund zurück, ging in die Hocke und fühlte Delvaux' Puls, der stark und gleichmäßig war. »Ich glaube, den Rest erledige ich«, meinte er und deutete auf die Tür, damit Karen aus dem Badezimmer verschwand. Sie nickte und ging an ihm vorbei ins Wohnzimmer.

Eliadis stellte die Dusche ab und nahm einen nassen Waschlappen, mit dem er Simons Gesicht abwischte.

Als Erstes bewegte Delvaux seinen Arm, der in der Luft herumirrte. Dann öffnete er die Augen und grummelte etwas Unverständliches. Langsam setzte er sich auf, lehnte sich gegen die Wand und wischte sich übers Gesicht.

»Nikos?«, fragte er schwerfällig. »Was ist geschehen?«

»Das Camp ist überfallen worden. Zwei Einbrecher haben wohl etwas Wertvolles gesucht.«

»Kumpel von dir?«

»Sehr witzig«, zischte Eliadis. »Sie waren auch bei Karen.«

»Dann hast du deinen Leuten wohl die falsche Hütte genannt, wie? Ist ihr etwas passiert?«

»Nein, ich kam gerade noch rechtzeitig.«

»Waren sie auch im Museum? Und bei Hillairet?«

»Ich weiß es nicht.«

Delvaux stöhnte auf, als er mit der Hand über seinen Kopf fuhr. Die kleine Platzwunde neben seinem linken Ohr war nicht so schmerzhaft wie die große Beule an seinem Hinterkopf.

»Hilf mir hoch.«

Eliadis stand auf und zog ihn langsam hoch. »Kommst du alleine klar?«

»Ja, es geht schon. Wo ist Karen jetzt?«

»In deinem Wohnzimmer.«

»Sie ist hier?«, fragte er überrascht.

»Ja. Sie hat dich gefunden.«

Delvaux schielte auf das Handtuch um seine Hüften.

»Okay, ich bin gleich bei euch.« Er deutete mit der Hand zur Tür. Eliadis tat ihm den Gefallen und verließ das Badezimmer.

Im Wohnzimmer saß Karen in einem der alten Sessel und betrachtete das Chaos um sich herum, als Eliadis aus dem Flur auftauchte.

»Wie geht es ihm?«

»Er hat einen harten Schädel. Er wird es verkraften.«

»Was wollten die nur von uns?«

Eliadis hatte so eine Ahnung, was sie gesucht hatten. Er spürte die Kylix-Scherbe in seiner Hosentasche, die immer mehr Macht über ihn zu gewinnen schien, und er wusste, dass er die Sache bald beenden musste.

48

Nachts lag Karen in ihrem Bett und beobachtete, wie der fahle Mondschein durch die dünnen Gardinen über ihren Wandschrank wanderte. Sie konnte nicht schlafen. Die Erinnerungen an den Überfall waren noch zu frisch, und die Angst, in dieser Hütte nicht sicher zu sein, raubte ihr den Schlaf. Beinahe wäre sie zu Nikos rübergegangen und hätte bei ihm um ein Bett gefragt, denn bei ihm hatte man nicht eingebrochen. Seine Hütte schien vor den Unbekannten sicher zu sein. Eine Sicherheit, die sie jetzt brauchte.

Oder wenn Michael bei ihr gewesen wäre … dann hätte sie sich auch sicher gefühlt. Aber nach allem, was geschehen war, fühlte sie sich im Moment schrecklich einsam und verletzlich. Am liebsten wäre sie abgereist, doch sie wollte auch nicht so schnell aufgeben. Vielleicht wollte sie jemand hier aus Delphi vertreiben? Aber wer sollte das sein? Und warum?

Unruhig drehte sie sich von einer Seite auf die andere und versuchte dem hellen Mondlicht zu entkommen.

Was immer die Räuber im Camp gesucht hatten, sie hatten es anscheinend nicht gefunden. Ihren Laptop würde sie morgen durch einen neuen ersetzen und weiterarbeiten, und auch bei Delvaux hatten die Einbrecher keinen großen Schaden angerichtet. Sie hatten nur etwas gesucht. Aber was? Geld? Goldene Ausgrabungsstücke oder …

Siedend heiß erinnerte sie sich daran, wie Simon ihr stolz erzählte, dass die Kylix des Kleophrades etwas Besonderes, etwas Einmaliges auf der Welt sei.

Aber würde jemand für diese Kylix einbrechen? Oder sogar morden? Wie wertvoll war diese Kylix wirklich? Und … wer würde so einen Überfall in Auftrag geben?

Karen fröstelte, obwohl sie im warmen Bett lag. Der Aufenthalt hier in Delphi schien allmählich aus allen Fugen zu geraten. Und auf Nikos und Simon konnte sie sich anscheinend auch nicht mehr verlassen, denn die beiden belauerten einander wie rivalisierende Panther. Irgendetwas war zwischen ihnen geschehen. Irgendetwas hatte ihre Freundschaft, falls sie jemals wirklich existiert hatte, in Feindschaft verwandelt. Sie schienen ein gemeinsames Geheimnis zu haben, das sie zu Rivalen machte, und Karen hatte immer öfter das Gefühl, sich mitten in ihrem Schlachtfeld zu befinden.

Seufzend zog sie die Bettdecke bis zum Kinn und drehte sich auf die andere Seite, sodass das Mondlicht in ihrem Rücken war. Sie starrte auf die leere Bettseite neben sich und wünschte sich nichts sehnlicher, als Michael bei sich zu haben. Sie hatte das Gefühl, mit ihm zusammen Berge versetzen zu können, und merkte jetzt jeden Tag, wie sehr ihr seine Stimme, seine leuchtenden Augen, sein Humor und seine breite Schulter fehlten. Sie waren seit einem halben Jahr nie länger als zwei Tage voneinander getrennt gewesen, und Karen verstand allmählich, dass sie damit viel Glück gehabt hatte.

Es war wirklich unerträglich, in diesem großen Bett allein liegen zu müssen und Michael tausende von Kilometern entfernt in New York zu wissen. Aber war sie nicht selber schuld? Sie wollte ja unbedingt einen neuen Auftrag von Julius, auch wenn sie wusste, dass es für sie und Michael einige Tage Trennung bedeutete. Die würden sie schon überstehen, hatte sie gedacht, aber nach allem, was sie bisher in Delphi erlebt hatte, war sie sich nicht mehr so sicher. Zusammen mit Michael hätte sie hier alles viel leichter ertragen – die Erdbeben, die einstürzende Höhle, den Überfall. Er hätte sie beschützt, hätte sie in den Arm genommen und sie getröstet.

Aber er war eben nicht da. Sie hatte ihn in New York allein gelassen, weil sie gedacht hatte, in Delphi ohne ihn zurechtzukommen, und weil sie nicht mit Überfällen und Erdbeben gerechnet hatte. Sie sollte doch nur für ein Buch recherchieren. Mehr nicht.

Und jetzt befand sie sich mitten in einer Privatfehde zweier Männer und war den Gefahren unberechenbarer Urgewalten und fremden Einbrechern ausgeliefert.

Sie fühlte sich elend. Am liebsten wäre sie am nächsten Morgen abgereist, aber da war noch etwas, das sie hier festhielt. Sie spürte es. Vor allem, wenn sie in Nikos Nähe war. Da war ein inneres Kribbeln, das sie fast verrückt machte. Es war, als ob die delphische Pythonschlange sie umschlungen hätte, sie festhalten würde und nicht gehen lassen wollte.

Sie hatte hier noch etwas zu erledigen. Sie durfte nicht abreisen. Sie wusste es. Sie spürte es.

49

Karen hätte in der vergangenen Nacht erheblich besser geschlafen, wenn sie gewusst hätte, wer sie heute in Delphi erwarten würde.

Sie war morgens so müde, dass sie sich nur schwer aufraffen konnte, ins Dorf zu fahren. Doch nach dem Frühstück holte sie ein Fahrrad aus dem Schuppen und kaufte in einem kleinen Elektrogeschäft in Delphi einen neuen Laptop und im Supermarkt nebenan noch einige Lebensmittel, ehe sie gegen Mittag ins Camp zurückkehrte.

Sie wollte gerade die Tür aufschließen, als diese plötzlich von innen geöffnet wurde und Michael vor ihr stand.

Karen zuckte erschrocken zurück, da sie im ersten Moment wieder Einbrecher erwartet hatte, doch dann realisierte sie, dass er es war, und blinzelte ihn völlig verblüfft an.

Er stand dort ruhig mit ernster Miene und wartete.

»Michael!«, rief sie überglücklich, merkte aber im selben Moment, wie er sein Gewicht schwerfällig aufs rechte Bein verlagerte, und an der linken Schläfe sah sie eine frische Narbe. Sein Gesicht wirkte blass und mitgenommen.

»Um Himmels willen, was ist geschehen?« Sie setzte die Einkaufstüte und das Paket mit dem Laptop ab und fiel ihm in die Arme, was ihn schmerzhaft aufstöhnen ließ und fast aus dem Gleichgewicht brachte. Trotzdem genoss er ihre Umarmung und ihre Küsse wie ein Ertrinkender.

Er drückte sie so fest an sich, wie er es noch nie zuvor getan hatte. Das entging ihr nicht.

»Was ist geschehen? Warum bist du hier?«

»Mach erst mal die Tür zu, Darling.«

Karen löste sich von ihm, stellte die Tüte und das Paket in die Hütte und warf die Tür mit einer raschen Handbewegung zu.

Dann fiel sie ihm wieder in die Arme, aber diesmal etwas vorsichtiger. Sie versuchte in seinen Augen zu lesen und fand dort Schmerz und Angst.

Angst um sie?

Karen hatte das Gefühl, als ob sie sich zehn Jahre nicht gesehen hätten, dabei waren es nur einige Tage gewesen. Sie strich ihm vorsichtig oberhalb der Wunde durchs Haar.

»Du bist verletzt«, stellte sie fest. »Wissen Winslow und Tom, dass du hier bist?«

Mansfield schmunzelte. »Keine Angst, diesmal bin ich nicht vom Dienst suspendiert«, sagte er milde, aber da war dieser Schmerz in seinen Augen, den sie vorher noch nie gesehen hatte. Michael hatte sich verändert.

»Hat … hat man versucht dich umzubringen?«

»Das versucht man doch andauernd, oder nicht?«

»Du weichst mir aus. Weißt du, wer es war?«

Mansfield zuckte mit den Schultern. »Wahrscheinlich einer von Brennars Leuten. Ist doch jetzt egal.«

»Das ist dir egal? Aber …«

Er ließ sie los und humpelte zu seinem Koffer, aus dem er einen Brief herausholte. Er reichte ihn Karen.

»Ich soll ihn dir geben. Er ist von Alicia.«

Karen war alarmiert. »Alicia? Um Himmels willen, ist mit Tom auch etwas passiert?«

»Nein, Tom geht es gut. Lies ihn.«

Karen überflog Seite für Seite, auf denen ihr Alicia die vergangenen Tage im Krankenhaus in New York beschrieb. Alles Blut wich aus ihren Wangen, während sie kopfschüttelnd las. Zum Schluss hob sie den Blick, und das Blut kehrte in ihr Gesicht zurück. Karen war völlig fassungslos.

»Man hat auf dich geschossen, du lagst im Koma, und niemand sagt mir Bescheid? Warum hat Tom mich nicht angerufen?«

Mansfield nahm seinen Freund in Schutz. »Er wollte dich nicht beunruhigen.«

»Mich nicht beunruhigen? Dazu gab es wohl allen Grund!«

»Er hat es nur gut gemeint. Ich hätte es in seinem Fall genauso gemacht.«

»Was? Niemals. Du hättest Alicia mit Sicherheit Bescheid gesagt, wenn Tom im Koma gelegen hätte.«

Mansfield knirschte mit den Zähnen. »Das ist etwas anderes.«

»Es ist nicht anderes, rede dich nicht heraus. Du hättest sie angerufen!«

Er zuckte mit den Schultern. »Sie wohnt in New York, du warst in Griechenland. Tom hatte die Hoffnung, dass ich früher aufwachen würde, als du in New York sein würdest. Immerhin hat er damit auch Recht gehabt.«

»Und wenn es nicht so gewesen wäre? Was, wenn du länger im Koma gelegen hättest?«

»Dann hätte er dich auf jeden Fall angerufen.«

»Du hättest sterben können!«

»Nein, körperlich war ich okay. Es war kein Koma, ich war nur in einem Schockzustand.« Mansfield fuhr sich über die trockenen Lippen. Noch immer meinte er den kalten Revolverlauf in seinem Mund zu spüren und das Metall zu schmecken. Er würde diese Erinnerung wohl nie loswerden, die Todesangst in dem Augenblick, in dem er dachte, dass der Kerl abdrücken würde. Das Gefühl des nahen Todes hatte sich in sein Gehirn eingebrannt. Er riss sich aus seinen Gedanken. »Wann ich aufwachen würde, war nur eine Frage der Zeit.«

Sie sah ihn mit einem schmerzlichen Blick an. »Ich hätte nicht wegfahren dürfen.«

»Wenn du in New York geblieben wärst, hättest du nichts, absolut nichts ändern können. Das weißt du.«

Sie ließ den Brief fallen und strich ihm nochmals sanft oberhalb der Wunde durchs Haar. Er zuckte nicht zurück.

»Tue ich dir weh?«

»Nein. Deine Berührungen sind Heilung für mich.« Er hielt ihren Kopf fest und küsste sie liebevoll, während ihre Finger seinen Nacken hinaufstrichen und ihn leise zum Stöhnen brachten. Wie sehr hatte er sich nach dieser Berührung gesehnt ... und wie sehr hatte er in diesem einen Augenblick am Hudson River geglaubt, Karen für immer verloren zu haben.

Es war ein Schmerz, der tief in seinem Inneren war und den er dort für immer begraben wollte.

Karen pustete ihm ein kleines, verwelktes Blatt aus den

Haaren. »Ich wollte in einem solchen Augenblick bei dir sein. Ist das so schwer zu verstehen?

»Neben einem Bewusstlosen sitzen und Händchen halten meinst du? Das hat Alicia gemacht. Nach zwei Tagen war der ganze Spuk vorbei.«

Karen legte niedergeschlagen den Kopf an seine Brust. »Ja, du hast Recht. Was rege ich mich eigentlich auf, Alicia war ja bei dir. Du brauchtest mich ja nicht.«

In Mansfields Augen begann ein irres Feuer zu flackern, als er sie an den Schultern packte und leicht schüttelte.

»Bist du verrückt geworden? Weswegen bin ich denn hier? Ich brauche dich! Ich habe es ohne dich in New York nicht mehr ausgehalten!«

Er drückte sie fest an sich und erinnerte sich plötzlich wieder an die Verlustängste in seinen Albträumen während des Komas. Er hatte viele verwirrende Träume gehabt, in denen Karen in dunklen Höhlen herumlief und ihn um Hilfe rief. Auch wenn die Ärzte ihm nicht glauben wollten, dass er in seinem Schockzustand Träume oder Gefühle gehabt hatte, so war es für ihn doch real gewesen.

Erschreckend real. Er hatte ihre Angst und Verzweiflung gespürt und ihr doch nicht helfen können. Es war unerträglich gewesen. Deswegen war er so schnell wie möglich nach Griechenland geflogen, als es ihm wieder einigermaßen gut ging. Er musste bei ihr sein. Musste sie beschützen. Vor was auch immer.

Er nahm sie wieder in den Arm und streichelte ihr über den Rücken, während sie erschöpft den Kopf an seine Schulter legte. Nach allem, was sie bisher in Griechenland durchgemacht hatte, tat es gut, seinen starken Körper zu spüren.

Sie seufzte. »Ich bin so froh, dass du da bist. Und dass es dir gut geht. Trotzdem werde ich Tom den Kopf abreißen, wenn ich wieder in New York bin.«

Mansfield küsste zärtlich ihr Haar. »Bitte nicht, ich brauche Tom noch. Du musst ihm verzeihen.«

»Nur, wenn du meinen Egoismus verzeihst, dass ich hier nach Delphi gereist bin.«

»Immer«, flüsterte er und wiegte sie sanft in seinen Armen. »Immer.«

50

In der ersten Nacht in Delphi wurde Mansfield von Karens unruhigem Schlaf geweckt. Sie hatte anscheinend einen schlechten Traum, wälzte sich hin und her und redete hektisch in einer Sprache, die er nicht verstand. Er hatte so etwas mit ihr schon öfter in New York erlebt und griff wie immer nach seinem Handy, um Karens Gestammel mit der Diktiergerätfunktion aufzunehmen. Vielleicht würde Prof. Hillairet, den Karen ihm am Nachmittag vorgestellt hatte, etwas damit anfangen können?

»Kennen Sie diese Sprache, Professor?«, fragte er, als er Hillairet am nächsten Morgen in dessen Hütte aufsuchte und ihm die Tonaufnahme vorspielte.

Der Professor kratzte sich am Hinterkopf. »Natürlich kenne ich sie. Das ist Altgriechisch. Zugegebenermaßen ein merkwürdiger Dialekt mit vielen seltsamen Worten, die ich nicht kenne, aber es ist trotzdem Altgriechisch.«

»Und was sagt Karen?«

»Sie sagt: ›Er hat uns verraten. Wir müssen fliehen.‹«

»Wissen Sie, um wen es geht? Nennt sie Namen?«

Der Professor schüttelte den Kopf. »Ich glaube nicht. Bitte lassen Sie mich es noch einmal hören.«

Mansfield drückte einige Tasten und stellte das Handy auf den Tisch vor ihnen, von wo aus noch mal Karens unheimlich veränderte Stimme zu hören war.

Hillairet schüttelte erneut den Kopf. »Es ist wirklich

schwer zu verstehen, ich glaube, sie nennt keine Namen. Ich glaube aber ›dein Bruder‹ herausgehört zu haben.«

Mansfield strich sich übers Kinn. »Merkwürdig.«

»Und außerdem ruft sie noch: ›Lass meinen Sohn frei.‹ Und ihre letzten Worte sind: ›Wir werden alle sterben.‹«

Mansfield griff nach seinem Handy und betrachtete ungläubig das silberne Gerät, als würde es ihnen etwas aus einer anderen Welt erzählen, während der Professor die Lage einfacher einschätzte.

»Mir scheint, dass Madame Alexander von der Kulisse dieses alten Ortes tief in ihrem Unterbewusstsein so beeindruckt ist, dass sie Albträume quälen.« Er griff nach einer Kanne Kaffee und hielt sie Mansfield hin, doch der schüttelte den Kopf. Hillairet goss sich eine Tasse ein. »Das Einzige, was mich äußerst irritiert, ist«, sagte er, während er die Tasse zum Mund führte, »dass Madame Alexander Altgriechisch spricht, obwohl sie es meines Wissens doch gar nicht kann.«

»Ja«, murmelte Michael und strich sich noch mal übers Kinn. »Das irritiert mich auch.«

51

Delvaux hatte gesehen, dass Mansfield zu Prof. Hillairet hinübergegangen war, und glaubte jetzt den richtigen Zeitpunkt gefunden zu haben, um seinen Plan auszuführen. Es störte ihn, dass Karens Freund plötzlich hier im Camp aufgetaucht war, und er wollte alles versuchen, um ihn wieder nach New York zurückzujagen.

Karen hatte Mansfield gestern Nachmittag Prof. Hillairet vorgestellt, als er, Nikos und Spyros ebenfalls bei ihm zu einer Besprechung waren, und so hatten sie ihn auch kennengelernt. Delvaux war aus mehreren Gründen nicht besonders glücklich über diesen Besuch. Außerdem war es ungewöhnlich, dass ein Außenstehender, der mit der Ausgrabung nichts zu tun hatte, im Camp schlafen durfte.

Aber für Karen schienen hier andere Gesetze zu herrschen. Und als Hillairet ihm erzählte, dass Mansfields Vater einen eigenen kleinen Fernsehsender in New York besitze, von dem er sich eventuell Sponsoring-Gelder erhoffe, wenn man ihm eine Reportage genehmigen würde, war Delvaux einiges klar.

Er musste diesen Kerl aus dem Camp kriegen, egal, wie. Und manchmal waren dann die einfachsten Mittel die effektivsten.

Er hatte bemerkt, wie glücklich Karen neben Mansfield war, während dieser einen blassen und mitgenommenen Eindruck gemacht hatte. Er vermutete zuerst, dass der

Jetlag dafür verantwortlich war, aber Prof. Hillairet erzählte ihm später, nachdem sie gegangen waren, dass Mansfield gerade eine schwere Zeit im Krankenhaus durchgemacht habe. Er solle mehrere Tage im Koma gelegen haben, sagte Hillairet.

Und warum war er dann wieder aufgewacht? Nur, um ihn hier in Delphi zu stören, wo er sowieso schon genug Probleme mit Nikos hatte? Delvaux fasste einen einfachen Plan.

Als Mansfield bei Prof. Hillairet war, klopfte er bei Karen an die Tür. Sie ließ ihn hinein. Unter anderem fragte sie ihn nach seiner Arbeit mit der Kylix, was Delvaux missmutig und ausweichend beantwortete. Eliadis hatte sie ihm noch nicht wieder zurückgebracht, aber er würde nicht mehr lange warten, ehe er härter gegen ihn vorgehen würde. Doch das spielte sich alles nur in seinen Gedanken ab, während Karen ihn weiterfragte, wie es seinen Rippen und seinem Kopf gehe.

»Hast du noch Schmerzen, Simon?«

Er dehnte und reckte sich. »Die Schmerzen sind eigentlich nicht so schlimm, aber mein ganzer Körper fühlt sich so steif an, wie nach einem riesigen Muskelkater. Du bist mir übrigens noch einen Kuss schuldig, Karen.«

Karen blieb erstaunt stehen und drehte sich zu ihm um. »Einen Kuss? Wofür?«

»Dafür, dass ich dir deinen hübschen Kopf vor einem hässlichen Felsen gerettet habe.«

Karen sah in Delvaux' Augen ein begehrliches Leuchten. Sie drückte sich gegen die Wand. »Das kann nicht dein Ernst sein.«

»Es ist mein völliger Ernst. Komm schon, es ist doch nur ein Kuss.«

Karen fühlte sich unangenehm an Nikos' Vorwurf erinnert, dass sie sich gegen Simon nicht sträuben würde. War es wirklich so? War ihr Simon lieber als Nikos? Und was war mit Michael? Er konnte jeden Augenblick vom Professor zurückkommen.

»Nein, Simon, das kannst du nicht von mir verlangen. Ich lad dich gern mal zum Essen ein …«

Doch Delvaux schüttelte den Kopf. »Nein. Yiorgos' Taverne steht nicht mehr, und außerdem gebe ich mich damit nicht zufrieden. Ist dir dein Leben tatsächlich nur ein Essen wert? Ich verlange einen Kuss. Nicht mehr und nicht weniger. Hier und jetzt.« Er drängte sie zur Wohnzimmertür.

Karen fühlte sich gefangen. Egal, was Nikos gesagt hatte, dies war Erpressung. Aber immerhin hatte sie Simon wirklich ihr Leben zu verdanken. War da ein Kuss zu viel verlangt?

Delvaux' Mund näherte sich ganz langsam ihren Lippen. Wie selbstverständlich nahm er sie in seine Arme und küsste sie, doch dann merkte er, wie Karen plötzlich erstarrte. Ein kühler Lufthauch umspielte ihre Beine, und als er sich umsah, stand Mansfield mit steinernem Gesicht in der Tür.

»Störe ich?«, fragte er kalt und durchbohrte Delvaux mit seinem Blick. Die Tür ließ er weit geöffnet, was Delvaux mit einem leichten Lächeln als Aufforderung verstand. Er ließ Karen los und zwinkerte ihr aufmunternd zu.

»Es war mir ein Vergnügen«, sagte er und ging dann langsam durch die Tür.

Mansfield folgte ihm nach draußen. Er packte ihn am Arm. »Was sollte das eben?«

Delvaux grinste frech. »Sie küsst wirklich gut. Hat wundervolle weiche Lippen …«

Das war zu viel für Mansfield. Mit einem gezielten Kinnhaken fegte er Delvaux von den Holzstufen. Er landete im Staub und hielt sich sein schmerzendes Kinn, doch seine Augen funkelten boshaft.

»Das wird Ihnen auch nicht weiterhelfen, Mansfield. Karen entscheidet selber, wen sie küsst und wen nicht. Ich bin schon am ersten Tag mit ihr ausgegangen. Ich hab sogar schon mal auf ihr gelegen und meinen Kopf auf ihre weiche Brust gebettet. Ah, eine herrlich weiche Brust, kann ich Ihnen sagen.«

»Das ist eine Lüge!«, schrie Mansfield.

»Ist es nicht! Fragen Sie sie doch selbst!« Er deutete auf die Tür hinter Mansfield, in der Karen stand und den Streit der beiden Männer verfolgte. Mansfield drehte sich zu ihr um.

»Sag, dass das nicht wahr ist«, forderte er sie auf, und Karen glaubte einen aufkeimenden Zweifel in seiner Stimme herauszuhören. War er wirklich eifersüchtig? Wegen dieses erzwungenen Kusses, den er gesehen hatte? Traute er ihr wirklich zu, dass sie ihn hier in Delphi mit Simon betrügen würde? Tief verletzt wollte sie ihm eine Lektion erteilen.

»Ja, es stimmt, was er sagt. Und jetzt lasst mich alle in Ruhe!«, schrie sie und knallte hinter sich die Tür zu.

Mit einem zufriedenen Lächeln stand Delvaux auf und klopfte sich den Staub von der Hose, während er langsam auf seine Hütte zusteuerte. Er spürte Mansfields Blick wie einen Messerstich im Rücken und freute sich, dass sein Plan so gut geklappt hatte. Er hatte anscheinend genau den richtigen Zeitpunkt für den Kuss gewählt und Karen extra zur Tür geschoben, damit Mansfield alles mitbekam, sobald er die Haustür öffnete.

Er war gespannt, was sich nun entwickeln würde.

52

Eliadis kam gerade vom Museum hoch, als er Delvaux mit staubiger Kleidung zu seiner Hütte gehen sah, während Mansfield aus dem Camp stürmte. Der Amerikaner ging nicht zum Heiligen Bezirk, sondern humpelte den steilen Abhang zur Nationalstraße hinunter und weiter ins tiefe Pleistos-Tal hinab.

Zuerst zögerte Eliadis, doch dann folgte er ihm. Hatte Mansfield ein bestimmtes Ziel, oder war er tatsächlich so verrückt, alleine diese Felsen hinunterzuklettern, ohne die Wege zu benutzen? Andererseits … sollte ihm das nicht egal sein? Wenn er sich zu Tode stürzte, war der Weg zu Karen endlich frei.

Eliadis blieb stehen und überlegte kurz, doch dann gab er sich einen Ruck. »Mansfield, passen Sie auf. Die Felsen sind gefährlich.«

Doch Mansfield winkte ab, ohne sich umzudrehen. »Kümmern Sie sich um Ihren eigenen Scheiß!«

Eliadis zuckte mit den Schultern. »Okay, dann brechen Sie sich eben den Hals. Das soll mir und Karen nur recht sein.« Er drehte sich um und begann den Felsen wieder hinaufzuklettern, während seine Worte wie erwünscht Mansfields Ausflug ins Tal augenblicklich zum Stillstand brachten.

»Was?«

Mansfield wandte sich um und stürmte den Berg wieder

hinauf. Mit geballten Fäusten humpelte er auf Eliadis zu, packte ihn am Kragen und stieß ihn gegen einen Baum. »Was soll das heißen, Sie und Karen …?«

Eliadis zeigte keine Furcht und ließ Mansfields harten Griff zu. »Na los, schlagen Sie mich!«

Mansfield stand mit geballter Faust vor ihm, aber er zögerte. Er war tatsächlich in der Stimmung, jemanden zu verprügeln, aber Delvaux wäre ihm tausendmal lieber gewesen. Er schaute an dem jungen Griechen hinunter und starrte auf dessen Klumpfuß.

Eliadis' Gesicht verzog sich zu einer bösen Grimasse, als er Mansfields Zögern bemerkte. »Nun schlagen Sie mich schon endlich, verdammt! In Athen wollte man mich verprügeln, weil ich ein Krüppel bin, und Sie machen genau das Gegenteil und wollen mich aus demselben Grund schonen. Na los, schlagen Sie mich.«

Mansfield tat ihm den Gefallen. Eliadis fiel neben dem Baum zu Boden und hielt sich sein schmerzendes Kinn, während Mansfield schwer atmend über ihm stand.

»Lassen Sie die Hände von Karen, sonst können Sie Gift darauf nehmen, dass mir Ihr kranker Fuß völlig egal ist!«

Eliadis beäugte Mansfield von unten her und bemerkte, dass dieser hauptsächlich auf seinem rechten Bein stand, um das linke zu schonen. Er schlussfolgerte eine Verletzung und trat gegen Mansfields linken Oberschenkel. Mansfield fiel zu Boden. Schmerzverzerrt presste er seine Hände auf das linke Bein und stöhnte auf.

»Sehen Sie, ich nehme auch keine Rücksicht auf Ihr verletztes Bein!«, schnaubte Eliadis.

Mansfield griff nach einem Ast neben sich, legte ihn blitzschnell Eliadis auf die Kehle und drückte leicht darauf.

»Sie sind kein Gegner für mich, also lassen Sie Karen in Ruhe«, flüsterte er Eliadis ins Ohr und ließ ihn einige lange Sekunden in der Falle zappeln. Doch plötzlich glitzerte eine Klinge vor ihm auf, und Mansfield spürte kalten Stahl an seiner Kehle. Er hob vorsichtig den Kopf, um dem Druck der Klinge auszuweichen.

Beide Männer atmeten schwer. Beide zögerten.

»Unterschätzen Sie niemals einen Krüppel«, zischte Eliadis, ehe er die Klinge im Zeitlupentempo sinken ließ. Mansfields Augen folgten dem Messer, während er gleichzeitig den Ast von Eliadis' Kehle nahm und ihn zur Seite warf. Er fasste sich an den Hals und massierte die Druckstelle, an der das Messer gelegen hatte.

»Ich mag keine Messer«, sagte Mansfield. Er ließ sich nach hinten fallen und stützte sich mit den Ellbogen auf dem harten Sand ab. »Machen Sie das nie wieder, verstanden?«

Eliadis lag noch immer schwer atmend vor ihm und tat das Messer wieder in sein Versteck am rechten Bein. Dann sagte er lächelnd: »Ich habe Sie trotzdem besiegt, Mansfield. Geben Sie's zu.«

Mansfields Oberschenkel schmerzte, und er war über den jungen Griechen verärgert, aber er merkte auch, wie wichtig diesem der Sieg war, und gab sich einen Ruck.

»Ja, das haben Sie. Und jetzt helfen Sie einem verletzten Mann auf.« Er hielt dem schmächtigen Eliadis die Hand hin, der ihn mit einem verlegenen Lächeln hochzog.

»Entschuldigung, ich wollte Sie nicht …«

»Schon gut. Ich bin okay.«

Sie klopften sich den Sand aus der Kleidung und humpelten gemeinsam die Felsen hinauf zur Nationalstraße.

Eliadis warf einen kurzen Blick zu Karens Hütte, wo plötzlich alle Fenster geschlossen waren. »Weswegen sind Sie eigentlich so kopflos losgerannt? Hatten Sie Stress mit Karen?«

»Ja«, antwortete Mansfield kurz angebunden. »Kommt mal vor.«

»Sicher.« Eliadis merkte, dass er nicht weiterfragen sollte, und so gingen sie schweigend ins Camp zurück.

Sie waren gerade bei seiner Hütte angekommen und Mansfield wollte sich mit einem einfachen Handzeichen von ihm verabschieden, als genau in dem Augenblick in Karens Hütte ein Schlüssel demonstrativ laut in der Haustür herumgedreht wurde.

Die beiden Männer starrten auf die verschlossene Hütte, die jetzt wie eine kleine Festung vor ihnen stand.

Eliadis warf Mansfield einen zweifelnden Blick zu. »Sieht fast so aus, als ob Sie heute Nacht kein Zuhause hätten.«

»Ja, scheint so.«

»Kommen Sie. In meiner Hütte ist noch ein Gästebett frei.«

Mansfield klopfte sich den Rest Sand aus den Klamotten. »Das wäre nicht schlecht.«

53

Eliadis stand am Fenster seines Wohnzimmers und betrachtete nachdenklich das sonnenbeschienene alte Pleistos-Tal, während Mansfield hinter ihm an einem Tisch Platz genommen hatte und eine Tasse Kaffee trank. Sein Gast hatte keinen Hunger auf ein Mittagessen und aß nur einige Oliven, die er ihm in einem Keramikschälchen hingestellt hatte.

Eliadis' Gedanken kreisten um den letzten Satz, den Mansfield gerade gesagt hatte, und er wusste nicht, ob er sich darüber freuen sollte, dass dieser Delphi verlassen wollte, oder ob es besser wäre, wenn er noch eine Weile hierbliebe. Er drehte sich zu ihm um. »Sie wollen wirklich abreisen?«

»Ja.«

»Aber warum kämpfen Sie nicht um sie? Ich hätte Sie anders eingeschätzt. Frauen lieben es doch, wenn man um sie kämpft.«

Mansfield nickte schlecht gelaunt. »Stimmt, aber wenn Karen sich einmal entschieden hat, lässt sie sich nicht mehr bequatschen.«

Eliadis' Blick umwölkte sich. »Sie glauben also wirklich, dass sie sich entschieden hat?«

»Ja.«

»Für wen?«

»Für Delvaux.«

Eliadis' Finger bohrten sich ins Fensterbrett. Sollte Simon es wirklich geschafft haben, Karen für sich zu gewinnen? »Sie meinen, dass er und Karen … Wie kommen Sie darauf?«

Mansfield stellte polternd die Tasse auf den Tisch. »Sie brauchen Karen nicht in Schutz zu nehmen. Ich habe gesehen, wie sie Delvaux geküsst hat.«

»Hat sie *ihn* oder er *sie* geküsst?«

»Was macht das für einen Unterschied? Außerdem hat sie alles zugegeben. Sie hat es mir ins Gesicht gesagt.«

»Was zugegeben?«

»Dass sie … mit ihm ausgegangen ist und er … und er … auf ihr gelegen und ihre weichen Brüste gespürt hat.«

Im ersten Augenblick schienen Eliadis' schlimmste Befürchtungen wahr zu werden, doch dann verstand er Delvaux' Worte und durchschaute dessen niederträchtiges Spiel und Karens Vertrauenstest. Er grinste zufrieden.

»Ja, das stimmt. Simon und Karen haben zusammen in Galaxidi zu Abend gegessen.«

»Gleich am ersten Tag!«, entfuhr es Mansfield.

»Das ist bei Simon oft so. Außerdem … was ist denn schon dabei, wenn Ihre Freundin mit einem Arbeitskollegen ausgeht? Haben Sie das nicht auch schon mal gemacht?«

Er setzte sich zu Mansfield an den Tisch und goss sich auch eine Tasse Kaffee ein.

Mansfield überlegte und erinnerte sich, dass er mal mit Susann Thorne ausgegangen war, als Karen in Deutschland ihre Eltern besucht hatte.

»Ja, schon, aber das war was anderes. Es war nichts dabei. Es war nur eine Kollegin, nur ein Abendessen. Nicht mehr.«

Eliadis nickte. »Eben. Zwischen Simon und Karen war auch nicht mehr. Es war einfach nur ein Abendessen.« Und nach einer Pause: »Ich muss zugeben, Simon lässt nichts unversucht und steigt jeder attraktiven Frau im Umkreis von zehn bis zwanzig Kilometern nach, und er hat auch erschreckend oft damit Erfolg. Er sieht ja auch verdammt gut aus mit seinen blonden Haaren und den blauen Augen. Das ist für unsere Frauen mal etwas anderes. Aber an Karen hat er sich bisher die Zähne ausgebissen. Darauf verwette ich meinen gesunden Fuß.«

Mansfields rechte Hand umfasste die Tasse und zerdrückte beinahe das zarte Porzellan.

»Womit hat Karen Ihre Treue verdient, Nikos?«

»Womit hat Karen Ihr Misstrauen verdient, Michael?«

»Ich misstraue ihr nicht. Delvaux hätte sagen können, was er wollte, ich hätte ihm niemals geglaubt. Aber als Karen seine Worte bestätigte …«

Eliadis stützte die Ellbogen auf die Armlehnen und legte die Fingerspitzen aneinander. »Ja, es stimmt, Simon hat auf ihr gelegen, und wahrscheinlich hat er auch ihre weichen Brüste gespürt. Aber daran war das Erdbeben schuld.«

»Ein Erdbeben. Natürlich.«

»Vor drei Tagen gab es hier in Zentralgriechenland ein Erdbeben, das die Höhle verschüttete, die Karen und Simon gerade besuchten. Es ist ein Wunder, dass die beiden sich bis zu einem Höhleneingang retten konnten, aber dann erwischte es sie doch. Mehrere Steine und ein riesiger

Felsbrocken kamen herunter. Die beiden wurden eingeklemmt, und ja, Simon hat auf Karen gelegen. Aber nur, um sie zu schützen. Wir fanden sie beide glücklicherweise abends. Karen kam mit einigen Blessuren davon, aber Simon musste einen Tag und eine Nacht zur Beobachtung im Krankenhaus bleiben. Die Ärzte sagen, dass er verdammt viel Glück gehabt hat. Er hat nur zwei gebrochene Rippen abbekommen. Wenn der Felsbrocken ihn zwei Zentimeter weiter links getroffen hätte, hätte er ihm das Rückgrat gebrochen.«

Mansfield konnte nicht glauben, was er da hörte. Delvaux' ungeheuerliche Andeutungen und Karens Bekenntnis waren zwar die Wahrheit, aber nur ein Teil der Wahrheit gewesen. Doch für ihn war es schon Beweis genug, um Karen einen Seitensprung zu unterstellen. Er fasste sich an den Kopf.

»Ich bin ein Idiot! Das darf nicht wahr sein!« Er schlug mit der Faust auf den Tisch, dass seine Kaffeetasse vibrierte, während Eliadis immer noch völlig ruhig seine Fingerspitzen betrachtete.

»Aber warum hat Karen Ihnen nicht sofort alles erklärt?«

»Weil sie in dem Augenblick, als ich sie fragte, bereits verletzt war. Allein mein Verdacht war schon Verrat. Ich hätte es besser wissen müssen.«

»Sie erträgt dieses Misstrauen nicht, nicht wahr?«

»Nein. Vertrauen ist ihr wichtig. Es ist die Basis.«

»Da hat sie Recht.«

Mansfield stimmte ihm mit einem Nicken zu, dann stand er auf. »Ich muss sofort zu ihr.«

»Das glaube ich auch.«

Eliadis begleitete Mansfield bis zur Tür, wo dieser ihm freundschaftlich auf die Schulter schlug. »Ich stehe in Ihrer Schuld, Nikos. Wenn Sie irgendeinen Wunsch haben, sagen Sie ihn mir.«

Eliadis nickte, öffnete ihm die Tür und sah ihm nach, als er auf Karens Hütte zusteuerte. »Den Wunsch, den ich habe, kannst du mir nicht erfüllen«, flüsterte er und schloss die Tür.

54

Karens Hütte war nicht mehr abgeschlossen, wie Mansfield mit einem zufriedenen Lächeln feststellte, als er, ohne anzuklopfen, die Tür öffnete und ins Wohnzimmer trat. Aus dem hinteren Raum hörte er das heiße Zischen von Fett in einer Bratpfanne und folgte dem Geräusch in die kleine Küche.

Am Tisch vor dem Herd stand Karen und schnitt gerade rote Paprika, als sie Mansfield in der Tür stehen sah. Ihr Mund wurde zu einem dünnen Strich. Der nächste Messerschnitt drang tief durch das rote Fleisch der Paprika bis ins Holzbrett. »Bist du gekommen, um zu packen?«

»Ich bin gekommen, weil ich etwas Wichtiges vergessen habe.«

»Ach ja, und das wäre?«, fragte sie spitz.

Langsam ging er zu ihr, stellte sich direkt hinter sie, schlang seine Arme um ihre Schultern, nahm ihr das gefährliche Küchenmesser weg und legte es auf den Tisch. Dann ergriff er ihre rechte Hand und ließ den Brillantring im Licht glitzern.

Karen erstarrte in seinen Armen, die sie gestern und heute Morgen noch so liebevoll berührt hatten. Für einen Augenblick hatte sie gehofft, dass er sie um Verzeihung bitten und bleiben würde, aber anscheinend wollte er nur den Ring wiederhaben. »Dir ist also der Ring wichtig?«

Mansfield glaubte Enttäuschung und Wut in ihrer

Stimme zu hören und schmiegte sanft seinen Kopf an ihren Hals.

»Nein, nicht der Ring«, flüsterte er. »Aber das, was er bedeutet.« Er hob ihre Hand und küsste zuerst den Ring und dann jeden von Karens Fingern, jeden einzeln, der Reihe nach, langsam und genüsslich. »Außerdem habe ich noch jemanden vergessen, der einsneunundsechzig groß ist und schulterlange kastanienbraune Locken hat, die so wie jetzt manchmal zu einem Pferdeschwanz gebunden sind.«

Karen bemerkte das tiefe Vibrieren seiner Stimme, das sie so gut aus früheren Tagen kannte, und wusste, dass sie gewonnen hatte. Genießerisch legte sie den Kopf nach hinten, und Mansfield bedeckte die weiche Haut ihres Halses mit einer Reihe von Küssen.

»Außerdem hat diese Dame wunderschöne graugrüne Augen, die einen manchmal in den Wahnsinn treiben. Und sie ist im Moment ziemlich wütend auf mich.«

»Ziemlich ist eine Untertreibung.«

»Ich weiß.«

»Warum hältst du mir die Arme fest?«

Seine Augen glitzerten. »Damit du mir keine Ohrfeige geben kannst oder mir das Küchenmesser zwischen die Rippen jagst.«

»Das wäre wohl mein gutes Recht!«

Als Antwort küsste er sie auf den Mund und ließ ihre Hände frei.

Karen zögerte. Hatte er schon genug gelitten, oder sollte er für sein Misstrauen noch mehr bestraft werden? Doch dann sah sie in seine haselnussbraunen Augen, die ihre Eiseskälte verloren und ihr altes Feuer wiedergefunden hatten. Nein, er war genug bestraft. Mit einem erlösten Lächeln schlang sie ihre Arme um seinen Hals, während er sie um die Hüfte fasste. Er legte seine Stirn an ihre und schloss die Augen. Er wollte diese Berührung spüren. Nur diese eine Berührung, die tief in ihn drang.

»Es tut mir leid«, flüsterte er.

»Du hättest ihm nicht glauben dürfen.«

»Delvaux hätte sagen können, was er wollte, ich hätte ihm niemals geglaubt, wenn du es nicht bestätigt hättest.«

Sie hob den Kopf und warf ihm einen strafenden Blick zu. »Ich habe nur wahrheitsgemäß auf Ihre Frage geantwortet, Detective Mansfield.«

»Aber es war nur ein Teil der Wahrheit«, protestierte er zärtlich und stahl ihr einen Kuss, bevor sie weiterreden konnte.

»Du hättest ja weiterfragen können, aber stattdessen hast du gleich deine Schlussfolgerungen gezogen. Die eine Frage schien alles zu erklären, nicht wahr? Passte sie wirklich sofort in dein Denken? Wie konntest du mir so etwas nur zutrauen?«

»Ich sagte ja schon, es tut mir leid. Ich konnte es nicht glauben, aber als du es dann auch noch zugegeben hast, zerbrach in mir etwas. Ich warne dich, mein kleiner Professor, mach das nicht noch mal mit mir.« In den nächsten Minuten gab er ihr nicht mehr die Möglichkeit, ihn mit irgendwelchen Argumenten zu quälen, doch Karen war noch nicht ganz fertig mit ihm.

»Du darfst nie wieder an mir zweifeln, hörst du? Ich ertrage es nicht, wenn man mir misstraut.«

»Aber immerhin habe ich gesehen, wie ihr euch geküsst habt.«

»Es war ein erzwungener Kuss. Simon hat ihn als Lohn dafür gefordert, dass er mir das Leben gerettet hat.«

»Aha. Und warum hast du mir das nicht gleich gesagt?«

»Weil ich nicht glauben konnte, dass du mir tatsächlich ein Verhältnis mit Simon zutrauen würdest. Wie konntest du nur im Entferntesten daran denken, dass ich jemanden wie Simon gegen dich eintauschen würde?«

»Stimmt. Mir fallen im Augenblick auch keine Gründe ein, einen so tollen Kerl wie mich beiseitezuschieben«, erwiderte er schmunzelnd. »Wie kann ich das wieder gutmachen, Darling?«

»Vielleicht, indem du mir beim Essenmachen hilfst?« Nach einem letzten Kuss entwand sie sich seinen Armen, griff nach dem Küchenmesser und schnitt die rote Paprika in kleine Streifen.

Mansfield schaute sich in der Küche um und sah alle Zutaten seines Lieblingsgerichts, wie es Tante Amelie in Kanada immer zubereitet hatte, wenn er als Kind dort Urlaub gemacht hatte – Tourtière.

Er hatte die Hackfleischtörtchen in Blätterteig zu Weihnachten für Karen gekocht, doch sie hatte bisher nie Interesse an diesem Essen gezeigt. Bis jetzt.

»Belle cuisine québécoise«, murmelte Mansfield, während er auf die kleinen Portionen Hackfleisch auf der Arbeitsplatte neben dem Herd blickte. »Das Fleisch für die Tourtière reicht merkwürdigerweise für zwei Personen«, stellte er mit einem breiten Grinsen fest und naschte mit einem Löffel von einer Gemüsebrühe, die auf dem Herd vor sich hin köchelte.

»Ach ja? Komisch. Das liegt wahrscheinlich daran, dass ich hoffte, dass ein gut aussehender Amerikaner, einsfünfundachtzig groß, mit kurzen braunen Haaren und dunkelbraunen Augen vorbeikommen und mir beim Zwiebelschneiden helfen würde.«

»Ich würde dir auch gern bei noch ganz anderen Sachen helfen, Darling.« Er umfasste wieder ihre Taille und drehte sie zu sich um.

»Beim Abwaschen?«

»Da fällt mir bestimmt noch etwas Besseres ein, Ma'am«, flüsterte er, und seine Augen blickten sie leidenschaftlich an, während er mit seiner rechten Hand durch ihre braunen Locken strich.

»Michael, die Tourtière ...«

»Interessiert mich nicht.« Er drehte alle Schalter des Herds auf null und schob Karen dann mit sanfter Gewalt aus der Küche zum Schlafzimmer.

Karen bemerkte es mit einem zufriedenen Schmunzeln. »Du willst ... Aber Darling, es könnte jemand hereinkommen. Die Tür ist nicht abgeschlossen.«

»Ist mir egal.« Sie ließen sich aufs Bett sinken. »Ist mir völlig egal. Ich will nur dich.«

55

Nachmittags klopfte es an Karens Tür, und als Mansfield öffnete, stand Delvaux vor ihm. Der Belgier zuckte kurz zurück. Hatte er sich getäuscht? Er hatte doch gesehen, wie Mansfield und Nikos vor Karens Hütte gestanden hatten und dann beide zu Nikos gegangen waren. Delvaux hatte innerlich gejubelt und glaubte noch mehr Öl ins Feuer gießen zu können, indem er Karen heute Nachmittag noch mal besuchte. Auf keinen Fall hatte er damit gerechnet, dass Mansfield schon wieder bei Karen war und ihm die Tür öffnen würde.

Mansfield stand in Jeans und mit nacktem Oberkörper vor ihm. Seine Haut war gleichmäßig gebräunt, aber Delvaux beeindruckten die weißen Narben am rechten Rippenbogen und an der linken Schulter mehr als der kräftige Brustkorb.

Er hatte keine Angst vor diesem Kerl, auch wenn dieser ihm körperlich überlegen war. Er wusste, dass Mansfield ein Cop war und vor einigen Tagen noch im Koma gelegen hatte. Er war wahrscheinlich traumatisiert und durch sein verwundetes Bein angeschlagen.

Eigentlich hatte Delvaux angenommen, dass er heute Mittag gewonnen hatte, auch wenn er selbst im Staub gelandet war. Doch Karen hatte Mansfield anscheinend nur eine Lektion erteilen wollen und ihm wenige Stunden später schon wieder die Tür geöffnet. Frauen! Schade, dachte Delvaux, der tatsächlich gehofft hatte, einen dauerhaften Keil zwischen die beiden treiben zu können und Mansfield aus dem Camp zu jagen. Jetzt würde der Kerl ihm weiterhin im Weg stehen.

Mansfield betrachtete Delvaux mit gemischten Gefühlen. Einerseits fand er es von ihm ziemlich unverfroren, schon wieder hier aufzutauchen, andererseits hatte er Simon niedergeschlagen, obwohl er unschuldig gewesen war. Ganz im Gegenteil, er hatte Karen sogar das Leben gerettet. »Hi, Delvaux.«

Delvaux schwitzte vor Nervosität. »Ich … ich habe heute Mittag meine Uhr verloren, und hier draußen liegt sie nicht. Ist sie vielleicht bei Ihnen?«

»Ich weiß nicht. Kommen Sie rein, dann schauen wir nach.« Mansfield machte eine einladende Geste und griff nach seinem blauen Hemd, dass merkwürdig derangiert neben der Tür auf dem Boden lag. Delvaux trat ein. Mansfield zog sich das Hemd an, ließ es aber lässig vorne offen. Delvaux bemerkte eine Herrensandale, die verdreht vor Karens Schlafzimmer lag. Die andere Sandale war nicht zu sehen, aber er zweifelte nicht daran, dass sie sich hinter der Tür befand. Er hatte das Spiel also vorerst verloren. Dieses Mal. Aber das machte nichts.

Mansfield sah sich im Wohnzimmer um, doch er konnte nirgendwo eine Armbanduhr entdecken. Es war wahrscheinlich sowieso nur ein vorgeschobener Grund, um bei Karen wieder vorbeizuschauen. Mansfield bot Delvaux einen Platz auf der alten Polstergarnitur an, doch der lehnte dankend ab. »Wenn Sie die Uhr finden, wissen Sie ja, wem sie gehört.«

Er wollte sich umwenden und wieder hinausgehen, als Mansfields Stimme ihn aufhielt.

»Ich habe gehört, dass Sie Karen das Leben gerettet haben. Dafür danke ich Ihnen.«

»Nichts zu danken. Es war wohl eher Glück, dass wir beide da heil rausgekommen sind. Der Felsbrocken wurde von der engen Felsspalte aufgehalten. Er hätte uns beide zerquetscht, wenn er nicht hängen geblieben wäre.«

»Nikos erzählte mir, dass der Brocken Ihnen zwei Rippen gebrochen hat.«

»Nikos redet zu viel. Sie sind nur angebrochen.«

»Unangenehm für einen jungen Mann wie Sie, nicht wahr? Man ist … in gewissen Bewegungen … ein wenig eingeschränkt. Und das Atmen fällt einem schwerer.«

Delvaux wusste, worauf er hinauswollte, und biss zurück. »Sie scheinen damit schon Erfahrungen zu haben, Mansfield.«

»Das habe ich. Berufsbedingt. Sehr schmerzhafte Erfahrungen.« Mit Genugtuung betrachtete Mansfield einen kleinen roten Fleck an Delvaux' Kinn, der allmählich ins Bläuliche überging. »Für Ihr rotes Kinn entschuldige ich mich übrigens nicht. Ihr übles Spiel hätte Karen und mich beinahe auseinandergebracht.«

»Na ja, immerhin hat Karen ja mitgespielt. Wie lange werden Sie eigentlich in Delphi bleiben?«

Mansfields Augen glitzerten gefährlich. »Warum fragen Sie? Störe ich?«

»Nein, aber normalerweise wohnen nur Leute im Camp, die mit den Ausgrabungen beschäftigt sind. Fremde sind hier eigentlich nicht geduldet.«

»Ich denke, ich werde so lange hierbleiben, bis Karen mit ihren Recherchen fertig ist. Prof. Hillairet war auch damit einverstanden. Er schien keine Angst davor zu haben, dass ich das Museum ausrauben oder die Ausgrabungen sabotieren könnte.«

Delvaux schnaubte mürrisch. »Natürlich nicht. Als Erbe eines Nachrichtensenders in New York haben Sie das wohl nicht nötig.«

Mansfield glaubte einen neidischen Unterton herauszuhören. »Sie sind gut informiert.«

»Prof. Hillairet hat es nebenbei erwähnt. Trotzdem arbeiten Sie als Cop in New York. Warum tun Sie das? Brauchen Sie die Action? Oder die Gefahr?«

»Weder noch, aber ich liebe es, Gangster zu schnappen und sie hinter Gitter zu bringen. Das ist meine Aufgabe.«

Delvaux nickte. »Eine Aufgabe, die Sie umbringen könnte.«

»Gefährlich ist es überall, auch hier in den Bergen von Delphi. Sie sollten also auch besser vorsichtig sein, wenn Sie verstehen, was ich meine.«

Delvaux verstand den Hinweis nur zu gut, wollte aber nicht klein beigeben.

»Natürlich ist es hier gefährlich. Für jeden von uns. Die Erdbeben sind in letzter Zeit wieder mehr geworden.«

»Und Sie und Karen sind sogar hier im Camp überfallen worden, habe ich gehört. Warum ausgerechnet Sie beide? Warum nicht auch Nikos und Prof. Hillairet?«

»Ich weiß es nicht«, log Delvaux. »Aber es gibt eben immer irgendwelche Verrückte, die für ein paar Euro ein

Haus aufbrechen. Außerdem hat Nikos sie anscheinend gestört, bevor sie etwas stehlen konnten.«

»Aber sie haben Karens Laptop nicht gestohlen, sondern zerstört. Das waren keine normalen Diebe. Sie wollten Karen an ihrer Arbeit hindern. Und vielleicht auch Sie.«

Delvaux zuckte mit den Schultern. »Das glaube ich nicht. Bei mir haben sie nichts gestohlen und auch nichts zerstört. Wahrscheinlich haben sie Karens Laptop einfach nur fallen lassen, als sie ihn mitnehmen wollten.«

»Aber sie haben bei Ihnen etwas gesucht, sonst hätten sie Ihre Wohnung nicht durchwühlt. Andererseits kann das auch nur eine Finte gewesen sein und man wollte Ihnen einen Denkzettel verpassen. Haben Sie Feinde hier in Delphi?«

Delvaux kam das Gespräch allmählich wie ein Verhör vor, aber was konnte man von einem Cop schon anderes erwarten?

»Es gibt hier bestimmt einige Leute, die mich nicht mögen, aber das beruht auf Gegenseitigkeit, und dadurch lasse ich mich nicht von meiner Arbeit abbringen.« Er trat zur Tür und öffnete sie. »Au revoir, wir sehen uns bestimmt noch.«

Mansfield nickte gelassen. »Das glaube ich auch.«

56

Nur wenige Minuten später wagte sich ein anderer Campbewohner vor Karens Tür. Wieder öffnete Mansfield, der Eliadis vor sich stehen sah.

»Suchen Sie zufällig auch Ihre Uhr?«

»Wie bitte?«

»Vergessen Sie's und kommen Sie rein. Mögen Sie einen Ouzo?«

»Da sag ich nicht Nein.«

Er trat ins Wohnzimmer und setzte sich auf die alte Polstergarnitur, während Mansfield eine Flasche Ouzo und zwei Gläser aus der Küche holte. Er goss gerade den Anisschnaps in die Gläser, als Karen ins Zimmer kam und Eliadis fröhlich begrüßte. Doch dann bemerkte sie seine angeschwollene Lippe. Eliadis sah ihren Blick und wandte sofort den Kopf weg, doch es war bereits zu spät. Karen war mit wenigen Schritten neben Mansfield.

»Sag mir, dass du das nicht warst.«

»Was nicht war?«

»Das da.« Sie zeigte auf Eliadis' Mund. »Du hast ihn geschlagen?«

»Er wollte es so haben, also reg dich nicht auf.«

Karen pumpte gerade ihre Lungen voll, um ihm ihre Meinung zu sagen, als sie sah, wie Michael Nikos einen amüsierten Blick zuwarf, nach den Gläsern griff und ihm eins hinhielt. Eliadis nahm das Glas entgegen.

»Yia mas«, sagte Mansfield und stieß mit Eliadis an.

»Yia mas.«

Karens Wutpegel ging sofort wieder nach unten, als sie das breite Grinsen der beiden Männer bemerkte.

»Okay. Ich weiß zwar nicht, was das zu bedeuten hat, aber ich will dann eure männlichen Initiationsriten nicht länger stören und gehe jetzt ins Dorf einkaufen. Brauchst du noch was, Darling?«

Mansfield verzog das Gesicht. »Bring bitte etwas Tsatsiki und diesen herrlichen frischen Joghurt mit. Und eine Flasche Whiskey, wenn möglich. Auf Dauer ertrag ich diesen Ouzo nämlich nicht. Nichts gegen euren Ouzo, Nikos, aber …«

»… man kriegt davon immer so einen Schädel, ich weiß.«

Karen warf noch einen letzten Blick auf die beiden Männer, die sich blendend zu verstehen schienen, und schloss dann die Tür hinter sich.

Eliadis zeigte hinter ihr her. »Ist sie eigentlich immer so, dass sie den Drang hat, auf kleine Kinder und Schwerstbehinderte aufpassen und sie beschützen zu müssen?«, fragte Eliadis, der diese kämpferische Seite nun schon zum zweiten Mal an Karen erlebt hatte.

»Sie sind nicht schwerstbehindert, Nikos.«

»Ich weiß.«

»Sie ist da ein bisschen empfindlich, wenn ich mich mit jemandem geschlagen habe«, gab Mansfield zu. »Sie mag das nun mal nicht. Sie hat wohl Angst, dass ich mal zu weit gehe.«

»Sind Sie denn schon mal zu weit gegangen?«

»Ich glaube nicht, aber das sollten Sie vielleicht lieber die Leute fragen, die es betrifft und die jetzt in New York im Gefängnis sitzen. Ich bin da wahrscheinlich nicht ganz neutral.« Er schenkte noch mal ein. »Yia mas.«

»Yia mas.«

57

Als Eliadis sich von Mansfield verabschiedet hatte, ging er zunächst in seine Hütte, aber nur für kurze Zeit. Er wollte die Kylix, die er gestern aus dem Tresor gestohlen hatte, aus ihrem Versteck holen, aber er wusste natürlich, dass Delvaux ihn beobachtete. Doch dieser hätte ruhig die Polizei rufen können, denn er hatte das gute Stück natürlich nicht im Camp versteckt. Wie Delvaux richtig vermutet hatte, stand die Kylix in ihrem Glaskasten in einer Höhle oben in den Felsen, wo sie niemand finden würde. Er hatte bei Delvaux anscheinend einen empfindlichen Nerv getroffen, als er dessen heiliges Reich betreten und die Kylix aus dem Tresor gestohlen hatte. Eliadis lachte bei dem Gedanken an Delvaux' wütendes Gesicht.

Der Krüppel stellt dir Bedingungen. Damit hattest du natürlich nicht gerechnet, dachte er, als er sich an das Streitgespräch mit Delvaux erinnerte. Es war das erste Mal, dass er sich ihm gegenüber überlegen fühlte, und dieses Gefühl war sehr angenehm. Er schwelgte geradezu darin.

Wenn er sich nicht täuschte, war Delvaux im Augenblick bei seiner Arbeit im Lagerraum des Museums, sodass er der begehrten Kylix einen Besuch abstatten konnte. Er würde natürlich zuerst einen anderen Weg über das Dorf einschlagen, falls Delvaux ihm doch folgte, aber letztendlich hatte dieser in den Felsen sowieso keine Chance gegen ihn. Eliadis kannte die Wege und Höhlen tausendmal besser als er.

Er verließ die Hütte und ging zuerst ins Dorf und von dort einen Nebenweg zum Stadion hinauf. Ab und zu sah er Touristen, die ihm folgten, sich dann aber den Ruinen oder dem Stadion näherten, sobald sie merkten, dass er den Berg hinaufwanderte und sich immer mehr von den alten Tempelanlagen entfernte.

Delvaux war hingegen nirgendwo zu sehen. Das musste zwar nicht bedeuten, dass er ihn nicht mit einem Fernglas beobachtete, aber neben dem Stadion waren einige Felsen, hinter denen er wunderbar verschwinden konnte. Delvaux würde ihn aus dieser Entfernung nicht verfolgen können, da war er sich sicher. Und aus der Nähe auch nicht, das hätte er bemerkt.

Also schlich sich Eliadis zum Stadion und verschwand hinter einem der großen Felsen zum Stadioneingang. Von hier aus führte ein kleiner Weg den Berg hinauf, den man vom Camp aus nicht sehen konnte, da er von den Kronen eines Kiefernwäldchen geschützt wurde.

Eliadis sah sich immer wieder um, aber hier oben waren auch keine Touristen mehr. Er war allein.

Langsam näherte er sich einer der drei Höhlen, die wie römische Torbögen einer Agora nebeneinander lagen. Er ging in die mittlere der Höhlen, die nicht besonders groß war, aber viele kleine Nischen und drei schmale Gänge im hinteren Bereich hatte, die in die Tiefe des Berges führten. Eliadis ging mit dem Licht einer Taschenlampe drei Meter in den linken Gang hinein und griff hinter eine schmale Kalzitwand, doch seine Hand tauchte ins Leere …

58

Ungläubig tastete er mit der Hand in der Nische, aber es war kein Glaskasten vorhanden. Sofort suchte er mit dem Schein der Taschenlampe das gesamte Versteck ab, doch die Kylix war nicht mehr da.

Wie war das möglich?

Eliadis zermarterte sich das Hirn. Es war undenkbar, dass Delvaux oder irgendjemand anders sie gefunden hatte. Das heißt …

Es gab nur einen, der die Höhlen wie er kannte und dem er so etwas zutraute. Nochmals suchte er die Nische und den Boden unter seinen Füßen nach Spuren ab … und fand tatsächlich mehrere kleinere Fußabdrücke mit dem Werbeaufdruck »*Nike*« im Sand.

Wie in Trance ging Eliadis zum Höhlenausgang und blickte ins Tal hinab, wo er seinen kleinen Bruder und dessen Freunde fröhlich vor seiner Hütte spielen sah.

»Yannis«, murmelte er. »Du Wahnsinniger.«

Er vergaß all seine Vorsicht und rannte humpelnd von dem Versteck zur Gruppe der spielenden Kinder.

»Yannis, komm sofort her!«

Die Kinder erschraken wegen seiner harten Stimme. Noch nie hatten sie ihn so herrisch sprechen hören. Ängstlich sahen sie zu Yannis, weil sie dachten, sie hätten etwas angestellt, das Eliadis so wütend gemacht hatte, waren sich aber keiner Schuld bewusst. Also nahmen sie ihre

Fahrräder und flohen so schnell sie konnten ins Dorf zurück, doch Eliadis hatte Yannis' Fahrrad schon am Gepäckträger gefasst.

»Du kommst mit!«, befahl er und zog seinen widerspenstigen Bruder ohne große Umschweife in seine Hütte. Mit einem einzigen Schwung schleuderte er Yannis aufs Sofa. »Wo ist die Kylix?« Eliadis packte seinen kleinen Bruder rabiat am Arm. Der Junge versuchte sich aus dem festen Griff des Erwachsenen zu winden und jaulte auf.

»Ich habe sie nicht! Du hast sie doch selbst aus dem Museumslager geklaut. Du bist der Bösewicht. Du musst doch wissen, wo sie ist.«

»Ich hatte sie oben in einer der drei westlichen Höhlen versteckt, das weißt du ganz genau, denn dort hast du sie auch gefunden. Und um mir einen Streich zu spielen, hast du sie woanders hingetan, nicht wahr? Also, wo hast du sie versteckt?«

»Such sie doch selber.«

Eliadis schüttelte Yannis, da er allmählich die Geduld verlor. Zu viel hing von dieser Kylix ab. Mehr, als irgendein Mensch glauben konnte. »Du kennst die Höhlen genauso gut wie ich. Man kann nicht alle tausend Verstecke absuchen, und deswegen wirst du mir jetzt sagen, wo sie ist!«

»Das sag ich dir nicht. Du tust mir weh, Nikos. Lass mich los!«

Da holte Eliadis aus und schlug ihm mit der flachen Hand ins Gesicht. »Verdammt noch mal, Yannis, das ist kein Spiel!«

Yannis hielt sich die linke Wange, die schmerzhaft prickelte. Es war lange her, dass sein großer Bruder ihn geohrfeigt hatte. Normalerweise hatte er ihn immer vor anderen beschützt und die anderen geschlagen, wenn sie Yannis geärgert hatten. Tränen stiegen ihm in die Augen, die Eliadis' Wut verrauchen ließen, sodass er den Griff um Yannis' Arm ein wenig lockerte.

»Diese Kylix ist wirklich sehr wichtig für mich«, sagte er eindringlich. »Du musst mich zu ihr führen.«

Yannis schluchzte. »Ich habe sie in die Höhle oberhalb der Kastalischen Schlucht gebracht.«

»In deine Lieblingshöhle?«

»Ja. Ich habe sie weiter hinten in einer Nische versteckt. Niemand wird sie dort finden, nur ich.«

Eliadis strich seinem kleinen Bruder über die kurzen Haare. »Gut, wir gehen nachher zur Höhle, und du zeigst mir die Nische. Einverstanden?«

Yannis nickte. »Warum holen wir sie nicht sofort?«

»Weil uns vielleicht jemand beobachtet.«

»Der Belgier oder der Professor? Kommen wir ins Gefängnis, wenn sie uns erwischen?«

Eliadis lächelte ihm jetzt aufmunternd zu. »Du nicht, aber vielleicht ich. Also rede mit niemandem darüber, verstanden? Wir treffen uns um vierzehn Uhr an der Weggabelung unterhalb der Höhle. Und achte darauf, dass dir niemand folgt.«

»Ist gut.«

Yannis rannte sofort los und wollte die Hütte verlassen, als er in der Tür Delvaux direkt in die Arme lief.

»Halt, mein Kleiner, nicht so schnell. Ich glaube, wir

haben da noch etwas Wichtiges zu besprechen«, sagte er, zog Yannis in die Hütte zurück und schloss die Tür hinter sich. »Wo ist die Kylix?«, fragte er und hielt Yannis einen Revolver an die Schläfe, während er mit ihm langsam in die Mitte des Wohnzimmers ging. Der Junge war wie gelähmt.

Eliadis wich einige Schritte zurück. »Lass Yannis aus dem Spiel, Simon. Das geht nur dich und mich etwas an.«

»Das dachte ich eigentlich auch, aber anscheinend hast du nicht alles im Griff. Dein kleiner Bruder hat dich ausgetrickst, oder? Er hat dir die Kylix vor der Nase weggeschnappt. Wie tragisch – der Dieb wurde bestohlen. Aber ehrlich gesagt ist mir das ziemlich egal, denn mir geht es nur um die Kylix. Wenn ihr sie mir gebt, wird euch nichts passieren.«

Eliadis glaubte ihm kein Wort. »Dein Revolver hat keinen Schalldämpfer. Wenn du Yannis oder mich erschießt, bist du erledigt.«

Doch Delvaux grinste boshaft, den Lauf des Revolvers immer noch auf Yannis' rechte Schläfe gerichtet. »Glaub mir, Nikos«, sagte er gefährlich ruhig. »Ich muss die Kylix morgen in Athen abliefern. Und wenn ich das nicht kann, bin ich sowieso erledigt. Also, wenn ich jetzt schieße, ist mir völlig egal, was dann passiert. Entweder gebt ihr mir, was ich haben will, oder wir gehen alle bei dieser Aktion drauf.«

Eliadis spürte, dass Delvaux es ernst meinte, und gab sich geschlagen. Vielleicht würde er ihn auf dem Weg zur Höhle überwältigen können? Das war im Augenblick seine einzige Hoffnung, auch wenn sie fast aussichtslos erschien.

»Also gut, wir führen dich hin.«

Delvaux nickte zufrieden. »Ich wusste, dass ihr vernünftig seid.«

59

Währenddessen saß Karen nach ihrem Einkauf im Dorf wieder in ihrer Hütte und tippte einige Notizen und Stichpunkte der vergangenen Tage in ihr neues Laptop, doch aus irgendeinem Grund konnte sie sich nicht auf den Text konzentrieren. Immer wieder merkte sie, wie ihre Finger über der Tastatur verharrten und wie sie den Text auf dem Bildschirm anstarrte, während sie mit ihren Gedanken bei Nikos und Simon war. Sie wusste nicht, warum, aber immer wenn sie sich an die Einzelheiten von Simons Führung durch den Heiligen Bezirk zu erinnern versuchte, schweiften ihre Gedanken automatisch zu Nikos und seinen Erzählungen über die delphischen Legenden und Orakelsprüche ab.

Über ihren rechten Handrücken lief eine Gänsehaut, als sie sich daran erinnerte, wie sie Nikos das Wasser der Kastalia-Quelle gereicht hatte. Es war nur eine spontane Geste gewesen, aber sie war ihr so vertraut, als ob sie das schon mal getan hätte. Karen strich sanft über den Handrücken.

Nikos … seine Hände … die Berührung seiner Lippen, als er das heilige Wasser aus ihrer Hand trank …

Sie hatte diese Berührung schon mal erlebt! Früher …

Karen schoss von ihrem Stuhl hoch und lief unruhig im Zimmer hin und her. Nein!, schrie sie in Gedanken und versuchte sich zu beruhigen. Nicht schon wieder … nicht noch einmal! Sie wollte das nicht. Doch sie wusste auch, dass sie keine Wahl hatte. Es war kein Zufall gewesen, dass sie nach Delphi gekommen war.

Sie war hierher zurückgekommen …

Erschrocken hielt sie sich die Hand vor den Mund und glaubte für einen Moment wahnsinnig zu werden. Konnte es wirklich sein, dass es sich wiederholte? Aber warum? Weswegen war sie hier? Um ein Buch über Delphi zu schreiben? Nein, das konnte es nicht sein. Sie spürte es. Aber was war es dann?

In ihrem Kopf wirbelten tausend Gedanken und Erinnerungen durcheinander. Bilder von golden geschmückten Pferdewagen, die den alten Pilgerweg von Athen nach Delphi hinaufzogen und vor dem Heiligen Bezirk anhielten. Vor ihrem inneren Auge sah Karen einen reich gekleideten Mann und einen Menschen mit einem Buckel. Der Bucklige ging nur einen Meter hinter dem Mann mit der golddurchwirkten Chlamys.

Sie kamen die Heilige Straße hinauf. Zum Apollon-Tempel. Zur Pythia. Zu ihr.

Karen fiel auf den Stuhl zurück und hielt sich den Kopf, doch sie konnte die Flashbacks nicht verhindern. Irgendetwas in ihrem Inneren rebellierte gegen diese Erinnerungen.

Warum kamen sie gerade jetzt? Was war geschehen? War jemand in Gefahr?

Leise hörte sie El Bahays eindringliche Stimme in ihrem Kopf. »… das Buch hat *Sie* gesucht. Lesen Sie es. Es wird Ihnen weiterhelfen«, hatte er zu ihr in Athen gesagt, und wenig später war er wie ein Geist verschwunden.

Das Buch. Sie brauchte das Buch! Wo hatte sie es hingestellt? Mit einem schnellen Blick ging sie die Bücher durch, die rechts von ihr auf einem Wandregal standen, und griff gezielt nach dem Band, den El Bahay ihr vor einigen Tagen in Athen gegeben hatte.

»Sagen und Legenden aus dem alten Griechenland«, murmelte Karen, während sie die alten Blätter des Buchs durchging und nach dem Papyrus-Lesezeichen suchte, das sie bei einer der Sagen gefunden hatte. Und dann lag es vor ihr – das Lesezeichen mit der ägyptischen Maat, der zierlichen Göttin mit der weißen Feder auf dem Kopf.

Der Feder der Wahrheit und der Gerechtigkeit.

Unbewusst griff Karen nach ihrem Hals und strich über den goldenen Maat-Anhänger, den Julius ihr vor langer Zeit zum Geburtstag geschenkt hatte und den sie wie einen Glücksbringer stets bei sich trug. Sie hatte immer gedacht, dass es eine perfekte Replik eines ägyptischen Originals sei, doch im vergangenen Jahr hatte sie herausgefunden, dass der Maat-Anhänger echt und über dreitausend Jahre alt war. Merkwürdig.

Als Nikos sie das erste Mal an der Tempelruine getroffen hatte, hatte er ihre Maat-Kette sofort bemerkt und sie gefragt, ob sie aus Ägypten komme …

Nikos?

Mit bebenden Händen nahm sie El Bahays Buch und las die Legende von Agapios weiter, die sie in Athen nicht zu Ende gelesen hatte.

Der Archont Agapios hatte sich in Delphi eines Vergehens schuldig gemacht …

60

Inzwischen ging Delvaux mit Eliadis und Yannis den Weg zum Stadion hinauf, wo sie einigen niederländischen Touristen begegneten, doch Delvaux versteckte den Revolver unter einer Zeitung hinter Yannis' Rücken, sodass die Niederländer ihn nicht bemerkten und fröhlich grüßend an ihnen vorüberzogen.

Auf Delvaux' Stirn glänzten einige Schweißperlen, als er und seine Geiseln eine Viertelstunde später vom Hauptweg abbogen und einen schmaleren Weg nach Osten einschlugen. Gleichzeitig kamen ihm Bedenken, denn dies war der direkte Weg zur Kastalischen Höhle. Nicht gerade der Ort, an dem er so etwas Wertvolles wie seine Kylix verstecken würde.

»Das kann nicht euer Ernst sein. Ihr habt die Kylix nicht in dieser Höhle versteckt. Ihr schickt mich in die Irre.«

»Nein, das stimmt nicht«, entgegnete Eliadis. »Es ist der richtige Weg. Es ist Yannis' Lieblingshöhle.«

Delvaux schnalzte mit der Zunge. »Du hast den Jungen wirklich nicht im Griff, Nikos. Du hättest ihm sagen müssen, dass man so ein wertvolles Stück nicht einfach so in einer Höhle versteckt, in dem sie jeder drittklassige Tourist finden könnte.«

»Du hast sie immerhin nicht gefunden, Simon. Also halt den Mund«, erwiderte Eliadis.

Delvaux' rechte Hand zuckte einen kurzen Moment. Am liebsten hätte er Nikos für diese Bemerkung eine Kugel in den Rücken gejagt, doch er hielt sich zurück. Er musste noch warten. Aber schon bald würde er diese beiden Trottel dafür bezahlen lassen, dass sie ihn so lange von seinem Ziel abgehalten hatten. Eine Million Euro!

Wenn sie gewusst hätten, was für einen Schatz sie in Händen hielten, hätten sie ihn niemals in einer dieser erdbebengefährdeten Höhlen versteckt. Was für ein Wahnsinn, dachte Delvaux, während sie die letzten Meter zur Kastalischen Höhle hochgingen und schließlich vor dem dunklen Eingang stehen blieben.

»Los, Yannis, bring mir die Kylix«, forderte Delvaux ihn auf und richtete seinen Revolver auf Eliadis, der am Höhleneingang stand. Mit bleiernen Schritten ging Yannis zu einer versteckten Nische in der felsigen Wand und holte den Glaskasten mit der Kylix hervor. »Sehr gut«, triumphierte Delvaux. »Und jetzt bring sie mir.«

Doch da stellte sich Eliadis zwischen Yannis und Delvaux und forderte wortlos den gläsernen Kasten mit der halb fertigen Antikschale.

Yannis sah ihn einen Augenblick lang an und übergab ihm dann den Kasten mit der Kylix. Langsam drehte sich Eliadis um und überlegte, wie er an sein Wurfmesser kommen konnte, ohne dass Delvaux Zeit hätte, auf Yannis zu schießen. Er selbst konnte sich mit einem Hechtsprung vielleicht für einen Moment aus der Schusslinie bringen und nach dem Messer greifen, aber er würde damit seinen kleinen Bruder gefährden. Also nahm er den Glaskasten mit der Kylix in die rechte Hand und ging auf Simon zu, während er mit der linken Hand hinter seinem Rücken Yannis ein Zeichen gab, sich langsam in die Höhle zurückzuziehen und sich dort zu verstecken.

Er hielt Delvaux den Glaskasten entgegen, doch kurz bevor er ihn erreichte, ließ er ihn laut scheppernd zu Boden fallen.

Das Geräusch der knirschenden Keramik ließ Delvaux' Blut gefrieren.

»Bist du völlig verrückt geworden? Dafür leg ich dich um!«

Delvaux zielte auf Eliadis, doch genau in dem Augenblick schrie Yannis und warf Delvaux einen Stein ins Gesicht. Dieser taumelte einen Schritt zurück und schoss. Eliadis zuckte getroffen zusammen und ließ sich zur Seite rollen. Sein linker Arm brannte höllisch, aber er griff sofort mit der rechten Hand nach seinem Messer am Bein und sprang hoch. Er hätte Delvaux mit voller Wucht getroffen, doch der konnte seinen Arm gerade noch abwehren. Beide überschlugen sich und rollten im Sand zwischen der Höhle und dem Abgrund der Kastalischen Schlucht hin und her, während Yannis aus dem Eingang der Höhle kam und den Kampf ängstlich beobachtete.

61

In ihrer Hütte saß Karen auf dem Stuhl vor dem Schreibtisch und las in dem alten Sagenbuch. Schreckliche Bilder tanzten vor ihren Augen, und qualvolle Erinnerungen stiegen aus dem Tiefsten ihrer Seele hervor, als sie sich langsam dem Schluss der Legende um Agapios und der jungen Pythia näherte.

»Eines Tages reiste Agapios mit seinen Leuten nach Delphi, um Apollon Phoibus um Rat zu fragen. Die Perser hatten den Hellespont überschritten und drangen nach Thrakien ein, und er wusste keinen Rat, wie er Athen gegen diese Übermacht verteidigen sollte. Also machte er sich auf und folgte dem alten Pilgerweg nach Delphi, um Apollon unterhalb des alten Götterberges Parnassos um Rat zu fragen.«

Karens Herz begann zu rasen, als sie diese Zeilen las. Verwirrt warf sie einen Blick auf die Nationalstraße, die um den Phlemboukos-Felsen der Phädriaden herum zum Heiligtum hinaufführte.

Der alte Pilgerweg zwischen Athen und Delphi. Es war der Weg, auf dem er nach Delphi gekommen war.

»Agapios stand als Bevorzugter auf der Liste derjenigen, die im Tempel die Pythia befragen durften, und so wurden er und seine Leute durch die Schar der Pilger bis zum großen Hauptaltar der Chioter durchgelassen. Das Omen der Befragung war gut, denn die Opferziege zitterte am ganzen Körper, als man sie mit dem geweihten Wasser bespritzte.«

Karen wurde übel. Sie wollte nicht mehr weiterlesen. Sie wollte die Bilder und Erinnerungen nicht akzeptieren, doch sie schaffte es nicht, diese Bilder und Gefühle zu verdrängen.

Und so las sie weiter.

»...Doch bevor Agapios würdig war, den Rat des Apollon zu hören, musste er sich in der heiligen Kastalischen Quelle reinigen. Die Quelle lag außerhalb des Heiligen Bezirks unterhalb der Kastalischen Schlucht, die die Phädriaden teilte, und so machte er sich zusammen mit seinem buckligen Bruder Kletos und einigen Gesandten zur Quelle auf. Dike, eine junge Pythia, und einer der Hosioi begleiteten sie, denn auch die Pythia musste sich vor der Befragung des Apollon mit kastalischem Wasser reinigen. Doch als Agapios die liebliche Gestalt der jungen Delpherin erblickte, verliebte er sich in sie und verführte die Priesterin des Apollon, noch ehe sie die heilige Quelle erreichten, und auch der Hosioi konnte den Frevel nicht verhindern.

Zurück im Heiligen Bezirk, verlangte eine ältere Pythia, dass er und seine Leute sofort das Heiligtum verließen, da sie den Ort mit ihrer Unreinheit beschmutzt hatten. Und Dike könne auch nie wieder Pythia des Apollon sein.

Agapios bat trotzdem demütig, dass man seine Weihgeschenke annehme, und hoffte, dass weitere hundert Opfertiere den Gott Apollon wieder gütig stimmen würden. Die Pythia nahm die Opfergaben an, aber Apollon verlangte später, dass man die Weihgaben und die Kelche am Brunnenbecken oberhalb des Tempels zerschmettere, damit nie wieder eine menschliche Seele an ihnen Vergnügen fände. Andernfalls würde sein Zorn verheerend sein, und er würde ihnen Erdbeben senden, die alles vernichten würden.

Doch diesen Spruch erhielt nur die Pythia. Sie handelte entsprechend und zerstörte die Weihgaben und die Kelche, indem sie sie dem Apollon in einem heiligen Ritus opferte und sie im Brunnenbecken zerbrach.

Agapios hingegen musste Delphi ohne den weisen Rat Apollons verlassen. Er machte Dike zu seiner Frau, aber ihre Liebe hatte nur wenige Jahre, denn als die Perser vor den Toren Athens standen, wurden sie beide durch den buckligen Bruder an die Feinde verraten. Die Perser töteten Agapios und Dike und deren Sohn, indem sie sie in den Bergen Athens die Felsen hinunterstießen.«

Die Seiten glitten Karen durch die Hand, als sie den Kopf hob und fassungslos durch das Fenster zur alten Ruine des Apollon-Tempels starrte.

Das konnte nicht sein. Das konnte nicht sein! Sie wollte das alles nicht!

Das Buch schlug von selbst zu und verschlang das Papyrus-Lesezeichen mit der Maat, ehe es polternd neben dem Stuhl auf die Holzdielen fiel. Mit wackligen Beinen stand Karen auf und taumelte zum Fenster.

Die Kylix … die Erdbeben … Auf einmal wusste sie, warum sie sich so sehr zu Nikos hingezogen gefühlt hatte.

Und was war mit Simon?

»O mein Gott!«

Im selben Moment kam Mansfield herein, der sie

schwankend durchs Zimmer gehen sah. Ihr Gesicht war aschfahl, und es schien, als würde sie jeden Augenblick ohnmächtig werden. Er eilte zu ihr und wollte sie auffangen, aber sie hielt ihm abwehrend eine Hand entgegen.

»Nicht.«

Sie fasste sich an den Kopf. Ihr war schwindlig. Widersprüchliche Gefühle durchfluteten sie. Gefühle, die sie schon seit langem spürte, aber immer unterdrückt hatte.

Sie rannte an Mansfield vorbei nach draußen, die Holzveranda und die Stufen mit wenigen Schritten nehmend. Atemlos blieb sie vor ihrer Hütte stehen, als sie Prof. Hillairet erkannte, der gerade den Weg vom Heiligen Bezirk herunterkam.

»Wo ist Nikos!«, schrie sie ihm entgegen.

Hillairet zeigte irritiert mit der Hand auf die Phädriaden. »Ich glaube, er, Simon und Yannis sind zum Stadion hochgegangen. Jedenfalls habe ich sie zusammen den Weg hinaufgehen sehen.«

Im selben Moment hallte ein Schuss durch das Tal. Sie starrten sich erschrocken an. Dann fuhr Karen herum und sah auf den Weg, der in die Felsen hinaufführte.

Mansfield stand hinter ihr auf den Holzstufen, als er sah, wie sie losrannte. Da sie an ihrer Hütte vorbeimusste, war er mit ein paar Schritten bei ihr und packte sie am Arm.

»Was geht hier vor? Was wird hier gespielt?«

»Lass mich los! O mein Gott, ich bin so eine Närrin gewesen! Ich muss zu Nikos!«

»Nikos? Warum, was ist mit ihm?«

Tränen standen ihr in den Augen, als sie versuchte, sich

aus seinem Griff zu befreien. »Wir … er und ich … wir waren schon mal zusammen! Vor langer Zeit, als diese Ruinen noch keine Ruinen waren.«

»Was?« Mansfield verschlug es den Atem, als er allmählich verstand, was sie andeutete. »Ihr wart schon mal zusammen, so wie du und ich?«

Sie nickte. »Wir müssen sie einholen!«

»Wen meinst du?«

»Simon und Nikos. Simon wird ihn töten!«

»Warum sollte er? Nikos hat ihm doch nichts getan.« Mansfield gab sie frei und versuchte mit Karen Schritt zu halten, doch mit seinem verletzten Bein war er eindeutig langsamer.

»Ich spüre es einfach. Es geht um die Kylix. Simon darf sie nicht bekommen. Wir müssen sie zerstören, sonst wird ihre Macht Delphi und Athen vernichten.«

»Kylix? Was für eine Kylix? Verdammt noch mal, was geht hier vor?«

Genau in dem Augenblick kam ein gewaltiger Erdstoß, der Mansfield zu Boden gehen ließ, während Karen taumelte und sich dann an einer Steinmauer abfangen konnte. Sofort rannte sie den Weg zur Kastalischen Höhle hoch.

»Karen, warte! Es ist zu gefährlich!«

Doch Mansfields Worte konnten sie nicht aufhalten.

62

Über ihnen sah Theophora von ihrem Haus aus Karen den Berg hinaufrennen. Auch sie hatte den Schuss gehört und war zutiefst beunruhigt.

»Ja, o junge Pythia. Ihr seid wieder da. Nikos und sein buckliger Bruder Simon.«

Ein starker Erdstoß brachte das Haus zum Wanken, und die Fensterscheibe vor Theophora zersprang in tausend Stücke. Töpfe und Teller fielen von den Wänden, während draußen große Felsbrocken die Phädriaden herunterrollten und die Nationalstraße nach Athen blockierten. Zwei Wagen versuchten dem Steinregen auszuweichen, doch einer von ihnen wurde unter den Steinmassen begraben und der andere wich von der Straße ab und überschlug sich mehrfach ins Tal.

Theophora hielt sich an einer schiefen Tür fest und sah Karen und Mansfield nach, bis sie hinter den Felsen verschwunden waren.

»Der Engländer darf die Kylix nicht bekommen. Du musst Apollons Weihgabe zerstören. Nur dann wird er seine vernichtenden Erdstöße beenden. Wenn du aber versagst, werden wir alle sterben.«

63

Wie von Sinnen rannte Karen hinauf zur Kastalischen Höhle. Selbst die Erdstöße konnten sie nicht davon abhalten. Michael war schon weit hinter ihr, aber sie konnte nicht auf ihn warten. Sie durfte keine Zeit verlieren. Nikos brauchte sie, da war sie sich ganz sicher.

Als sie atemlos auf dem breiten Felsvorsprung vor der Kastalischen Höhle ankam, sah sie Delvaux und Eliadis miteinander kämpfen, während Yannis daneben stand und seinen Bruder anfeuerte und ab und zu einen Stein nach Delvaux warf. Nikos' Wurfmesser lag rechts von ihm im Sand und nur wenige Meter von ihr entfernt ein Revolver.

Aus dem Augenwinkel sah Delvaux Karen und war für einen Moment abgelenkt, was Eliadis sofort für einen Fußtritt nutzte und ihn von sich wegstieß.

Delvaux taumelte einige Schritte rückwärts, doch dann fing er sich wieder und starrte auf den Revolver, der zwischen ihm und Karen im Sand lag. Er wusste, dass Karen ihn schneller erreichen würde. Schwer atmend warf er ihr einen finsteren Blick zu, doch als sie sich auf die Waffe stürzte, reagierte er blitzschnell und schnappte sich den Jungen. Delvaux packte Yannis am Kragen und hielt ihn am langen Arm über den Abgrund, während er Karen und Eliadis siegessicher ansah.

»Schieß, und der Junge ist tot!«, schrie er Karen zu, die mit ausgestrecktem Arm auf ihn angelegt hatte.

Karen war entsetzt. Sie war eine sichere Schützin, aber als sie sah, wie Yannis an Delvaux' Arm über dem Abgrund zappelte, schwanden ihr beinahe die Sinne. Sie hielt sich mit der linken Hand den Kopf und taumelte einige Schritte zur Seite, während ihre Hand zu zittern begann und ihr Arm immer schwerer wurde. Schluchzend sank sie zu Boden, als grausame Erinnerungen in ihr hochkamen, schmerzhafte Bilder aus ihrem Innersten, die ihr das Herz zerreißen wollten.

Sie hatte diese schreckliche Szene schon mal erlebt. Vor langer, langer Zeit. Nicht hier in Delphi, sondern in den Bergen östlich von Athen. Immer deutlicher sah sie vor ihrem inneren Auge ein seltsames Tribunal, das sie, ihren Mann und ihren Sohn gefesselt die Felsen hinaufführte. Der Anführer war ein buckliger hässlicher Mann. Er nahm ihren Sohn, hielt ihn wie Yannis über die Felskante, während er mit einer giftigen Rede die Menschen um sie herum mit seinen Lügen beeindruckte.

Karens Gefühle überwältigten sie. Es war, als ob eine starke unsichtbare Energie zwischen ihr und Nikos bestehen würde, die schon seit Ewigkeiten existierte und jetzt in dieser tödlichen Situation ihr Innerstes erschütterte. Aber dann war da noch etwas anderes, das sie fühlte. Eine unglaublich starke innere Macht gab ihr Kraft und ließ sie wieder auf die Beine kommen.

Erneut legte sie auf Delvaux an, während sie sich mit der linken Hand die Tränen wegwischte.

»Gib ihn mir!«, schrie sie ihn an. »Gib ihn mir zurück! Tu es nicht noch einmal!«

Delvaux sah sie irritiert an. Was meinte sie damit?

»Ich werde ihn fallen lassen, wenn du mir nicht die Waffe gibst.« Er schob Yannis noch einige Zentimeter weiter nach vorn.

»Aber er hat dir nichts getan!«

»Nichts getan? Diese kleine Ratte hat meine Kylix gestohlen! Er wollte mich ruinieren! Allein dafür sollte ich ihn schon von der Klippe stoßen!«

»Nein, tu es nicht! Du bekommst die Waffe!«

Aus dem Augenwinkel sah Delvaux, wie Eliadis versuchte, in die Reichweite seines Wurfmessers zu kommen, das nur wenige Meter von ihm entfernt neben einem kleinen Felsen lag. »Das würde ich an deiner Stelle nicht machen, Nikos.«

Eliadis spuckte Blut und rief seinem kleinen Bruder einige kurze, harte Worte zu, auf die dieser halb laut wimmernd antwortete.

Delvaux schüttelte den Jungen am Kragen. »Sprecht nicht griechisch miteinander, verdammt noch mal! Ich will wissen, was ihr redet!«

»Yannis kann nur Griechisch, Blödmann! Er ist zu jung für Fremdsprachen. Ich habe ihm nur gesagt, dass er ruhig bleiben soll und dass ihm nichts passieren wird.«

»Das ist aber sehr optimistisch von dir. Schluss jetzt mit dem Gerede. Ich will die Waffe, Karen. Du wirst sie am Lauf anfassen und sie mir bringen.«

Karen warf Nikos hilfesuchend einen Blick zu, aber der hatte den Kopf leicht abgewandt und starrte nur auf den Sand neben seinen Füßen.

»Was ist? Mein Arm wird langsam müde«, sagte Delvaux in Karens Richtung, und tatsächlich senkte sie den

Revolver, sicherte ihn und fasste ihn am Lauf an, während sie auf Simon zuging.

»Was gibt mir die Sicherheit, dass du den Jungen nicht trotzdem loslässt?«, fragte sie misstrauisch, während sie langsam näher kam.

»Es gibt keine Sicherheit.«

»Genau. Und deswegen werde ich den Revolver jetzt hier hinlegen und zurückgehen.« Sie befand sich einige Meter vor der Felskante. »Wenn du Yannis fallen lässt, bin ich auf jeden Fall schneller am Revolver. Wenn du aber mit dem Jungen von der Klippe weggehst, überlasse ich dir die Waffe.«

Delvaux' Gesichtszüge verhärteten sich. Gerade eben noch schien Karen am Boden zerstört, und jetzt stand auf einmal eine bis aufs Äußerste entschlossene Frau vor ihm, die ihn in die Knie zwingen wollte – und konnte. Es war eine Situation, die er nicht kannte. Er überlegte kurz.

»Also gut. Aber du musst noch einen Schritt zurückgehen, sonst wird es nichts mit unserem Deal.«

Aus dem Augenwinkel beobachtete er Nikos, doch der machte merkwürdigerweise nicht den geringsten Versuch, sein Wurfmesser zu erreichen. Dummkopf. Es würde ihm ein besonderes Vergnügen sein, den Krüppel noch vor Karen umzubringen.

Karen biss sich auf die Unterlippe. Sie glaubte nicht, dass Delvaux sie am Leben lassen würde, wenn er den Revolver hatte. Aber was sollte sie tun? Warum reagierte Nikos nicht? Warum half er ihr nicht? Er hielt sich den linken Arm. Hatte Simon ihn angeschossen? Und wo war Michael? Wie sollte sie Simon allein aufhalten? Wie viel

Zeit würde sie noch hinausschinden können, ehe er den Revolver an sich gebracht hätte?

Aber merkwürdigerweise hatte sie keine Angst um ihr Leben. Sie war bereit zu sterben, wenn nur dem Jungen nichts geschah.

Eine schwere Last fiel von ihren Schultern, als sie sah, wie Delvaux Yannis vom Abgrund wegriss und mit wenigen Schritten beim Revolver war. Doch sobald er die Waffe in der Hand hatte, verzog sich sein Gesicht zu einer fiesen Grimasse. Er entsicherte den Revolver und zielte auf ihren Kopf. Karen taumelte zurück, während sie in den dunklen Lauf der Waffe starrte.

»Nicht!«, schrie Eliadis, der aus seiner Erstarrung zu erwachen schien. Sollte er jetzt schon handeln? Er würde nur einen einzigen Versuch haben, denn nach dem Messer greifen und es werfen würde etwa drei Sekunden dauern. Drei Sekunden, in denen Delvaux ausweichen und dann Karen erschießen konnte. Es sei denn, Simon würde ihm für einen kurzen Moment den Rücken zukehren, aber damit war wohl nicht zu rechnen.

Delvaux wandte den Kopf. Dicke Schweißtropfen liefen ihm über die blasse Haut.

»Nein? Sie also nicht zuerst? Na gut, dann eben der Junge.«

Er drehte sich zu Yannis um und stieß den geschockten Jungen mit einem kurzen, harten Fußtritt über die Klippe. Yannis hatte keine Chance. Mit einem schrillen Schrei stürzte er in die Tiefe, und ein schreckliches Echo brach sich in der Kastalischen Schlucht.

Keine zehn Meter unter der Höhle humpelte Mansfield gerade auf einem Felsvorsprung entlang, als eine kleine Steinlawine sich über ihn ergoss und ihn zwang, sich gegen den Felsen zu drücken. Er schien der Kastalischen Höhle schon ganz nahe zu sein.

»Karen? Bist du okay?«

Er stellte sich auf den äußersten Rand des schmalen Felsabsatzes, nur um sofort wieder in Deckung zu gehen, als zwei Schüsse dicht an seinem Kopf vorbeiheulten.

Oben stand Delvaux und schoss, ohne besonders zu zielen, auf den Felsvorsprung, unter dem er Mansfield vermutete, als er plötzlich seinen Augen nicht traute, denn er sah in einer an der Felswand wachsenden Kiefer Yannis in den Ästen hängen.

»Dieser kleine Bastard lebt ja immer noch!«, stieß er wütend hervor und zielte auf den Jungen. Doch in dem Moment, in dem er schießen wollte, wurde ihm bewusst, dass er Nikos und Karen schon seit mehreren Sekunden den Rücken zugekehrt hatte.

Reflexartig drehte er sich um und sah gerade noch, wie Karen ihm den Glaskasten mit der Kylix entgegenschleuderte, und fast gleichzeitig spürte er einen kurzen, starken Schmerz in der Brust, als Nikos' Wurfmesser sich in seinen Körper bohrte.

Ungläubig merkte Delvaux, wie seine Beine nachgaben und der Revolver seiner Hand entglitt. Seine Muskeln wollten ihm nicht mehr gehorchen, und nur langsam begriff er, dass er sterben würde.

Er hörte nicht mehr das tausendfache Splittern von Glas und Keramik, als der Glaskasten mit der Kylix in der

Schlucht immer und immer wieder gegen die Felsen prallte und zerschellte.

Langsam sank er in sich zusammen und verlor das Gleichgewicht. Er hatte nicht einmal mehr die Kraft zu schreien, als er den Felsen hinunterstürzte.

Eliadis und Karen rannten zur Felskante und starrten hinunter. Ein Lächeln huschte über Eliadis' Gesicht, als er seinen Bruder in der Kiefer hängen sah.

Während Delvaux Yannis über die Klippe gehalten hatte, hatte er Yannis an die Kiefern erinnert, die sie oft gesehen hatten, wenn sie Yannis' Lieblingshöhle besucht hatten. Er war stolz, dass sein kleiner Bruder es tatsächlich geschafft hatte, sich an einer von ihnen festzuhalten.

»Yannis! Halte durch! Ich komme und hole dich!«, rief er ihm zu, während Karen ihn zweifelnd ansah. Sie hatte seine griechischen Worte zwar nicht verstanden, aber es war offensichtlich, was er vorhatte.

»Wir haben kein Seil. Wie willst du …«

»Wir brauchen kein Seil. Ich werde so zu ihm runterklettern.«

»Und dann? Wie willst du ihn hier hochbringen?«

»Das wird schon gehen. Ich nehme ihn huckepack. Als er kleiner war, haben wir das andauernd gemacht. Er weiß, was er zu tun hat.«

»Nikos«, kam eine jämmerliche Stimme von unten. »Ich kann mich nicht mehr halten.«

»Doch! Du schaffst das!«

Karen warf Eliadis' Klumpfuß und seinem blutenden linken Arm einen bedenklichen Blick zu. Wie sollte er damit die Felswand hinunter- und mit dem Jungen wieder heraufkommen?

»Er ist viel zu schwer für dich! Ihr werdet beide abstürzen!«

»Vielen Dank für deinen Optimismus.« Eliadis bemerkte ihren ängstlichen Blick auf seinen kranken Fuß und griff nach ihrer Hand, als er sich über die Felskante schwang. »Meine stolze und starke Dike«, flüsterte er beschwörend und küsste ihre Hand, ehe sein Kopf hinter den Felsen verschwand. Die Berührung ließ Karen erschauern, und eine Mischung aus Glück und Angst durchflutete sie.

»Das … das kann nicht wahr sein! Du hast es die ganze Zeit gewusst?«, rief sie ihm fassungslos hinterher, doch Eliadis hatte keine Zeit, ihr zu antworten. Er musste sich auf seinen Abstieg zu Yannis konzentrieren.

Plötzlich drang Mansfields Stimme wieder zu ihnen hoch.

»Nikos? Was tust du da! Shit!«

Hilflos musste er zusehen, wie Eliadis mit nicht allzu großer Vorsicht die Steinwand hinabkletterte. Mehr als einmal rutschte dessen Fuß an dem verwitterten Gestein ab und schickte Steinbrocken die Schlucht hinunter, doch er konnte sich immer wieder fangen. Spitze Kanten zerschnitten ihm die Finger und Arme, aber er spürte den Schmerz nicht. Es zählte nur sein Bruder. Dann war er neben der verkrüppelten Kiefer angekommen und reichte Yannis den rechten Arm.

»Komm, nimm meine Hand. Ich zieh dich rüber, und du hältst dich an meinem Rücken fest. So wie früher. Hast du verstanden?«

Yannis saß auf einem gefährlich gebogenen Ast und starrte die Felswand zu Karen hinauf.

»Ich habe Angst.«

»Ich weiß. Wir werden es schaffen, hörst du? Gib mir deine Hand!«

Langsam streckte Yannis seine rechte Hand zu Eliadis aus, während er sich mit der linken an der Kiefer festhielt und das Gewicht verlagerte. Der Ast bog sich bedenklich. Als er knackte, zog Yannis reflexartig seine Hand zurück und klammerte sich wieder am Stamm der Kiefer fest.

Eliadis winkte mit seiner rechten Hand. »Komm, versuch es noch mal. Wir haben es gleich geschafft.«

»Ich trau mich nicht.«

»Verdammt noch mal, gib mir deine Hand!«, herrschte Eliadis seinen Bruder an, der ihm daraufhin zögernd die Hand entgegenstreckte. Im nächsten Augenblick schwang der Junge in der Luft und landete halb auf dem Felsen und halb auf Eliadis' Beinen. Dieser ächzte, als sie beide nur an seinem linken Arm am Felsen hingen. Seine Füße suchten nach Halt, aber der Steinhang war zu glatt. Es gab keine Vertiefungen oder kleine Felsvorsprünge, auf denen er sich abstützen konnte. Eliadis' Muskeln schienen zu zerspringen, als er Yannis mit einem einzigen Schwung hochzog und der Junge sich an seinem Gürtel festhielt.

»Los, kletter auf meinen Rücken. Mach schon!«

»Ich kann nicht. Es geht nicht!«

Eliadis atmete tief durch. Karen hatte tatsächlich Recht gehabt, der Junge war zu schwer. Sie würden es niemals zusammen bis nach oben schaffen. Nikos sah nach unten. »Michael? Bist du da?«

»Ich bin hier. Genau unter euch.«

»Wie weit ist es zu dir?«

»Nicht weit. Vier oder fünf Meter. Ihr könnt das schaffen.«

»Okay, ich komme mit ihm runter. Yannis, du kletterst gleich mein rechtes Bein runter, wenn ich es sage, verstanden? Aber noch nicht. Warte, bis ich Bescheid gebe.«

Yannis murmelte etwas Unverständliches, was Eliadis nicht interessierte, da er sich auf den Abstieg konzentrierte. Der Junge hing wie ein nasser Sack an Eliadis' rechter Seite, sodass er das Bein nicht mehr zum Haltsuchen benutzen konnte.

Mansfield stand unter ihnen und versuchte seine Augen vor dem herabrieselnden Staub zu schützen, während er Eliadis' Himmelfahrtskommando beobachtete. Minuten schienen zu Stunden zu werden, bevor er ihm zurufen konnte, dass Yannis es jetzt versuchen sollte.

Nikos gab ihm den Befehl, und der Junge begann vorsichtig an seinem rechten Bein hinunterzuklettern. Zuletzt hing er nur noch an Eliadis' Knöchel.

Mansfield versuchte Yannis' Füße zu erreichen, die über dem Felsvorsprung hingen, doch er kam nicht ran. Es fehlte ungefähr ein halber Meter.

»Wie sieht es aus, Michael? Hast du ihn?«

»Nein. Aber es fehlt nicht mehr viel. Er kann dich loslassen, ich fang ihn dann auf.«

»Du bist verrückt!«, stieß Eliadis hervor, und Schweißperlen rannen ihm übers Gesicht. »Dort, wo du stehst, hast du nicht viel Platz. Sein Schwung wird dich aus dem Gleichgewicht bringen.«

»Blödsinn. Was willst du sonst machen? Weiter runterklettern? Der Junge kann sich doch keine halbe Minute mehr halten!«

Eliadis atmete erneut tief durch. Die Kraftanstrengung machte es schwer, gegen Mansfield zu argumentieren.

»Also gut, mach dich bereit. Er wird mich gleich loslassen.« Und nach einem kurzen Befehl an Yannis ließ dieser seinen Knöchel los und rutschte den Abhang hinunter, direkt in Mansfields Arme. Der Schwung war trotzdem so stark, dass sie beide zu Boden gingen, aber Mansfield passte auf, dass sie sofort in die kleine Nische rollten, die unter dem Felsvorsprung war.

»Bist du okay?«, fragte er Yannis, der diese kurze Frage ohne Probleme verstand und vorsichtig lächelte. »Tapferer Junge«, sagte Mansfield und strich ihm über die verstaubte Wange.

Doch plötzlich kam ein lautes Rumpeln von oben. Sie sahen eine große menschliche Silhouette am Felsvorsprung vorbeigleiten. Mansfield sprang nach vorn und griff reflexartig nach Eliadis' Hemd, das sich reißend in Luft auflöste, während die Hand des Griechen nach seinem Unterarm griff.

»Halt dich fest«, schrie Mansfield. Er stemmte sich gegen die Felsbrocken, die neben ihm standen, und zog Eliadis mit mehreren Zügen so weit hoch, dass er selbst an der Kante Halt fand und sich hochziehen konnte. Beide rollten sie auf dem Rücken ab und blieben für Sekunden nach Luft ringend liegen. Doch dann stürmte Yannis auf seinen Bruder zu, und sie umarmten sich. Eliadis hielt den Jungen, als ob er ihn nie wieder hergeben wollte.

»Nikos! Yannis!«

Karen kam den Weg hinuntergerannt und stürzte auf die beiden zu und drückte sie fest an sich.

Mansfield saß daneben und sah Karens Tränen, die aus Erleichterung die Wangen hinunterrollten. Wie sie den Jungen anlächelte. Und wie innig sie mit Nikos umging.

Eliadis merkte, dass Mansfield sie beobachtete, und schob Karen ein wenig zur Seite, ehe er aufstand und mit Yannis zusammen den Berg hinunterging.

Karen drehte sich um und sah Michaels fragenden Blick. Sie lächelte beschämt, als sie zu ihm ging, ihn umarmte und ihren Kopf an seine Brust legte.

Mansfield wusste, dass dies ihre Geheimwaffe war, wenn sie ihn besänftigen wollte, und auch diesmal konnte er nicht anders, als seine Arme um sie zu legen und sie an sich zu drücken.

Gemeinsam folgten sie Eliadis und Yannis den Weg hinunter zum Camp, von wo ihnen einige Delpher und Polizisten entgegenkamen.

64

Am nächsten Nachmittag saßen Karen und Nikos auf den verwitterten Marmorstufen des alten Amphitheaters und blickten auf die Tempelruine und das alte Pleistos-Tal hinab. Den ganzen Vormittag hatten die Beamten der Mordkommission sie verhört, um die Geschehnisse des vergangenen Tages rekonstruieren zu können, und hatten ihre Aussagen protokolliert. Doch da alle Aussagen übereinstimmten und alle vorhandenen Indizien vorerst auf Notwehr schließen ließen, brachen die Beamten am Mittag wieder auf, und Delphi fiel in seine gewohnte Ruhe zurück.

Eliadis hatte sich auf einen der alten Marmorplätze des Amphitheaters zurückgezogen und dort lange allein gesessen, ehe Karen ihn entdeckt hatte, zu ihm hinaufgewandert war und sich zu ihm gesetzt hatte. Er griff nach ihrer Hand und schenkte ihr ein vertrautes Lächeln.

»Theophora hat mir gesagt, dass eines Tages eine Frau aus Ägypten kommen wird, die ich aus einem früheren Leben kenne, und dass das Schicksal uns wieder zusammengeführt hat, weil wir eine wichtige Aufgabe zu erfüllen haben.«

»Und woher wusstest du, dass ich diese Frau bin?«

Eliadis griff nach ihrer goldenen Maat-Kette am Hals und ließ den kleinen Anhänger im hellen delphischen Sonnenlicht glänzen.

»Als ich die Kette sah, wusste ich, dass sie dich gemeint hatte.«

Karen neigte leicht den Kopf. »Viele Menschen tragen goldene Ketten mit ägyptischen Anhängern. Michael hat auch einen.«

»Ja, ich weiß. Er trägt den Falkengott Horus, den Sohn der Isis und des Osiris. Aber du trägst die Maat, die Göttin der Weltordnung und der Gerechtigkeit. Wir Griechen haben viel von den Ägyptern gelernt, nachdem Solon und Herodot das Reich am Nil besucht haben und von ihren Reisen berichteten. Ihr habt uns geprägt und bereichert.«

Karen wandte den Kopf. »Du weißt …?«

»Sei still«, flüsterte Eliadis und drehte den Anhänger mit der zierlichen ägyptischen Göttin mit der Feder auf dem Kopf vorsichtig zwischen seinen schlanken Fingern. »Eure ägyptischen Anhänger sind echt. Es sind keine Repliken. Das habe ich sofort gesehen. Außerdem habe ich dich beobachtet. Der Parthenon und die Ruinen des Delphi-Tempels waren dir fremd, nicht wahr?«

»Ja. Ich fühle mich zwar mit Delphi verbunden, aber jetzt weiß ich, dass dieser Tempel nicht mein Tempel war. Zu unserer Zeit stand hier noch der Tempel der athenischen Alkmaoniden, nicht wahr? Dafür fühlte ich mich sehr zum Athener Schatzhaus hingezogen.«

Eliadis lächelte zufrieden.

»Kein Wunder, es ist eines der ältesten hier im Heiligen Bezirk.« Er ließ ihre Maat-Kette wieder los und sah wehmütig über die Tempelruine hinweg zum kleinen wiederaufgebauten Gebäude hinunter. »Die Schätze wurden gestohlen oder zerstört. All meine Weihgaben …«

»Das ist lange her, Nikos. Wir müssen darüber hinwegkommen.« Sie schmiegte sich an ihn. »Was wollte Simon eigentlich mit der Kylix? War sie wirklich so wertvoll?«

»Ja. Ich denke, dass sie auf ihre Art einzigartig auf der Welt war. So manches Museum hätte einen guten Preis für sie bezahlt. Oder auch Kunstsammler. Der Überfall auf dich und Simon lässt jedenfalls eher auf Kunstsammler schließen, aber die haben das Rennen jetzt endgültig verloren. Und Simon auch.«

Er griff in seine Hosentasche und holte eine kleine dreieckige Scherbe hervor, die mit schwarzen Ornamenten verziert war.

Karen betrachtete sie wehmütig. »Warum hast du die Kylix eigentlich oben in den Höhlen versteckt, anstatt sie sofort zu zerstören? Du kanntest doch ihre verheerende Macht.«

»Natürlich, aber ich hatte meine Gründe. Es war nicht nötig, die Kylix zu zerstören, denn nur eine vollständige Kylix erzürnte Apollon. Ich behielt immer eine Scherbe bei mir – als Pfand.«

Er legte die letzte Scherbe auf den alten Marmor der Sitzbank, griff nach einem handgroßen Stein, der neben seinem rechten Fuß lag, und reichte ihn Karen.

»Beende es.«

Zögernd nahm Karen den Stein und begann erst langsam, dann immer gezielter und schneller auf die Scherbe einzuschlagen.

Das Tonstück zerbrach in mehrere Teile, doch Karen schlug weiter darauf ein, bis sie nur noch Staub vor sich hatte. Dann griff sie danach und streute ihn in die Luft, wo ein sanfter Wind vom Pleistos-Tal ihn mit sich nahm und zu den alten Felsen hinauftrug.

»Die Kylix gehört wieder ganz allein dir, Apollon«, murmelte sie, ihren Kopf an Nikos' Schulter, während er seinen Arm um sie legte und ihre Haare küsste.

»Er wird uns jetzt hoffentlich nicht mehr zürnen, sondern uns vergeben. Möge unsere Schuld Vergangenheit sein. Für immer.«

Über ihnen stand Mansfield im Schatten einer Pinie und sah zu Karen und Nikos hinunter, die dort eng umschlungen auf dem alten Marmor saßen. Plötzlich hörte er eine sanfte Frauenstimme hinter sich, die in gebrochenem Französisch nach ihm rief.

»Komm, mon fils, setz dich zu mir.«

Er drehte sich um und sah eine Frau Mitte fünfzig mit kurzen schwarzen Haaren, die einige Meter von ihm entfernt auf einer alten Holzbank Platz genommen hatte.

Mansfield war eigentlich nicht in der Stimmung, mit dieser fremden Frau zu reden, aber sie hatte etwas Unnachgiebiges, etwas Forderndes an sich, das es ihm schwer machte, sie zu ignorieren. Also ging er zu ihr und setzte sich neben sie.

Theophora betrachtete sein blasses Gesicht und lächelte, als sie dann zu Karen und Nikos hinübersah.

»Du brauchst keine Angst zu haben, Mansfield. Sie liebt ihn nicht. Sie wird bei dir bleiben. Deine Gefühle und dein Verstand lassen sich von deinen Augen täuschen, es ist nicht, wie es scheint. Denn in Wirklichkeit nehmen die beiden voneinander Abschied.«

»Abschied? Das ist aber ein sehr intensiver Abschied, so nah, wie sie sich sind.«

»Stimmt. So nah waren sie sich bisher noch nicht. Nicht in diesem Leben …« Und mit einem sehr intensiven Blick in Mansfields Augen, der ihn tief in seiner Seele erreichte, fuhr sie fort: »Gerade *du* müsstest es doch wissen, wie es ist, wenn man im jetzigen Leben eine alte Seele wiedertrifft.« Und mit ruhiger Stimme erzählte Theophora Mansfield die Geschichte von Agapios und der Pythia und wie der bucklige Bruder sie verriet und die beiden zusammen mit ihrem Sohn die Felsen hinuntergestürzt wurden.

Mansfield blickte zu Nikos und Karen hinüber und bekam bei dem Gedanken, wie sie beide vor langer Zeit zusammen den Tod gefunden hatten, eine Gänsehaut. Dieser schmächtige junge Mann mit dem Klumpfuß, der von den meisten Dorfbewohnern gehänselt wurde, soll also ein athenischer Archont gewesen sein?

Theophora las die Zweifel in Mansfields Gesicht. »Du glaubst mir nicht?«

»Doch. Ich … ich muss es nur erst noch begreifen.«

Sie merkte, dass er wirklich versuchte es sich vorzustellen. »Bei dir und der Frau war es doch nicht viel anders.«

Da musste er lächeln. »Ein bisschen anders war es schon. Und Simon?«

»Der hübsche Simon war Kletos, der bucklige Bruder, der die beiden verraten hat.«

»Aber warum ist man im einen Leben hübsch und ohne Makel und im anderen Leben behindert?«

Theophoras Mundwinkel zuckten verdächtig. »Die

Seele will nun mal viele unterschiedliche Erfahrungen machen. In einem Leben ist man reich, im anderen Leben ist man arm. In einem Leben lebt man im Überfluss, und im anderen verhungert man irgendwo auf der Flucht oder in einem Kerker.«

»Aber warum hat Simon die beiden dann ein zweites Mal verraten? Warum wollte er sie ein zweites Mal töten?«

Theophora hob kurz die Arme. »Ich glaube nicht, dass er das wollte. Ihm war nur die Kylix wichtig. Wenn Nikos sie nicht gestohlen hätte und er und Karen ihm nicht in den Weg gekommen wären, hätte er ihnen wahrscheinlich nichts getan. Im Gegenteil, er hat Karen sogar beim Erdbeben in den Felsen das Leben gerettet und somit seine alte Schuld ihr gegenüber beglichen.«

»Und bei Nikos?«

»Dadurch, dass Nikos Simon getötet hat, sind auch hier die Waagschalen wieder im Gleichgewicht. Ob ihre Seelen dadurch Ruhe finden, ist nicht gesagt, denn manche Seelen leiden, bekämpfen und lieben sich über mehrere Leben hinaus. Jede Seele entscheidet selbst, aber je weiser sie wird, desto mehr neigt sie zur Liebe und zur Vergebung.«

Vergebung.

Theophoras Worte hatten Mansfield in seinem Innersten berührt, und auf einmal spürte er eine unsagbare Erleichterung in seiner Brust. Er setzte sich gerade hin, stemmte die Hände auf die Oberschenkel und atmete einmal tief durch, während Theophora weiterredete.

»Karens Zukunft liegt nicht in diesem Land, und Nikos

wird Griechenland nie verlassen. Also sei unbesorgt. Die beiden nehmen nur Abschied voneinander.«

»Liegt Karens Zukunft in New York?«, wagte Mansfield zu fragen, doch Theophora blickte nur zum Amphitheater hinüber und lächelte geheimnisvoll.

65

Im Plaza Hotel in Athen saß Myles Fenton in seiner Suite und rauchte nervös eine Zigarette. Er hatte gehört, dass es in Delphi Probleme gegeben hatte, und wartete ungeduldig auf Rigbys Anruf. Als das Telefon klingelte, war er mit einem Satz bei dem Apparat und nahm den Hörer ab.

»Wie sieht's aus, Jarvis?«

»Es gibt schlechte Nachrichten, Sir. Unser Mann in Delphi ist tot.«

»Na und? Dann schick einen von deinen Männern hin, der die Kylix holt.«

Rigby zögerte. Er hatte Angst, Fenton die Wahrheit zu sagen. »Das geht nicht. Die … die Kylix wurde zerstört«, erwiderte er schließlich.

»Sie wurde was?«, schrie Fenton ins Telefon.

»Sie liegt zerschellt in der Kastalischen Schlucht.«

»Verdammt! Wie konnte das passieren!«

»Es war nicht unsere Schuld, Sir. Die Frau und der Grieche haben uns dazwischengefunkt.«

»Natürlich war es eure Schuld! Wenn deine Affen sich nicht so blöd angestellt und die Kylix rechtzeitig gestohlen hätten, hätten wir jetzt kein Problem. Idioten!« Er knallte den Hörer aufs Telefon und stieß wütend mit dem Fuß gegen einen schmalen Ziertisch, der krachend unter seinem Tritt zusammenbrach.

Wie sollte er das Lord Durnham erklären? Fenton warf

sich in einen der schweren Damastpolstersessel und starrte wütend auf den zerbrochenen Tisch vor seinen Füßen. Seine Finger krallten sich in die weiche Armlehne, als wäre es der Hals von Karen Alexander. Sie war ihm also schon wieder in die Quere gekommen. Das würde sie ihm eines Tages büßen. Da war er sich ganz sicher.

66
Hamburg

Obwohl es schon Abend war, stand die Sonne noch hoch über dem silbern glänzenden Wasser der Außenalster, als Julius Reinhold an einem der großen Fenster seines Büros stand und mit einem Glas von Artois' Lieblingschampagner die erfolgreiche Mission seines Patenkindes feierte. Vor wenigen Minuten hatte er noch mit seinem französischen Freund telefoniert und über Karens Reise nach Athen und Delphi gesprochen.

»Sie hat es also wieder geschafft, Julius?«

»Oui, Apollons Kylix ist zerstört. Niemand wird mehr auf die Idee kommen, sie nochmals zusammenzusetzen. Sie ruht für immer in der Kastalischen Schlucht.«

»Excellent, Julius, excellent. Sagte ich dir nicht, dass wir uns auf Karen verlassen können?«

»Nun, ich erinnere mich aber, dass du am Anfang ziemliche Bedenken hattest, ob sie es schaffen würde.«

»Ja, das stimmt. Ich hatte befürchtet, dass wir sie diesmal überfordern würden.«

»Aber wir hatten keine andere Wahl. Es war ihre Aufgabe. Sie musste sich ihr stellen.«

»Oui. Wann sehen wir uns mal wieder, mein alter Freund?«

»Ich weiß nicht? Bei dir in Frankreich fangen doch bald

die Sommerferien an. Vielleicht komme ich dann mal bei dir vorbei, Étienne.«

»Bon. Grüß dein Patenkind von mir, und sag ihr, dass sie die Chose in Delphi gut gemacht hat.«

Julius lachte. »Das wird sie nicht verstehen, da ihre Arbeit mit dem Delphi-Manuskript ja jetzt erst beginnt. Dass sie ihre richtige Arbeit bereits erledigt hat, weiß sie ja nicht.«

Artois stöhnte leise. »Selig sind die Unwissenden, denn ihnen gehört das Himmelreich. Tut mir leid, Julius, aber ich muss das Telefonat leider beenden. Bis zu den Sommerferien muss ich hier noch einiges erledigen, und Monsieur Escard steht schon in der Tür und gibt mir Handzeichen, dass mein nächster Gast auf mich wartet. Also, au revoir, mon ami.«

»Au revoir, Étienne.«

Das Telefonat hatte nur wenige Minuten gedauert, aber es hatte beiden eine schwere Last von ihren Seelen genommen. Karen hatte es tatsächlich wieder geschafft. Sehr gut.

Julius nippte an dem Champagner und ließ den Blick über die grüne Spitze des Hamburger Rathausturms gleiten, die ihm auf der gegenüberliegenden Seite der Alster den Weg zum Himmel zu weisen schien. Er prostete der patinierten Kuppel zu, als hinter ihm ein Klopfen ertönte und Karen die schwere Eichentür seines Büros öffnete. Julius begrüßte sie mit einem Lächeln, das durch den Champagner noch etwas herzlicher ausfiel, und umarmte sie.

»Karen, meine Liebe! Komm, setz dich.«

Karen nahm wie immer in dem alten Ledersessel vor

Julius' Schreibtisch Platz, während er sich auf seinen Lehndrehstuhl hinter den Tisch setzte.

»Wie geht es dir? Wo ist Michael? Ist er nicht nach Hamburg mitgekommen?«

»Doch, aber ich wollte allein mit dir reden.«

»Soso. Und warum?«

»Weil ich wissen will, warum du mich nach Delphi geschickt hast.«

Julius wurde vorsichtig. »Nun, es ist ein wichtiger Ort der Menschheitsgeschichte. Ich wollte, dass du mit deinem Buch einen Teil dazu beiträgst, dass die Erinnerung an Delphi bestehen bleibt.«

»Mehr Gründe hattest du nicht?«

»Nein. Welche hätten das denn sein sollen?«

Er lehnte sich auf seinem Stuhl zurück und wippte leicht hin und her, während seine hellen Augen Karen fixierten. Hatte sie seine wahren Gründe etwa durchschaut? »Hast du genug Material bekommen, um ein gutes Buch über Delphi schreiben zu können, meine Liebe?«

»Ich denke schon. Mein Laptop ist randvoll mit Notizen. Apropos Laptop, jemand ist in Delphi in meine Hütte eingebrochen und hat meinen alten Laptop zerstört. Ich musste mir einen neuen kaufen. Bezahlst du ihn mir?«

Julius setzte sich auf einmal gerade hin. »Du bist überfallen worden? Ist dir etwas passiert?«

»Nein, zum Glück nicht. Nikos Eliadis, ein Grieche, hat mir geholfen.«

»Ah.« Julius entspannte sich und lehnte sich wieder zurück. »Gut. Natürlich ersetze ich dir den Laptop. Hattest du denn die Daten vorher gesichert?«

»Ja. Ich trage immer einen USB-Stick mit meinen wichtigsten Dateien bei mir.«

Julius nickte zufrieden. »Sehr gut.«

»Ich habe dir übrigens etwas mitgebracht.«

Karen griff nach ihrer Handtasche und holte einen schmalen hohen Pappkarton hervor, den sie Julius überreichte.

»Ein Geschenk? Für mich?«

»Es ist nur eine Kleinigkeit. Ich dachte, er würde gut auf deinen Schreibtisch passen.«

Julius musste lächeln, als er den Karton öffnete und einen kleinen marmornen Dreifuß in Händen hielt.

»Ein Dreifuß aus Delphi? Das ist wirklich perfekt.« Er stellte ihn neben den ägyptischen Skarabäus auf seinen Schreibtisch und beugte sich dann über die Tischplatte zu Karen hinüber.

»Vielen Dank. Er ist sehr schön.« Er reichte ihr die Hand und zog sie zu sich, um ihr einen Kuss auf die linke Wange zu geben. Sie spürte, wie erleichtert er war, dass sie heil und gesund wieder bei ihm im Büro war. Auch sie war froh, alles gut überstanden zu haben, und freute sich auf die Arbeit, die vor ihr lag. Sie löste sich von Julius und deutete auf ihre Handtasche, in der sie den USB-Datenspeicher hatte.

»Ich werde demnächst mit dem Manuskript beginnen. Willst du dir die Unterlagen vorher anschauen, oder soll ich einfach loslegen?«

»Nimm sie ruhig mit. Ich werde dann das Manuskript lesen, wenn du fertig bist.«

»So wie immer?«

»So wie immer.«

»Okay.« Sie stand auf und verabschiedete sich mit einer Umarmung von ihrem Patenonkel. »Ich fliege mit Michael morgen nach New York, aber du hast ja meine Telefonnummer und meine E-Mail-Adresse, falls etwas sein sollte.«

»Natürlich, meine Liebe. Viel Spaß. Und grüß Michael von mir.«

»Gern. Tschüss.« Sie winkte ihm fröhlich zu, während sie zur Tür ging und dann das alte Büro verließ.

Julius setzte sich mit einem zufriedenen Lächeln auf seinen Lehnstuhl und betrachtete seufzend den marmornen Dreifuß auf seinem Schreibtisch.

»Du hast Recht gehabt, Pythia. Du hast tatsächlich Recht gehabt ...«

Vor Reinholds alter Backsteinvilla saß Mansfield in einem silbernen BMW und wartete auf Karen. Sie hatte allein zu Julius gehen wollen, was er zwar bedauerte, da er ihn gern mal wiedergesehen hätte, aber er respektierte ihren Wunsch und hörte stattdessen die Nachrichten auf seinem Anrufbeantworter in New York ab. Es waren nicht viele Telefonate aufgezeichnet. Dreimal hatte Mansfield senior angerufen, der ihm von den sensationellen Verträgen mit den Indern erzählen wollte, was Michael nur mit einem bitteren Lächeln quittierte. Doch dann folgte ein Anruf mit einer Stimme, die er wohl nie wieder vergessen würde.

»Hallo, Mansfield. Ich hoffe, Sie haben sich inzwischen von dem kleinen Ausflug an Pier 76 erholt. Sie werden sich fragen, warum ich Sie an dem Tag nicht umgelegt habe. Glauben Sie mir, ich war kurz davor. Sie waren schrecklich renitent und unerträglich. Aber Sie haben vor vier Jahren meinem kleinen Bruder aus der Patsche geholfen. Man hatte ihn wegen Diebstahl und Mord angeklagt, aber er war unschuldig. Alles sprach gegen ihn, und die beknackten Geschworenen waren bereit, ihn über die Klinge springen zu lassen, doch Sie hatten in der Zwischenzeit den wahren Mörder erwischt, und mein kleiner Bruder kam frei.

An dem Abend am Pier habe ich unsere alte Familienschuld beglichen. Ab jetzt sind wir quitt. Sollten Sie mir aber nochmals in die Quere kommen, lege ich Sie um. Das schwöre ich Ihnen.

Allmählich werden Sie wissen, wer ich bin, aber das macht nichts. Ich gehe trotzdem davon aus, dass Sie diese Nachricht auf dem Anrufbeantworter löschen werden. Gebe Gott, dass wir uns nie wiedersehen, Mansfield.«

Michael drückte die Stopp-Taste. Dann hörte er sich die Nachricht noch mal an. Und noch mal. Und noch mal. Dunkel erinnerte er sich allmählich an das Gesicht eines sechzehnjährigen Schwarzen, der vor vier Jahren aufgrund seiner Aussage freigesprochen wurde. Er erinnerte sich nicht mehr an dessen Namen, aber den würde er herausfinden können. Wenn er wollte.

Mansfield hatte plötzlich einen trockenen Mund und öffnete das Handschuhfach, um eine kleine Plastikflasche mit Mineralwasser herauszuholen. Er trank sie bis zur Hälfte leer und schraubte geistesabwesend den Deckel wieder darauf.

Damals war es reiner Zufall gewesen, dass er den wahren Mörder gefunden hatte. Zufall?

Er betastete die Narbe an seinem linken Ohr. Sie war allmählich verheilt, aber sein Bein machte ihm noch immer zu schaffen. Es würde wohl noch einige Tage dauern, bis er wieder arbeiten konnte. Und weiterarbeiten wollte er auf jeden Fall. Er würde zu Tom und den anderen Kollegen zurückkehren. Doch vorher würde er mit Karen die freien Tage genießen. Er hatte das Gefühl, sie in letzter Zeit vernachlässigt zu haben, und wollte das Versäumte nachholen.

Da sah er Karen die rote Ziegelsteintreppe herunterkommen. Achtlos warf er die Plastikflasche auf den Rücksitz und wartete, bis sie neben ihm saß.

»Na, was hat er gesagt?«

Sie drehte den Kopf zu ihm um. »Küss mich.«

»Das hat er gesagt?«

»Michael, bitte!«

Er grinste und tat ihr den Gefallen. »War es so schlimm?«

Er ließ den Motor an und war im Begriff loszufahren, als sie seinen Kopf in ihre Hände nahm und ihn zärtlich dreimal, viermal auf den Mund küsste. Michaels Hand, die eigentlich den Hebel des Automatikgetriebes einstellen wollte, fand ihren Weg zu Karens Wange und ihren Haaren.

»Ist mit dir alles in Ordnung, Darling? Der Besuch bei Julius scheint dir nicht gutgetan zu haben.«

Karen strich vorsichtig über Michaels Kopfwunde und fuhr liebevoll durch seine kurzen braunen Haare. Dann küsste sie ihn auf die Stirn und schaute in seine haselnussbraunen Augen.

»Doch. Es ist alles in Ordnung, Michael. Bitte bring mich jetzt von hier weg.«

»Sofort, Darling. Wenn du mich lässt.«

67

New York

Einige Tage später begegneten sich Karen, Tom und Alicia zum ersten Mal wieder im Hause der Winslows auf Long Island, in das Michaels Vorgesetzter alle Kollegen zu einer gemütlichen Feier eingeladen hatte. Für sein dreißigjähriges Dienstjubiläum hatte er ein Büfett aufbauen lassen und es wurden bei Sekt und Bier viele alte Geschichten erzählt, die alle zum Lachen brachten.

Karen kannte diese Feiern von Michaels Kollegen schon, doch sie fühlte sich manchmal noch ein bisschen fremd unter den Amerikanern. Sie hatte sich im letzten halben Jahr noch nicht ganz an New York und die Leute gewöhnen können, aber sie versuchte es, wann immer es ging, und begleitete Michael gern zu diesen Feiern. Doch sie ahnte nicht, dass es diesmal nur ein kurzer Besuch werden würde.

Sie war gerade am Büfett und hatte sich ein Stück Catfish auf einen kleinen Teller gelegt, als Tom Davidson plötzlich neben ihr stand.

»Hi, Karen. Na, war deine Reise nach Griechenland erfolgreich?«

Karen erstarrte für einen kurzen Moment, als sie seine Stimme neben sich hörte, doch dann nahm sie eine Gabel in die Hand und spießte eine kleine Gewürzgurke auf, die auf dem Tablett neben dem Fisch lag.

»Hi, Tom«, erwiderte sie kühl, ohne sich zu ihm umzudrehen. Ihre ganze Aufmerksamkeit war auf das Büfett gerichtet.

Vor einer Sekunde noch hatte Davidson sie bewundert, wie schön sie in dem smaragdgrünen Etuikleid aussah, das ihre Augenfarbe und Ausstrahlung noch betonte, aber ihre kurze Antwort zeigte ihm, dass er bei ihr keinen leichten Stand haben würde. Er hatte sich bisher noch nie mit ihr angelegt und war deswegen über ihre Kälte überrascht. Aber was hatte er anderes erwartet? Dass sie ihn in den Arm nimmt und ihm alles mit einem Lächeln verzeiht?

Er fuhr sich nervös mit der Zunge über die Lippen. »Es tut mir leid, was geschehen ist. Wirklich. Ich entschuldige mich dafür.«

Ihre Gabel fand ein kleines Hackfleischbällchen, das sie mit den Zacken regelrecht durchschlug und gleich halbierte.

»Wenn du denkst, dass es damit für mich erledigt ist, hast du dich getäuscht. Ich bin noch lange nicht mit dir fertig.«

Ein zweites Hackfleischbällchen musste dran glauben und landete halbiert auf ihrem Teller.

Davidson hatte sie noch nie so kühl und abweisend erlebt, aber wahrscheinlich hatte er sie auch noch nie so sehr verletzt.

»Jetzt komm schon. Willst du ewig wütend auf mich sein? Ich verstehe ja, dass du nicht gut auf mich zu sprechen bist, aber was hätte ich denn sonst tun sollen? Glaub mir, es war die einzig richtige Entscheidung.«

Er merkte, dass seine Worte sie nicht überzeugten. Sie

überzeugten ja nicht einmal ihn selbst. In der Zeit, als Michael im Koma lag, hatte er nicht glauben wollen, dass sein Freund sterben würde. Er hätte das nicht ertragen und hatte diese Möglichkeit vollkommen aus seinem Kopf ausgeschlossen, um selbst nicht diesen inneren Schmerz zu spüren, den er durch den Verlust von Kollegen schon oft gespürt hatte. Und Michael war nicht nur ein Kollege, er war sein Freund. Fast wie ein Bruder. In all den Jahren, in denen sie nun schon zusammengearbeitet hatten, waren sie ein eingeschworenes Team geworden. Und wenn es mit Alicia geklappt hätte, wäre Michael sogar sein Schwager geworden. Dann wären sie eine Familie gewesen.

Davidson seufzte. Das hätte ihn wirklich glücklich gemacht, aber es kam eben anders. Insgeheim hatte er noch immer gehofft, dass seine Schwester und Michael zusammenkommen würden.

Doch dann hatte Michael Karen in Paris kennengelernt, mit ihr einige gefährliche Situationen erlebt und sich in sie verliebt, was er gut verstehen konnte, nach allem, was Michael ihm erzählt hatte. Mit Karens Auftauchen waren seine Ambitionen, was Alicia und Michael betraf, wohl endgültig zunichte gemacht. Vielleicht hatte er Karen deswegen unbewusst Steine in den Weg gelegt und sie nicht angerufen, als Michael im Koma gelegen hatte.

Ja, er war selbstsüchtig gewesen und hatte Karen belogen. Aber er war sich sicher gewesen, das Richtige zu tun. Und Michael hatte es ihm bestätigt. Beide hatten sich angesehen und waren einer Meinung gewesen. Aber beide hatten auch gleichzeitig ein schlechtes Gewissen gehabt, weil sie wussten, dass es auch anders hätte ausgehen können.

»Tom?« Karen sah ihn forschend an.

»Ja?«

»Wenn es Michael schlechter gegangen wäre, hättest du mich angerufen?«

Davidson sah zur Seite.

»Tom, antworte mir!«

»Ich … ich glaube schon.«

Karen hätte ihm für diese zögerliche Antwort am liebsten eine Ohrfeige gegeben. Sie knallte den Teller auf den Büfetttisch, drehte sich um und eilte zur Garderobe, um ihren Mantel zu holen.

»Karen!«, rief Davidson ihr noch hinterher, doch sie war schon im Flur verschwunden. Alicia warf ihrem Bruder einen besserwisserischen Blick zu und eilte Karen nach. Auch Michael, der den kurzen Streit von der anderen Seite des Wohnzimmers her beobachtet hatte, wollte ihr folgen, doch Davidson hielt ihn kurz vor der Tür auf. »Bleib, Alicia ist bei ihr. Vielleicht kann sie sie beruhigen.«

Mansfield hörte im selben Moment die Haustür zuschlagen und zögerte einen Augenblick.

»Was hast du zu ihr gesagt?«

»Nichts, was sie wütend machen könnte. Ich bin doch nicht verrückt und leg mich hier vor allen Kollegen mit ihr an. Ich hab mich nur bei ihr entschuldigt. Das war alles.«

Mansfield wusste, dass da noch mehr gewesen sein musste, aber das würde er nachher mit Karen klären. Vielleicht war es wirklich besser, wenn Alicia jetzt mit ihr redete.

Davidson sah, wie sich die Hand seines Partners entkrampfte, mit der er gegen den Türrahmen lehnte, und atmete erleichtert auf. »Komm, bleib. Wir wollen noch ein bisschen zusammen mit Winslow und den anderen feiern, okay?«

Mansfield nickte und stieß sich von dem Türrahmen ab. Sofort kamen Allan und Tess, die den kurzen Streit zwischen Karen und Tom beobachtet hatten, mit zwei Flaschen Bier zu ihnen und lenkten sie mit einer Anekdote über ihren Chef ab, die alle Umstehenden zum Lachen brachte.

Alicia war hingegen im Augenblick nicht zum Lachen zumute. Sie hatte schnell ihre Jacke von der Garderobe genommen und sie über die Schultern gelegt, während sie Karen nacheilte. Vor der Tür sah sie, wie Karen schon zwei Häuser weiter war und ihr Handy ans Ohr hielt. Wahrscheinlich rief sie nach einem Taxi, das sie wieder in die Upper West Side bringen sollte.

»Karen, warte auf mich!«

Sie sah, wie Karen das Telefonat beendete und das Handy wieder in den Mantel steckte.

»Ich will nicht warten. Du bist doch mit ihm einer Meinung!«

»Ach ja? Und warum habe ich dir dann den Brief geschrieben? Hat Michael ihn dir nicht gegeben? Da stand doch alles drin, wie es war.«

Auf einmal hatte Karen ein schlechtes Gewissen und blieb stehen, bis Alicia bei ihr war.

»Doch, das hat er. Und ich danke dir für den Brief. Entschuldige bitte. Ich weiß, dass du hier für mich gekämpft hast, aber …«

»Aber ich habe nicht gewonnen, und du bist sauer, weil es dir nicht weitergeholfen hat.«

»Nein. Dein Bruder hat trotzdem gegen meine Interessen gehandelt.«

»Ich weiß nicht, ob du damit Recht hast.«

»Im Nachhinein kann man das immer sagen. Aber was wäre geschehen, wenn es Michael kurzfristig schlechter gegangen wäre? Ich hätte es mir niemals verziehen, in Griechenland zu sein, während er hier in New York auf der Intensivstation liegt und stirbt.«

»Ich weiß. Und Tom weiß das auch. Er hätte es sich auch niemals verziehen, wenn es so gekommen wäre, glaub mir. Ich war auch nicht dafür, dass er dir die E-Mails und SMS in Michaels Namen schrieb.«

»Und warum hast du mich dann nicht sofort angerufen und mir alles erklärt? Damit hast du Tom doch unterstützt.«

»Ich wollte dich anrufen, aber Tom hat mich schließlich überzeugt, dass es besser sei, wenn du nichts wüsstest. Es hätte nichts gebracht, wenn du sofort nach New York gekommen wärst. Michael war nicht bei Bewusstsein.«

»Und außerdem warst du ja bei ihm. Er brauchte mich ja nicht.«

»Karen, bitte. Du weißt, dass die Sache zwischen mir und Michael vorbei ist. Ich … ich mag ihn zwar, aber immerhin habe ich die Beziehung beendet, nicht er. Und aus gutem Grund, wie man sieht. Andauernd sind er und Tom in Lebensgefahr, das halte ich nicht mehr länger durch. Ich werde New York verlassen. Vielleicht geh ich nach Chicago oder Los Angeles.«

Karen war über diese Nachricht leicht schockiert. Diese neue Situation verdrängte sogar den Ärger über den Streit mit Alicias Bruder vor ein paar Minuten. »Hast du schon mit Tom darüber gesprochen?«, fragte sie, während sie langsam weitergingen.

»Nein. Er würde nur versuchen, mich zu überreden, in New York zu bleiben, aber ich habe mich entschieden. Ich weiß nur noch nicht, wohin ich gehen werde. Ganz an die Westküste oder nur bis nach Chicago. Vielleicht auch Boston. Ich weiß es noch nicht.«

Karen nickte gedankenverloren. Einerseits war sie froh, dass Alicia dann nicht mehr in Michaels Nähe sein würde, andererseits verlor sie eine gute Freundin in New York.

»Du wirst mir fehlen«, gestand sie mit einem wehmütigen Lächeln und umarmte Alicia, die Karen ebenfalls fest an sich drückte.

»Du mir auch, aber es ist ja noch ein bisschen hin. Erst mal muss ich woanders einen neuen Job kriegen. Ich habe einige Bewerbungen losgeschickt. Mal sehen, wer sich meldet. Dann entscheidet sich auch, in welcher Stadt ich lande.«

Sie lösten sich voneinander, aber Karen hielt Alicia noch am rechten Arm fest, als wollte sie sie nicht gehen lassen. »Hoffentlich nicht Los Angeles. Das ist zu weit weg. Dann doch lieber Chicago oder Boston.«

Alicia freute sich, dass Karen so reagierte. Sie hatte befürchtet, dass ihre Freundschaft mehr unter ihrem Verhalten leiden würde, doch sie konnte immer wieder feststellen, dass Karen niemand war, der anderen lange böse war.

»Wir werden sehen. Willst du wirklich nicht noch mal

zu Winslow mit reinkommen? Die anderen haben noch einige Sketche vorbereitet. Es wird bestimmt ein lustiger Abend.«

Doch da bog schon eines der gelben Cabs um die Straßenecke, und Karen winkte das Taxi zu sich heran.

»Nein, tut mir leid, aber mir ist nicht mehr nach Feiern zumute. Ich fahre nach Hause. Entschuldige mich bitte bei Michael und den Winslows, ja?«

Alicia nickte. »Gut, wie du willst. Sehen wir uns morgen Mittag bei Sarabeth's zum Brunch?«

»Ja, gern. Bye.«

»Bye.« Alicia winkte noch kurz, als der Wagen losfuhr, doch als er um die Straßenecke verschwunden war, drehte sie sich um und schlenderte zu dem Haus zurück, aus dem an diesem Abend die lauteste Musik erscholl.

Eine halbe Stunde später gab Karen dem Taxifahrer ein Zeichen, dass er sie hier an der West 69th Street schon rauslassen könne, weil sie den Rest des Weges zu Fuß gehen wolle. Sie bezahlte ihn und stieg dann aus dem Wagen, der sich schnell wieder in den laufenden Verkehr einfädelte. Karen sah dem Taxi gedankenverloren hinterher, als es wenige Sekunden später in dem Blechmeer der tosenden Stadt verschwand.

»New York. The City that never sleeps«, ging Frank Sinatras Stimme ihr durch den Kopf, während sie sich umdrehte und langsam an den kleinen Straßenläden vorbeiging. Die meisten waren geschlossen, nur bei einigen Supermärkten und Tabakläden sah Karen Leute reingehen und mit Einkaufstüten wieder rauskommen.

Sie war schon einen Block weit gelaufen, als ihr Blick an einem Schild hängen blieb, das sie auf eine merkwürdige Art faszinierte und innehalten ließ – Greco-Antiquities.

Im Schaufenster des griechischen Antikladens standen Statuen von Apollon, Athene, Poseidon, zwei Kopien des berühmten griechischen Bildhauers Myron … und eine Kylix. Karen war zwar sicher, dass es alles nur Nachbildungen waren, aber sie waren so perfekt gemacht, dass sie sich deren Zauber nicht entziehen konnte. Wie gebannt starrte sie auf die Kylix und betrachtete fasziniert die rotfigurige Malerei, die den Kampf zwischen Apollon und Herakles um den delphischen Dreifuß darstellte.

Währenddessen stand auf der anderen Straßenseite ein Mann im Halbdunkel einer Straßenecke, der gerade eine Zigarette aus einem mit einem Wappen bedeckten Etui nahm und sie sich mit einem goldenen Feuerzeug anzündete. Seine schwarzen John-Lobb-Schuhe glänzten im Licht einer nahen Straßenlaterne, während sein Oberkörper vom Schatten einer Markise verdeckt wurde. Nur das rote Glimmen der Zigarette war zu sehen, wenn er ab und zu einen tiefen Zug nahm.

Myles Fenton beobachtete Karen schon seit einer Weile.

Mit uns ist es lange noch nicht vorbei, Sweetheart, dachte er und warf die bis zur Hälfte gerauchte Zigarette neben sich auf die Straße und zerquetschte sie genüsslich mit dem Absatz seines rechten Schuhs.

Mit uns ist es lange noch nicht vorbei. Wir werden uns wiedersehen, meine Liebe. Das verspreche ich dir …

Epilog

Delphi, Gegenwart

In Delphi dämmerte der Morgen, als die ersten Sonnenstrahlen sich sanft über den Golf von Korinth erhoben und den Rhodini-Felsen der Phädriaden zuerst in ein leuchtendes Rot tauchten, das sich dann allmählich in ein sanftes Rosa verwandelte und wenig später zu einem warmen Orange- und Goldton veränderte.

Delphi, der Ort des Lichtes.

Nikos und Selena standen auf dem Weg oberhalb des Amphitheaters und beobachteten, wie sich langsam der Nebel aus dem Pleistos-Tal verzog und allmählich Leben in die silbergrünen Baumkronen einkehrte. Zuerst hörte man nur vereinzelte Vogelrufe, doch dann gesellten sich immer mehr Vögel hinzu, und alle schienen sich fröhlich zuzujubeln.

Seit einigen Tagen hatte es keine Erdstöße mehr gegeben, und alle Tiere schienen zu spüren, dass die größte Gefahr nun überwunden war. So auch zwei Adler, die lautlos über dem Tal ihre Bahnen zogen.

»Zeus' Adler«, flüsterte Nikos, der seinen linken Arm um Selena gelegt hatte und mit der rechten Hand auf die schwarzen Silhouetten deutete, die jetzt hoch über ihnen neben den steilen Felsen schwebten.

»Seine Adler kommen zurück nach Delphi. Zum Nabel

der Welt«, sagte Selena leise und lehnte sich gegen Nikos' Schulter, der seinen Kopf senkte und Selena küsste. Er streichelte ihre Haare und den kleinen Jasminzweig, der keck hinter ihrem Ohr hervorschaute und ihn mit dem Duft seiner geöffneten Knospen betörte. Der uralte Jasminstrauch war in diesem Frühling wieder zum Leben erwacht und blühte mit tausend Blüten wie nie zuvor.

Sein Leben hatte neu begonnen.

Langsam schlenderten Nikos und Selena den schmalen Weg zum Camp zurück, während Nikos unbemerkt ein kleines zerfleddertes Büchlein aus der Gesäßtasche fiel und im Sand neben einigen alten Säulentrommelstücken liegen blieb.

Ein einzelner Sonnenstrahl erfasste das Büchlein, und wie von Geisterhand blieb eine bestimmte Seite aufgeschlagen, auf der nur ein einzelner Spruch geschrieben stand:

»Der Herr, dem das Orakel von Delphi gehört,
erklärt nicht,
verbirgt nicht,
sondern deutet an.«

Glossar

Adyton innerster allerheiligster Raum im Tempel

Agora Markt- und Versammlungsplatz

Alkmaoniden attisches Adelsgeschlecht, zeitweilig in Delphi im Exil, dort Bauunternehmer und Stifter bei der Erneuerung des 548/547 v. Chr. abgebrannten Tempels

Amphore zweihenkliger Tonkrug

Apollon Loxias Apollon der Schräge, der Vieldeutige

Apollon Phoibus Apollon, Gott des Lichtes, der Reine, der Strahlende

Athena Promachos Athena, die »Vorkämpferin«

Cella fensterloser Hauptraum für den Kult in einem antiken Tempel, der sein Licht nur vom Eingang her empfängt

Dreifuß dreifüßiger Untersatz für Geräte, insbesondere Kessel; in griechischen Heiligtümern häufig als Weihgeschenk dargebracht

Galabiya langes hemdartiges Gewand ohne Kragen

Glockenkrater großes offenes Gefäß zum Mischen von Wein und Wasser

Hekatombe heka (griech.) = einhundert; Opferung einer Gruppe von hundert Tieren (Vögel, Ziegen, Schafe, Rinder), ursprünglich zu Festen der Göttin Hekate

Horus ägyptischer Gott, der durch einen Falken dargestellt wurde: Sohn der Isis und des Osiris; rächte den Tod seines Vaters

Hosioi fünf durch das Los bestimmte delphische Priester

Hyperboreer im griechischen Mythos ein im hohen Norden lebendes Volk, zu dem sich Apollon während der Wintermonate zurückzog

Isodomes Mauerwerk Mauern mit gleichlaufenden und gleichhohen Schichten

Kanneluren senkrechte furchenartige Rippung an Säulenschäften; bei dorischen und altionischen Säulen mit Graten, bei gewöhnlichen ionischen und korinthischen Säulen mit abgeflachten Stegen zwischen den Furchen

Karyatide architektonische Stützfigur, meist weiblich, anstelle einer Säule oder eines Pilasters

Kastri bis 1858 neugriechischer Name von Delphi

Kirphis Bergmassiv südlich des Parnass gegenüber von Delphi, Höhe bis 893 m

Kirrha Hafen von Delphi; bis zu ihrem Fall im kirrhäischen Krieg 591 v. Chr. unabhängige und reiche Stadt

Krissa alte Stadt bei Delphi, durch Homer bekannt

Kuros in der archäologischen Fachliteratur der Typus der ruhig stehenden nackten Jünglingsfigur, der um 600 v. Chr. nach ägyptischen Vorbildern in Griechenland geschaffen wurde

Kyathos Becher mit einem hohen Henkel zum Weinschöpfen aus einem Krater

Kylix Trinkschale mit zwei Henkeln, die nicht höher sind als der Rand

Maat ägyptische Göttin der Gerechtigkeit und der Weltordnung; bildlich dargestellt durch eine kniende Fraugestalt mit einer Feder auf dem Kopf. Das Herz

(Gewissen) eines Ägypters wurde beim Totengericht gegen die Feder der Maat gewogen. Nur wer ein reines Gewissen hatte, bestand gegen die Feder der Maat und durfte ins Reich der Unterwelt.

Marmaria Marmorplatz; neuerer Name der Stätte des Athena-Pronaia-Heiligtums, das als Steinbruch benutzt wurde

Megaron Haupt- und Empfangshalle eines Tempels; auch: mit einer Vorhalle verbundener Hauptraum des altgriechichen Hauses

Metope eigtl. Stirnplatte; im Gebälk der dorischen Architektur die oft bemalte oder reliefierte Platte zwischen den Triglyphen

Omphalos eiförmiger Kultstein in Delphi

Parthenon Tempel der Athena Parthenos auf der Akropolis

Phädriaden Felsen über dem antiken Delphi östl. und westl. der Kastalia-Quelle, antik Hymápeia und Naúplia, neugriechisch Phlemboukos und Rhodini

Pleistos antiker und modern wiederaufgenommener Name des Flusses in der Schlucht unterhalb Delphis

Polygonales Mauerwerk ökonomische Mauerbautechnik für Terrassen- und Umfassungsmauern aus Natursteinen, die als unregelmäßige Vielecke und nur nahe der Außenseite aneinandergefugt sind

Poros Kalkstein, bevorzugtes Baumaterial, an Tempeln und anderen repräsentativen Bauten durch weißen und farbig verzierten Putz veredelt

Prodomos Vorhalle der Cella im Tempel

Prophétes Berater des Pilgers, die für die Einhaltung des

Rituals bei der Orakelbefragung sorgten; auch Verkünder des Orakels

Propyläen Vorhalle griechischer Tempel

Pythien Allgemeingriechische sportliche und musische Festspiele, die es alle vier Jahre in Delphi gegeben hat. Die anderen, auch je alle vier Jahre wiederholten panhellenischen Festspiele waren die von Olympia, Nemea und Isthmia. Im Zyklus dieser Spiele fand jedes Jahr ein panhellenisches Fest statt.

Skyphos breiter Trinknapf mit Henkeln

Stoa offene Säulenhalle in Heiligtümern oder an öffentlichen Plätzen; heutzutage auch in Athen eine Passage zwischen zwei Straßen

Tholos Rundbau, Rundtempel

Triglyphe rechteckige hochgestellte Steinplatte mit senkrechten Vertiefungen (Dreischlitzen); Element des dorischen Frieses im Wechsel mit Metopen

Delphi und die Marmaria:

1 Heiligtum der Athena Pronaia
2 Gymnasion
3 Kastalia-Quelle
4 Apollon-Heiligtum und Theater
5 Brunnenhaus Kerna
6 Stadion
7 Befestigungen der Phoker
8 Haus der Französischen Schule
9 Delphi-Museum
10 Kirche und Friedhof

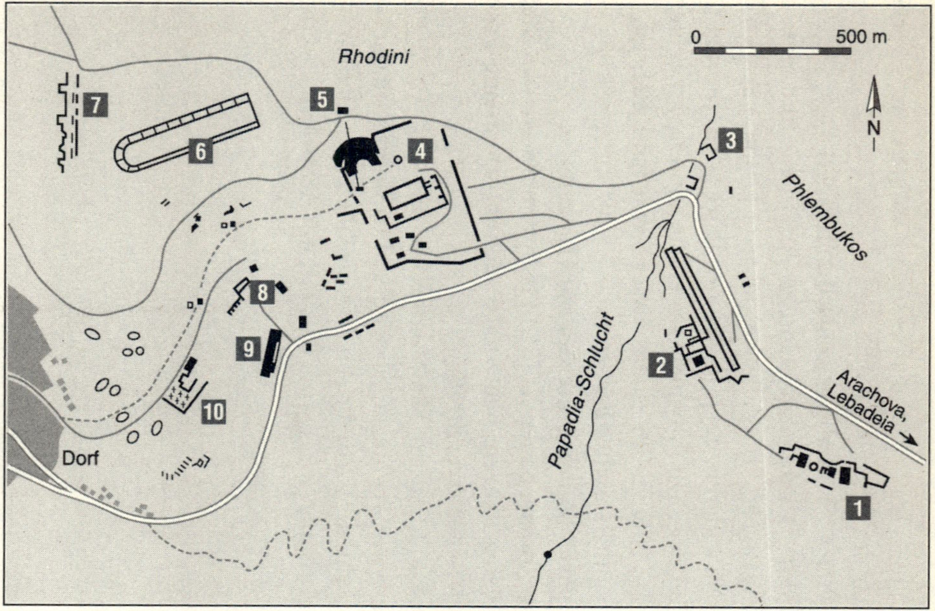